AMOR
EM JOGO

O Arqueiro

GERALDO JORDÃO PEREIRA (1938-2008) começou sua carreira aos 17 anos, quando foi trabalhar com seu pai, o célebre editor José Olympio, publicando obras marcantes como O menino do dedo verde, de Maurice Druon, e Minha vida, de Charles Chaplin.

Em 1976, fundou a Editora Salamandra com o propósito de formar uma nova geração de leitores e acabou criando um dos catálogos infantis mais premiados do Brasil. Em 1992, fugindo de sua linha editorial, lançou Muitas vidas, muitos mestres, de Brian Weiss, livro que deu origem à Editora Sextante.

Fã de histórias de suspense, Geraldo descobriu O Código Da Vinci antes mesmo de ele ser lançado nos Estados Unidos. A aposta em ficção, que não era o foco da Sextante, foi certeira: o título se transformou em um dos maiores fenômenos editoriais de todos os tempos.

Mas não foi só aos livros que se dedicou. Com seu desejo de ajudar o próximo, Geraldo desenvolveu diversos projetos sociais que se tornaram sua grande paixão.

Com a missão de publicar histórias empolgantes, tornar os livros cada vez mais acessíveis e despertar o amor pela leitura, a Editora Arqueiro é uma homenagem a esta figura extraordinária, capaz de enxergar mais além, mirar nas coisas verdadeiramente importantes e não perder o idealismo e a esperança diante dos desafios e contratempos da vida.

AMOR
em jogo

ELENA ARMAS

Traduzido por Alessandra Esteche

Título original: *The Long Game*

Copyright © 2023 por Elena Armas
Copyright da tradução © 2024 por Editora Arqueiro Ltda.

Direitos de tradução negociados por Sandra Dijkstra Literary Agency e Sandra Bruna Agencia Literaria, SL.
Todos os direitos reservados. Nenhuma parte deste livro pode ser utilizada ou reproduzida sob quaisquer meios existentes sem autorização por escrito dos editores.

coordenação editorial: Taís Monteiro
produção editorial: Ana Sarah Maciel
preparo de originais: Catarina Notaroberto
revisão: Carolina Rodrigues e Pedro Staite
diagramação e adaptação de capa: Ana Paula Daudt Brandão
capa: Laywan Kwan
ilustrações de capa: Bee Johnson
impressão e acabamento: Lis Gráfica e Editora Ltda.

CIP-BRASIL. CATALOGAÇÃO NA PUBLICAÇÃO
SINDICATO NACIONAL DOS EDITORES DE LIVROS, RJ

A758a

Armas, Elena
    Amor em jogo / Elena Armas ; tradução Alessandra Esteche. - 1. ed. - São Paulo : Arqueiro, 2024.
    416 p. ; 23 cm.

    Tradução de: The long game
    ISBN 978-65-5565-639-8

    1. Ficção espanhola. I. Esteche, Alessandra. II. Título.

24-88423   CDD: 863
                     CDU: 82-3(460)

Gabriela Faray Ferreira Lopes - Bibliotecária - CRB-7/6643

Todos os direitos reservados, no Brasil, por
Editora Arqueiro Ltda.
Rua Artur de Azevedo, 1.767 – Conj. 177 – Pinheiros
05404-014 – São Paulo – SP
Tel.: (11) 2894-4987
E-mail: atendimento@editoraarqueiro.com.br
www.editoraarqueiro.com.br

*Para todas as garotas que talvez tenham
surtado uma ou duas vezes:
E daí?
Deixe esses sentimentos lindos jorrarem, meu bem.*

UM

Adalyn

A cabeça rolou dos ombros e parou com um baque aos meus pés.

Senti um arrepio na nuca que se espalhou pelo meu corpo.

Eu deveria estar familiarizada com a cena. Deveria me lembrar de algo que vivi e que estava vendo em uma tela. Mas não me lembrava.

Então, quando o silêncio se impôs, mergulhando as instalações do Miami Flames em um vácuo repentino, meu coração quase parou. E tenho quase certeza de que prendi a respiração quando o microfone captou a voz de um dos câmeras sussurrando: "Cara, você tá gravando isso?"

Ah, meu Deus. O que…

O topo da cabeça de Paul surgiu do traje decapitado do Sparkles, a mascote, e fui tomada por uma onda de pânico.

Paul piscou com força, a raiva e o choque em sua expressão, e cuspiu um: "Que porra é essa?"

Meus lábios se entreabriram, como se uma parte instintiva do meu cérebro quisesse responder. Naquele instante. Quando já não faria diferença. "Eu…", falei.

Então a imagem congelou na tela, obrigando meu olhar a se manter no rosto do homem que segurava o iPad que reproduzia os trinta segundos que foram apagados da minha memória.

– Acho que já vimos o bastante – disse Andrew Underwood, CEO e diretor administrativo do Miami Flames, um clube da Major League Soccer, e magnata da cidade.

– Discordo – disse o homem ao seu lado, com uma risadinha. – Esta é uma reunião de crise e precisamos garantir que sabemos de todos os detalhes.

Reunião de crise?

– Na verdade – continuou David –, acho que precisamos assistir a tudo de novo do início. Não sei direito o que Adalyn grunhiu ao decapitar nosso querido Sparkles. Eram só resmungos raivosos ou ela estava dizendo palavras especí...

– David – interrompeu Andrew, largando o iPad em cima da mesa desnecessariamente larga que os separava de mim. – A situação é séria.

– É, sim – concordou o outro, e não precisei nem olhar para saber que ele estava sorrindo.

Eu conhecia aquele sorrisinho. Já tinha beijado aquele sorrisinho. Namorei aquele sorrisinho durante um ano inteiro. Depois, trabalhei para ele quando lhe ofereceram o cargo com o qual sonhei a vida inteira.

– Não é todo dia que vemos a diretora de comunicação de um clube da MLS atacar a mascote do time calçando um sapato salto quinze. – Senti, ou melhor, ouvi, o sorriso dele se alargar, e meu rosto virar pedra. – Chocante, claro. Mas também...

– Inaceitável. – Andrew completou por ele. – Todos aqui sabem disso.

Os olhos azul-claros encontraram os meus, afiados e implacáveis. O que não era nenhuma surpresa. Enfrentei O Olhar durante a maior parte da vida. Ele continuou:

– O acesso de raiva foi imperdoável, mas não esqueça que estamos falando da minha filha.

Ergui o queixo, como se aquilo não fosse algo que eu tentava ignorar todos os dias.

Adalyn Reyes, a filha talentosa do CEO da franquia para a qual ela trabalhou a vida inteira.

– Peço desculpas pelo meu tom, Andrew – disse David.

Embora ele tenha ficado sério, ainda assim não me virei para ele. Não conseguia. Não depois de tudo o que tinha acontecido naquelas 24 horas. Não depois do que descobri.

– Mas, como vice-presidente de operações do Flames, me preocupo com as repercussões do incidente – concluiu ele.

Incidente.

Meus lábios formaram uma linha reta.

Meu pai estalou a língua, olhou para o iPad e desbloqueou o aparelho.

Seus dedos deslizaram para cima e para baixo, para a direita e para a esquerda, até que um documento se abriu. Mesmo de ponta-cabeça, reconheci na hora o que ele estava lendo. Era o modelo que eu tinha idealizado para os relatórios de mídia. O que todos usavam. Eu mesma tinha criado o sistema de cores para itens prioritários que agora fazia a tela emitir um brilho vermelho.

Vermelho, prioridade máxima. Vermelho, crise.

Fazia meses que não tínhamos um incidente vermelho. Anos.

– Eu não aprovei isso – resmunguei, ouvindo minha voz soar pela primeira vez desde que meu pai tinha dado play no vídeo. Dei uma tossidinha. – Todo relatório precisa passar por mim antes de chegar à gerência.

Mas meu pai apenas suspirou, profunda e longamente, me ignorando enquanto rolava o relatório de – inclinei o corpo para a frente e verifiquei – quinze páginas.

Meus olhos se arregalaram.

– Será que eu posso...

– Impacto do incidente na mídia – disse ele, me interrompendo. – Vamos começar por aí.

Abri a boca outra vez, mas David se aproximou, e a juba loira-escura me distraiu. Seu sorrisinho sarcástico encontrou o meu olhar, e eu logo percebi que ele sabia de alguma coisa. Algo que eu não sabia.

– Taxa de viralização – continuou meu pai, batendo na tela com o indicador.

Senti um frio na barriga. Viralização? De quê? As sobrancelhas do meu pai se franziram.

– Qual é a diferença entre impressão e visualização? – perguntou ele.

– De qual plataforma estamos falando? – deixei escapar, endireitando os ombros. – É por isso que preciso aprovar os relatórios. Eu sempre acrescento notas pra você. Se me deixar dar uma olhada, eu posso...

David soltou um "tsc" e direcionou o olhar ao iPad nas mãos do meu pai. Então brincou:

– Acho que na verdade não importa, Andrew. – Seus olhos se voltaram para os meus. – O vídeo tem seis milhões de visualizações se considerarmos todas as plataformas. Acho que todos entendemos isso.

O vídeo.

Seis milhões de visualizações.

Espalhadas por todas as plataformas.

Minhas pernas fraquejaram. *Eu* fraquejei. E eu não era dada a fraquejar.

Muitas vezes me disseram que eu era fria demais, que meu humor era seco demais e meus sorrisos, raros demais. Minha assistente, Kelly, a única de todos os escritórios do Flames que tentou ser minha amiga, me chama abertamente de rainha inatingível. Mas sei que a maioria das pessoas me chama de rainha gelada, rainha da neve, ou qualquer outra variação que faça referência a ser fria e mulher. Nunca permiti que isso me incomodasse.

Porque nunca vacilei. Nem fraquejei. Nem deixei que as coisas me afetassem.

Até o dia anterior, quando…

David deu uma risada.

– Você viralizou, Ads.

Quando ataquei a mascote do time usando um sapato salto quinze, como ele disse.

Meu almoço voltou até o esôfago, em parte por causa do *Ads* que eu sempre odiei tanto e em parte porque eu… meu Deus. Eu não conseguia acreditar. Eu tinha viralizado. Viralizado.

– Seis milhões de visualizações – disse meu pai, balançando a cabeça, ao ver que eu não respondi nada, porque não consegui. – Seis milhões de pessoas viram você atacar a mascote, arranhar seu rosto e arrancar a droga da cabeça dela. Seis milhões. É a população da região metropolitana de Miami.

Com a ponta das orelhas corando, ele prosseguiu:

– Você tem a própria hashtag, #casosparkles. Que as pessoas estão usando junto com a do clube.

– Eu não sabia que tinham gravado – murmurei simplesmente, odiando o som da minha voz. – Eu não tinha como saber que existia um vídeo circulando, mas…

– Não existe *mas* nessa situação, Adalyn. Você agrediu um funcionário.

A palavra *agrediu* pairou no ar, e minha mandíbula travou.

– Paul é um funcionário e Sparkles é uma entidade do time. Ele é uma fênix que incorpora o fogo, a imortalidade e a transformação do Miami Flames. Nosso time. E você o atacou quando a imprensa estava presente para o aniversário do clube. Jornalistas. Câmeras. O time todo e suas famílias. Havia crianças presentes, pelo amor de Deus.

Engoli em seco, me certificando de que meus ombros continuavam eretos. Fortes. Imagem é tudo nessas horas. E eu não podia ceder. Não ali. Não de novo.

– Eu entendo, entendo de verdade. Sparkles é um símbolo importante e é amado pelos torcedores. Mas *agressão* parece exagero. Eu não tive a intenção de machucar Paul, eu...

– Você o quê? – perguntou meu pai, me pressionando.

Pelo jeito, eu tinha decapitado um pássaro de 1,90 metro feito de espuma, poliéster e penas de acrílico que atende pelo nome de Sparkles e representa a imortalidade. Como visto no vídeo.

Mas responder isso não ajudaria em nada, então minha boca ficou aberta pelo que pareceram os cinco segundos mais longos da história e... eu não disse nada.

Meu pai inclinou a cabeça.

– Por favor, eu adoraria que você explicasse.

Meu coração batia forte. Mas não havia nada que eu pudesse dizer, não sem uma conversa para a qual não estava preparada. Não naquele momento, e talvez nunca.

– Foi... – Parei de falar, mais uma vez odiando o som da minha voz. – Um encontro enérgico. Um acidente.

David, que estivera estranhamente quieto nos últimos cinco minutos, bufou, e meu rosto, tantas vezes chamado de frio e indiferente, queimou.

Meu pai colocou o iPad na mesa e deu um suspiro.

– Por sorte, David convenceu Paul a não prestar queixa nem nos processar.

Queixa. *Processo.*

Tive uma vertigem.

– Oferecei um aumento, que ele obviamente aceitou – acrescentou David. – Afinal, foi uma explosão incomum para nossa Adalyn, sempre muito... controlada.

O jeito como ele disse *controlada*, como se fosse uma característica negativa, um defeito, me atingiu em cheio no peito.

– Seguramos a gravação do evento – continuou meu pai. – Depois que você praticamente fugiu da... *cena do crime*. Mas alguém deve ter filmado tudo com o celular. David desconfia que tenha sido um dos estagiários que acompanharam a equipe de filmagem.

David soltou um "tsc" e disse:

– Mas é impossível ter certeza.

Eu não conseguia acreditar que aquilo estava acontecendo. Meu Deus, eu não conseguia acreditar no que *eu* mesma tinha feito.

Uma sensação estranha surgiu no fundo dos meus olhos. Era como um formigamento quente que deixou minha visão... turva. Aquilo era... Não. Eram... Não. Não era possível. Eu não podia estar prestes a chorar.

– É só um vídeo – falei, mas só consegui pensar que não me lembrava da última vez que tinha chorado. – Vai passar.

A ardência nos olhos aumentou, mas continuei:

– Se tem uma coisa que eu sei sobre a internet é que tudo é breve e passageiro. – Por que eu era incapaz de lembrar a última vez que tinha chorado? – Ninguém vai lembrar disso amanhã.

O celular de David tocou, e ele tirou o aparelho do bolso.

– Ah – disse, olhando para a tela. – Duvido. Parece que estamos recebendo questionamentos da imprensa. Pra você.

Isso era preocupante, claro, mas me dei conta de outra coisa.

– Por que... – Franzi o cenho e verifiquei o meu celular. Nada. – Eu deveria ter recebido esse e-mail. Por que não estou em cópia?

David deu de ombros e meu pai soltou um suspiro alto. Outra vez. Olhei para ele e sua expressão despertou algo dentro de mim.

– Podemos reverter isso. – Minha voz soou desesperada. – Eu posso reverter isso. Eu juro. Vou encontrar um jeito de o clube se beneficiar dessa atenção extra. Até da hashtag. Todos sabemos que o time não anda atraindo manchetes, e faz tanto tempo que estamos nos últimos lugares na conferência que...

A expressão do meu pai endureceu e seus olhos azuis assumiram um aspecto gelado.

O silêncio, pesado e espesso, se cristalizou.

E naquele momento eu soube, pelo modo como seus cílios subiram e desceram, que, qualquer que fosse a batalha que eu estava travando, ela tinha terminado. Eu tinha dito a única coisa que o atingia. O Miami

Flames estava no buraco. Fazia mais de uma década que não avançávamos para a fase de mata-mata do campeonato. Estávamos longe de encher estádios. Aquele era o único investimento de Andrew Underwood que não dava lucro. O único que lhe custava mais que apenas dinheiro. Custava seu orgulho.

– O que eu quero dizer é que...

Mas a batalha estava perdida.

– "Mascote na casa do Miami Flames abatida." – Meu pai leu no iPad. – Que tal essa atenção extra?

Engoli em seco.

– Acho que *abatida* é um exagero.

Ele assentiu brevemente e continuou:

– "Aniversário do Miami Flames termina em massacre."

– *Massacre* também não me parece certo.

Meu pai ergueu o indicador.

– "O pássaro favorito de Miami foi depenado e assado. Qual será a próxima cabeça a rolar?" – O dedo voltou para a tela e passou para o lado. – "Sparkles não merecia morrer." – Mais uma. – "Uma carta de amor à Exterminadora de Pássaros."

Exterminadora de Pássaros. Meu Deus.

Soltei uma risada bufada, que me rendeu outro sorrisinho sarcástico de David.

– Esses meios de comunicação só estão atrás de cliques. Não estão fazendo avaliações sérias que devam nos preocupar ou atingir o time. Minha equipe vai organizar uma estratégia. Vamos enviar um comunicado à imprensa. Vamos...

– "Filha do dono do Miami Flames, Andrew Underwood, e da ex-modelo Maricela Reyes, Adalyn Reyes está sob os holofotes após incidente terrível com mascote do time."

A sensação pegajosa que cobriu minha pele quando entrei no escritório subiu pela minha espinha. Meus braços. Minha nuca.

Ele continuou:

– "Adalyn Reyes desequilibrada. Quem é a herdeira do império Underwood?" – Fechei os olhos. – "Miami Flames F.C. sob análise. O clube finalmente está desmoronando?" – Uma gota de suor gelado desceu pelas minhas costas. – "A diretora de comunicação, chata e sem sal, finalmente encontrou o que a faz arder? A ira feminina explicada."

Chata e sem sal.

Finalmente encontrou o que a faz arder.

Ira feminina.

Por mais ereta que eu mantivesse a coluna naquele momento, era impossível ignorar o quanto eu me sentia pequena. Inadequada. E, quando me mexi, até meu terno sob medida pareceu desconfortável. Largo e piniquento. Como se eu não devesse estar usando isso.

– Bom. – A voz do meu pai me trouxe de volta. Eu me concentrei nele. Em seu rosto. Na dureza de seus olhos. – Para ser sincero, acho essas manchetes longas demais, mas isso não importa quando elas cumprem seu papel.

Ele faz uma pausa antes de continuar.

– Você ainda acha que podemos nos beneficiar dessa atenção, Adalyn?

Fiz que não com a cabeça.

O homem que eu tanto admirei e tentei impressionar durante todos os anos em que trabalhei no clube soltou um suspiro.

– Pode pelo menos nos dizer o que motivou isso tudo? – quis saber ele, e a pergunta me pegou tão de surpresa, eu estava tão despreparada, que fiquei ali parada, olhando para ele.

– Eu...

Eu não podia dizer. Eu me recusava.

Não com David bem ali. Se ele tivesse me perguntado no dia anterior, me interceptado e exigido uma resposta enquanto eu *fugia da cena do crime*, como ele disse, talvez eu tivesse contado naquelas circunstâncias. Aquela claramente não era eu. Mas agora eu não poderia dizer.

Explicar só provaria que as acusações contra mim estavam certas. Que eu não era profissional. Que era desqualificada para meu cargo atual e para o que almejava ocupar um dia. Como eu poderia estar no comando de qualquer coisa se perdia a cabeça daquele jeito?

– Querida – disse David, fazendo com que eu virasse para ele. Eu não conseguia acreditar que um dia tinha permitido que ele me chamasse de qualquer coisa que não fosse Adalyn. Pelo menos eu sabia agora por que ele ainda tinha coragem de fazer isso. – Você está tão pálida. Tá tudo bem?

– Tá – resmunguei, mas não estava. Nem de longe. – É que está quente aqui. E eu... eu mal dormi essa noite.

Dei uma tossidinha, olhei meu pai nos olhos e as palavras jorraram da minha boca.

– Você sabe o quanto eu trabalhei e o quanto me dedico ao clube. Será que não poderia...

Esquecer isso? Ficar do meu lado? Sem questionar. Ser meu pai.

Andrew Underwood se recostou na cadeira, o couro rangendo sob seu peso.

– Está pedindo que eu trate você de forma diferente só porque é minha filha?

Sim, eu queria responder. Só desta vez. Mas a pressão atrás dos meus olhos voltou, me distraindo.

– Não. – Ele cortou o ar com um gesto. – Nunca fiz isso antes e não vou começar agora. Você ainda é uma Underwood e é melhor que isso. Não me peça tratamento especial depois de constranger a mim e ao clube inteiro.

Constranger. Eu tinha constrangido a mim mesma, além do meu pai e do clube.

Sempre me orgulhei de não deixar que as palavras ou ações do meu pai como chefe me incomodassem. Mas a verdade nua e crua era que no fundo isso não era para valer. Me incomodava o fato de aquela relação chefe-funcionária ser a única que tínhamos.

Era a única coisa que eu tinha.

– Você violou o código de conduta – continuou ele. – Isso é motivo de demissão. E talvez o que eu pretendo fazer seja um favor, considerando todas as circunstâncias.

Estremeci.

Em resposta, Andrew Underwood semicerrou os olhos ao olhar para mim. Só depois do que pareceu uma eternidade ele deixou que as mãos caíssem sobre a mesa.

– Não gosto das perguntas que David está recebendo o dia todo. – Ele inclinou a cabeça. – Você é uma distração, então quero que saia de Miami enquanto damos um jeito de consertar tudo isso.

David murmurou alguma coisa, mas não consegui ouvir bem. As palavras do meu pai ecoavam em minha cabeça.

Consertar. Então havia uma solução.

Meu pai levantou da cadeira.

– Sua assistente. Qual é o nome dela?

– Kelly – respondeu David por mim.

– Ela vai assumir todas as comunicações e consultas de mídia – continuou meu pai, assentindo. – Adalyn vai atualizá-la de tudo antes de ir.

Ele deu um passo para a direita, abriu uma gaveta e então voltou a olhar para mim.

– Dê um jeito no que quer que esteja acontecendo com você e nos deixe conter os danos – disse ele antes de colocar o iPad na gaveta. – E prefiro que não comente nada disso com sua mãe. Se ela souber que exilei sua única filha até o fim da temporada, vai me encher o saco.

Exilada.

Até o fim da temporada.

Seriam... semanas. Meses. Longe do Flames e de Miami.

Assenti.

– Você parte amanhã. Para uma missão. Temos uma iniciativa filantrópica que exige sua presença e toda essa sua... paixão recém-descoberta.

Ele fez uma pausa.

– É uma coisa que eu venho pensando há um tempo, na verdade. Então acho que agora é a hora. – Ele deu a volta na mesa. – E, Adalyn? Espero que leve tão a sério quanto seu trabalho aqui. Não me decepcione outra vez.

DOIS

Adalyn

– Green Warriors?

Dei um suspiro, olhando para meu celular no painel do carro alugado.

– Tem certeza que esse é o nome do time? – A voz de Matthew voltou a sair pelo alto-falante. – Acho que nunca ouvi falar. – Uma pausa. – Espera, não é o Charlotte Warriors?

– Acho que eu saberia se tivessem me mandado para um time como o Charlotte Warriors. – Encurvei os ombros enquanto segurava o volante, mas tentei manter o tom de voz o mais animado possível, sem muito sucesso. – É um projeto filantrópico, então imagine algo menor que isso.

– Menor, tá – resmungou ele, as teclas do notebook ressoando ao fundo. – Não é meio estranho você estar a caminho desse lugar sem saber ao certo para quê? Eles não deveriam ter te dado mais informações?

– Situações estranhas exigem soluções estranhas – respondi. – Mas eles me disseram algumas coisas. Local, contato e nome do time. O problema é que eu não tive tempo de pesquisar.

Não com 24 horas para atualizar Kelly antes de pegar o voo. Uma onda de exaustão me atingiu, me fazendo engolir um bocejo.

– Mal tive tempo de fazer a mala. – Ou dormir. – Por sorte, conheço alguém que é bom de pesquisa e prazos apertados, já que o jornalismo é seu trabalho e sua paixão.

– Ossos do ofício – resmungou meu melhor amigo, e percebi uma alteração em sua voz que não entendi. Franzi o cenho, mas ele continuou antes que eu pudesse perguntar qualquer coisa. – E vou ajudar se você me deixar dizer o que eu estou achando disso primeiro.

– Eu tinha esquecido esse osso do ofício – comentei, inexpressiva.

– O que eu acho – anunciou ele, ignorando meu comentário – é que exilar a própria filha por uma bobagem dessas é exagero.

– Por favor – falei, soltando um suspiro. – Não precisa se esforçar tanto para medir suas palavras.

– Eu *estava* medindo minhas palavras. O que eu acho de verdade é que isso que o seu pai está fazendo é uma puta de uma sacanagem.

Senti meus ombros mais tensos ainda.

Matthew nunca gostou do meu pai, e meu pai também nunca gostou dele. Nunca culpei nenhum dos dois. Eles eram... opostos completos. Dia e noite. Água e óleo. Como Matthew e eu. Ele não fazia rodeios, era barulhento e charmoso, e eu era comedida, crítica e pragmática demais para viver fazendo piada sobre tudo – meu pai também, aliás –, como Matthew. Risos e gargalhadas não garantiam resultados. Não no meu mundo, pelo menos.

Nossa amizade sempre foi um mistério. Para mim, pelo menos. Não para meu melhor amigo. Ele foi muito claro a respeito de suas intenções desde que nos conhecemos, anos antes, na fila da Sanduicheria Doña Clarita.

Ele tentou dar em cima de mim, e eu o olhei de cima a baixo antes de perguntar se ele estava chapado. Sua resposta foi uma gargalhada estridente, e um *Gostei de você. Você manda a real.*

De algum jeito, depois daquele dia nos tornamos inseparáveis.

– Meu pai tem um pouco de razão – falei. – Tá rolando por aí um vídeo vergonhoso em que estou grunhindo e rosnando enquanto arranco a cabeça da mascote do time para o qual trabalho.

– É engraçado. E o mundo anda cruel. As pessoas se enxergam em você. Estão relacionando a cena a uma demonstração de ira feminina. – De novo essa história de ira feminina. – Na verdade, é empoderador. Não tem nada de constrangedor.

Constrangedor.

Não me peça tratamento especial depois de constranger a mim e ao clube inteiro.

Engoli em seco, ignorando o frio na barriga ao lembrar as palavras do meu pai.

– Você sabe muito bem que não precisa pegar leve comigo.

– Já vi coisas piores na internet, Addy. E daí que você brigou...

– Não foi uma briga – interrompi, olhando para o aplicativo do mapa no celular com uma careta. – E não me chame de Addy, *Matty*. Você sabe que esses apelidos fazem com que eu me sinta uma criança.

Não importava que viessem do meu ex ou do meu melhor amigo. Eu odiava que me chamassem de qualquer coisa que não fosse meu nome.

– Tá bom. – Ele cedeu, ignorando meu tom. – Então não foi uma briga. Foi um confronto...

– Um desentendimento, no máximo.

– E daí que você teve um desentendimento, no máximo, com Sparkles, e algum idiota publicou o vídeo em uma rede social, e agora a Geração Z não para de falar sobre isso? Todos querem ser amados pela Geração Z. É dela que vem o dinheiro. Você deve ser a millennial favorita deles.

– Teoricamente eu fico na fronteira. Então, de qualquer forma, sou uma zillennial, não millennial.

Espiei o celular mais uma vez, me perguntando por que a estrada estava serpenteando e a vegetação ficando mais espessa de ambos os lados. Eu não esperava subir tanto. Voltei a explicar para Matthew:

– Enfim, o vídeo estava com quase oito milhões de visualizações hoje cedo. E, quando falei com minha assistente, ela disse que havia uns paparazzi no Flames hoje. Paparazzi. Como se eu fosse uma... sei lá, uma celebridade dos anos 2000 que acabou de ter um vídeo de sexo vazado.

– E o que aconteceu com a Kim Kardashian? Agora ela tem uma fortuna, uma marca, uma fila de ex-namorados questionáveis e, em breve, um diploma de direito.

– Matthew. – Chamei sua atenção e soltei um suspiro. – Não vou ficar conversando sobre por que você acha que as Kardashians são a melhor coisa que aconteceu no século XXI... de novo. Eu não tenho interesse nenhum em virar uma Kardashian, e você só é obcecado por elas porque elas têm... – Enrolei um pouco. – Você sabe, um bundão.

– Também valorizo o talento delas como empreendedoras – respondeu ele, com um arquejo teatral. – E gostar de bunda grande não é nenhum crime. Enfim, escuta, os paparazzi deviam estar tentando pegar Williams ou Perez chegando para treinar. Tenho certeza de que sua assistente exagerou porque David mandou. Ele é o lacaio do seu pai desde que foi contratado para um cargo no qual você seria milhões de vezes melhor. Mas Andrew é assim mesmo. Uma puti...

– Faz tempo demais que você está em Chicago – interrompi. E, ironicamente, David nunca foi lacaio do meu pai. Ao contrário de... Parei de pensar nisso. – Não me lembro da última vez que um jogador do Flames chamou tanta atenção.

Ouvi o rangido do couro e olhei para baixo. Meus dedos estavam brancos, segurando o volante com uma força meio descomunal. Soltei o ar que estava segurando.

– Meu pai está me fazendo um favor ao me dar uma chance de consertar isso. Uma oportunidade para me redimir.

Ficamos um bom tempo em silêncio, e, quando Matthew voltou a falar, sua voz estava séria. Cheia de zelo. Não gostei.

– Sei que você não tem dificuldade nenhuma para se defender, mas... essa história toda com o Sparkles não parece você. – Senti um frio na barriga. – O que aconteceu? Alguma coisa te levou a... esse ponto.

Esse ponto. A pressão gigantesca que me esmagava desde aqueles momentos terríveis logo antes de eu me lançar contra Sparkles voltou ao meu peito. Só que, mais uma vez, eu não me sentia preparada para conversar sobre o que tinha precedido minha explosão. Várias emoções obstruíam minhas cordas vocais.

Os segundos passaram lentamente. Dei uma tossidinha.

– Se eu soubesse que você ia querer ficar falando sobre os meus sentimentos, eu estaria fazendo outra coisa agora, tipo ouvir um podcast. Você sabe como eu amo dirigir ouvindo uma voz grave destrinchando um assassinado complexo e medonho.

– Estou falando sério – disse ele, com a voz suave.

Suave demais. Tão suave que quase tirou o peso do meu peito.

– Sinceramente, Matthew – falei, com o tom um pouco mais duro por puro instinto de sobrevivência. – Eu esperava que a essa altura você já tivesse colocado camisetas com as hashtags #casosparkles ou #ExterminadoradePássaros no correio. Esse papo sentimental é uma decepção.

Não era, mas eu ainda não conseguia lidar com tudo o que se revolvia dentro de mim.

O som de Matthew soltando o ar profundamente saiu pelo alto-falante.

– Caramba, Addy. – Ele riu, e dessa vez deixei o *Addy* passar. – Agora você estragou a surpresa.

Eu me senti relaxar. Só um pouquinho.

Porque na mesma hora notei que a estrada fazia curvas à frente, entrando e saindo de um bosque cheio de árvores. Onde é que eu estava?

– Podemos voltar ao motivo da ligação? – perguntei. – Eu já deveria estar perto do meu destino e gostaria de saber o que me aguarda quando eu chegar.

– Certo – concordou ele, e as teclas do notebook voltaram a soar. – Então estamos pesquisando sobre o Green Warriors.

– Isso mesmo. Da Carolina do Norte.

Alguns segundos se passaram, então ele disse:

– Nada. Nadinha. Tem certeza de que é esse o nome do time?

A velha Adalyn diria que sim. Mas eu não tinha certeza. As últimas 24 horas eram a prova de que eu não era mais a *velha Adalyn*.

– Tenta Green Oak. Tenta... – Era para ser um empreendimento filantrópico, então talvez eu não devesse esperar que o time tivesse aparecido na imprensa. – Tenta recreativo.

Esta última palavra pareceu pairar no espaço reduzido no interior do carro, silencioso a não ser pelo barulho dos pneus na estrada irregular.

Em que momento eu tinha entrado em uma estrada de terra? E por que Matthew não estava falando nada? O telefone estava sem sinal?

Olhei para a tela do meu celular. Tinha sinal.

– Matthew?

Um gemido.

Ah, não.

– O que você descobriu?

– Você não vai gostar nem um pouco.

– Pode ser mais específico?

– Você está levando calçados confortáveis?

– Confortáveis? Tipo chinelos para ficar em casa? – Franzi o cenho. – Vou passar semanas aqui, claro que sim.

– Não chinelos. Botas.

– Botas? – repeti.

– Do tipo que se usa ao ar livre. Sabe, confortáveis, resistentes e sem um salto de doze centímetros.

– Sei bem o que são botas. – Revirei os olhos, embora as botas que eu tinha imaginado não fossem do tipo confortável. – Mas vou estar trabalhando. Não vim até aqui para passar o dia em…

Olhei para o aplicativo do mapa mais uma vez

– Uma cadeia enorme de montanhas – completei. Onde é que ficava aquela cidade? Meu Deus. Eu deveria mesmo ter pesquisado antes de entrar no avião. – Pretendo dedicar ao Green Warriors o mesmo tempo que dedicava ao Flames. Além disso, caso eu tenha algum tempo livre, o que não vai acontecer, você sabe que eu não me envolvo em atividades que incluam o uso de roupas impermeáveis e o risco de cair de um penhasco.

– Ah, mas você vai ter que se envolver, sim.

Fiz uma careta, virando à direita em mais uma estrada de terra.

– Como assim?

Ouvi as teclas do notebook. Outro gemido.

Meus ouvidos estalaram. Meu Deus, a que altitude eu estava?

– Matthew, estou a três segundos de desligar na sua cara.

– Tá. O que você quer ouvir primeiro? A notícia ruim? Ou a pior ainda?

– Não tem notícia boa? – perguntei, semicerrando os olhos e localizando o cruzamento que eu estava procurando.

Virei, e a estrada se transformou em uma espécie de trilha na montanha. Pedregulhos começaram a saltar sob os pneus, atingindo o fundo do carro alugado. Segurei o volante. Com firmeza. Algo estava errado. Eu tinha quase certeza de que não era para eu estar em uma estrada assim. O carro inteiro tremia – vibrava – com as saliências da estrada que na verdade nem era uma estrada.

– Acho que cometi um erro aqui.

– É o que eu estou tentando te dizer – disse Matthew.

E, se eu estivesse escutando com atenção, teria ouvido o tom de urgência em sua voz, mas estava ocupada demais me perguntando por que eu não me encontrava em uma cidade. Estava entrando em uma propriedade no meio da floresta. *Da floresta.*

Matthew continuou a falar, suas palavras se perdendo em minha cabeça enquanto eu dava a volta em um chalé. Um chalé. Um chalé mesmo, com vigas de madeira e janelas que davam para a massa de árvores que eu tinha deixado para trás.

Algo estava errado.

Por algum motivo, no caminho até lá, eu tinha construído uma imagem na cabeça. No avião, me convenci de que estava indo para uma cidade da Carolina do Norte – talvez um bairro mais afastado do centro comercial, o que explicaria por que eu nunca tinha ouvido falar desse time. Afinal, eu estava indo a trabalho. Um empreendimento filantrópico de um time da MLS. Era um projeto sério em uma cidade de verdade. Mas agora estava difícil acreditar nisso.

Aquele lugar não parecia pertencer a uma cidade. Não parecia haver uma cidade grande por perto.

O lugar era cercado por… natureza. Floresta. Encostas cobertas de verde-esmeralda e marrom-acobreado. Eu estava seguindo por estradas de chão que me levaram ao tipo de propriedade que poderia ser anunciada como um retiro na natureza. Havia pássaros cantando. Folhas farfalhando. Rajadas de vento. Silêncio.

Odiei.

Fui muito relapsa, muito apressada. Deveria ter checado a localização que Kelly me enviou antes de inseri-la no aplicativo. Deveria ter pesquisado. Deveria…

– Você chegou ao seu destino – anunciou a voz feminina do GPS.

Ignorei o nó na garganta e dei outra volta no chalé, procurando um lugar para estacionar. Tinha que haver uma explicação. Um motivo. Provavelmente uma cidade que não vi no caminho por ter seguido um atalho pelas montanhas. E, bem, pelo menos o chalé era… de bom gosto. A maioria das pessoas ficaria feliz por ter a oportunidade de fugir para um lugar tão tranquilo. Sentir o ar fresco da montanha. Assistir ao pôr do sol aconchegado embaixo de uma mantinha. Ter uma varanda com vista para a vegetação.

Mas eu não era como a maioria das pessoas.

Eu detestava o frio. E não tinha a necessidade estranha de atravessar o país em busca de ar fresco. Gostava do ar de Miami. Da cidade. Do litoral. Até do calor insuportável. Do meu trabalho com o Flames. Da minha vida.

Senti meu estômago revirar, uma bola de náusea surgindo.

Imagens da cabeça do Sparkles caindo na grama surgiram atrás dos meus olhos.

Violação do código de conduta.

Ira feminina.

Constrangedor.

Você é uma distração, então quero que saia de Miami.

Minhas mãos voltaram a suar, o volante ficou escorregadio. O carro ainda estava se mexendo ou eu já tinha desligado?

– Adalyn? – perguntou Matthew, me lembrando de que ele ainda estava ali. Ele estava falando aquele tempo todo? – Diz alguma coisa.

Mas eu estava ocupada demais tentando me concentrar no que acontecia com meu corpo. Aquilo era exaustão? Desidratação? Qual tinha sido a última vez que bebi água? Será que eu estava de TPM? Balancei a cabeça. Ai, meu Deus, eu estava surtando de novo? Eu...

Algo atingiu o para-choque com um baque surdo.

Pisei no freio com tudo, de maneira tão repentina, tão brusca, que meu corpo inteiro foi lançado para a frente.

Minha testa bateu no volante.

– Ai. – Eu me ouvi gemer em meio ao zumbido nos ouvidos.

– ADALYN? – A voz veio de algum lugar à minha direta. A voz de Matthew. Parecia abafada agora. – Meu Deus, o que aconteceu?

– Bati em alguma coisa – respondi, o lado direito da testa ardendo.

Com a respiração irregular, dei a mim mesma três segundos, deixando a cabeça descansar na superfície de couro do volante, antes de me endireitar e olhar para o lado, procurando pelo celular, que tinha caído do painel.

A voz de Matthew voltou.

– Me diga que você está bem ou juro que vou ligar pra sua mãe agora mesmo...

– Não – falei, com a voz rouca. – Por favor. Não. Maricela não. Ela não pode saber disso.

Pisquei com força, tentando dissipar os pontinhos que surgiam em minha visão periférica.

– Está tudo bem – resmunguei, e vi alguma coisa se mexer do lado de fora do carro. Algo... que saiu correndo. E... Cacarejando? – Acho que atropelei uma galinha.

Xingamentos inteligíveis saíram pelo alto-falante enquanto eu soltava o cinto e pegava o celular do chão. Voltei a erguer o tronco e...

Minha cabeça girou.

– Isso foi um erro – murmurei.

– É o que eu estou tentando te dizer, Adalyn. O Green Warriors...

– Acho que vou vomitar.

– Sai do carro – disse ele. – Agora.

Assenti, embora Matthew não pudesse me ver, e engatei a ré.

– O carro está no meio da estrada, então vou só estacionar e...

– Não.

– Não posso deixar o carro aqui. – Pedregulhos saltaram de debaixo do pneu quando o veículo começou a avançar. – Talvez eu devesse dar uma olhada na galinha também.

Um pensamento tomou forma em meio à minha névoa mental, e eu disse:

– Ah, meu Deus. E se eu tiver matado a galinha? – Meus olhos desviaram na direção em que ela tinha corrido. Eu não podia acreditar. – Outra ave idiota.

Minhas pálpebras se fecharam. Só por um instante. Não deve ter sido mais do que um nanossegundo, um indulto de curta duração, mas...

Um baque surdo me sacudiu.

Um baque. Eu tinha batido em alguma coisa. De novo. Alguma coisa maior que uma galinha. Tipo um... Nossa, tomara que não seja um urso.

Meus olhos se abriram, o pânico surgindo.

No mesmo instante, um rosnado – como o rosnado de um urso, para o meu completo desespero – veio da traseira do carro. Meu pé disparou para a frente. Mas minha cabeça estava confusa e meus reflexos claramente deturpados, porque em vez de pisar no freio, pisei no acelerador.

E joguei o carro alugado contra uma árvore.

TRÊS

Cameron

A mulher dentro do carro estava inconsciente.

– Olá? – chamei, semicerrando os olhos.

Eu estava tentando ver seu rosto um pouco melhor, mas ela estava com a cabeça contra a janela e eu só conseguia ver um emaranhado de... cabelo castanho. Bati no vidro e repeti, um pouco mais alto:

– Olá?

Nenhuma reação.

Meu Deus. Aquilo não era nada bom.

Deixando de lado a pontada de irritação e raiva, puxei a maçaneta do carro, torcendo para que não estivesse trancado, e fui tomado por alívio quando a porta se abriu com um clique rápido.

Alívio que desapareceu assim que a mulher tombou para o lado pesadamente.

– Merda – resmunguei baixinho, pegando-a no ar.

A situação tinha passado de inconveniente a preocupante.

Sem perder nem mais um instante, segurei a mulher contra o peito e a tirei do carro para colocá-la no chão.

Ajoelhei ao lado dela. O cabelo ainda escondia seu rosto e me obriguei a afastá-lo com a mão. Lábios entreabertos, um narizinho redondo e um rosto pálido se revelaram. Percebi que ela estava pálida demais e a examinei em busca de ferimentos. Meus olhos pararam em um galo na cabeça. Tinha um tom feio de vermelho e não diminuiu minhas preocupações.

– Olá? – chamei uma terceira vez, sem obter qualquer reação. Dei umas batidinhas leves em seu rosto. Nada. – Meu Deus.

Joguei a cabeça para trás por um segundo, passando a mão pelo rosto, receoso quanto ao que deveria fazer em seguida. Eu não conseguia acreditar que ela tinha quase me atropelado. Não enxergar aquele galo maldito que estava perambulando pela propriedade havia semanas tudo bem, mas eu? Eu estava bem ao lado do carro. E não sou um cara pequeno. Ela não viu um homem de 1,90 metro em plena luz do dia e depois arremessou a droga do carro contra uma árvore.

– E agora vai me fazer chamar uma ambulância, não vai? – sussurrei, balançando a cabeça e tirando o celular do bolso. – É claro que vai.

Só que, quando eu estava desbloqueando o aparelho, ela finalmente se mexeu, chamando minha atenção.

Soltou um grunhido.

– Vamos – murmurei, esperando ansioso para que ela recuperasse a consciência.

Sua cabeça virou para o lado, os olhos tremendo sob a pele macia das pálpebras.

Respirei fundo, começando a ficar inquieto. Mais uma vez, estendi a mão. Eu precisava que ela acordasse e ficasse bem. A probabilidade de uma concussão me deixava tenso, é claro, mas também estava preocupado comigo mesmo. E a última coisa que eu queria era precisar ligar para a emergência ou, Deus me livre, a polícia. Eu...

Seus olhos se abriram, me fazendo parar de repente.

Seus olhos castanhos encontraram os meus.

– Quem é você? – perguntou ela, a voz abafada.

Seu olhar desceu em direção à minha mão, que estava prestes a tocar seu ombro.

– Não encoste em mim – disse ela, e depois levantou o olhar. – Eu sei técnicas de defesa pessoal.

Franzi o cenho.

– Posso derrubar você. – Na sequência, sua voz saiu em um sussurro: – Eu acho.

– Você acha? Isso não é bem uma ameaça – murmurei. Ela me olhou de cara feia por um tempo, então se virou e estremeceu de dor. – De onde vem a dor? – perguntei, e, como ela não se mexeu nem respondeu, voltei a estender a mão em sua direção.

Eu mesmo examinaria seus ferimentos se fosse preciso, me certificando de que ela estava bem, e a levaria até o hospital mais próximo. Ela não era problema meu, mas...

Ela me deu um tapa.

Na minha mão. Um tapa rápido e certeiro.

Fechei os olhos por um instante.

– Eu disse para não tocar em mim.

Ela praticamente cuspiu as palavras. Seu rosto estava distorcido de raiva. Ou talvez medo. Eu não saberia dizer. E estava surpreso demais para me preocupar com aquilo.

– E aí? – insistiu ela. – Quem é você e por que estou no chão?

Continuei encarando aquela mulher, sem palavras. Quando finalmente consegui vencer a incredulidade e falar, tudo o que saiu foi:

– Você bateu em mim com o seu carro.

Ela franziu o cenho.

– Eu não bati... – Ela se conteve, a boca se abrindo devagar. – Ah.

Sua expressão foi tomada pela compreensão.

– *Ah.*

– É. Ah – repeti, impassível.

– O rosnado – murmurou ela. – Foi você.

– É claro que fui eu, você achou que tivesse batido em quê?

– Não sei. Um... urso?

Arqueei as sobrancelhas.

– E ainda assim não freou?

– Eu tentei.

– Você tentou – repeti, desviando o olhar para o carro luxuoso e nada adequado para o terreno que estava diante do tronco de um carvalho. A sorte dela era que ela estava indo devagar e passou de raspão. Essa sorte também era minha.

A mulher ficou em silêncio, perdida em pensamentos, e eu só observei enquanto ela se lembrava de tudo – a passos de tartaruga. Meu olhar desceu, analisando a camisa de botão, a saia e os sapatos de salto. Tudo naquela mulher, das roupas – de grife, sem dúvida – ao carro nada prático, cheirava a vida urbana presunçosa e bebidas caras demais que ela devia fotografar a caminho do escritório. Tudo que eu tinha feito questão de abandonar.

Meus olhos voltaram ao seu rosto. Ao hematoma em sua testa que continuava tão feio quanto alguns minutos antes.

– É bom examinarem sua cabeça. Vou te levar ao hospital mais próxi...

Ela se levantou em um salto, me interrompendo porque logo voltou a cair.

– De jeito nenhum – alertei.

Coloquei a mão em seu peito para impedir mais uma tentativa imprudente. Ela tentou levantar e mal precisei me esforçar para mantê-la onde estava. *Pode me derrubar, sei.*

– Você não vai se meter em mais um acidente idiota – completei.

Seu queixo caiu, e seu olhar se voltou para a minha mão. Logo acima de seus seios. Ela fez uma careta.

– Eu falei para você não encos...

– Você está perdida? – interrompi, indiferente ao olhar de ameaça. Meu toque era puramente clínico. Prático. – É por isso que está aqui?

Ela semicerrou os olhos.

– Por que você acha que estou perdida? Eu estava estacionando quando você entrou bem na frente...

– Ou você está perdida – interrompi mais uma vez –, ou está invadindo uma propriedade. Pode escolher.

Isso pareceu pegá-la de surpresa, porque ela piscou algumas vezes. Eu praticamente podia ver as engrenagens girando em sua cabeça.

– Ah, meu Deus. Você é algum tipo de aproveitador que pula na frente do carro para dar um golpe no motorista? – Franzi o cenho, e ela balançou a cabeça. – Aposto que a barba e o sotaque são falsos.

Inclinei a cabeça. Tá bem, ou ela era louca ou estava com a maior concussão que já vi.

– Eu posso pagar – disse ela, com o rosto sério. – Pago se você me deixar em paz. Não posso me dar ao luxo de lidar com um golpista neste momento.

Respirei fundo, tentando me acalmar.

– Tá vendo aquele chalé ali? – Apontei com a cabeça para trás de mim, ouvindo minha voz ficar mais grave. – Eu moro ali. Não sou daqui. Estou gastando uma pequena fortuna com o aluguel. Que inclui a entrada, onde quase fui atropelado por você, e o carvalho onde você bateu. O galo infelizmente veio com a propriedade.

– O quê? – resmungou ela, franzindo as sobrancelhas e estremecendo mais uma vez.

Ergui o olhar para o machucado em sua testa que agora estava ficando inchado.

– Você precisa colocar gelo nisso – declarei, ignorando a irritação que sentia. Estendi a mão. – Talvez precise de um médico também. Vamos, eu te levo. Acha que consegue levantar sem...

– Mas eu aluguei esse chalé. E não é verdade que quase te atropelei.

Analisei-a por um bom tempo, tentando definir o tamanho do delírio ou da concussão. Então, sem qualquer aviso, tomei uma atitude.

– Tá, cansei de perder tempo – falei, e meus braços envolveram suas costas e pernas. – Vou levar você até a emergência, o hospital, ou qualquer outro lugar que não seja aqui.

Ela soltou um grito estridente, quase perfurando meus ouvidos.

– Meu Deus – reclamei, e ela se contorceu em meus braços. – Quer parar?

Eu a levantei, e seu cotovelo acertou meu peito em cheio.

– Ei... – reclamei, e comecei a seguir em direção ao carro. Algo pontudo acertou minha mandíbula. – Isso foi seu joelho?

Mais uma vez. Era, sim, o joelho dela.

– Ah, pelo amor de Deus – resmunguei, desistindo e largando aquele emaranhado de braços e pernas no chão.

– Eu disse que sabia técnicas de defesa pessoal. – Ela se eriçou, passando as mãos no tecido da saia. Mesmo de salto, seu rosto mal alcançava meu queixo. – E você não vai me levar a lugar nenhum. Estou bem, não preciso de médico, e não estou perdida.

Ela endireitou os ombros, a própria imagem do autocontrole, não fosse pela emoção óbvia rodopiando em seus olhos castanhos.

– Aluguei este chalé e gostaria de me instalar. Tenho lugares a ir e coisas a fazer, então você, sua barba falsa e seu sotaque idiota podem dar no pé.

Cerrei os dentes. Respirei fundo e devagar pelo nariz. Contei até dez ao contrário. Bem devagar. *Dez, nove, oito...*

– E aí? – perguntou ela, o tom insistente, irritante.

Cinco, quatro, três...

– Ser agarrada por um desconhecido e sofrer um golpe é a última coisa de que eu preciso.

Fechei os olhos, e algo entre uma bufada e uma risada escapou dos meus lábios.

Aquilo era loucura.

– Do que você está rindo?

Olhei bem para ela.

– O hospital mais próximo fica a uns cinquenta quilômetros, para o leste – falei, sem deixar que ela me interrompesse. – Agora, pegue o carro do papai e saia da minha propriedade sem matar nada nem ninguém no caminho, tá?

A boca da mulher se abriu, de indignação, certamente. Dei-lhe as costas.

– E coloque gelo nisso aí antes que fique roxo e você precise gastar uma fortuna em maquiagem para cobrir – acrescentei, me afastando.

Eu agi como um idiota, mas não estava nem aí para os sentimentos de uma desconhecida. Eu tentei ajudar. Ela recusou.

Então, por mim, era o fim daquela interação. E eu esperava que para ela também.

QUATRO

Adalyn

Inacreditável.

Eu não conseguia acreditar que ele tinha dito aquilo e ido embora.

Para o *meu* chalé.

Bufando, voltei para o carro pisando firme e peguei o celular.

A tela se acendeu com dezenas de mensagens e ligações perdidas. Todas de Matthew. Eu…

Droga. Eu tinha me esquecido completamente dele.

Dei uma olhada nas notificações, encontrando de tudo: mensagens superpreocupadas, ameaçando ligar para o corpo de bombeiros ou, pior ainda, falar com a minha mãe caso eu não desse sinal de vida. Escrevi uma mensagem correndo.

ADALYN: Tá tudo bem. A ligação caiu e fiquei sem sinal.

A única verdade era que a ligação tinha caído. E Matthew devia estar mesmo preocupado, porque recebi uma resposta em segundos.

MATTHEW: QUE MERDA, ADALYN. VOCÊ TEM IDEIA DO QUANTO EU FIQUEI PREOCUPADO?

Soltei um suspiro. Ele tinha razão em estar um pouco chateado, mas…

ADALYN: Pare de se preocupar comigo como se eu fosse uma criança indefesa e confie em mim. Está tudo bem.

Fiquei encarando a tela, me sentindo uma idiota por ter estourado com meu melhor amigo, mas eu ainda estava abalada com o encontro com aquele... homem. Os três pontinhos apareceram na tela, mas não esperei para ver o que ele estava digitando.

ADALYN: Te ligo depois... e, por favor, não ligue para Maricela.

Bloqueei a tela e soltei um longo suspiro, me dando um minuto para me recompor. Minha cabeça latejava, mas não era nada que alguns analgésicos não pudessem resolver. Eu não precisava de hospital. Nem de gelo. E certamente não precisava de um estranho me dizendo o que fazer.

Atingida por uma nova onda de energia, endireitei a coluna e fui até o chalé – o meu chalé, que ele estava ocupando, possivelmente de maneira ilegal – abrindo o e-mail de confirmação da reserva. Após rolar a tela algumas vezes, encontrei o e-mail. Abri e analisei o conteúdo.

Pronto. Ali estava. O número de confirmação da reserva. Adalyn Elisa Reyes. O endereço. Hospedaria do Alce Preguiçoso, Green Oak, Carolina do Norte.

Hospedaria do Alce Preguiçoso. Meu Deus, aquele nome devia ter deixado óbvio – desde que as pessoas checassem esse tipo de coisa antes de chegar ao destino, claro.

Subi os degraus até a varanda e tentei afastar esse pensamento. Ficar me torturando por não ter pesquisado melhor não ajudaria em nada naquele momento. Meu olhar percorreu o local, e, analisando com mais atenção, entendi por que alguém iria até lá. O chalé era lindo, para quem gostava desse tipo de coisa. Tinha dois andares e janelas de vidro que se estendiam do chão ao teto em cada lado da porta de entrada, o que garantia uma aparência elegante e ainda rústica que combinava perfeitamente com a paisagem.

Cheguei à porta da frente, me permitindo respirar fundo uma vez antes de levantar a mão e bater.

A porta se abriu de repente, como se ele já estivesse esperando por mim.

Aquele rosto todo de linhas firmes e afiladas sob uma barba curta, mas desgrenhada, se revelou. Olhos que eu não tinha percebido que eram tão verdes encontraram os meus. Ainda com raiva.

Abri a boca, mas, agora que estava olhando bem para ele, em pé, tive uma sensação estranha. Havia algo naquele homem, naquele rosto, talvez naquela cabeça cheia de cabelos escuros, ou até mesmo na largura dos ombros que me parecia... familiar? Mas *como*? Meus olhos vagaram um pouco mais, parando na altura de sua boca. Seus lábios formavam um biquinho que quase evocou uma imagem na minha cabeça. Talvez se não estivessem escondidos por toda aquela barba...

– Isso foi um erro.

Vi seus lábios se movimentando, mas não ouvi as palavras seguintes.

Me voltei para seus olhos.

– Como assim?

Mas, em vez de responder, ele fez menção de fechar a porta.

Coloquei a mão e o pé na frente, posicionando-os entre a porta e o batente.

– Espere.

Em sua defesa, ele esperou. Mais forte que eu, podia ter fechado a porta com facilidade. Eu não era exatamente uma mulher pequena, e estava de salto, mas ele ainda era bem mais alto que eu. Também parecia definido. Forte. Desviei os olhos para o ombro e o braço que estavam visíveis pela fresta da porta. Uma única palavra me veio à mente: atleta. Eu sabia reconhecer um atleta de alta performance. Aquele não era o momento certo, mas segui com minha inspeção, voltando a olhar para seu rosto. Meu cérebro nebuloso estava prestes a fazer uma conexão. Eu tinha certeza.

Sim. Eu já tinha visto aqueles olhos. As sobrancelhas escuras e teimosas, caídas. O nariz comprido e retinho também.

Ele resmungou alguma coisa baixinho, e senti que passou a segurar a porta de um jeito diferente. Foi quando baixei o olhar, que parou em seus dedos. Fortes, compridos. O dedo do meio levemente torto. O dedo mindinho com um anel com um C.

Um C. Não podia ser. Era...

Ele deu uma tossidinha, dispersando meus pensamentos.

Levantei o celular.

– Aqui está minha reserva. Dê uma olhada, veja com os próprios olhos. Aluguei este chalé. – Quase esfreguei o aparelho em sua cara. – Hospedaria do Alce Preguiçoso.

Ele resmungou alguma coisa que não entendi e finalmente voltou a abrir a porta.

– Olha – falei, com a voz que usava em coletivas de imprensa. Educada, mas firme. Direta. – Na pior das hipóteses, eles reservaram o chalé para duas pessoas diferentes, e isso não seria culpa de nenhum de nós dois. Mas, se foi isso que aconteceu, precisamos esclarecer a situação.

Analisei sua expressão enquanto ele olhava para a tela do meu celular, relutante.

– Na melhor das hipóteses, você está enganado. Nesse caso, te dou algumas horas para sair e volto mais tarde. Tenho compromissos na cidade. Não tem problema nenhum.

Uma bufada escapou de seus lábios.

– Que péssimo pedido de desculpas.

– Não estou pedindo desculpas. Estou tentando ser civilizada.

– Mas você não alugou o Alce Preguiçoso – rebateu ele, e semicerrei os olhos. – Diz aí que você reservou o Chalé Doce Céu, na Hospedaria do Alce Preguiçoso.

Ele arqueou as sobrancelhas com irritação, ousando parecer entediado.

– Onde quer que isso seja. Agora, se não se importa, tenho mais o que fazer no *meu* chalé.

Olhei para o celular, ampliando os detalhes do e-mail.

– Não pode ser.

Rolei a tela. Dois dedos grandes apareceram em meu campo de visão, apontando para a linha que dizia: Chalé Doce Céu, Rua do Alce Preguiçoso, 423, Hospedaria do Alce Preguiçoso.

– Dei a volta na propriedade de carro quando cheguei e não vi nada. – Meu olhar percorreu cada metro ao meu redor, já quase em desespero. – Não tem nenhuma rua. E não tem outro chalé.

Não tinha mesmo. Mas notei outra coisa.

À direita da varanda em que estávamos havia um galpão.

Não um chalé. Definitivamente não era o chalé onde eu ia ficar, certo?

No entanto, quando olhei com mais atenção foi impossível não perceber o número pendurado e um... poste da madeira inclinado sob o sol de setembro.

Dizia: Rua do Alce Preguiçoso, 423.

Meu estômago se revirou de pavor e... alguma outra coisa.

Não vi o interior, nem precisava. Eu não estava preparada para ficar ali. A sensação estranha se intensificou e, pela primeira vez na vida, quis jogar a toalha e voltar correndo para casa com o rabo entre as pernas. Eu era uma decepção e uma vergonha, mas isso? Um *galpão* em uma área rural à qual eu claramente não me adaptaria? Era demais. Eu...

Ouvi uma risada atrás de mim, baixa, grave e com tanta condescendência que me arrancou da beira do buraco em que eu estava prestes a me jogar.

Aquela não era eu. Eu tinha prometido a mim mesma que não seria a Adalyn frouxa.

– Perfeito – anunciei, virando e olhando em seus olhos.

Aqueles olhos verdes se arregalaram um pouquinho, mas ele não se entregou. Foi nesse momento que finalmente percebi. Eu sabia, sim, quem era aquele homem. Com aquele jeito tão... convencido. Tão autoconfiante. Ele estava acostumado a vencer. E tinha acabado de fazer exatamente isso. Eu tinha me enganado. Endireitei os ombros com o último pingo de dignidade que me restava.

– E pode ficar tranquilo, *vizinho*, agora que encontrei o meu chalé, vou te deixar em paz para que volte a seus afazeres tão importantes.

– Não sou seu vizinho.

– Me parece que vamos compartilhar a propriedade. – Estendi os braços. – A bela e aconchegante Hospedaria do Alce Preguiçoso, na adorável Green Oak.

– Você não vai mesmo ficar – disse ele, com um tom estranho. – Não vai conseguir morar ali. – Ele fez um aceno de cabeça em direção ao galpão.

Os cantos dos meus lábios se curvaram em um sorrisinho quando percebi que ele estava afirmando, não perguntando.

– É claro que vou. Já reservei e tenho coisas muito importantes para fazer na cidade.

Ele soltou uma risada amarga e sem graça.

– Querida...

– Por favor. – Minha expressão endureceu a ponto de virar pedra. – Não me chame de querida.

Ele franziu o cenho, provavelmente porque, sem pensar, pedi "por favor".

– Adalyn – disse ele, com o sotaque britânico que eu me enganei ao pensar que era falso, pronunciando meu nome de um jeito que eu não estava acostumada a ouvir. – Adalyn Elisa Reyes.

Não entendi por que ele tinha feito isso... dito meu nome completo daquele jeito. Semicerrei os olhos.

– Quer dizer que você sabe ler, parabéns.

Ele não pareceu irritado com o golpe, pareceu achar engraçado.

– Aquilo não é um chalé – continuou ele. – Mal podemos chamar aquilo de cabana. É no máximo um galpão.

– E?

Ele me lançou um olhar incrédulo.

– Você não pode achar que vai conseguir ficar ali. Nem por pouco tempo. Que dirá por muito. – Ele inclinou a cabeça. – Na verdade, acho que você não dura uma noite.

Ele não estava enganado, era mais provável que eu não conseguisse. Mas eu tinha passado metade da vida cercada de homens como ele. Competitivos, críticos. Eu não gostava de ser subestimada. E já tinha perdido uma batalha contra ele.

– Acho que vamos ter que pagar para ver. – Virei e desci os degraus. Então olhei pra ele por cima do ombro. – Vizinho.

– Como assim, não tem lugar?

– Não existem hotéis, pousadas ou Airbnbs em Green Oak. A única propriedade disponível para aluguel é a Hospedaria do Alce Preguiçoso. Eu posso checar nas cidades próximas, mas você teria que ir e voltar todos os dias. E estamos no fim da alta temporada. Tem muitas trilhas, cachoeiras, lagos, lindos...

– Kelly – interrompi, usando a voz de chefe sem perceber. – Não estou interessada no que esse lugar tem a oferecer. Estou interessada em achar outro espaço pra ficar. Qualquer lugar. Não posso ficar aqui.

Ela hesitou, então disse:

– Defina "não posso".

Eu gostava da Kelly, de verdade. Ela era dedicada, tinha iniciativa e nunca deixava que ninguém se aproveitasse dela. Foi por isso que a tirei da bilheteria, onde seu potencial seria desperdiçado. Só que às vezes ela testava minha paciência.

– Imagine uma cabana de caça. – Fiz o que ela pediu, e tracei uma imagem clara de onde estava. – Madeira podre e barulhenta que cede quando piso, uma única janela, o maior par de chifres que você já viu pendurado em uma parede. – Eu olhei bem para aquela coisa, sentindo um arrepio na espinha. – E, antes que você pergunte, não. Não é um par de chifres bacana, é do tipo que faz a gente pensar em morte, carne esfolada e ossos.

Ela estalou a língua.

– Mas parecia tão aconchegante nas fotos. Não tem uma lareira?

Meu olhar saltou para a tal da lareira. Era uma espécie de fornalha de ferro que emitia estalos metálicos.

– Em teoria, sim. Na realidade, é um buraco negro que provavelmente é a casa de algo que não quero despertar.

– Tipo um espírito? Ou…

– Kelly – falei, balançando a cabeça. – Algo vivo, possivelmente com dentes e garras.

– Sei. E a cama? – perguntou ela enquanto eu me virava para aquela coisa horrível. – Parecia tão… rústica e sexy, porém discreta… O tipo de cama onde um lenhador faria coisas…

– É uma cama de dossel bem antiquada – respondi logo, e minhas pálpebras se fecharam para me poupar daquela visão monstruosa. – E eu sou… era… sua chefe. Não quero saber das suas fantasias sexuais. Principalmente se envolverem lenhadores e a cama de dossel onde vou ter que dormir esta noite.

– Acho que você é mais do tipo romance histórico, chefe. E não te culpo. Só sou um pouco mais criativa.

Fechei os olhos, sem saber o que dizer.

– Talvez não seja tão ruim assim! – disse ela. – Talvez você só precise dar uma glamourizada na cabana. Deixar com a sua cara.

Olhei ao redor, me perguntando se eu deveria mesmo aceitar conselhos de uma mulher que dizia estar com enxaqueca por qualquer coisinha e uma vez assinou um e-mail com "desculpa por existir :)".

Não. Eu não era como a Kelly. Não tínhamos tanta diferença de idade

38

assim, mas ela vivia em outro universo – e, no meu, glamourizar não era uma opção.

– Ei, chefe? – A voz dela me trouxe de volta. Ela hesitou um pouco. – Preciso ir.

Pensei ter ouvido alguém no fundo da ligação.

– David está aí? – perguntei. – Com você?

– É...

Eu não acreditava no que estava prestes a dizer, mas eu precisava falar com alguém que ocupasse um lugar mais alto na hierarquia. E, infelizmente, esse alguém era o meu ex.

– Passa o telefone. Quero falar com ele.

Ouvi um farfalhar. Então Kelly disse:

– Desculpe, mas já temos um fornecedor de papel. – Como é? – Também somos contra o desmatamento. Na verdade, você deveria se envergonhar. Escritórios livres de papéis são o futuro, senhor.

– Eu sei que David está aí.

– Já vou, David! – exclamou ela, a voz estridente atingindo o meu ouvido. Então ela falou baixinho: – Preciso ir, chefe. Força.

Força?

– O que você...

– Tchau!

Fim da ligação.

Força. O que ela queria dizer? E por que fingiu que eu era outra pessoa? Era estranho. E isso sempre me deixava agitada.

Com um propósito renovado, desbloqueei o celular e comecei a tirar fotos do galpão-transformado-em-cabana horrível e minúsculo que tinha sido decorado por um psicopata. Eu precisava provar que aquele lugar não era... habitável.

Depois, levei minha mala até a mesinha de centro estreita e um pouquinho torta que ficava entre a tal lareira e a poltrona que eu não tinha intenção nenhuma de agraciar com meu corpo.

Comecei a abrir o zíper, olhando de soslaio para a poltrona, a cama de dossel e... tudo, quando suas palavras me atingiram em cheio.

Acho que você não dura uma noite.

Bufando, abri a mala e peguei meu estojo de maquiagem. Eu não podia esquecer que tinha um trabalho a fazer. Ainda precisava ir até a cidade e encontrar o Green Warriors. Talvez eu tivesse avaliado mal a situação. Talvez os lugares para alugar ali fossem assim mesmo. Nada de hotéis ou pousadas, só… aquilo. As cabanas estavam em alta. Aliás…

Um barulho do lado de fora chamou minha atenção.

Fiquei paralisada, dei a volta devagar, fui até a janela na ponta dos pés e empurrei a cortina frágil com um dedo.

Uma figura alta atravessava o espaço entre os chalés com passadas largas e determinadas.

Estreitei os olhos.

– Olha só para você – murmurei baixinho –, saindo do seu chalé desfilando, como se fosse dono do lugar.

Teoricamente, ele meio que era, sim. Ele tinha alugado a propriedade. Ou, pelo menos, metade dela. A metade boa e elegante.

Agora que eu estava sozinha, não dava para ignorar o quanto estava incomodada. Fiquei irritada por ele estar certo, e eu, errada. Não estava acostumada com a sensação e, quando ele apontou para o Chalé Doce Céu, me senti… burra. Idiota. E ter sido julgada tão rápido, ainda que provavelmente eu tivesse merecido, só fazia com que eu me sentisse pior. Ele feriu meu orgulho, minha inteligência, meu senso de direção e minha capacidade de ler. Se tivesse acontecido em outro momento, talvez eu não tivesse nem me importado. Mas aconteceu naquele dia, e eu não estava acostumada a passar vergonha com tanta frequência.

Mas eu conseguia enxergar além do orgulho e saber que deveria ter pedido desculpas. Pelo menos por ter batido nele com o carro sem querer. Eu estava me sentindo péssima. E, no entanto… observando-o andar pelo caminho de cascalho que atravessava a propriedade, não consegui esquecer o modo como ele me olhou, de cima a baixo, incrédulo e desconfiado, como se fosse capaz de enxergar que tudo em mim era inadequado e impróprio para aquele lugar. Deslocado.

Eu estava deslocada ali.

Mas ele também.

O que Cameron Caldani – duas vezes vencedor do prêmio de Melhor Goleiro do Mundo pela IFFHS, ex-titular da Premier League e, nos últimos cinco anos, estrela da MLS – estava fazendo em Green Oak, Carolina do Norte? A recente notícia de sua aposentadoria do L.A. Stars foi repentina. Eu não acompanhava todos os jogadores do país, muito menos os da Conferência Oeste, mas me manter informada fazia parte do meu trabalho. Eu não me lembrava de nenhum detalhe sobre sua aposentadoria. Só que ele tinha pegado todo mundo de surpresa ao anunciar que estava pendurando as luvas.

Cameron parou na curva próxima das árvores que cercavam a propriedade. Me aproximei um pouco mais do vidro. Ele era alto, o que era comum para um goleiro, mas parecia maior e mais forte pessoalmente. Nossos caminhos nunca tinham se cruzado, o que não era estranho, considerando que o L.A. Stars geralmente passava para a fase de mata-mata, enquanto o Flames nunca chegava lá. Mas eu sabia como ele era. Cameron Caldani era um homem difícil de não perceber ou ignorar. A barba me confundiu antes. Provavelmente o golpe na cabeça também. E o lugar onde estávamos.

Ninguém esperava encontrar Cameron Caldani no meio do mato.

Matthew – o maior nerd do futebol que já conheci – ficaria louco quando soubesse que ele estava em Green Oak. Era provável que fizesse um altar para o para-choque do meu carro só por ter encostado no cara.

E era exatamente por isso que ele nunca poderia descobrir.

O homem do outro lado da janela se ajoelhou e pegou alguma coisa do chão com aqueles dedos fortes e levemente tortos que eu tinha visto de perto. Depois de um tempo, ficou observando a vegetação à sua frente.

Sua voz de barítono ressoou. Ele estava gritando, parecia... Dado. Seria o nome de um animal de estimação? Esperei que algo viesse da floresta. Talvez um cachorro? Que tipo de animal de estimação alguém como Cameron Caldani teria? Eu estava tão absorta e intrigada que, quando ele virou para a janela onde eu estava, fui pega de surpresa.

Seus olhos verdes pousaram em mim.

E eu... eu mergulhei.

Direto para o chão nada limpo ou macio do Chalé Doce Céu. Eu nem sabia por que tinha feito aquilo. Não estava fazendo nada de errado. Aquela reação era absurda para alguém que já havia enfrentado salas de reunião e coletivas de imprensa mais assustadoras que o olhar daquele homem.

Balançando a cabeça, contei até três, ergui o queixo, me levantei com toda a classe que era possível naquele momento e olhei de novo pela janela.

Nem sinal de Cameron.

Ele tinha desaparecido e deixado um rastro de... penas.

– Meu Deus.

Soltei um gemido, e uma nova onda de culpa tomou conta de mim.

O animal de estimação do Cameron. Que ele estava chamando. Era mesmo Dado?

Será que era a galinha que eu tinha atropelado?

Fechei os olhos. Não era à toa que ele estava com raiva.

CINCO

Cameron

Uns dez pares de olhos piscaram devagar, como se eu estivesse falando uma língua *incompreensível*.

Franzi o cenho, me perguntando como eu tinha me enfiado em mais uma situação bizarra no mesmo dia. Dessa vez, no entanto, eu sabia a resposta. Eu tinha concordado em estar ali. Ainda que de maneira relutante.

A intensidade das piscadas aumentou, e me lembrei dos desenhos bobos que eu via na TV quando era garoto.

– Por que toda essa bateção de cílios?

– Por favooooooor?

Oitenta por cento das garotas à minha frente cantarolaram juntas.

– Já disse que não – falei, cruzando os braços em frente ao peito. – Agora, de quem é a vez de ir buscar os cones e as bolas? Depois eu pego as traves.

A garota com marias-chiquinhas tortas se aproximou.

– Só um vídeo, Sr. Treinador – disse María, que tinha nove anos, uma das garotas mais velhas do grupo. – Você só precisa ficar na frente da câmera com a gente, e a gente nem vai postar. Prometo.

Ela uniu as mãos sob o queixo.

– Por favooor? – repetiu, alongando a palavra mais uma vez. – Sr. Treinador?

Aquela besteira de Sr. Treinador de novo, não.

– Me chame de Cam.

– Quer dizer que você vai participar, Sr. Cam?

Evitei revirar os olhos.

– Não. Agora…

– Mas seu nome é quase câmera. – Ela deu um passo à frente, e o grupo inteiro fez o mesmo. – E para que servem as câmeras? Gravar vídeos!

Fiquei olhando fixamente para aquela criança. Meu Deus, eu precisava demais da dose extra de cafeína que tinha perdido.

– Meu nome.

– Então é de onde?

– De Cameron – respondi sem pensar e me arrependi na mesma hora. – Mas podem me chamar de Cam. Não de Câmera, nem de Sr. Treinador, nem de Sr. Cam. Só Cam.

María inclinou a cabeça, e o cabelo escuro preso de qualquer jeito acompanhou o movimento. Daquele grupo, ela era a mais atrevida, a mais franca. Acho que era inteligente até demais. Então, quando seus lábios se abriram, me preparei. Por sorte, antes que ela pudesse falar alguma coisa, alguém gritou de longe.

Todos viramos em direção à voz, e vimos uma menina correndo em nossa direção. Chelsea.

Eu sabia disso não só porque ela era uma das mais novas da lista de dez jogadoras, com sete anos, mas também porque ela insistia em aparecer para o treino usando tutu. Ela tinha um de cada cor. Dessa vez era azul e estava preso na cintura por cima do short.

Meu Deus. Era por isso que eu insistia que elas me chamassem de Cam. Treinador, nem pensar. Eu estava treinando aquelas garotas, mas não era treinador delas. Não podia ser.

– Desculpa – disse Chelsea ao nos alcançar, inclinando o tronco para a frente, sem fôlego. – Minha aula de balé atrasou um pouco, e minha mãe achava que meu pai ia me buscar. Mas meu pai achava que a minha mãe ia. Então minha mãe teve que ligar para o meu pai para ele me trazer lá de Fairhill.

Ela arfava.

– O que eu perdi? – perguntou.

– O Sr. Câmera não quer gravar um vídeo com a gente – respondeu María. – E ele nem precisa dançar.

Chelsea colocou um chiclete na boca.

– Por quê?

– Nada de chiclete durante o treino – lembrei. – E dá pra tirar o tutu?

– Ela está canalizando seu Cisne Negro interior – María respondeu por Chelsea. – Né, Chels?

Chelsea tirou o chiclete da boca com os dedos, relutante, enfiou no bolso do short e assentiu.

– Isso mesmo, Sr. Cam.

Pisquei antes de olhar para elas. Eu tinha certeza de que aquele filme tinha sido lançado antes de elas nascerem.

– Vocês não são novas demais para assistir a esse filme?

María deu de ombros.

– Meu irmão estava vendo semana passada. Eu só dei uma espiada, Sr. Cam.

Encarei o tutu azul.

– E o tutu não deveria ser preto? – Mais uma vez, elas deram de ombros. Segurei um suspiro. – E, pela última vez, podem me chamar só de Cam.

– Você tá mal-humorado hoje, Sr. C. – resmungou María, colocando as mãos na cintura. – Então... Cameron é seu nome ou sobrenome? Você tem um nome do meio também?

– Não tenho nome do meio. Nem sobrenome. Agora... – Apontei para as garotas que estavam mais próximas do galpão. – Podem, por favor, pegar os cones e as bolas lá dentro? Estamos perdendo um tempo precioso.

Quatro delas saíram trotando, e, quando voltei a olhar para María, ela estava com cara de desconfiada.

– Então você é tipo a Zendaya?

– Não – respondi. – Não sou um *zendoya*, seja lá o que for isso. Meu nome é Cam. Agora vamos...

– Ai. Meu. Deus – disse María, bem dramática. – Ele não sabe quem é a Zendaya.

– Quantos anos você tem, Treinador Cam? – perguntou Chelsea, caminhando bem devagar ao meu redor, como se estivesse me inspecionando. Quando ficou na frente outra vez, ela disse: – Parece mais novo que meu vô. Ele usa suspensórios embaixo da camisa. Minha mãe diz que é estranho, mas eu acho engraçado. Você tem netos?

– É, quando é o seu aniversário, Sr. Cam? – perguntou María, fazendo uma gracinha. – Ah, se você me contar, posso pesquisar seu mapa astral!

45

Ela puxou um celular de uma espécie de cordão escondido embaixo da camiseta e começou a tocar na tela.

– Preciso da data, da hora e do lugar de nascimento.

Levei a mão à ponte do nariz; o prenúncio de uma dor de cabeça latejava em minhas têmporas.

– Quantos anos vocês acham que o Treinador tem? – Ouvi María perguntar ao grupo. – Mil oitocentos e cinquenta? Ou, tipo, mais velho?

– María. – Era uma voz nova, bufando. Juniper, de cabelo curto e quietinha, sempre atenta quando eu dava instruções. – Não seja boba, ele não pode ter mais de cem anos. Ou ele seria... tipo, um vampiro. No mínimo alguém que recebeu uma injeção de um *soro* superpoderoso e depois ficou décadas congelado antes de ser trazido de volta à vida para salvar a humanidade.

E, para o meu desespero, esse comentário incitou um debate inflamado sobre criaturas paranormais reluzentes e... super-heróis sobre os quais eu não sabia nada.

Então fiquei ali parado, pensando no quanto as crianças de hoje em dia são avançadas, enquanto a dor de cabeça se instalava. Meu Deus. Eu era – tinha sido – jogador de futebol, caramba. Um time infantil de uma cidadezinha qualquer não era onde eu me encaixava. Eu mal conseguia convencê-las a fazer um exercício. Eu só estava ali porque tinha prometido a Josie, e ela me convenceu em um momento difícil. Eram vários os momentos difíceis naqueles tempos. Eu só queria ter tomado um café antes do treino. Com aquela maluca que dizia que ia se mudar para o chalé ao lado interrompendo a minha rotina, não tive tempo de pegar um antes de sair.

Fechei os olhos, tentando, sem sucesso, abafar a conversa cada vez mais alta, e contei até dez ao contrário pela segunda vez no dia.

Então, levei os dedos aos lábios e assoviei.

A tagarelice parou de repente.

Todas se viraram para mim.

– Juniper – chamei, apontando para a garota de cabelo curto.

Ela arregalou os olhos.

– Eu não falei nada. Não posso levar bronca por não ter falado nada.

Cerrei os dentes e me perguntei se estava sendo rígido demais. Tentei suavizar a expressão e o tom.

– Venha aqui, por favor. Na frente do grupo.

Juniper pareceu desconfiada e confusa com o pedido. María arriscou uma pergunta.

– Isso quer dizer que você não vai contar qual é o seu signo?

– Por que isso seria... – Eu me contive. – Não. Significa que vou buscar a Josie. Até eu voltar, ninguém sai daqui, e Juniper está no comando.

Juniper reclamou na mesma hora.

– Mas eu tenho nove anos. Não posso ficar no comando.

– Nem eu, menina – resmunguei.

E pelo jeito eu parecia velho o bastante para pertencer a outro século.

Mas não conseguiria enfrentar aquilo, não sem cafeína. Era o único prazer que eu me permitia. Meu único vício após uma vida inteira de disciplina e uma dieta restritiva. Josie era a única que vendia café na cidade, e eu sabia que ela estava por perto do campo de treinamento porque tinha comentado algo sobre uma visita. Eu imploraria por um café se fosse preciso.

– Mas a gente deveria estar treinando – respondeu Juniper. – E eu nunca liderei um treino.

Virei, saí correndo e gritei por cima do ombro:

– Tente improvisar. Já volto.

Pelo canto do olho, vi Juniper jogar as mãos para o alto em um gesto de desespero e começar a... fazer polichinelos.

– Meu Deus – resmunguei, ao ver que metade das garotas a imitava. – Isso...

As palavras morreram na ponta da minha língua quando bati em alguma coisa.

Uma pessoa. Uma pessoa macia e quente. Meus braços se estenderam ao redor da pessoa colada no meu tronco e olhei para baixo.

Uma massa de mechas castanho-claras estava acomodada em meu peito.

Nos afastamos ao mesmo tempo, e me dei conta de quem era quando um par de olhos castanhos encontraram os meus.

– Você – disse Adalyn, fervendo de raiva.

– Você – repeti em um grunhido.

– Ah, que jeito fofo de vocês se conhecerem – disse Josie.

Sua mão tocou meu braço com uma batidinha amigável.

– Cam, esta é minha mais nova amiga e residente de Green Oak, Adalyn. Ela é...

– Eu sei quem ela é – falei, impassível.

Adalyn estreitou os olhos.

Josie deixou escapar uma risada.

– Ah, bom. Eu não sabia que vocês já se conheciam. – De esguelha, vi Josie se aproximar de Adalyn. – Então, onde você está hospedada, Ads? Posso te chamar de Ads? Eu estava te perguntando isso quando Cam quase passou por cima de você.

– Eu… – Adalyn engoliu em seco, e uma expressão estranha surgiu em seu rosto. – Prefiro que me chame de Adalyn. E estou no Chalé Doce Céu.

Ela se recuperou do que quer que estivesse acontecendo e olhou diretamente para mim.

– Pelo tempo que eu quiser. Porque sou plenamente capaz de ficar lá – completou ela.

Olhei para ela com indiferença.

– Então é de lá que vocês se conhecem! – Josie deu um gritinho. – Vocês são vizinhos. Que demais, hein?

– É… demais – resmunguei.

Josie assentiu.

– Ah, é sim. Vocês vão compartilhar a propriedade e trabalhar juntos. Oba!

Adalyn e eu nos viramos de repente para Josie, que ergueu as mãos.

– Ah, meu Deus, por que estão me olhando como se eu tivesse chutado um cachorrinho?

Ninguém disse nada. Josie estalou a língua antes de continuar:

– Tudo bem, estou captando uma… tensão aqui. Então vamos lá, um de cada vez. – Um sorriso fácil se abriu em seu rosto. – Adalyn, você primeiro.

– Srta. Moore – disse Adalyn.

Mas Josie soltou uma risada.

– Ah, querida, por favor, não precisamos dessas formalidades. Sei que me apresentei como prefeita, mas é um cargo voluntário, a cidade é muito pequena.

Então ela passou a falar mais baixo:

– Além disso, eu não tenho nem trinta anos, e esses protocolos fazem com que eu me sinta uma anciã. – Vi Adalyn piscar com força, e Josie sorriu mais ainda. – Então? O que você ia dizer?

– Ah, sim, é... – Adalyn hesitou, então me afastou com um dos braços e se aproximou de Josie. Fechei a cara. – Deve ter havido algum engano. Não vamos trabalhar juntos. Não tem como ele estar envolvido com o Green Warriors. Se estivesse, eu saberia.

Isso chamou minha atenção.

Josie inclinou a cabeça, confusa.

– Mas ele está. Cam... – Josie hesitou por um instante. – Cam é o treinador do Green Warriors.

Abri a boca para corrigi-la – eu só estava fazendo o favor de preencher a vaga de treinador temporariamente –, mas a reação de Adalyn me distraiu.

Seu rosto assumiu um tom rosa-escuro, e seus lábios se entreabriram.

Os olhos castanhos arregalados e em pânico se viraram para mim, e ela disse:

– Então ele está demitido. Imediatamente.

SEIS

Adalyn

Cameron Caldani, goleiro prodígio e lenda da Premier League, ficou me encarando.

– Isso mesmo – resmunguei, sem certeza nenhuma. Eu nem sabia o que estava saindo da minha boca. – Essa é minha primeira decisão como... diretora do Green Warriors.

Meu Deus. Será que eu tinha mesmo um cargo?

– E como nova encarregada de supervisionar as atividades do time e garantir que ele atinja todo o seu potencial, decido que não precisamos dele. Portanto, Cameron está demitido. – Minha voz falhou, e por algum motivo acrescentei: – Foi um prazer.

Josie ficou em silêncio.

Cameron piscou bem devagar, seus lábios se contorcendo de um jeito que não consegui interpretar.

E, enquanto ele olhava para mim, tive certeza de que, se ele tirasse sarro da minha cara, ou dissesse mais alguma coisa sobre meu *papai*, sobre o fato de eu estar perdida, ou que ali não era o meu lugar e que eu não aguentaria nem uma noite, a probabilidade de eu cair no choro era enorme. Ou pior. Só Deus sabia o quanto eu andava imprevisível.

Então, quando seus lábios pararam de se mexer, formando um biquinho que eu não entendi, prendi a respiração.

– Como é que é? – disse ele.

Tá bem.

Disso eu sabia dar conta. Da hostilidade. Do cinismo. Até da complacência. Estava acostumada com tudo isso.

– Isso mesmo que você ouviu – respondi, e minha voz foi ganhando força. – Está decidido. Está dispensado de suas obrigações como técnico.

Josie pareceu se recuperar aos poucos e soltou uma risadinha sem jeito.

– Acho que a… conversa divertida e amigável está ficando séria demais. Que tal deixarmos Cam voltar para o treino e discutirmos isso mais tarde com uma fatia de red velvet? É o especial de hoje da Venda da Josie, e o bolo é por conta da casa para clientes novos.

– Não precisamos discutir mais nada – respondi, olhando para Cameron, que estava com a cabeça inclinada, me analisando de um jeito estranho. – Quem o contratou? – De repente me dei conta de uma possibilidade. – Meu pai mandou ele vir também?

Cameron Caldani estreitou os olhos, o verde parecendo ficar mais escuro com uma emoção que eu não reconhecia. Por que aquele homem tinha que ser um enigma ambulante que eu não conseguia decifrar? Eu não gostava disso.

– Fui eu que… – Josie hesitou. – Bom, eu não usaria a palavra *contratei*, porque ele não recebe um centavo por isso. Uma palavra melhor seria… recrutei. Isso, fui eu que recrutei Cam.

– Você me colocou como voluntário sem me perguntar – corrigiu ele, em um tom amargo.

Josie riu com um pouco mais de naturalidade dessa vez.

– Eu sei, eu sei. Mas as garotas precisavam de um treinador, e você precisava… bom, você sabe. De paz e tranquilidade. Então foi perfeito, porque você já estava aqui e treinar um time como esse é molezinha.

– O que eu preciso mesmo é de café.

Ignorei isso porque… Paz e tranquilidade? As garotas? Um time como esse? Cheguei à conclusão de que trabalhar com um time feminino era uma mudança que me entusiasmava, mas ainda tinha alguma coisa que eu estava deixando passar.

– Eu… não estou entendendo. Podemos voltar um pouco? Esquecer que ele está aqui e que nos interrompeu?

Cameron soltou um grunhido.

– Acho que está na hora de você ser devidamente apresentada ao time – disse Josie. – O Warriors de Green Oak é… ou na verdade era… uma tradição da cidade – explicou ela, com uma piscadela. – Quando minha mãe era jovem, tínhamos o único time de futebol feminino da região. Até os jovens começarem a fugir para cidades maiores e tudo meio que… dar errado. O time acabou e virou apenas uma boa lembrança. Minha mãe não está mais entre nós, mas meu avô Moe conta as melhores histórias.

Josie deu uma batidinha no meu ombro com um sorriso triste e continuou:

– Vou apresentar vocês. Ele é dono do Baratão do Moe e do Aventuras do Moe. Também era dono do meu café, que antes se chamava Venda do Moe. Ele vai amar você. Enfim, eu trouxe o time de volta à vida ano passado. Decidi mudar o nome para Green Warriors, é mais fácil de guardar.

Isso explicava por que Matthew não quis me contar o que descobriu sobre o time pelo telefone. Era… muita informação para processar. A prefeita da cidade, uma mulher da minha idade que vestia um macacão verde com margaridinhas, deu detalhes até demais em menos de um minuto. E, pelo jeito, fazia só um ano que o Green Warriors, que antes se chamava Warriors de Green Oak, tinha voltado à vida.

– Eu… acho que tenho algumas perguntas. Questões que gostaria de esclarecer e discutir, o mais rápido possível.

– Eu posso te mostrar as fotos – ofereceu ela. – Minha mãe guardou todas. E, vou te falar, é uma nostalgia e tanto.

Ela pareceu se lembrar de alguma coisa de repente.

– Ah! Quase esqueci a melhor parte: vamos representar o condado na Liga Infantil Six Hills!

Aquilo me deixou paralisada.

– *Liga infantil?*

Ela assentiu com entusiasmo.

– O Green Warriors foi o melhor time sub-10 da temporada passada, então nos classificamos para a Six Hills. Uhul!

Todo o sangue pareceu sumir do meu rosto.

– Sub-10? – Achei até que tivesse sussurrado, mas meus ouvidos estavam zumbindo e de repente me senti tonta. O sorriso de Josie diminuiu. – Do que você…

Mas antes que eu terminasse a pergunta, fomos cercados por crianças. Garotinhas. De shortinhos coloridos, tênis, rabos de cabalo que apontavam para todas as direções e um tutu, para minha surpresa. Uma delas trazia uma bola de futebol embaixo do braço, e todas pareciam ter menos de dez anos.

– Adalyn. – A voz de Josie atravessou a névoa de confusão e incredulidade que era minha cabeça. – É com enorme prazer que apresento você ao Green Warriors.

Pisquei com força e olhei para o time. Para as crianças. Elas também me olhavam surpresas.

– Mas meu pai... – comecei, mas tudo o que saiu foi uma massa confusa de perguntas. – Meu pai nunca... Isso não é... Por que... São crianças?

De algum jeito, meus olhos pousaram em Cameron, que me encarava como se eu fosse um enigma que ele não conseguia decifrar. Ou como se uma segunda cabeça estivesse prestes a brotar em meu pescoço. Eu não tinha certeza. Aquilo não fazia sentido nenhum.

Nada fazia sentido. Eu...

– Juniper – disse ele, chamando uma das crianças. – Por favor, você pode buscar gelo para Adalyn?

– Eu busco! – gritou alguém, e um borrão de marias-chiquinhas e cabelo preto passou por mim.

– Obrigado, María – resmungou ele, baixinho, sem desviar o olhar de mim.

Eu deveria ter protestado. Mas acho que não tinha energia para isso. Ali, naquele gramado irregular, a sensação era a de que eu chegara ao fundo do poço. Eu pensava que agredir a mascote do time em um lapso de julgamento fora o pior que poderia ficar. Quando descobri que alguém tinha filmado e o vídeo havia viralizado, tive certeza de que aquele era o pior. Mas, em seguida, fui banida e mandada para longe e me dei conta de que estava presa a uma cabana de caça minúscula e ridícula no meio das montanhas. E foi quando eu pensei: *É isso. Esse é o verdadeiro fundo do poço.*

Eu estava enganada.

Aquele era o fundo do poço.

O Green Warriors. O time infantil que era a chave da minha redenção era o fundo do poço.

As garotas se movimentavam ao nosso redor, e notei sem analisar muito que Josie interagia com elas. Pisquei por um instante, voltando à realidade, e percebi que estava olhando para Cameron, ainda boquiaberta.

Para o cabelo escuro, a barba por fazer, os olhos verdes que emitiam algo entre curiosidade e... preocupação. Ele estava com roupas de treino. Uma térmica de manga comprida colada no peito que fazia com que seus ombros parecessem ainda mais largos, e um short de náilon que ia até a metade das coxas.

– O que... – Eu me ouvi resmungar. – O que você está fazendo aqui? Por que está aqui? Isso não faz sentido.

O que eu estava falando tampouco fazia sentido. Estava totalmente perdida e tinha sido pega de surpresa, e meu cérebro parecia empacado em um único fato.

– Você é Cameron C... – comecei.

O rosto em pânico de Josie se materializou ao lado de Cameron, que agora me olhava com uma hostilidade que não existia antes.

– Ah, não. Não, não. – Ela riu, mas havia tensão em sua voz, que se transformou em um sussurro alto. – Aqui ele é só o Cam.

Meu olhar ainda pasmo se desviou na direção dele, e, antes que eu pudesse me preparar, Cameron virou e se afastou.

Josie soltou um suspiro.

E eu... O que tinha acabado de acontecer? Por que Cameron saiu andando tão de repente? E por que Josie estava escondendo quem ele era?

Mas, em vez de fazer essas perguntas, muito válidas, por sinal, fiquei observando Cameron percorrer as instalações quase abandonadas a passos largos e perguntei:

– Ele tem o costume de sair assim do nada?

– Não se incomode muito com isso – disse Josie, com uma convicção que me fez olhar para ela com surpresa. – Cam é um pouco... arisco, mas tenho certeza de que ele vai voltar.

– Tomara que você esteja enganada – deixei escapar, o que me rendeu um olhar curioso de Josie. – Eu o demiti por um motivo.

Eu só precisava decidir qual motivo.

Ela riu, como se eu estivesse brincando. Mas talvez aquele fosse seu jeito. Talvez ela fosse uma dessas pessoas para quem o copo está sempre meio cheio. Rindo toda hora. Sorrindo. Positiva.

– É melhor assim – falei. – A antipatia entre nós é mútua. Não começamos com o pé direito e ele... tem um bom motivo para me odiar. Eu...

Balancei a cabeça e continuei:

– Talvez eu tenha atropelado o animal de estimação dele hoje de manhã.

– Josie arregalou os olhos. – Eu sei. Estou me sentindo péssima, mas não é fácil ver uma galinha atravessando a entrada do chalé.

Ou um jogador de futebol profissional de quase dois metros de altura, pelo jeito.

Josie abafou uma risada com a mão, e os cantos de seus olhos se enrugaram.

– Ah, não se preocupe com a pobrezinha. São criaturas resistentes. Tenho certeza de que ainda está viva e cacarejando. Ela saiu correndo? – Assenti, e ela sorriu e apontou para minha testa. – Foi assim que você se machucou? Eu não queria perguntar para não parecer grosseira, mas parece recente, e Cam pediu que uma das garotas trouxesse gelo. – Ela pareceu preocupada. – Você deveria dar uma olhada nisso.

– Foi o que me disseram – sussurrei, com um tom de derrota na voz.

– Vou levar você até o Vovô Moe quando terminarmos por aqui. Ele era paramédico e ainda faz uns atendimentos voluntários na cidade.

– Não é nada – garanti a ela, me perguntando o que mais aquele homem fazia. – Quase não dói.

– Eu insisto.

– Tudo bem – cedi, voltando a olhar para o grupo de garotas, que agora estavam sentadas na grama conversando.

A que estava de tutu me lançou um olhar acusatório, como se eu tivesse estragado a diversão, e senti uma pontada inesperada de culpa. Virei para falar com a Josie.

– Sei que vocês deviam estar animados com a ideia de ter alguém como... Cameron treinando o time, mas posso garantir, vai ficar tudo bem sem ele agora que estou aqui.

Josie sorriu, mas foi breve.

– Eu agradeço se puder guardar segredo sobre a identidade do Cam. – Ela ficou séria. – Ninguém na cidade sabe a verdade.

– Mas...

Eu me contive, e as engrenagens da minha cabeça giraram. Cameron Caldani estava... se escondendo? Era por isso que estava em um lugar como Green Oak? Balancei a cabeça.

– Como ninguém o reconheceu? – perguntei.

– Pode ser a barba. – Josie sugeriu. – Ou porque ele não é jogador de futebol americano ou beisebol, nem um influencer sorteando carros. Não sei.

Ela deu de ombros.

– Você foi a primeira. E precisamos garantir que seja a única. É importante para ele, e quero respeitar isso – disse Josie, o sorriso largo voltando. – E você sabe como são cidades pequenas: assim que alguém descobrir, todo mundo em Green Oak vai ficar sabendo, então toda a região, e de repente vamos ter jornalistas tentando conseguir uma foto – ela levantou as mãos – do astro aposentado do futebol, alimentando as galinhas.

Isso podia mesmo virar notícia. Cameron Caldani nunca alcançou o status de celebridade nos Estados Unidos, mas eu sabia bem como uma situação dessas podia ser revertida.

– Além disso – continuou Josie –, tirando os Vasquez, eu sou a única que gosta de futebol por aqui.

Um suspiro deixou seus lábios, e ela ficou calada por um tempo, até que me lançou um olhar misterioso.

– Eu já fui noiva de um cara da MLS. Foi assim que conheci Cam. – Ela franziu os lábios, dominada por uma emoção que não compreendi. – Ele viu quando tudo foi pelos ares.

Desviei só um pouquinho o olhar, voltando para o grupo.

Eu não estava exatamente constrangida, mas Josie compartilhava muita informação pessoal. E eu era uma estranha.

– Ah, querida, não se preocupe – disse Josie, entendendo errado meu silêncio. – Estou bem agora. E não foi minha única tentativa frustrada no amor. Mas essa é uma história para outro dia.

– Fico feliz que você esteja bem – arrisquei, tentando encontrar algo sensível ou simpático para dizer. – Eu...

Ah, meu Deus, eu era péssima em interações como aquela.

– Eu também não namoro mais ninguém da MLS – falei, e as sobrancelhas de Josie se arquearam. – A maioria dos jogadores dá muito trabalho, e, bom, na última vez que me envolvi com alguém desse mundo ele... estou falando demais. Eu...

Alguém colocou uma compressa azul e branca na minha frente, me salvando de falar ainda mais e acabar me arrependendo.

Olhei para baixo, para as mãozinhas que me ofereciam a compressa.

– Obrigada – falei, pegando a compressa e colocando-a na testa. Doeu na hora em que encostei.

– De nada – disse uma garota de cabelo castanho e um sorriso cheio de dentes. – Meu nome é María Vasquez. Quando é o seu aniversário? Preciso da data, hora e local exato de nascimento.

Ouvi Josie dar uma risadinha.

– María, o que conversamos sobre sair perguntando a idade das pessoas? – Ela acariciou o ombro da garota. – Essa é Adalyn, ela é de... Miami, né? – Assenti. – E vai ajudar o time.

– Ajudar é pouco – rebati. – Eu vou...

– Foi você quem deu um chute na bunda do Sr. Cam?

– María. – Josie chamou sua atenção mais uma vez.

Ela revirou os olhos.

– Desculpa, eu quis dizer no traseiro do Sr. Cam. Ele chamou de traseiro esses dias. Ele é meio quieto, mas às vezes usa umas palavras engraçadas. Acho que ele é taurino. E eu não confio em homens de touro. Qual é o seu signo, Srta. Adalyn?

– Hum, acho que é virgem. Mas...

– Legal! Você vai ser nossa nova treinadora? – Ela me olhou de cima a baixo. E seus olhos encararam meus pés. – Vai treinar a gente com esse sapato?

Olhei para meus sapatos de salto.

– Não sou...

– Ah, meu Deus! – Ela deu um gritinho, as marias-chiquinhas se movimentando com cada palavra. – Você parece a Vanessa Hudgens em *A princesa e a plebeia*. Você vai fazer uma transformação no time todo?

Ela se virou.

– Gente, vem cá! A gente tem uma treinadora nova! – anunciou ela.

– Eu... – Meus lábios tremiam. – O quê?

As outras garotas olharam para nós, mas nenhuma parecia tão animada quanto María. Na verdade, mesmo de longe, algumas pareciam... com medo de mim. Uma delas chegou a resmungar:

– Ela não parece uma princesa.

– O Treinador Cam não pode continuar? – disse outra garota.

– Eu preferia o Vovô Moe, na verdade. Ele deixava a gente jogar durante o treino quase todo.

– Eu também quero o Treinador Cam. Por que ela assustou ele?

Meu queixo foi ao chão com o último comentário.

Josie enlaçou o braço no meu.

– Bem-vinda ao Green Warriors, Adalyn – disse ela, em um tom animado que não combinava em nada com o tom de discussão das garotas. – Vou te mostrar a cidade depois do treino. Não tem muito o que conhecer além de algumas lojas na Rua Principal e da fazenda Vasquez, que fica alguns quilômetros ao sul, mas você já conheceu alguém importante, eu.

Ela deu um sorrisinho torto.

– E aquele pedaço de red velvet está à disposição se você quiser – completou ela.

A confirmação de que Green Oak era uma cidade minúscula não foi exatamente um alívio, mas Josie era simpática. E eu não estava acostumada com as pessoas me recebendo de braços abertos. Por mais que eu levasse uma vida de privilégios, com centenas de oportunidades que me permitiram participar de todo tipo de círculo social, sempre fui mais reservada. Eu não achava fácil interagir com os outros, ou talvez eu é que dificultasse as coisas. De qualquer forma, a verdade era que, além de Matthew, não havia muitas pessoas que eu considerasse minhas amigas.

Então eu não recusaria a oferta. Ou o bolo. Ser amiga da prefeita seria útil – e, sem a menor dúvida, eu tinha mais curvas que a Vanessa Hudgens, o que se devia bastante ao meu paladar de formiga.

Infelizmente, antes que eu pudesse abrir a boca para aceitar, uma das crianças que estava brincando com o celular arquejou alto, chamando nossa atenção.

– Essa aqui não é a Srta. Adalyn?! – Ela praticamente gritou, apontando para o aparelho.

Todas as garotas se aproximaram. Meu coração disparou e arregalei os olhos, assustada. Josie franziu o cenho, confusa.

– Minha nossa. – A menina com o telefone ficou boquiaberta e em choque. – Por que ela está dando uma surra num pássaro gigante?

Bom, o alívio durou pouco.

Eu estava indo dormir quando ouvi o toque da mensagem de Matthew no celular.

O toque bobo de cinco segundos que ele configurou para o próprio contato na última vez que nos vimos nem tinha chegado ao fim, e eu já estava com o aparelho nas mãos.

> **MATTHEW:** Você deu uma olhada nas redes sociais desde que nos falamos mais cedo? Ou em qualquer momento do dia?

Fiquei alguns segundos sentada na beira do colchão horroroso – e infestado, eu temia – encarando a tela. Fazia umas duas horas que tínhamos conversado pelo telefone, enquanto eu voltava da Venda da Josie para o Alce Preguiçoso. Foi uma chamada rápida em que atualizei Matthew sobre o dia: comi bolo, talvez tenha feito uma amiga, Vovô Moe é um velhinho fofo, Green Oak é minúscula, tem muitas coisas para fazer ao ar livre, minha missão filantrópica é um time infantil, elas já sabem do Sparkles, uma delas usa tutu nos treinos. Ao que Matthew respondeu: *Eu avisei*. Ou uma versão estendida dessas duas palavras para me incentivar a fazer as malas e voltar correndo para Miami. Desliguei na cara dele.

> **ADALYN:** Não vejo nada desde o aeroporto. Tinha muita coisa para fazer e o sinal aqui é ruim.

Os três pontinhos saltaram na tela, onde ficaram um tempão, o que me deixou inquieta, esfregando as pernas nuas contra o tecido gasto do edredom. Infelizmente, eu só tinha levado um shortinho de seda e uma regata combinando para usar como pijama – era assim que eu sempre dormia, e era mais uma questão para a qual não tinha dado a devida atenção, o que não era do meu feitio. Se eu tivesse pesquisado e soubesse que o lugar estaria cheio de coisas como chifres, poeira e edredons de flanela, eu teria comprado o pijama mais grosso e mais comprido que encontrasse.

MATTHEW: Não esqueça que eu só estou te mandando isso porque sei que você odiaria não saber.

A mensagem me deu um frio na barriga. No que dizia respeito a mensagens de texto, Matthew era do tipo que disparava antes e pensava depois.

ADALYN: Por que está me alertando? Manda logo o link.

MATTHEW: Antes de mandar quero que você me prometa que vai me ligar assim que começar a surtar.

ADALYN: Eu não surto.

MATTHEW: Chame como quiser.

ADALYN: LINK.

Um barulho estranho de arranhado me fez desviar os olhos do celular. Inspecionei a cabana mal iluminada, me perguntando se, além de tudo, teria que lidar com algum... animal selvagem.

Um link apareceu na tela.

Cliquei e fui redirecionada ao TikTok. O vídeo que começou era familiar. Eu estava com o terninho vinho que, no momento, estava na mala embaixo dos chifres enormes pendurados na parede e com os saltos Louboutin. A lembrança da roupa devia estar bloqueada ou enterrada em algum lugar no fundo da minha mente, mas reconheci o vídeo que virou minha vida de cabeça para baixo. Eu sabia o que viria a seguir. Estava prestes a...

Uma batida eletrônica começou a tocar. Mas não era exatamente uma batida. Era a repetição do som de rasgo da fantasia de poliéster do Sparkles – em looping –, criando uma batida. Horrorizada, ouvi outros sons sendo acrescentados à batida. Meus grunhidos. Rosnados. Barulhos estridentes que saíram de mim e de que eu não me lembrava. O "Que porra é essa?" do Paul.

Tudo. E era...

– Que horror… – me ouvi sussurrar.

Assustador. Mesmo.

Porque agora eu era um remix. Uma música.

Meus olhos se fecharam e fiquei ali parada, o mix eletrônico de trinta segundos ecoando pela cabana em looping. Senti uma pressão subir por meu esterno, e um barulho que pareceu muito um soluço escapou dos meus lábios. Mas eu sabia que não era um soluço, porque eu não chorava. Eu me recusava a chorar. Ou não era capaz disso. Então, meus olhos continuaram secos.

E aí lembrei que era uma rainha inatingível. Uma rainha gelada.

Então, engoli o choro, balancei a cabeça, empurrei aquela pressão para o fundo, o máximo que pude, e voltei ao aplicativo de mensagem.

ADALYN: Impressionante.

Matthew mandou um daqueles gifs que eu não entendia. Mas dessa vez não perguntei. Eu tinha uma missão. O remix não era importante, então ia ignorar.

ADALYN: Então quer dizer que as pessoas precisam de mais coisas produtivas para se dedicar em seu tempo livre. Qual é a novidade?

MATTHEW: …

MATTHEW: Você está bem?

ADALYN: Não estou surtando, se é o que você quer saber.

MATTHEW: Sério? É muita coisa acontecendo. Tudo bem se você estiver… sei lá. Correndo nua pela floresta gritando feito uma louca de tanta frustração ou algo do tipo.

Revirei os olhos.

ADALYN: Nossa, que específico.

ADALYN: É assim que você imagina uma pessoa surtando? Nua?

MATTHEW: Eu imagino todo mundo pelado. Até você. Sou um homem simples com uma imaginação simples. É o princípio da Navalha de Occam.

ADALYN: Não é esse o significado do princípio da Navalha de Occam.

MATTHEW: Você entendeu.

O pior é que tinha entendido mesmo.

ADALYN: Bom, não estou surtando. Nem nua.

MATTHEW: Tá bem. Acredito em você. Mas… me ligue se precisar de mim, tá?

ADALYN: Claro. Boa noite.

MATTHEW: … Você mente muito mal. Boa noite, Addy.

Sim. Eu estava mentindo. Sobre as duas coisas.

Com um suspiro, bloqueei o celular e coloquei para carregar. Eu me revirei na cama, incapaz de me livrar daquela pressão estranha. Por mais que eu me esforçasse para não dar importância ao remix, saber que ele existia me afetou. O vídeo continuava chamando atenção. Tinha viralizado. Eu era a #Extermi-nadoradePássaros, que droga. E as garotas – as meninas do time que eu teria que administrar e usar para criar uma história de sucesso a fim de me redimir e conseguir uma passagem de volta para Miami – já tinham descoberto tudo. Josie riu e até acreditou na minha explicação de que foi um acidente. Mas era questão de tempo até que a cidade inteira descobrisse e visse o vídeo.

Um par de olhos verdes bem específico surgiu em minha mente. *Acho que você não dura uma noite.*

Eu me sacudi, como se o movimento fosse ajudar a tirar o rosto daquele homem da minha cabeça. Eu precisava relaxar se quisesse dormir pelo menos um pouquinho, e Cameron Caldani causava o efeito oposto em mim. Então me concentrei em relaxar o corpo e tentei esvaziar a mente.

A melodia do remix eletrônico voltou.

– Meu Deus – murmurei, pegando meus AirPods.

Coloquei os fones, peguei o celular e pus um podcast para ouvir.

"Olá, meus amantes de *true crime*", cumprimentou meu apresentador favorito.

A voz dele não era tão grave quanto a de Cameron, mas o sotaque era parecido, o que era uma ironia. E não tinha a menor importância. Fechei os olhos e suspirei.

"No episódio de hoje vou levá-los comigo à tundra mais selvagem do Alasca. Então tranquem as portas, sentem-se na poltrona mais confortável, e vamos viajar no tempo para ouvir o caso do assassino do Alasca…"

Com a cabeça enterrada no travesseiro, me concentrei no tom suave e nas imagens ricas que surgiram em minha mente. Era um episódio que eu estava guardando para ouvir em um dia difícil, mas, ao me aventurar na história, não me senti tão relaxada com aquela voz. E as imagens também não eram tão ricas como de costume. Eram assustadoras e perturbadoras de tão familiares. Principalmente os chifres que…

Algo estalou na cabana. Ou rachou. Ou rangeu.

Pausei o episódio. Sentei bem devagar e analisei as sombras que preenchiam o espaço, rezando para que fosse só a minha imaginação. Mas a verdade era que eu nunca tive uma imaginação muito boa. E estava certa de que tinha ouvido alguma coisa do outro lado da cabana.

Mais um rangido ecoou. Dessa vez mais perto.

Prendi a respiração, e meus batimentos cardíacos logo alcançaram minhas têmporas. Tirei os AirPods e analisei cada canto e cada sombra mais uma vez, mas não vi nada.

Um arrepio percorreu minha espinha só de pensar em um animal ou – meu Deus – um açougueiro louco do Alasca entrando na cabana escondido e me espionando. Então, seguindo um instinto idiota, peguei o edredom e me cobri até o queixo. O tecido pinicava tanto que parecia que tinha alguma coisa rastejando na minha pele. Mas devia ser só uma paranoia. Peguei o telefone e liguei a lanterna. Não podia ser...

Um par de olhos felinos piscaram na escuridão.

E no mesmo instante algo se mexeu bem embaixo da minha bunda.

Embaixo de mim.

Gritei. Pulei da cama, peguei tudo o que tinha deixado na mesinha de cabeceira e corri.

– Não, não, não, não, não. *Não.* – Agarrei o primeiro par de sapatos que vi. Os saltos que usei durante o dia. – Isso não fazia parte do acordo.

Atravessei a cabana correndo. Eu estava com medo e furiosa com a audácia do universo de acrescentar aquilo à minha bagagem emocional, que já estava pesada.

– Aquilo era para ser o fundo do poço. – Corri até os chifres e peguei a bolsa onde a tinha pendurado. – Tudo o que aconteceu antes era pra ser meu fundo do poço. Não era pra ter mais coisa.

Mas pelo jeito tinha.

E o pior: Cameron Caldani estava certo. Eu não ia durar nem a primeira noite.

SETE

Cameron

– Que mulher teimosa e inconsequente – falei, olhando pela janela.

Pisquei algumas vezes e até bebi mais um gole de café – feito na prensa francesa, uma coisa aguada e terrível considerando que eu gostava de espresso, mas tinha deixado minha máquina para trás e meus olhos deviam estar me enganando. Ou isso ou eu estava certo o tempo todo.

Eu me virei com um objetivo em mente – a porta –, mas ouvi Willow me chamar da cozinha. Antes de irmos para Green Oak, eu teria achado que ela queria saber por que não estávamos tomando café da manhã, mas os choramingos e chamados não tinham mais nada a ver com comida. Diferente da Pierogi, Willow reclamava desde o momento em que fechei a primeira caixa em Los Angeles. Desde que chegamos a Green Oak, ela deixou bem claro quem era o culpado por todo o desconforto que ela estava sofrendo: eu. Então, quando atravessei a sala e a vi parada no balcão da cozinha, ao lado da prensa francesa, soube exatamente o que aconteceria.

– Dá pra parar, por favor? – pedi a uma das minhas duas gatas. – Só consigo lidar com uma fêmea complicada e irritante de cada vez.

Ela ficou me olhando em silêncio, então chegou mais perto da prensa. Estava me desafiando.

– Willow – alertei. Mas ela estendeu a pata. – É sério, Willow. Esse café não é bom, mas se você me obrigar a...

Ela miou, me interrompendo. Como se dissesse *Não me importo com o que você pensa*. E, meu Deus, uma risada sem humor deixou meus lábios, porque como era possível que a gata que adotei anos antes me lembrasse uma mulher que eu conhecia havia menos de um dia?

A patinha se aproximou ainda mais, e fiquei sério na hora.

– Willow – falei. Com a voz suave, dessa vez implorando. – Sei que você não está feliz aqui, mas todos precisamos...

Willow saltou do balcão e saiu em disparada para o corredor.

– ... nos adaptar – concluí, me concentrando no rastro de lama que ela deixou. Ergui o tom de voz. – E, por favor, pare de sair escondida.

Pierogi, no braço do sofá, levantou a cabeça e me olhou com pena.

– Obrigado, Pi – falei para ela.

Meu celular tocou na ilha da cozinha. Peguei o aparelho e, só de olhar, já sabia quem era (Liam, meu antigo agente) e o que ele queria (alguma coisa para a qual eu não teria energia).

Silenciei a ligação, guardei o celular no bolso e me permiti cinco segundos para me recompor. Então, fui até a varanda pisando firme. Eu não ia mentir para mim mesmo: boa parte de mim – uma parte barulhenta – sabia que eu não deveria me envolver com nada que estivesse relacionado àquela mulher. Eu não deveria nem pensar em ir até lá. Ela sabia quem eu era e quase deixou escapar na frente das garotas.

Fazia quase um mês que eu estava no anonimato. Eu caminhava, comprava café na Venda da Josie, treinava as garotas três vezes por semana desde o início da temporada, embora com relutância, e basicamente ficava na minha. Treinar o time já era mais do que eu queria por ali. Eu buscava paz e tranquilidade. Silêncio. Natureza. Nada que estivesse relacionado a futebol.

A chegada daquela mulher bagunçou tudo. Adalyn Elisa Reyes era uma grande inconveniência, e eu não deveria estar caminhando em direção ao seu carro.

Eu tinha que seguir na direção contrária. Tinha que me mudar. Para outra cidade.

Eu sabia que ela só traria problemas com seus ternos, saltos e planos de supervisionar o time para que ele alcançasse todo o seu potencial, ou qualquer outra besteira que eu desconfiava que traria uma atenção que eu não precisava – nem queria.

Ainda assim, me peguei atravessando o quintal e batendo na janela do carro.

Ignorando a sensação de déjà-vu, esperei a reação dela, que estava encolhida no banco do motorista. A cabeça estava mais uma vez encostada na janela, a boca aberta, mas a expressão relaxada. Meus olhos me traíram e percorreram seu corpo, reparando nos braços envolvendo as pernas nuas. Xinguei baixinho. Ela estava quase nua. Vestia apenas um pijaminha fino e sedoso que deixava muito pouco para a imaginação.

Um calor se espalhou pelo meu abdômen.

Por acaso ela era maluca? O mês de setembro era ameno naquela região, mas à noite a temperatura caía pelo menos seis graus. Ela podia...

Ah, pelo amor de Deus. Eu não me importava se aquela mulher estava com frio ou não.

Desviei o olhar de toda a pele à mostra e bati mais uma vez na janela. Muito, muito mais forte.

Ela acordou com um sobressalto.

Seu corpo inteiro se agitou, e ela se agarrou àquela blusinha, parecendo tão desorientada e assustada que por um instante me senti mal. Eu estava com remorso, sendo que ela é que era tão imprudente e irresponsável.

Seu olhar me encontrou.

– Você de novo – disse ela, bufando, as palavras abafadas pelo vidro. – Você me assustou! O que pensa que está fazendo?

– O que eu estou fazendo? – repeti, atônito. – Uma pergunta melhor seria: o que você acha que está fazendo dormindo no carro desse jeito? Ficou maluca?

– O que eu faço não é da sua conta.

Ela virou a cabeça, ficando de lado para mim.

Soltando o ar devagar, apoiei a mão no teto do carro e me aproximei.

– Você está acampada no meu quintal, então é problema meu, sim. Pode abrir a janela para que a gente não precise gritar?

– *Nosso* quintal – disse ela, sem tirar os olhos do para-brisa. – E você sempre grita. Com a janela fechada ou não.

Minha irritação disparou.

– Adalyn – falei, e só essa palavra foi o suficiente para que ela balançasse a cabeça e apertasse o botão com má vontade.

Quando a janela se abriu completamente, ela me olhou com indiferença.

– Então? O que posso fazer por você?

Minhas sobrancelhas devem ter subido até o topo da cabeça.

– Como é que é?

– Ah, cadê a minha educação? – Sua voz era puro sarcasmo. – Bom dia, vizinho. Posso ajudá-lo com alguma coisa nesta manhã linda e gelada?

Seus lábios se curvaram formando o sorriso mais falso que já vi.

– Melhor assim? – perguntou ela.

Eu a encarei, surpreso. Estava perplexo. Mais uma vez. Nunca – nunquinha – na minha vida alguém conseguiu me desarmar como aquela mulher. E eu conheci muitos babacas sorrateiros ao longo da minha carreira.

Fiquei em silêncio, e ela apontou para minha mão.

– Esse café é para mim? Se for, não precisa, obrigada. Além de não aceitar coisas de estranhos, não confio em você.

Olhei para baixo e me dei conta de que tinha carregado a caneca comigo. Meu Deus. Qual era o meu problema?

– Não sou um estranho. – Voltei a olhar nos olhos dela. – E, acredite, eu não me daria ao trabalho de batizar sua bebida ou o que quer que você esteja insinuando. Já vi você inconsciente e o trabalho é o mesmo de quando está acordada. Se não maior.

– Eu sempre esqueço como sua espécie é irritante.

Minha espécie.

– Ingleses?

– Jogadores cheios de marra que acham que o sol gira em torno deles.

Ela balançou um ombro e não parou por aí:

– A propósito, você é um estranho, sim. A única coisa que sei sobre você é seu nome e que gosta de gritar com as pessoas, principalmente mulheres, quando elas estão no carro. – Ela abaixou o tom de voz. – Isso daria até um processo, se quer a minha opinião.

Semicerrei os olhos. Ela achava que podia desviar o assunto me insultando.

– Eu fiz uma pergunta.

– Talvez eu não tenha percebido com toda a gritaria agressiva e as batidas intrusivas. – Ela contorceu os lábios. – Na verdade, você...

– Para de enrolação, meu bem.

Ela deu de ombros.

– Eu tenho nome...

– Ah, eu sei bem – respondi antes que ela desviasse do assunto mais uma vez. – Eu avisei, Adalyn. Eu disse que você não duraria uma noite naquele maldito galpão. E aí, me conta: por que você está dormindo aqui fora, no carro? Tenho certeza de que tem um bom motivo.

Nesse momento ela olhou para mim. Olhou profundamente, e sua expressão ficou mais suave, como se tivesse sido pega de surpresa por minhas palavras a ponto de suas defesas cederem. Naquele instante, finalmente vi quem ela era de verdade. A Adalyn por trás da bravata, do orgulho e da hostilidade que eu não entendia e que era capaz de atiçar meu temperamento. E, mesmo com aquele cabelo todo bagunçado e olheiras escuras, foi impossível não perceber duas coisas: Adalyn Reyes era linda e uma bela de uma confusão.

Era uma bela de uma confusão irritante que eu queria que desaparecesse da minha frente.

– Dormir aqui fora não é seguro – insisti, ouvindo minha voz ficar mais gentil. – Ou inteligente. É irresponsável. Então, se não quiser usar a cabana que reservou, vá embora. Junte suas coisas e vá.

Ela empalideceu ao ouvir isso, mas eu continuei. Precisava que a mensagem fosse entregue com total clareza.

– Caso tenham mandado você para cá para preencher alguma cota idiota de caridade do seu clube importante, minta. Tá bem? É fácil e todos os clubes fazem isso. Invente uns relatórios ou uma boa história e vá para casa. Pare com o fingimento e…

Ela abriu a porta do motorista com tudo, interrompendo o que eu estava dizendo e me obrigando a dar um passo para trás. Então colocou metade do corpo para fora e apontou para mim.

– Escute aqui – disse, sibilando, mostrando que suas defesas estavam de volta. – E escute com bastante atenção, seu teimoso, arrogante, irritante e impertinente… seu rabugento.

Franzi o cenho.

– O que…

– Se acha que pode sair me dando ordens só porque acha que é mais importante do que eu, ou porque desenvolveu uma espécie de complexo de superioridade devido a um trauma ou um pênis pequeno, acho melhor repensar.

Minhas sobrancelhas saltaram para cima.

– Eu não...

– Não estou aqui por sua causa – ela sussurrou alto, e seu rosto foi ficando vermelho. – Estou aqui pelo meu clube. Não sou uma jornalista que pode simplesmente... inventar uma história. Levo meu trabalho muito a sério, e essa cota idiota de caridade é minha única passagem para ir embora daqui de vez.

Voltei a abrir a boca, mas ela empurrou a porta, abrindo-a ainda mais e acertando minha barriga.

– Meu Deus, mulher. Você não vai parar de me acertar com a porcaria do carro?

Adalyn não respondeu. Estava ocupada saindo do carro pisando firme – descalça, percebi –, com um par de sapatos pendurado nos dedos.

– Adalyn – chamei, seguindo-a com os olhos quando ela passou por mim. Aquela situação degringolara de um jeito que eu não esperava e eu estava me sentindo um tremendo babaca. – Eu...

Mas Adalyn não ligava para o que eu tinha a dizer. Ela parou, virou e apontou um salto agulha para mim.

– Guarde para você, não estou nem aí – disse, e minha mandíbula se fechou com tudo. – E enfie nessa sua cabeça dura: aqui é o único lugar em que pretendo ficar no futuro próximo.

Ela engoliu em seco, e foi quando percebi seu peito subindo e descendo. Merda. Eu tinha sido tão babaca assim?

– Acredite – continuou Adalyn, com a voz embargada –, eu não estaria em Green Oak se pudesse escolher. Eu não estaria aqui se não tivesse sido banida da minha própria vida como se fosse descartável. Então, parabéns. Você estava certo. Eu não durei nem uma noite. Mas saiba que eu não teria dormido naquele carro se tivesse outra opção razoável e sem sabe-Deus--que-criaturas-rastejantes!

Seu tom de voz subiu, ficando estridente quando ela continuou:

– Então, se minha presença te incomoda tanto assim, aja como se eu não estivesse aqui. Porque tenho uma novidade para você: eu não vou a lugar nenhum, *meu bem*!

Meu bem. Ela estava tirando sarro de mim?

– Ada...

Ela se virou e entrou na cabana decrépita, e eu fiquei paralisado no lugar, com a resposta para minhas duas perguntas. Sim, ela devia estar tirando sarro de mim, e sim, eu definitivamente tinha sido um babaca.

Fechei os olhos e balancei a cabeça, então ouvi um baque surdo e um grito.

Minhas pálpebras se abriram a tempo de ver um sapato de salto sair voando da cabana e aterrissar aos meus pés.

Um sapato de salto.

Simplesmente se afaste, repeti mentalmente para mim mesmo. Ela acabou de te oferecer uma saída fácil.

Ignorei.

Endireitei a postura, bebi o resto do café, peguei o sapato voador e fui em direção à porta.

A primeira coisa que vi quando entrei no Chalé Doce Céu foi Adalyn. Ela ainda respirava com dificuldade, o cabelo bagunçado e as pernas e os braços à mostra. Mais uma vez, não pude evitar que meu olhar se perdesse um pouco nos dois últimos. E, mais uma vez, fui sincero o bastante para admitir que gostava do que via. Gostava da curva de seu quadril e das coxas, de seus pés descalços e até de como seus seios se movimentavam com a respiração sob a blusa fina.

– Eu não tenho problemas de controle de raiva – anunciou Adalyn, fazendo meu olhar retornar ao seu rosto. – Eu queria esclarecer antes que você pergunte ou faça algum comentário. Não tenho mesmo. Eu estava lidando com uma frustração. Quando joguei o sapato.

– Não quero ser babaca, *meu bem* – falei, forçando o sotaque de propósito, repetindo o que ela disse para aliviar um pouco a tensão. – Mas isso é exatamente o que alguém que tem problemas de controle de raiva diria.

Ela soltou uma pequena bufada, e seus ombros cederam um pouco.

– Você prefere que eu desconte minha frustração em outra coisa? Porque tenho outro sapato.

– Ah, você estava fazendo isso?

Ela deu uma olhada para a direita, e foi só então que vi. A cama de dossel, enorme e antiquada. Arqueei as sobrancelhas quando vi que um dos mastros pendia em um ângulo estranho. Precisei conter um sorriso. A droga de um sorriso.

– Por acaso você estava usando o sapato como martelo ou algo do tipo?

– Eu sou criativa – respondeu ela, apenas. – Era isso ou descontar a raiva em alguém.

Meus olhos saltaram de volta para ela. A imagem se formou na minha cabeça tão rápido que, dessa vez, não pude fazer nada para impedir os cantos dos meus lábios de se curvarem.

Ela ficou horrorizada.

– Ah, meu Deus, não. Não. Eu quis dizer...

– Eu sei bem o que você quis dizer – falei, dando de ombros. – E preciso recusar. Ser lanhado por uma gatinha como você não está na minha lista de prioridades.

Coloquei no chão o sapato que ela tinha jogado lá fora.

– Pelo menos não hoje.

Ela congelou por um instante antes de revirar os olhos, mas não deixei de perceber que seu rosto e pescoço coraram.

– Eu nem sei o que isso quer dizer. Lanhado. Além disso, não sou uma gata. Nem sou pequena.

Avancei alguns passos e larguei minha caneca em cima de um armário cor de casca de ovo no que eu supunha ser a cozinha.

Meu Deus. Aquele lugar era pior do que eu imaginava.

– Escuta, vim aqui oferecer uma trégua temporária, tá?

Ela olhou para mim, incrédula, seu olhar percorrendo meu corpo de cima a baixo.

– Por que você faria isso? Eu nem me desculpei por ontem.

– Você está arrependida?

Ela soltou um suspiro de derrota.

– Eu tive um dia especialmente horroroso.

– Então pronto. Considere aceito seu pedido de desculpa atrasado e ridículo.

Ignorei o som que saiu de Adalyn e avancei mais um passo em sua direção. A madeira rangeu sob meus pés quando dei uma olhada rápida ao redor. Todas as superfícies estavam limpas, e havia marcas no piso, como se móveis pesados tivessem sido arrastados. Eu me perguntei quem é que tinha decidido transformar aquele galpão em uma hospedagem. Só podia ser alguém que claramente nunca estivera ali.

Estendi os braços.

– Estou vendo que essa cabana é um problema. Seria para qualquer pessoa com um padrão de exigência mínimo. Mas você não pode ficar dormindo no carro. Começa com uma noite, depois duas, e no final da semana você vai acabar se descuidando, vai deixar comida do lado de fora e atrair animais selvagens.

Isso chamou a atenção dela.

– Animais selvagens? Tipo um urso... ou algo assim?

– Ursos-negros não são exatamente raros por aqui. – Ela empalideceu, e aproveitei para continuar: – E não posso correr esse risco. Tenho uma família para cuidar, tá?

E, pelo jeito, eu não conseguia manter Willow dentro de casa.

– Ah – disse ela, baixinho, e para minha surpresa sua expressão... suavizou. Seus lábios se entreabriram, relaxados, e um tom leve de cor-de-rosa preencheu todo o seu rosto. – Eu não sabia, nunca li ou ouvi falar que você era casado. Ou que tinha filhos.

– Não tenho.

Ela me olhou como se quisesse perguntar mais detalhes, mas só mordeu os lábios.

Desviei os olhos de sua boca e me concentrei em cada móvel cafona ao seu redor.

– Você acha que isso é um golpe? – Apontei com a cabeça para a cama, mas na verdade estava falando do lugar como um todo. – Ou só um crime contra a decoração?

– Talvez um pouco dos dois?

– Bom, espero que quem quer que tenha reservado este lugar para você tenha sido demitido, no mínimo.

– E como você sabe que não fui eu que reservei?

Olhei para ela, e suas sobrancelhas estavam franzidas. Adalyn tocou a testa, distraída, e estremeceu. Minha voz ficou grave.

– Alguém examinou isso aí?

– Não é culpa da minha assistente – disse ela, ignorando minha pergunta. – Pelo menos, eu acho que não. Além disso, não estou exatamente em posição de demitir alguém no momento.

– A expulsão?

Em vez de responder, ela desviou o olhar.

– A cabana é ótima. Está tudo ótimo, na verdade.

– Me engana que eu gosto. Aliás, tenta enganar a cama também.

Ficamos em silêncio por um bom tempo, e, para a minha surpresa, não foi um silêncio carregado com a tensão explosiva que acompanhava todas as nossas conversas até o momento. Olhei para Adalyn, que encarava a cama fixamente, parecendo perdida em pensamentos.

Um "hum" baixinho deixou sua garganta, e, quando ela finalmente falou, eu não tive certeza se ela estava ciente de que foi em voz alta.

– Não acredito que eu sonhava com uma cama dessas quando era criança.

– Sério? – perguntei baixinho, curioso.

Ela pareceu assustada, talvez até um pouco envergonhada pela confissão, mas não voltou atrás.

– É. Pena que está infestada.

– *Infestada?*

Toda a suavidade no rosto dela desapareceu.

– Por que você acha que eu estava dormindo no carro?

Aquela cabana era uma atrocidade, uma piada de mau gosto, e eu sabia disso, mas naquele momento toda a irritação de antes voltou à terra. Nossa. Já era aquele silêncio confortável.

– Porque você é uma filhinha de papai mimada que não suporta a ideia de ficar em qualquer lugar que não seja um hotel cinco estrelas?

Na verdade, odiei dizer isso em voz alta. Mas parte de mim me obrigou. Uma parte que eu não entendia. A parte que não queria nenhum envolvimento com ela.

Todo aquele fogo que eu já tinha visto reacendeu no fundo de seus olhos.

– Você não sabe nada sobre mim.

E você sabe até demais sobre mim, eu quis rebater. Mas estendi a mão.

– Me dê seu celular.

Ela hesitou.

– Você é capaz de falar com alguém como uma pessoa normal? Eu achava que eu era difícil, mas você é impossível.

– Impossivelmente irritado. – Sacudi os dedos. – Celular. Vou mandar uma mensagem do seu celular para o meu.

– E por que eu ia querer o seu número?

Eu poderia citar milhares de motivos, e nenhum deles me agradaria, mas eu tinha oferecido uma trégua. E eu não era um monstro.

– Vou te mandar o contato da Hospedaria do Alce Preguiçoso quando voltar à minha cabana. O número que me passaram. Ligue para eles e diga que está entrando em contato em meu nome se quiser que eles resolvam mais rápido. Peça móveis novos.

Seus lábios se abriram de repente, formando um "o" grande.

– Diga que é minha assistente se quiser – continuei. – Reclame de um vizinho maluco morando em um galpão e botando o lugar abaixo. Tenho certeza de que isso vai chamar a atenção deles.

Seu olhar se alternou algumas vezes entre meu rosto e minha mão estendida.

– Não tenho o dia todo – falei. – Estou ajudando você.

– Me chamando de mimada e sendo arrogante, um presunçoso, um b...

Ela se conteve.

– Babaca. Pode dizer em voz alta, meu bem. – Eu me aproximei. – Agora me dê o celular.

Ela soltou um suspiro discreto.

– Está no carro.

– Afe – sussurrei, tirando o meu do bolso, desbloqueando e oferecendo a ela. – Salva seu número no meu, então. Eu te mando uma mensagem.

Ela hesitou, mas aceitou o celular, e seus dedos tocaram as costas da minha mão levemente, mas não deixei de perceber o toque. Seu rosto ficou vermelho, e ela disse, olhando para baixo:

– Eu ainda não confio em você. E se isso for alguma armação para me pregar uma peça eu... – Ela parou de falar por um segundo, e a expressão em seu rosto mudou. – Não se dê ao trabalho.

O sangue pareceu congelar em minhas veias.

– Olha para mim, por favor – falei em voz baixa e grave, de propósito. – Eu pareço um universitário idiota, por acaso?

O vermelho se transformou em um rosa intenso. Ela franziu o cenho, mas negou com a cabeça.

– Eu pareço alguém que não tem nada melhor para fazer do que armar para cima de você? – Eu me aproximei, obrigando-a a olhar para mim. Ela

75

balançou a cabeça mais uma vez. – Pois é. Eu posso não gostar de você, e você pode não gostar de mim, mas eu juro, Adalyn, que estou velho demais para perder o meu tempo com bobagens sem sentido como armar algo para cima de você.

Ela engoliu em seco, e meus olhos desceram até seu pescoço.

Voltei a olhar em seus olhos.

– Eu só entro em alguma jogada que vale a pena ganhar. Então salve logo seu número nos meus contatos e me devolve o telefone. Quanto mais cedo perceber que isso é tudo que Green Oak tem a oferecer, mais cedo você vai embora daqui.

OITO

Adalyn

Meu login do Flames estava suspenso.

Apertei o Enter outra vez, equilibrando o notebook nas pernas, sentada na arquibancada.

Login e/ou senha não correspondem a nenhum usuário do sistema.

Tentei de novo, atualizei o portal, desconectei e reconectei o notebook na rede do meu celular. Apareceu a mesma mensagem.

Meu estômago revirou.

Aquilo não podia estar acontecendo. Não sem aviso. Aquilo...

– Srta. Adalyn?

Levantei os olhos da janela pop-up azul que causava ondas de pavor pelo meu corpo e vi uma das garotas.

– María Camila Vasquez, certo? Você trouxe o gelo para mim ontem.

O gelo que não impediu que parte da minha pele ficasse roxa – o que seria só por alguns dias, segundo Vovô Moe – e que me fez passar maquiagem naquela manhã. Exatamente como Cameron tinha previsto. Argh.

María pareceu um pouco confusa, então peguei a lista da pilha de documentos que Josie tinha me dado no dia anterior e que eu passara a manhã inteira estudando. Havia informações sobre a Liga Infantil Six Hills – que tinha esse nome porque participavam os melhores times de seis condados adjacentes –, um calendário de jogos, as datas estimadas para as partidas da fase de mata-mata e o mais importante: o motivo pelo qual o Green Warriors tinha se qualificado. Era o único time sub-10 do condado.

Passei os olhos pela lista.

– Isso – falei, observando a foto da garotinha de nove anos e voltando a olhar para ela. – María Camila Vasquez. Você parece um pouco mais nova aqui na lista, mas só pode ser você.

– Pode me chamar de María – declarou ela, corando. – Ninguém mais me chama de María Camila. Acho que só o meu pai. E só quando ele está muito irritado comigo porque eu saio escondida pra brincar com Brandy em vez de fazer as tarefas. Ele não se incomoda que Brandy seja muito sozinha, e é por isso que eu saio escondida pra brincar com ela.

Abri a boca por impulso, mas descobri que não tinha nada a dizer, o que María considerou um convite para continuar.

– Ela me lembra um pouco o meu pai às vezes. Acho que eles poderiam ser amigos, mas ele está sempre tão ocupado com a fazenda que não tem tempo para brincar com ninguém. Nem comigo. – Ela pareceu se lembrar de alguma coisa. – Eu posso trazer Brandy aqui se você quiser.

Pisquei algumas vezes para ela.

– Ah... Hum. Brandy é sua amiga? – Verifiquei a lista mais uma vez. – Acho... que ela pode fazer o teste para participar do time se quiser, mas preciso dar uma olhada nas diretrizes do sub-10 para ver quantas jogadoras o time pode ter. Qual é a idade dela?

– Uns... – Ela estendeu as mãos e contou nos dedos. – Seis?

– Talvez ela ainda não tenha idade para participar. – Comecei a vasculhar a pilha que Josie tinha me dado. – Eu devo ter o regulamento aqui em algum lugar. Espere. Chelsea tem sete. Então, talvez...

– É, mas ela é grande para a idade dela. Quando a gente compara a Brandy com as outras cabras.

Minhas mãos congelaram.

– Cabras?

– Brandy é uma cabra. – María deu um sorrisinho torto. – Ela também é cega. E tem ansiedade.

Uma pausa.

– Hum, talvez ela tenha cinco meses, não seis. Não tenho certeza.

Meu Deus. Demorei um pouco para me recompor, porque... como eu tinha ido parar ali? Estava prestes a dizer a uma criança que sua cabra ansiosa de seis ou cinco meses não poderia entrar para o time.

Larguei a pilha de papéis.

– Acho que infelizmente não temos lugar para Brandy no Green Warriors.

María assentiu. Em seus olhos, havia só compreensão. E aquele sorriso ficou apontando para mim. Em silêncio. Por muito tempo.

Limpei a garganta.

– Então… Você queria me contar alguma coisa?

– Ah, sim. – Sua expressão se iluminou. – Todas as outras meninas têm medo de você, então elas me mandaram para representar o time.

Choque e pavor percorreram meu corpo ao mesmo tempo.

Medo. As garotas tinham medo de mim. Ignorei o que isso me fez sentir.

– Bom, isso é compreensível. Nem todo mundo gosta de estranhos, e o meu vídeo não é um bom cartão de visitas.

– Mas eu gosto de você – rebateu ela. – Acho você bonita e amo as suas roupas. E não acho que você tem cara de bruxa, como elas falaram.

Quase comecei a rir, mas disfarcei com uma tosse.

– Você é muito gentil, María.

– Não tem de quê. – María assentiu, o sorriso ficando ainda maior. – Também acho que não precisamos do Sr. Camarão de volta.

Dessa vez não consegui disfarçar minha reação. Soltei uma risada bufada. *Sr. Camarão.*

– Por que você acha isso?

– Porque você deveria treinar a gente. Como fez ontem. Já pensou nisso?

– Ah. – Meus ombros ficaram tensos. – Não, não. Acho que não é uma boa ideia. Mas vou procurar um novo treinador para vocês.

Josie disse que ninguém ali gostava muito de futebol, mas tinha que existir alguém naquela cidade que pudesse treinar um grupo de crianças. Eu faria o restante. Começaria com os pais quando fossem buscar as garotas mais tarde. Alguns deles me olharam desconfiados quando descobriram que Cameron não estava lá, mas Josie os acalmou.

– Acho que é a melhor ideia – insistiu María. – Não vai ser difícil para você. Chelsea e eu pesquisamos você e seu trabalho com, tipo, um time de verdade. Nosso último treinador foi o Vovô Moe, e com certeza você seria bem melhor que ele. Ele é divertido, mas uma vez chamou um escanteio de touchdown quando Juniper chutou a bola para fora.

Guardei essa informação. Não era de se admirar que Josie estivesse tão interessada em recrutar Cameron.

– Era isso que o time queria que você me pedisse?

– Ah, não, elas me mandaram aqui para falar com você sobre o plano para convencer o Sr. Camomila a voltar, mas acho que a gente deveria boicotar o plano e fazer o que a gente quiser. Vamos ser... um time de duas pessoas. Como a Wandinha e o Mãozinha. Posso ser a Wandinha?

Eu...

– Como é?

María abriu a boca para começar a explicar, mas meu celular tocou.

– Espere, pode ser de Miami.

Tirei o aparelho da bolsa e vi o nome do meu pai na tela. Meu pai nunca telefonava. A esperança se agitou em meu peito. Talvez eles tivessem percebido que precisavam de mim no escritório. Talvez eu não fosse tão descartável quanto tinham pensado.

– María, o que você acha de voltar e fazer alguns exercícios de aquecimento enquanto eu atendo? Que tal... fazer uma linha com alguns cones e tentar passar com a bola entre eles? Vou observar daqui.

Ela virou toda animada e soltou:

– Beleza!

E correu de volta para o grupo reunido no meio do campo.

Fiquei observando o celular tocar por um momento, então atendi.

– Pai...

– *Ay mi*, Adalyn – ressoou o berro imediato.

– Mãe?

– Adalyn, *mi amor, dime que estás bien*! – Minha mãe praticamente gritou no telefone.

Voltei para as arquibancadas aos tropeços.

– Mãe, o que você está fazendo no escritório do papai?

– Nem me venha com "mãe" – alertou ela, com aquele sotaque pesado que nunca perdeu. – Sabe que eu não gosto. Mãe isso, mãe aquilo.

Ela deu um suspiro dramático antes de continuar:

– É isso que eu mereço depois de descobrir que seu pai praticamente sequestrou você?

– Maricela – ouvi meu pai no fundo. – Eu não sequestrei ninguém, meu Deus. Eu só...

Mas Maricela Reyes estava com raiva, e, quando ela ficava assim, havia uma coisa que não se podia dizer.

– Não envolva Deus nisso! – respondeu ela, com raiva. – Vai me dizer que não está mantendo minha única filha sei lá onde contra a vontade dela?

Sério, dava até para vê-la agarrando o peito de tanta indignação.

– *Es mi única hija, Andrew. Mi sangre. Si mi santa abuela viera esto, nunca te lo perdonaría. Si...*

E ela seguiu falando que meu pai não entendia a importância real do sangue e da família. Em espanhol, é claro, que era o modo-padrão da minha mãe quando ficava chateada.

– Maricela – implorou meu pai do outro lado da linha. – Na minha língua, por favor. Sabe que eu não te entendo quando você fica assim.

Tive que segurar a vontade de defender a minha mãe. Depois de anos, eu já tinha aprendido a ficar quieta quando eles discutiam daquele jeito.

– E de quem é a culpa disso tudo, hein? – rebateu ela. – Talvez, se você tivesse se esforçado, mas não. Nunca. *Porque tú...*

E desembestou a falar de novo.

Respirei bem fundo, ignorando a discussão que eu já conhecia.

Era exatamente isso que meu pai queria evitar ao não contar nada para a minha mãe. Um conflito. Algo que sempre me colocava entre eles, motivo pelo qual aceitei a exigência. O fato de meus pais nunca terem se casado não importava; em ocasiões como aquela, eu entendia como era ter pais divorciados.

– Mãe – falei, depois de um tempo. E, como ela pareceu não ter escutado, segui em espanhol, como ela sempre incentivava. – *Mami, por favor.*

Como esperado, isso chamou sua atenção.

– Desculpe. Mas eu me preocupo com você, Adalyn – disse ela, suavizando a voz e se esquecendo do meu pai na mesma hora. – Você está bem?

– Claro – menti. E, como não havia motivo para sobrecarregá-la com coisas que ela não poderia me ajudar, acrescentei: – Juro. Estou ótima.

– *No mientas*, Adalyn.

Argh. Ela me conhecia bem demais.

– Não estou mentindo – insisti, tentando deixar meu tom mais alegre e me sentindo uma fraude. – É só uma viagem a trabalho.

Precisei engolir em seco antes de continuar, e mesmo assim minha voz vacilou.

– Está tudo ótimo e você não precisa se preocupar com nada.

Um silêncio pesado seguiu a minha declaração.

– Viu? – Ouvi meu pai dizer. – Ela está bem. E é adulta, meu Deus do céu. Assim você a sufoca.

Ouvi mais um arquejo da minha mãe, seguido de passos apressados e o barulho de uma porta batendo.

– Alô? – chamei. – *Mami?*

– Seu pai está me irritando – anunciou minha mãe. – Como sempre. Foi por isso que nunca me casei com ele. – Ela estalou a língua. – Entrei no banheiro do escritório porque não quero você dizendo coisas que não são verdade só porque ele está ouvindo.

Isso... doeu. Mas eu não tinha forças para discutir.

– Eu gostaria muito que você confiasse em mim.

– Confiar – disse ela, bufando, mas não com malícia. – Então por que não me contou nada? E por que seu pai não me diz onde você está? Por que precisei vir até aqui para descobrir que você não estava em Miami?

– O que você está fazendo no clube? – Mudei de assunto.

Minha mãe nunca pisava no estádio. Ela mal saía de Coral Gables.

– Vim atrás de você, depois que vi aquele vídeo terrível. Eu estava conversando com Matthew, sabe, na nossa ligação semanal, e ele...

– Eu vou matar o Matthew, eu...

– Adalyn Elisa Reyes.

– Desculpa – falei, embora Matthew fosse, sim, ouvir poucas e boas. Suspirei profundamente. – Me desculpa também por não te contar sobre a viagem. E sobre o vídeo.

Fechei os olhos por um instante.

– O que eu fiz foi imperdoável.

– Imperdoável. – Um fluxo de xingamentos em espanhol que não reconheci deixou seus lábios. – Você é minha filha. Não tem nada que você possa fazer que eu não vá perdoar. E aquele Paul? Ele sempre foi linguarudo. O que foi que ele disse pra você, hein?

Algo se revirou em meu estômago. Paul não tinha dito nada. O pior que ele fez foi estar no meu caminho quando eu... surtei. Mas minha mãe seguiu falando:

– Sabe de uma coisa? Nem quero saber o que foi. Vou descobrir onde ele está e dizer que ele já tem idade suficiente para procurar um emprego de verdade. Sabe, um emprego que não envolva usar fantasias com penas.

– Por favor, não faça isso – falei, segurando um gemido. – E ele é um artista, você sabe. Pagamos bem pelo trabalho dele.

– Bem demais, eu aposto. Eu queria ver Paul na cozinha de um restaurante. Isso, sim, é trabalho duro. Não rebolar a bunda para a multidão.

– Mãe. – Soltei um gemido. – Você trabalhava com entretenimento. Já foi modelo. Não é tão diferente do que o Paul faz.

– E trabalhei em muitas cozinhas antes disso. Cozinhas feias e imundas, ainda por cima. Aposto que aquele garoto nunca levantou um dedo na vida.

– Eu… Isso… – Não havia por que discutir. – Eu preciso conversar com meu pai. Pode, por favor, passar o telefone para ele?

Maricela Reyes soltou um suspiro que me informava que ela ainda não tinha me liberado.

– Trabalho. Sempre trabalho. *¿Y qué hago con los pastelitos que te traje?* Achei que iam animar você. A internet é tão maldosa. Os comentários no seu vídeo são…

– Kelly vai amar. – Interrompi. Eu não queria ouvir o que a internet estava dizendo. – Dê os doces a ela.

– Tá bom, vou dar. Eu te amo, tá? Ligue se precisar de mim, *¿sí?*

– Prometo – menti mais uma vez.

Eu não precisava de ninguém além de mim mesma para me tirar daquela situação.

Ouvi um barulho na linha quando ela voltou até onde meu pai estava, então veio a voz dele no telefone, brusca:

– Pois não?

– Eu… – comecei, e cometi o erro de hesitar por tempo demais.

– Adalyn, não tenho o dia todo.

Endireitei os ombros, embora meu pai não pudesse me ver.

– Achei que você tivesse ligado para me atualizar quanto ao status das… coisas por aí. Em Miami.

– Foi sua mãe quem ligou. – Ele fez uma pausa. – E eu me lembro claramente de ter dito a você para se concentrar no trabalho aí.

– Se tiver alguma coisa que eu possa fazer, eu…

– Não estamos precisando de você por aqui, Adalyn. Sua assistente está dando conta de tudo. E eu fui bem claro: nada de trabalho remoto.

Aquela lasca de esperança foi extinta, me deixando com um vazio no peito.

– Foi por isso que meu acesso ao sistema foi suspenso?

– Sim – respondeu ele, ligeiro. – Entre em contato com David caso algo urgente precise da minha atenção. Você ainda deve ter o celular particular dele de quando vocês dois... se envolveram.

Envolveram parecia um exagero depois do que descobri.

– Qualquer coisa que não seja urgente, relate, detalhe e registre... – Meu pai parou e soltou um suspiro irritado. – Você leu o memorando?

O memorando de uma página sobre o Green Warriors que não especificava se tratar de um time recreativo sub-10? Li. Naquele dia. Tarde demais, pelo visto.

– Li, sim.

– Então sabe o que fazer. Estamos patrocinando o time, então pense nele como uma extensão do Flames. Espero conseguir uma boa matéria com isso. Garanta que alguns jornalistas escrevam sobre o bem que estamos fazendo pela comunidade rural. Faça disso uma história de sucesso. – Outro suspiro. – Essa conversa é uma perda de tempo. Tudo isso já deveria estar claro para você, Adalyn.

Eu me senti afundando na arquibancada. Talvez devesse ser óbvio, mesmo.

– Falando no time, no entanto, o, hum, Green Warriors. Não... não é exatamente o que eu esperava. – Esperei que ele dissesse alguma coisa, mas ele ficou quieto, então achei necessário preencher o silêncio. – As acomodações também estão longe de serem ideais, infelizmente. A cabana é...

– O que exatamente você está tentando me dizer, Adalyn?

– Que... – Eu podia ter dito uma centena de coisas.

Eu trabalhava bem sob pressão, então sabia que era capaz de providenciar argumentos inteligentes e razoáveis para explicar por que aquilo tudo era... ridículo. Estava muito abaixo do meu cargo. Mas, em vez disso, deixei escapar:

– As acomodações são de péssima qualidade, e eu estou trabalhando com um time infantil.

Uma gargalhada ecoou na linha.

– Bom. Você durou um dia inteiro antes de desistir.

Aquelas palavras foram como um golpe em cheio no meu peito. Por algum motivo, minha cabeça resolveu jogar uma afirmação muito parecida na minha cara. A de Cameron. *Acho que você não dura uma noite.*

– Não culpo você – continuou meu pai. – Abandonar o conforto da vida que proporcionei não é fácil. Então, tudo bem, vou mandar você para outro lugar. Pode escolher, a Underwood Holdings tem muitas opções para mantê-la ocupada até que tudo isso acabe. Sempre achei que você se daria melhor com imóveis, mesmo.

Todo o sangue se esvaiu de meu rosto, indo parar nos meus pés.

– Mas não é isso que eu quero. Você sabe.

– Então o que você quer? – perguntou ele, embora soubesse a resposta.

O Miami Flames. Meu trabalho. Minha vida. Respeito, dele e do David. Ele insistiu:

– Voltar correndo para casa? Tudo bem. Ao contrário do que sua mãe disse, não tenho intenção nenhuma de manter você por aí contra sua vontade. Mas não posso devolver seu cargo no Flames. Seu rosto continua aparecendo por aí como se fôssemos uma piada de mau gosto.

Uma piada de mau gosto.

Minha garganta ficou seca. Meu coração martelava forte. Tudo o que aconteceu naquele dia voltou de uma vez. Senti frio e calor, tudo ao mesmo tempo.

– Não vou voltar correndo para casa. Eu vou dar conta. Sou capaz de consertar isso.

– É o que eu quero ouvir – disse ele, e detestei o quanto esse comentário indiferente me deixou aliviada. – Agora, se não se importa, preciso procurar a sua mãe antes que ela vire o escritório de pernas para o ar.

E, antes que eu pudesse dizer qualquer outra coisa, a chamada foi finalizada.

Minha mão caiu e fiquei estática, olhando para o nada.

Continuei assim por um bom tempo, não sei se durante um minuto ou cinco. Tentei encontrar paz no ar fresco de setembro, fazer meus batimentos voltarem ao ritmo normal aos poucos, buscar o conforto do sol de fim de tarde em meu rosto. Era agradável. Tanto quanto o possível para quem estava no fundo do poço – ou dois metros abaixo disso.

Um pássaro cantou ao longe, e o som ecoou no silêncio absoluto que me rodeava.

Franzi o cenho ali mesmo onde estava, nas arquibancadas.

Por que aquele silêncio absoluto?

Meus olhos logo se voltaram para o lugar onde o time estava e não viram ninguém ali. Nenhuma garotinha de tutu fazendo estrelinha, nenhuma tagarelice sem fim, ninguém deitado na grama.

O pânico se alastrou dentro de mim como uma onda poderosa e avassaladora. Com o celular na mão, levantei em um salto e desci as arquibancadas a uma velocidade supersônica.

– Oi? – chamei, o desespero crescendo em minha voz. – Garotas?

Mas ninguém respondeu.

Corri pela lateral do campo, vasculhando em cada canto do lugar. Onde é que elas tinham se metido? Eu não acreditava que tinha acabado de perder um time inteiro de crianças. Meu Deus. Aquele era um novo fundo do poço. E outra razão pela qual eu não podia ser a treinadora. Aquele não era meu lugar, e eu era inútil com crianças. Se elas tivessem ido para a floresta ou para a rua, eu nunca me perdoaria. Eu...

Um barulho alto seguido de uma explosão de risadinhas veio da direção oposta, e me dirigi para lá na hora. O galpão? Mais algazarra. Parecia que estava tudo caindo no chão, então saí correndo, arrependida por estar com aquela sandália de salto que afundava na grama.

– Por favor, não estejam machucadas. Por favor, não estejam feridas ou sangrando ou...

Parei assim que vi a bola sair rolando do galpão. As portas metálicas estavam abertas, uma delas meio torta, e vozes sussurradas vinham lá de dentro. Outra bola saiu rolando. E uma terceira. E uma quarta.

Com o peito arfando, entrei. O espaço era maior do que eu tinha imaginado – o teto era alto e o tamanho correspondia pelo menos à metade do meu chalé – e... estava tudo espalhado no chão. Coletes caindo dos armários. Cones espalhados, redes cheias de bolas que já tinham visto dias melhores jogadas por toda parte. Havia até caixas de papelão com equipamentos de outros esportes.

Uma zona. E, no meio de tudo aquilo, as garotas.

As risadinhas pararam de repente.

Tentando normalizar a respiração, perguntei com a maior calma que consegui:

– Alguém se machucou?

Todas elas balançaram a cabeça.

– Nenhum ferimento? Ninguém sangrando? Nada? Todas inteiras?

Elas assentiram.

Só então me permiti relaxar.

A garota de cabelo ruivo curto, Juniper Higgins, segundo a lista que eu tinha memorizado, deu um passo à frente. Estava abraçando a própria cintura.

– Srta. Adalyn, eu tentei impedir, mas elas não me ouviram.

– Juni! – Todas reclamaram. – Não seja dedo-duro.

Juniper ficou vermelha.

– É verdade. Eu disse que a gente ia se dar mal. E agora a Srta. Adalyn está furiosa.

– Não estou furiosa – falei.

Não com elas. Eu estava com raiva de mim mesma.

Alguém sussurrou:

– Mas a cara dela é sempre assim. – Isso pareceu incitar um resmungo de concordância, o que me fez corar por outro motivo. – Você não viu o vídeo?

Senti um gosto amargo na boca.

– Ela não é o monstro que parece naquele vídeo! – rebateu uma voz abafada, atraindo meus olhos a um canto, onde encontrei María com um cone amarelo preso na cabeça.

– Ai, meu Deus. Como foi que isso aconteceu? – Fui até ela e tentei tirar aquela coisa de seus ombros, mas não saía de jeito nenhum. Droga. – Não quer sair.

Soltei um gemido.

– Você está bem? – perguntei.

– Estou – respondeu María. – Viram? Um monstro tentaria me ajudar?

– Puxa-saco – alguém resmungou.

– Certo – falei. – Regra número um: sem xingamentos no time, tá?

Entendi o resmungo relutante do grupo como um sim e segui em minha tentativa de libertar María do cone enquanto me explicava.

– E não estou brava com vocês. Nem furiosa. Eu estava... – Puxei aquela coisa, mas ela continuou presa. – Preocupada.

Ao contrário do que elas acreditavam, eu não era um monstro. Talvez não fosse tão boa lidando com crianças, mas nunca me perdoaria se alguma coisa acontecesse com elas por causa da minha irresponsabilidade.

A mesma garotinha sussurrou:

– É o que todos os adultos dizem, mas a gente acaba se dando mal de qualquer jeito. – Ela virou para Juniper e falou mais alto: – *Você* vai se dar mal, sua dedo-duro.

– Regra número dois – ditei, levantando a mão. – Ninguém vai se dar mal.

Exceto, talvez, eu mesma. Era tudo culpa minha.

Na pressa de assumir o controle das coisas, claramente avaliei e julguei mal a situação. O fato de elas serem crianças não facilitaria o meu trabalho nem um pouco nem garantiria uma carga menor do que a de Miami.

Era provável que fosse o contrário.

E agora eu tinha uma criança presa em um cone e um caos no galpão.

Desistindo de María por um instante, coloquei as mãos na cintura. Se queria fazer daquilo uma história de sucesso, como meu pai dissera, eu não precisava só de alguém para cuidar delas durante o treino. Eu precisava de um treinador. Alguém que fizesse a diferença. Alguém...

O grupo arquejou em surpresa, me trazendo de volta à realidade.

Então uma voz grave que arrastava as palavras em um sotaque que eu já reconhecia muito bem disse:

– O que foi que aconteceu aqui?

Virei a cabeça, esperando encontrar os olhos arregalados e cheios de horror de Cameron observando o estado do galpão. Mas ele estava olhando fixamente para mim.

E, pegando nós dois de surpresa, respondi:

– Ah, oi, Treinador.

NOVE

Adalyn

– Treinador. – O homem praticamente cuspiu, como se a palavra fosse venenosa.

Eu não o culpei por isso.

Eu também não gostava dessa ideia. Mas a vida tem dessas. Às vezes precisamos agir como adultos e engolir sapo. Ou, nesse caso, trabalhar com o jogador de futebol profissional irritante que cometemos o erro de demitir e que, por acaso, é nosso vizinho.

Cameron Caldani continuou olhando nos meus olhos com os dois copos para viagem da Venda da Josie nas mãos. Eu me perguntei se ele bebia mesmo tanto café ou se estava levando aquele segundo copo para alguém. Talvez alguém da família de quem ele cuidava, como tinha dito antes.

Meus olhos desceram, e percebi que ele tinha trocado de roupa desde nosso encontro naquela manhã. Naquele momento, uma blusa de fleece verde cobria seu peito e, em vez de moletom, uma calça de corrida com mais bolsos e zíperes do que qualquer um usaria envolvia suas coxas firmes. Ele também estava de botas. Do tipo que se usa ao ar livre. Credo.

– O que aconteceu com a garota-cone? – perguntou Cameron, desviando minha atenção de sua escolha de roupa.

– É a María! – reclamou ela. – E a primeira regra é *sem xingamentos*. – Ela soltou um bufo abafado. – Sr. Camomila.

Cameron soltou o ar com força e em três passadas largas se colocou ao meu lado, libertando María com uma das mãos enquanto a outra segurava os dois copos de café.

Revirei os olhos. Ele fez parecer tão fácil.

– Obrigada – resmungou María.

Cameron largou o cone no chão e se virou para mim.

– E aí? Vai explicar que caos é esse?

Não. Eu não ia.

– Como foi seu dia, Cameron? – Agora que ele estava mais perto, percebi vestígios de suor em suas têmporas e sua pele corada de sol. – Fez algo de interessante hoje? Uma caminhada nas montanhas, talvez?

Ele semicerrou os olhos.

– Além de encontrar você no meio de mais uma situação alarmante, embora nada surpreendente?

Algumas meninas arquejaram.

– Você precisa ser sempre tão desagradável? – rebati.

As garotas soltaram um *uuuuu*.

– Não sei. – Ele deu de ombros. – Você pretende fazer outra coisa que não seja causar problemas?

As garotas soltaram um *aaaaa*.

Dei um meio sorriso. Além de não ter nenhum interesse naquela falação passivo-agressiva, eu não podia esquecer que tinha uma missão.

– Então, Treinador...

Ele soltou uma risada sem graça.

– De jeito nenhum.

Minha boca se abriu com uma reclamação prestes a sair, mas, de repente, a cabeça de Josie apareceu ao lado de uma das portas de metal.

– Meu Deus. – Ofegante, ela se apoiou no batente e levou a mão à testa. – Ainda bem que encontrei vocês.

Ela estava tão sem ar quanto eu minutos antes. E vestia um avental escrito "Venda da Josie" em letras verdes grandes.

– Código amarelo.

Ficamos todos olhando para ela. Até as garotas.

– Código amarelo? – perguntei.

– Os pais – explicou ela, os olhos arregalados em pânico. – Eles estão furiosos.

Ela olhou para Cameron.

– Por que você ainda está segurando isso? – perguntou Josie. – Por favor me diga que não está bebendo! Eu disse que o segundo *Josephino* era para ela!

Os lábios de Cameron formaram uma linha reta.

– Acredite, eu ouvi.

Josie tinha preparado um café para mim? Lancei um olhar para Cameron, mas ele não me entregou o copo, então...

Josie se mexeu desconfortavelmente.

– O que foi que aconteceu aqui? Deixa pra lá, não temos tempo para isso. – Ela virou a cabeça, olhando para trás, e se voltou para nós mais uma vez. – Ei, garotas, que tal voltarem para o campo? Podem brincar do que quiserem até o fim do treino. Viva!

As garotas comemoraram, obedeceram na mesma hora e saíram correndo.

– Nós já vamos! – gritou Josie, olhando para nós com uma expressão de urgência e nos guiando para fora do galpão.

Paramos na lateral do campo, e fiz questão de ficar de frente para poder observar o time.

Vozes – vozes adultas que não tinham nada a ver com o barulho das crianças no gramado – chegaram ao meu campo de audição. Tentei olhar para trás de Josie, mas ela segurou meu rosto com as mãos.

– Adalyn – disse ela, virando meu rosto de frente para o seu. – Preciso que se concentre, não temos muito tempo. Não temos nem um plano. E precisamos muito, muito de um. Estamos em código amarelo, talvez até preto.

Os olhos de Josie se voltaram para Cameron, e ela bufou.

– Meu Deus, Cam, por que ainda está segurando o Josephino? – questionou ela, me soltando e pegando o copo das mãos de um Cameron ainda carrancudo e enfiando em meu peito. – Tome. Vai precisar.

Aceitei o copo, me obrigando a ignorar o peso dos olhos de Cameron em mim.

– Tá – falei para Josie, assentindo. – Qual é o problema com os pais?

– Os pais é que são o problema – respondeu Josie. – Estávamos todos no café e estava tudo bem até eles começaram a falar sobre vir até aqui e interromper o treino. Eles têm um plano. Vão mandar dois representantes. Estão dizendo que não querem... – ela fez aspas no ar com os dedos – "fazer escândalo". Mas é impossível quando Diane está envolvida.

Cameron soltou um grunhido que não entendi.

Continuei concentrada em Josie.

– Fazer escândalo por quê?

As vozes se aproximaram, e dessa vez vi dois adultos, um homem e uma mulher, por cima do ombro de Josie.

Josie engoliu em seco.

– Eles sabem, Adalyn. Eles viram.

DEZ

Cameron

Eu não deveria estar ali.

Eu deveria ter ido embora quando a palavra *treinador* saiu dos lábios de Adalyn pela primeira vez. Muito antes de Josie e aquelas duas outras pessoas aparecerem e começarem a tagarelar sobre regras, associações de pais, o bem-estar das crianças e um monte de outras coisas com as quais eu não me importava.

Fazia uns vinte minutos que estavam discutindo, e eu ainda não sabia exatamente sobre o quê. Alguma coisa que envolvia Adalyn, que eu não entendia e claramente não tinha nada a ver comigo. Por isso usei o tempo para ficar de olho nas garotas, metade brincando por ali e a outra metade... gravando coisas com o celular. Danças. Eu nem sabia para quê. Detestava smartphones, redes sociais e qualquer coisa relacionada a isso.

Encarei meu copo vazio.

Maldito Josephino.

Foi o que deu início àquilo tudo. Eu só queria tomar um café rapidinho depois da caminhada. Deveria ter me recusado a entregar o café extra que Josie tinha preparado – sem se preocupar em me avisar, claro – para Adalyn. Mas Josie tinha um jeitinho de... pegar os outros desprevenidos. Ela fazia algumas perguntas e, de repente, você estava treinando um time de futebol infantil ou entregando bebidas.

Ela seria uma ótima agente de atletas.

– ... e é por isso que meu bom amigo Cam – disse a prefeita da cidade, dando tapinhas no meu braço – está aqui.

– Infelizmente – resmunguei.

Fazia um tempinho que eu tinha me desligado da conversa, mas estar preso ali definitivamente era uma infelicidade.

Josie gargalhou, o que me assustou, e por isso percebi que todos os olhares naquele pequeno grupo estavam voltados para mim. Os dois pais – uma mulher com o cabelo bem brilhoso e um homem alto com óculos de armação vermelha – me avaliaram de cima a baixo. Adalyn também, e não era a primeira vez.

Eu precisava de um banho. Estava suado, minhas roupas e botas estavam cobertas de terra, e eu estava cansado daquilo – o que quer que fosse.

– Bom – disse a mulher, a cabeça coberta por um tom ofuscante de amarelo ainda me olhando de cima a baixo. – Ele é alto. – Fechei os olhos por um instante ao ouvir isso. – E tem porte de atleta. E é europeu.

– Ele é o pacote completo! – disse Josie, batendo palmas. Palmas!

Meu Deus.

– E estava, e ainda está, fazendo um ótimo trabalho com as meninas. Vocês sabem disso.

– Estava treinando o time hoje com essas roupas? – perguntou Diane. – Não me lembro de ter visto você vestido assim nos outros dias em que vim trazer a Chelsea.

Eu nem olhei para minhas roupas.

– Eu...

Josie me interrompeu com uma risada estridente.

– Ah, não. Ele acabou de chegar! Cam precisou tirar o dia de folga para cuidar...

– Da galinha dele – disse Adalyn, bem calma.

Minha o quê?

– Cam ama seus animais – concordou Josie. – E os animais também o adoram. E sabem quem mais adora o Cam? As garotas!

Arqueei uma sobrancelha.

– Do que é que vocês...

Ela gargalhou mais uma vez, me interrompendo.

– Ah! As crianças. Amamos as crianças. Enfim, vocês confiam no Cam, e é por isso que ele é o complemento perfeito para Adalyn.

Minha sobrancelha subiu ainda mais. Josie continuou:

– Ele vai cuidar da parte técnica, como os treinos, jogos, essas coisas.

E Adalyn vai se concentrar na parte mais prática. Eu já contei pra vocês que ela é uma chefona da vida real? Ela é executiva de um time da liga principal! – Ela colocou uma das mãos no meu ombro e a outra no de Adalyn. – Eles são o par perfeito. Olhem só para eles!

Não me senti exatamente à vontade com os pais me analisando depois dessa declaração, mas, se ninguém tinha me reconhecido em semanas, eu queria acreditar que estava seguro. Assenti e lancei um olhar brando para Josie, então vi o rosto de Adalyn ao lado dela. Ela parecia abatida. Franzi o cenho.

A mulher à nossa frente bufou.

– Não sei. Confio nele, mas ainda tenho minhas dúvidas em relação a ela. Estou muito preocupada com Chelsea e as garotas. Elas estão no terceiro, quarto ano, e se impressionam com facilidade nessa idade. Acredite, sou presidente da associação de pais por um motivo. Eu entendo dessas coisas.

Ela já tinha dito isso. Centenas de vezes.

Eu nem sabia por que eles estavam assim tão agitados. Devia ter alguma coisa a ver com o fato de não conhecerem Adalyn, com alguma coisa que *viram* na internet e por não confiarem em alguém *como ela* – o que quer que isso quisesse dizer – para cuidar das filhas. Eles davam voltas e mais voltas e não diziam exatamente qual era o problema. Não que eu tivesse interesse. Minha única preocupação no momento era a declaração de Josie de que eu e Adalyn éramos um par. A mulher tinha me demitido. Várias vezes em um intervalo de minutos. Como se eu não fosse um jogador profissional que estava fazendo um favor ao time. Coisa que, pelo jeito, ela sabia. Ela me dispensou como se o problema fosse exatamente esse.

Eu não tinha interesse nenhum em descobrir qual era o problema de verdade.

– E, como vice-presidente da associação de pais – o homem acrescentou, ajustando os óculos no nariz –, compartilho dessa preocupação. Meu marido e eu tivemos uma longa conversa com nossa Juniper depois que descobrimos a… confusão, e, embora a gente apoie a expressão livre, você sabe, das emoções, ainda achamos que esse não é um bom exemplo para as garotas.

– Meu marido… – A mulher parou de falar, e seu rosto corou. – Ex-marido… ouviu Chelsea comentar algo sobre querer sair do balé e entrar no…

kung fu ou algum absurdo desses. Sabem o quanto isso é preocupante? Minha filha é uma alma doce, pacífica, e agora quer lutar. Lutar!

Olhei para Chelsea, lá longe, com um tutu preto por cima da roupa, fazendo piruetas loucamente enquanto María batia palmas. Aquela garota não tinha intenção nenhuma de largar o balé.

– Diane. Gabriel. – O sorriso de Josie ficou mais largo e mais tenso. – Entendo o que vocês estão dizendo, de verdade. Mas podemos, por favor, fazer o esforço de nos colocarmos no lugar da Adalyn? Acho que ela já foi atormentada o bastante por hoje, não acham?

Olhei na direção de Adalyn. As bolsas sob seus olhos pareciam mais perceptíveis agora. Meu olhar percorreu seu corpo, e percebi que ela estava tamborilando os dedos no copo. Acho que não tinha bebido nem um gole do Josephino.

– Me deem uma chance – pediu Adalyn ao grupo. – Entendo sua preocupação, mas prometo que vou me dedicar de corpo e alma às garotas. – Ela hesitou. – Vou levar o time a outro patamar...

– Junto com Cam – acrescentou Josie.

O rosto de Adalyn corou.

– Junto com Cam – concordou ela, baixinho. Baixinho demais. – Também tenho uma equipe da MLS me dando todo o apoio. Isso significa que teremos uniformes novos, materiais para treino, equipamentos patrocinados... Tudo o que vocês imaginarem. Temos um orçamento...

– Acha que pode nos comprar com isso? – perguntou Diane, indignada.

Meus olhos se voltaram para ela, focando em seu rosto.

A voz de Adalyn não vacilou.

– Não. É claro que não.

Diane se eriçou assim mesmo.

– Conheço seu tipo. Vocês chegam em lugares pequenos, como aqui, com suas roupas e carros chiques, querendo fazer grandes mudanças. – Ela deu um passo na direção de Adalyn. – Isso já aconteceu aqui. Com a fazenda dos Vasquez. Então, não. Não confio no seu dinheiro, mocinha!

– Diane! – exclamou Josie. Ela colocou a mão no braço de Adalyn. – Diane não quis dizer isso. Juro que ela apenas ama as crianças e nossa comunidade. Infelizmente, às vezes ela exagera um pouco.

Gabriel resmungou alguma coisa que pareceu muito com:

– Lá vamos nós.

Como se tivesse sido combinado, a mulher levantou a mão.

– Não estou exagerando. – Ela deu a volta em Josie e apontou o dedo para Adalyn. – E se tem alguém que exagera aqui é esta mulher. Quando a gente menos esperar, alguém vai machucar alguém ou... *decapitar*.

Um som estranho escapou dos lábios de Adalyn em resposta.

Antes que a mulher pudesse dizer mais uma palavra, eu me vi entre ela e Adalyn, segurando um copo de café vazio e amassado na mão.

Queria que meus dedos relaxassem, então enfiei a mão no bolso da calça.

– Já estou cansado de ouvir isso – anunciei para o grupo.

Diane jogou a cabeça para trás e seus lábios se mexeram, mas ela não me disse uma palavra. Lancei um olhar de soslaio para Josie.

– Então, se finalmente terminamos essa bobagem, eu gostaria de encerrar por aqui e ir para casa – finalizei.

Os olhos de Josie estavam levemente arregalados, mas seus lábios se abriram em um sorriso torto e largo que a deixou com uma expressão de maluca. Ela ficou olhando para mim, e eu fiquei ali no mesmo lugar.

– Meu Deus. O que foi agora? – perguntei.

Ela deu de ombros, aquele sorriso congelado em seu rosto.

– Nada. E, sim, já terminamos. – Ela fez uma breve pausa que não pude deixar de perceber e acrescentou: – Treinador Cam.

E foi se afastando, levando Diane e Gabriel pelo braço.

– Muito bem, vocês dois. Que tal uma fatia deliciosa de torta de framboesa? Por conta da casa, é claro – ofereceu ela.

E, antes mesmo que eu tivesse tempo para sequer piscar, eles estavam caminhando pela lateral na direção dos outros pais que tinham se reunido para buscar as filhas e todos olhavam na minha direção.

Soltei um suspiro, obrigando meus ombros a relaxarem e me preparando para qualquer que fosse a demonstração de hostilidade que me aguardava.

Quando virei para Adalyn, no entanto, vi que ela olhava para baixo de novo. Como se os dedos dos pés que eu já tinha visto sob a barra de sua calça tivessem todas as respostas do mundo.

– Não gostou do Josephino? – me ouvi perguntar.

Seus dedos tamborilaram no copo.

– Não bebo café depois do meio-dia.

– Bom. – Soltei um suspiro. – Se vale de alguma coisa, eu achei uma porcaria. Não está perdendo nada.

Ela soltou o ar de um jeito que eu teria interpretado como uma risada se não tivesse sido tão amargo.

O estranho foi que Adalyn permaneceu calada. Senti uma necessidade inexplicável de testá-la, então peguei o copo de sua mão e dei um gole, apesar do que tinha acabado de dizer.

Nenhuma resposta espertinha. Em vez disso, ela puxou uma das mangas da camisa, perdida em pensamentos. Eu esperava que ela apontasse minha contradição. Havia algo de errado. Desde que Diane e Gabriel apareceram.

– Você pesquisou meu nome no Google? – Ela deixou escapar. – Você tem meu nome completo no e-mail de confirmação que te mostrei, então poderia ter pesquisado.

Ela fez uma pausa.

– Pesquisou?

Minhas sobrancelhas se franziram.

– Por que eu pesquisaria o seu nome no Google?

– Beleza. – Sua expressão vacilou, mas ela se manteve firme. – A propósito, você não precisava ter interferido. Eu daria conta de Diane.

Aposto que daria. Qualquer outro dia, talvez. Naquele momento, Adalyn era apenas uma sombra da mulher que estava esgotando minha paciência desde sua chegada à cidade.

– Que jeito estranho de me agradecer – falei, o que me rendeu um olhar um pouco mais severo. – Não que eu precise me explicar, mas não interferi por sua causa.

Eu não tolerava valentões, razão pela qual me meti em algumas brigas que acabaram na imprensa durante a minha carreira, e aquela Diane estava a um passo de agir como uma valentona. Não me importava se ela era só uma mãe preocupada e não um lateral arrogante ou um atacante correndo na minha direção e gritando ofensas a respeito da minha *nonna*.

Adalyn acenou brevemente com a cabeça, sem discutir.

– Acho que precisamos falar sobre o elefante na sala.

– Esse sapato nada prático que você está usando?

– Eu posso pagar – disse ela, ignorando meu ataque e voltando a atenção para os pés. – Pelo seu tempo. O orçamento é menor do que eu gostaria e não estou em um bom momento com o... CEO do time, mas tenho recursos. Posso...

Vi minha mão pousar em seu antebraço. O calor da pele sob o tecido da camisa penetrou minha palma. Ela levantou a cabeça de repente.

– Do que é que você está falando, Adalyn? Você nem me quer aqui.

– O que eu quero não importa – respondeu ela, e tirei a mão de seu braço, bufando. – Pelo visto eu estou fora desse time sem você. Os pais não confiam em mim sem você aqui para interagir com as garotas. Isso se Josie conseguir convencer Diane a não dar início a uma cruzada contra mim ou algo do tipo.

Cerrei os dentes.

Ela continuou, uma emoção nova surgindo atrás da outra, bem na minha frente:

– As garotas morrem de medo de mim, Cameron. Mas gostam muito de você. Te ouvem. Você pode, por favor, esquecer que eu disse aquilo sobre te demitir? – Sua voz falhou um pouquinho. – É um favor que você estará fazendo a elas, não a mim.

Meu maxilar estava tão tenso que senti meus dentes rangerem. Deixei que meu olhar passeasse por todo o seu rosto, tentando entender aquela mulher.

– Essa história que deixou os pais tão agitados... – perguntei, finalmente, juntando o pouco que ouvi. – Tem alguma coisa a ver com sua expulsão?

Ela assentiu. E fiquei surpreso, quase impressionado, com o fato de não ter sido um movimento tímido. Sua postura era cheia de determinação.

O que ela havia feito para acabar ali?

– Violei a cláusula de conduta do meu contrato – disse Adalyn, me dando uma resposta. – Eu fui... fisicamente agressiva. Com outra pessoa. Fiz besteira.

Considerei suas palavras por um instante.

– Você foi provocada? – Ela franziu o cenho. – Houve um bom motivo para isso?

Aquela determinação fraquejou, mas, quando ela confirmou, foi de forma curta e firme.

– Houve.

– Certo. – Virei e encontrei um campo quase vazio, e as poucas garotas que ainda restavam já estavam acompanhadas por um adulto. – Vamos. Tenho uma coisa no porta-malas para você.

Fomos andando em direção ao meu carro.

– Quer dizer que você topa? – insistiu Adalyn, acompanhando meu andar rápido. – Aliás, você precisa muito trabalhar suas habilidades sociais, isso que você disse sobre o porta-malas do carro foi meio assustador.

Ignorei o alívio que senti ao ver que o sarcasmo estava de volta.

– Claro, meu bem.

– Continuo não sendo seu bem – disse ela, espirituosa.

– Continuo pouco me lixando.

A essa altura eu já estava quase trotando, e ela quase correndo, mas, mesmo com aquele sapato idiota, Adalyn acompanhou meu ritmo. Fiquei impressionado.

– E aí? – insistiu ela enquanto atravessávamos o estacionamento das instalações do Warriors. – Cameron?

Fui até meu 4×4, abri o porta-malas e tirei a caixa.

– Cadê o seu carro? – Virei para uma Adalyn de olhos arregalados e quase sem fôlego. Seus lábios abriram e fecharam. – Eu adoraria acabar logo com isso e finalmente tomar um banho, então se não se importar...

Adalyn esperou, olhando para mim, e, quando comecei a andar, concluindo que não precisava que ela encontrasse o próprio carro, ela me impediu com uma das mãos. Como antes, sua palma descansou em meu antebraço. Mas, dessa vez, não consegui sentir o calor de sua pele através do tecido que cobria meu braço.

– Cameron – disse ela, devagar, e percebi que estava olhando para sua mão. Fixei o olhar em seus olhos. – O que é isso?

– Uma caixa.

– E o que tem dentro dessa caixa?

– Com certeza não é a minha paciência – respondi, e ela me lançou um olhar de irritação. – Eu disse que tinha uma coisa para você.

– Pode, por favor, parar de responder a minhas perguntas com mensagens enigmáticas que preciso decifrar?

– Coisas de acampamento – expliquei, já me arrependendo. – Colchão inflável, bomba, saco de dormir. Acho que vai ficar bem óbvio quando você levar a caixa para casa e abrir. Agora, cadê o seu carro?

Adalyn arregalou os olhos castanhos.

– Ah, não. – Lá vamos nós. – Eu não... Eu...

– Você não o quê? Não quer dormir em um colchão inflável? – Ela contorceu os lábios, tensa, em resposta. – A ideia de dormir no chão não é boa o bastante para a princesa? Nesse caso, você sabe onde fica a saída para a estrada.

– Não tenho problema nenhum com isso – disse ela, o tom gélido. – E não me chame de princesa, você nem me conhece.

Ela balançou a cabeça.

– Uma coisa é admitir em voz alta que eu... – ela teve dificuldade em dizer o restante. – Eu preciso que isso funcione. E já me desculpei por ter dispensado você daquele jeito, tá bem? Porque estou mesmo arrependida. Por isso estou disposta a providenciar fundos pra...

– Meu Deus. Eu não quero dinheiro.

Ela fez uma pausa.

– Então o que você quer?

– Que você pare de ser tão irritante. – Ela franziu o cenho, como se não entendesse. Meu Deus do céu, ela ia me enlouquecer. – Aceite a droga da caixa. O colchão da sua cabana está infestado, Adalyn.

Ela ergueu o queixo.

– Não vou aceitar caridade de você. Posso me virar sozinha. Ao contrário do que todos pensam, não sou uma princesa mimada que não é capaz de sobreviver a este lugar. Só preciso que você seja o treinador do time.

– Caridade?

Não pude deixar de chiar. Sua expressão vacilou, mas vi algo em seu rosto. Algo que a motivava a ser tão... orgulhosa. Desconfiada. Mas a verdade era que eu não me importava. Continuei:

– Isso não é caridade, Adalyn. É decência.

Seu rosto enrijeceu, virando mármore, não fosse pelo tom rosado em sua pele.

A frustração, pesada e densa, se solidificou em meu peito.

– Não estou te dando essas coisas pela bondade do meu coração, pode acreditar. Eu adoraria ver você juntar suas coisas e ir embora sem nem olhar para trás.

– Está sendo sincero demais – disse ela, impassível. – E um pouco repetitivo.

Ouvi o som que escapou da minha garganta.

– Quer mais sinceridade? – Mais uma vez meus olhos percorreram todo o seu rosto, e só encontrei mais dureza. – Você só me trouxe problemas desde que chegou. Você acabou com todas as minhas tentativas de encontrar a paz e a normalidade que procuro. E não faz nem uma semana que você está aqui.

Seus lábios se contorceram, praticamente chamando as palavras que falei na sequência.

– Não te conheço, você tem razão. Mas quer saber de uma coisa? Você também não me conhece, meu bem.

Larguei a caixa a seus pés e algo na fachada dela se quebrou.

Dei um passo para trás.

– Mas você logo vai descobrir que não sou um homem muito caridoso. Sou egoísta. Orgulhoso. E um pouco cruel quando preciso. – Baixei o tom de voz. – Então faça o que quiser com a droga da caixa, mas não fique achando que estou ajudando você com porcaria nenhuma.

Virei e fui em direção à porta do carro. Eu estava cheio daquela mulher. Eu estava...

– Vou contar pra todo mundo – anunciou ela, ainda atrás da minha caminhonete. – Se você não treinar as garotas. Vou contar para a cidade inteira quem você é.

ONZE

Adalyn

– Você O QUÊ?

Respondi em um sussurro:

– Chantageei o Cam. Eu acho.

– Você acha? – Os olhos azuis de Josie reluziram, perplexos. – Mas… Como? Quando? POR QUÊ?

– Vamos ver. – Levantei um dedo. – Ameacei expor quem ele é para a cidade inteira. – Mais um dedo. – Ontem à noite, logo depois que você foi embora com Diane e Gabriel. – E um terceiro. – Porque estou desesperada e… – Um arrepio percorreu meus braços. – Preciso da ajuda dele, então entrei em pânico.

As palavras deixaram meus lábios antes que eu pudesse impedir.

Os olhos de Josie continuaram arregalados como luas cheias por um tempão. Tenho quase certeza de que ela parou de respirar. Mas só até jogar a cabeça para trás e começar a rir.

– Eu acabei de confessar um crime. – Pisquei com força olhando para ela. – O segundo que cometi em pouquíssimos dias. Talvez o terceiro, se contar que atropelei Cameron.

Engoli em seco.

– É isso. Eu vou para a cadeia – disse.

– Espera, espera – disse ela, interrompendo a gargalhada. – Você fez o quê?

– Eu… eu bati no Cameron – confessei. – Com o para-choque. Logo depois de quase ter matado a galinha dele. Eu também desmaiei por um tempo e ele… não importa. Não contei nada antes porque achei que você fosse ficar horrorizada.

A mulher à minha frente caiu na gargalhada outra vez. As pessoas que estavam no café se viraram para nós ao ouvir. Tudo bem, talvez Josie não estivesse horrorizada.

– Ai, Deus – disse ela, ofegante, com a mão no peito como se tivesse ouvido a melhor piada da vida. – Eu queria que desse para conseguir a filmagem das câmeras de segurança do Alce Preguiçoso do momento exato.

Senti meu rosto perder a cor. Mais um vídeo incriminatório, não.

– Tem uma câmera de segurança lá?

– Ah, não sei, mas não seria incrível? – Ela balançou a cabeça. – Se tiver, eu não teria como conseguir a filmagem. Uma empresa de hotelaria administra a propriedade. Foram eles que reformaram o chalé grande no ano passado.

Ela deu de ombros e disse:

– Ah, como eu queria ter dinheiro para deixar minha casa como aquele chalé.

– Na verdade, estou tentando contato com o dono. – Eu já tinha até seguido a sugestão de Cameron e fingido ser sua assistente quando liguei para a administradora, coisa que eu jamais admitiria em voz alta. – Sem sucesso.

– Ah, tem algum problema com o chalé? Posso tentar ajudar se você precisar.

Palavras que me foram lançadas por dois homens diferentes nas últimas 24 horas ressoaram em meus ouvidos.

Abandonar o conforto da vida que proporcionei não é fácil.

A ideia de dormir no chão não é boa o bastante para a princesa?

– O chalé é perfeito – falei. – Era sobre outra coisa. Recibos. Preciso para prestar contas da viagem com a empresa.

– Faz sentido – disse Josie, empurrando uma bandeja em minha direção. – Experimente um macaron. Vai tirar essa expressão do seu rosto.

Ela apontou para o verde e disse:

– O de pistache é meu favorito. Além do mais, pode ser seu último. Sabe, caso te coloquem atrás das grades por todos esses crimes terríveis.

– Não tem graça nenhuma – falei, sem expressão.

Mas Josie riu e eu peguei um assim mesmo. Antes de levar o macaron à boca, no entanto, arrisquei uma pergunta que não tinha reunido coragem de fazer antes.

– Como você consegue ficar tão tranquila com tudo isso? Não só com o que acabei de contar sobre o Cameron, mas também sobre o vídeo em que sou tão… pouco civilizada.

O sorriso permanente de Josie vacilou, talvez pela primeira vez desde que nos conhecemos.

– Eu fui noiva quatro vezes – contou. – E nunca me casei. Sei reconhecer uma mulher magoada quando vejo uma.

Analisei a jovem à minha frente; suas feições belas e delicadas emolduradas por ondas de um cabelo castanho-claro. Desde que a conheci, ela tinha se mostrado tão incansavelmente otimista e feliz que a confissão de ter sido magoada quatro vezes me chocou. Não por ela ter ficado noiva tantas vezes antes dos trinta, mas pelo modo como sua luz interior pareceu diminuir.

– Meus pais se separaram antes de eu nascer – contei. – Ele pediu minha mãe em casamento ao descobrir que ela estava grávida, mas eles nunca se casaram. Desconfio que eles ainda se amam, mesmo que minha mãe seja implacável em seus lembretes do quanto sua vida é feliz e maravilhosa não *apesar*, mas *porque* ela nunca se casou.

Senti meu rosto vermelho. Eu nunca conversava sobre o relacionamento dos meus pais. E, simples assim, me ouvi dizer:

– Eu só tive um relacionamento. Teve um momento em que achei que ele fosse me pedir em casamento, mas, em vez disso, ele terminou tudo. Isso nem chegou a me magoar, não como deveria. Então nunca tive nenhum ressentimento. – Aquela sensação no fundo do meu estômago se agitou. – Até que, um ano depois do término, ouvi umas coisas que ele disse sobre mim.

Josie assentiu; apenas resquícios daquela expressão severa pairavam em suas feições.

– É por isso que gosto de você – disse ela, o sorriso voltando com tudo. – Qualquer outra pessoa teria me perguntado o que aconteceu. Por que os quatro noivados deram errado. Mas você não perguntou.

Senti um calor no peito ao qual não estava acostumada. Josie gostar de mim era importante. Eu precisava de uma aliada em Green Oak e… gostava daquela amizade.

– Então – disse ela, retomando a conversa e colocando um macaron na boca –, tenho algumas perguntas. – Ela arqueou as sobrancelhas. – Primeira, Cam apareceu para o treino hoje?

Algo em meu peito se revirou com a lembrança.

– Apareceu. Entrou e saiu apressado, sem nem olhar para mim.

Eu imaginava que acharia bom se ele me ignorasse, mas não foi o caso. Eu me sentia péssima pelo que tinha feito. Mas também precisava dele, e como poderia voltar atrás no que tinha dito e ainda fazê-lo ficar?

– Diane também estava lá, aliás. Ela levou Chelsea e ficou no carro, de olho.

– Era de se esperar. Mas eu te disse que ele voltaria – destacou Josie, inclinando a cabeça para o lado.

Olhei para as mesas próximas, confirmando que a Venda da Josie ainda estava praticamente vazia.

– Cameron acha que estou chantageando ele, Josie. É claro que ele voltou.

Ela deu de ombros, pegando mais um macaron e mastigando devagar.

– Você está esquecendo que ele já estava treinando o time antes. Eu não conheço Cam superbem, mas conheço o bastante. Ele deve ter levado isso de chantagem na brincadeira.

Essa história de novo não.

– Não brincamos um com o outro dessa forma, acredite. Esse definitivamente não seria o termo adequado.

Josie riu.

– Mas foi fofo, não foi? É como se estivéssemos na escola, duas amigas sussurrando sobre se pegar com o crush atrás das arquibancadas. – Ela fez uma careta. – Mas eu não acho que você deva se enfiar atrás das arquibancadas. A estrutura é muito antiga, e acho que eu deveria pedir ao Robbie para dar uma olhada. Ele é pai da María e faz-tudo não oficial de Green Oak.

– Claro, vou tentar não me esconder atrás das arquibancadas até Robbie dar uma olhada nelas – falei, meio seca.

– A não ser que a proposta venha de alguém… interessante – disse ela, e seus lábios se curvaram de um jeito que não gostei. – Alguém brincalhão, que foi chantageado de brincadeira, como…

– Não – interrompi. – Isso está fora de cogitação.

– Tá bem. – Josie revirou os olhos. – Mas…

– E aí, os jogos começam semana que vem?

Desviei do assunto perguntando por algo que já sabia. Àquela altura, eu sabia tudo o que havia para saber sobre as partidas.

Um pensamento fez o rosto de Josie se contorcer.

– Ah! Você poderia falar com Cam sobre isso. Bater um papo descontraído para aliviar as coisas. O primeiro adversário é o Grovesville Bears, e vai ser difícil. – Isso chamou minha atenção. – Você nem precisa esperar até o próximo treino, na segunda-feira. É só ir até ele e dizer...

Josie parou de falar de repente.

– Código amarelo – completou ela.

Franzi o cenho.

– Por que eu diria...

– Código amarelo – insistiu Josie, com um sorriso forçado, os olhos saltando para trás de mim de repente. – Amarelo, como o cabelo brilhante da Diane.

– Você precisa parar de citar códigos que eu não...

O sino da porta do café tocou.

Então ouvi o som de passos pesados.

– Aja naturalmente – sussurrou Josie, mas uma de suas pálpebras começou a tremer.

Abri a boca para perguntar se ela estava bem, mas, antes que eu pudesse falar, uma mão grande surgiu em frente ao meu rosto.

Uma mão com cinco dedos compridos e fortes – alguns tortos, e um dedinho com um anel com um C – colocou algo ao lado da bandeja de macaron.

Esperei, mas Cameron não disse nada.

– Que jeito estranho de dizer oi – falei finalmente, sentindo o peso do olhar dele no topo da minha cabeça. Apontei com a cabeça para o panfleto à minha frente, ainda sem olhar em sua direção. – O que é isso?

Ele não disse nada.

– É o folheto de atividades de Green Oak – sussurrou Josie, embora tenha saído quase em voz normal, debruçando-se pela mesa. – Tem a lista completa das atividades sazonais disponíveis. Esportes, a celebração de fim de verão à beira do lago, artesanato, o festival de outono, o...

Olhei bem para ela, que respondeu com um olhar de cumplicidade.

– Bom, isso é ótimo. Mas não entendo por que foi jogado na minha cara.

Em vez de falar, Cameron soltou um daqueles sons guturais que o faziam parecer alguém saído da Era Paleolítica.

Engoli em seco.

– Não preciso disso.

– Ah, precisa, sim – disse ele, finalmente, e foi seu tom, ou talvez sua voz, que atraiu meu olhar.

Seus olhos verdes me encaravam tão diretamente, parecendo tão… arrogantes. Presunçosos.

– Inscrevi você – anunciou ele. – Em todas as atividades deste fim de semana até o fim do outono.

A cadeira em que eu estava sentada arranhou o chão do café, e o barulho me fez perceber que meu corpo tinha acabado de se levantar de uma vez só.

– Você fez o quê? – exclamei.

Os lábios de Cameron se retorceram sob aquela barba da qual eu estava começando a me ressentir. Por causa dela, era difícil dizer o que ele estava pensando.

– Diane… você se lembra da Diane, né? – perguntou ele, e esperei para me livrar da sensação ao ouvir aquele nome. – Além de presidente da associação de pais, ela é secretária do conselho distrital. E adivinhe qual é a atribuição dela?

– A organização das atividades – respondeu Josie por mim, fazendo com que nós dois nos virássemos para ela, que segurava o folheto. – Na verdade, eu me lembro muito bem de dizer a ela para não usar essa fonte. Meu Deus, as cores também são péssimas. Eu…

Ela interrompeu o que estava dizendo assim que ergueu o olhar e falou:

– Opa. Por favor, continue.

Minha atenção se voltou ao homem à minha esquerda, que estava olhando para mim. Outra vez.

– Ela estava tão preocupada com seu envolvimento na comunidade – disse ele, erguendo aqueles ombros largos e ousando parecer… irreverente. – Pensei em ajudar a mudar essa percepção a seu favor.

– Você pensou em ajudar – repeti, e quando seus olhos se voltaram para meus lábios, me dei conta de que os apertava com tanta força que as palavras devem ter saído entredentes. – Quanta generosidade, Cameron.

– Alguns diriam que é *caridade* – respondeu ele, todo calmo, e meu rosto ficou quente com a lembrança da conversa da noite anterior. – Mas eu não me sentiria obrigado a comparecer a nenhuma dessas atividades.

Josie deu uma tossidinha.

– Na verdade, Diane é um pouco... rígida com as regras. Ela meio que detesta que as pessoas se inscrevam e depois não apareçam. Ano passado o Vovô Moe se inscreveu sem querer na corrida de minhocas do festival de outono. – Olhei para Josie horrorizada. – Você devia ter visto a cara da Diane quando o Vovô... Não estou ajudando? Tudo bem. Conto essa história depois. É bem engraçada.

– Eu adoraria ouvir – disse Cameron, sério. – Tenho certeza de que Adalyn também. Afinal, ela também está inscrita para a corrida de minhocas.

Minha cabeça virou em sua direção.

– Eu... – Eu estava com raiva. Extremamente frustrada. Mas eu merecia aquilo. Eu... – Eu adoro minhocas, na verdade.

Cameron inclinou a cabeça, me analisando, e o movimento me permitiu notar um pontinho escuro saindo da gola de sua camiseta térmica. Logo acima da clavícula direita. Tinta. Devia ser uma...

– Ah, oi, Diane! – disse Josie de repente. Meu corpo inteiro se enrijeceu. Será que eu não merecia uma folguinha? – Estávamos falando de você e desse folheto incrível que você montou. Uau, o deste ano parece o melhor de todos.

Tirei os olhos da clavícula de Cameron Caldani e virei para a prefeita de Green Oak com uma pergunta óbvia: *O que você está fazendo?*

Josie me lançou um olhar rápido: *Confie em mim.*

Era isso ou *saia logo daqui*, então me preparei para o pior e observei Diane se aproximar de nossa mesa.

– Obrigada, Josie – disse ela, após um cumprimento breve e um olhar desconfiado na minha direção. – Tomei algumas liberdades criativas desta vez. A fonte é meu grande orgulho.

– Está maravilhosa – concordou Josie. E, nossa, ela mentia muito mal. Era doloroso de assistir. – Sabe do que mais estávamos falando? Do time das garotas.

Diane franziu o cenho. Eu também. E Cameron... Bom, ele manteve a carranca de sempre durante aquela conversa.

– Muito bem – resmungou, dando um passo para trás. – Essa é a minha deixa para me recolh...

– Reconhecer – Josie concluiu por ele. – É a deixa para Cam finalmente reconhecer o quanto ama trabalhar com o time. E com Adalyn. E...

– E todas as atividades – deixei escapar. Meus olhos se arregalaram ao ouvir minhas próprias palavras. – Tanto que quer se inscrever. Comigo.

O olhar de Cameron recaiu com tanta força sobre mim que eu poderia jurar que senti minha pele esquentar com toda aquela hostilidade silenciosa.

Meu Deus, o que eu estava fazendo?

– Um exercício de união para o time! – Josie deu um gritinho e bateu palmas. – Para gerar companheirismo e confiança. Que DEMAIS. Isso é o que eu chamo de dedicação. Às garotas, claro.

Como se uma espécie de piloto automático ao mesmo tempo vingativo e autodestrutivo tivesse sido acionado, perguntei:

– O que me diz, Treinador?

O lábio dele começou a tremer.

Fiquei olhando para Cameron, um pouco enjoada com o que estava fazendo. Com o que tinha feito. Meu Deus, desde o acontecimento com Sparkles, eu estava desequilibrada. Mas aquele homem... Alguma coisa nele me fazia erguer a guarda e atacar antes que ele pudesse dar o primeiro golpe, como se...

Os lábios de Cameron se curvaram, só um canto para cima, em um sorrisinho torto.

Mesmo com todo aquele pelo facial, ficou óbvio. Visível. Bem ali, à mostra. E ele não parecia estar achando aquilo divertido. Não, ele parecia...

Nesse momento, minha memória decidiu recuperar algo que ele tinha dito.

Eu só entro em uma jogada que vale a pena ganhar.

Meu Deus. Ah, não.

Será que eu... tinha acabado de dar a um homem competitivo como Cameron Caldani um motivo para acabar comigo?

DOZE

Adalyn

Ioga com cabras.

Com cabritinhos.

E com Cameron Caldani. De calça para malhar e camiseta térmica de manga longa – justas.

Era a primeira atividade do folheto de outono de Green Oak, ou, como eu imaginava que Cameron se referia a isso na privacidade de sua imaginação, folheto de atividades de cidade pequena que vão acabar com a Adalyn. Por isso que fiz questão de conhecer o folheto como a palma da minha mão. Assim como com o Green Warriors, eu estava na missão de nunca mais ser pega de surpresa, então decorei cada detalhe de cada atividade marcada daquele fim de semana até o fim do outono.

A primeira era a Hora Feliz com as Cabras de Green Oak, ou HFCGO, que acontecia todo último domingo do mês, ao meio-dia, no celeiro localizado na entrada sul da fazenda Vasquez.

Minha missão também incluía o homem que era meu adversário, então agora eu também já sabia todas as informações públicas sobre Cameron Caldani. Nascido nos arredores de Londres, filho de mãe inglesa e pai italiano. Assinou o primeiro contrato aos dezessete anos com um time pequeno e cresceu como um dos melhores goleiros da Premier League. Jogou em times de Londres, Manchester e Glasgow e foi convocado duas vezes para a seleção da Inglaterra no início da carreira. Há cinco anos, quando sua notoriedade começou a diminuir, Cameron atravessou o Atlântico para jogar no L.A. Stars. Havia dois meses que anunciara – de forma inesperada – que penduraria as luvas. Em todos os times, ele vestiu a camisa 13.

Esta última informação eu já sabia. O número 13 era uma escolha rara entre os goleiros, mas quem era eu para julgar?

Eu estava preparada. Até fui ao Aventuras do Moe e comprei roupas para ioga: legging e a única regata que eles tinham em tamanho feminino. Dizia ALGUÉM EM GREEN OAK ME AMA estampado na frente, o que não era exatamente verdade, só que eu não podia aparecer para a HFCGO de terninho. Mas fui de salto. O que não seria nenhum problema. Ioga é uma atividade que se faz descalço – imaginei. E eu estava preparada, com dados, conhecimento, legging e uma camiseta com uma frase duvidosa. Estava pronta pra mostrar a Diane e a toda Green Oak a pessoa civilizada, responsável e absolutamente equilibrada que eu era.

Um dos cabritos baliu, me trazendo de volta ao presente e fazendo meus olhos gravitarem para a direita.

Tá, talvez eu não estivesse tão preparada, mas acho que ninguém estava, para ver Cameron Caldani descalço em um tapete cor de rosa com o sol brilhando em seu peitoral definido.

Nem mesmo com as dezenas de fotos que eu tinha visto.

Sem querer.

Mais ou menos.

Descobri que Cameron fazia parte do grupo de jogadores reservados. Nenhuma grande campanha publicitária, quase nenhuma entrevista ou foto em que ele não estivesse de uniforme completo, roupas de treino ou terno. Nenhuma foto de Cameron sem camisa – que eu não procurei – poderia ter me preparado para o peitoral definido que estava ao meu lado.

Balançando a cabeça, olhei para a frente e vi María à distância, se aproximando do grupo que tinha se reunido para a HFCGO. Ela trazia um cabrito nos braços. Um cabrito que não era tão jovem quanto os que saltitavam e rodopiavam ao redor dos tapetes, e que definitivamente era grande demais para María carregar. Seus olhos me encontraram, e ela tentou acenar, mas só o que conseguiu foi derrubar o cabrito no chão.

Ouvi – e me esforcei para ignorar – o grunhido de Cameron ao meu lado. Exatamente onde a sorrateira da Josie, que também trabalhava como instrutora de ioga, além de dona do café e prefeita, o colocou. *É o que sempre fazemos na HFCGO*, disse, com um olho tremendo. *Eu mesma distribuo as pessoas*. Mentirosa.

– Oi, Srta. Adalyn! – María deu um gritinho, surgindo ao meu lado de repente. – A Srta. Josie não me deixa participar das atividades de adultos, mesmo quando elas acontecem aqui na fazenda, mas eu queria te apresentar a Brandy.

A cabra que estava aos pés de María baliu.

Ah.

– Brandy – falei. – A cabra de seis meses que é cega e tem ansiedade.

– Ela mesma! – confirmou María. – Eu sabia que você se lembraria. Quer fazer carinho nela?

– Eu… – Não queria. – Claro. Daqui a pouco. A ioga deve estar para começar.

– Ah, espera, quer saber? Posso deixar a Brandy aqui com você, e vocês fazem a ioga juntas. Quando terminar, eu volto pra gente brincar. – Vi seu olhar se desviar para minha direita. Sua expressão mudou. – Oi, Treinador Camarão, eu também convidaria você, mas você não passa no teste de boas vibrações. Você pode brincar com meu irmão Tony, ele não é legal.

Tive que morder os lábios para reprimir uma risada escandalosa.

– Obrigado, María – disse Cam, com a fala arrastada.

– María? – chamou Josie, à frente do grupo. – Eu te amo, querida, mas você conhece as regras, e a HFCGO já vai começar. Então…

– Desculpa, Srta. Josie!

María se virou, e aquela massa de cabelo escuro balançou com o movimento.

– Até depois, Srta. Adalyn – disse a menina, olhando para trás. – Cuide da Brandy por mim! Ah, e não faça barulhos do nada. Ela se assusta e sai fazendo cocô por toda parte!

Meus olhos se arregalaram ao receber aquela informação.

A cabra baliu, o que entendi como uma confirmação.

Olhei para baixo, e seus olhos de fenda estavam concentrados em mim.

– Isso… é… tá bem. Brandy. – A cabra deu um passo na minha direção, e me obriguei a sorrir, caso ela pudesse sentir minha energia. Suavizei a voz. – Vai ficar tudo bem. Não precisa se assustar, tá?

Ouvi uma bufada vindo da minha direita. E quando olhei na direção do som vi Cameron – e sua blusa térmica ridiculamente justa – com as sobrancelhas erguidas. Meu sorriso sumiu.

– Então esse é o seu sorriso mesmo – disse ele, e olhou para a frente.

Ele levantou os braços, alongando o corpo e chamando minha atenção para a definição de novos músculos que eu ainda não tinha notado, destacados pelo tecido da blusa. Engoli em seco.

– Não é de se admirar – disse ele.

Em um esforço de desviar o olhar de seu peito, me concentrei em sua... orelha esquerda.

– Não é de se admirar o quê? Não tem nada de errado com o meu sorriso. – Direcionei minha atenção a Josie, que guiava o alongamento do grupo. – Eu estava sorrindo para a Brandy, não para você. E ela aprovou.

– A Brandy não é cega? – perguntou ele.

Meu rosto corou. Mas levantei os braços, desenhando um arco no ar, como Josie. Eu ia ignorar Cameron e me comportar. Civilizada. Calma. Uma amante da HFCGO por dentro e por fora. Eu nunca tinha feito ioga antes, mas não podia ser tão difícil assim, não é?

– Certo, pessoal. – A voz calma e firme de Josie, à frente do grupo, se espalhou. – Quero que puxem o ar...

Ela parou de falar, puxando o ar pelo nariz, fazendo barulho, enquanto levantava os braços em um movimento gracioso.

– E agora... soltem. – Josie soltou os braços com a respiração, deixando que desenhassem um semicírculo perfeito no ar. – E levamos as mãos ao chão.

Fiquei boquiaberta quando todos seguiram as instruções, cabeças e troncos desaparecendo do meu campo de visão. Diane e Gabriel e outros pais do time também estavam ali. Todos estavam com as mãos no tapete. Incluindo Cameron.

Sim. Cameron Caldani, a montanha de quase dois metros de altura de músculos esguios e firmes.

Tentei e... meus dedos não alcançaram nem os tornozelos.

Tá. Talvez ioga fosse um pouco difícil.

Josie deu uma tossidinha, chamando minha atenção. Ela sorriu, assentindo e me incentivando enquanto guiava o grupo em uma terceira repetição do mesmo exercício. Encarei minhas pernas, dobrando os joelhos algumas vezes, como se duvidasse da flexibilidade da legging. Eu me abaixei, voltando a arquear as costas. Mas... aquele movimento não parecia o certo. Os músculos se alongavam nos lugares errados. Como... minhas orelhas. Ou minha bunda.

Estiquei o pescoço, e meus olhos infelizmente encontraram com os de Cameron, que, por sua vez, estava em pé. Como todos os demais. Levantei de repente.

Josie iniciou um novo alongamento, e mais uma vez fui incapaz de acompanhar. Soltei um suspiro alto de frustração, e Brandy, que estava acampada aos pés do meu tapete, baliu. Lancei um olhar pesaroso em sua direção.

– Foi só um pouco de frustração. Não precisa ficar ansiosa, tá?

Como se eu tivesse desenvolvido um sexto sentido inútil, senti o olhar de Cameron em meu perfil.

Meu humor despencou. Virei a cabeça, e, como eu esperava, aqueles dois olhos verdes estavam fixos em mim. Atentos. Analisando com cuidado tudo o que eu estava fazendo de errado em cada movimento. Para ser sincera, era impressionante que ele conseguisse fazer isso com a cabeça pendurada tão baixo entre as pernas.

Ao contrário de mim, ele era flexível. E aquela posição em especial fazia com que cada músculo de suas pernas e braços se estendessem, flexionassem e... saltassem. Tanto que era impossível não ficar olhando. Bíceps, tríceps, quadríceps, panturrilhas e até a bunda, projetada no ar. Era um festival de músculos, e a blusa idiota que ele vestia não tinha nada que ser tão justa.

Meu rosto também não era para estar tão quente. Eu...

O olhar de Cameron voltou a encontrar o meu, então desviei o olhar.

O que é que eu estava fazendo, encarando daquele jeito?

Voltei a me concentrar na voz de Josie, que passava de uma posição qualquer para algo cujo nome parecia uma sobremesa eslava. Parlova? Pablova? Eu não sabia, mas levantei um braço, dobrei um joelho e olhei para baixo, dando o meu melhor para reproduzir a posição de Josie. Enquanto eu tentava fazer uma versão bem bizarra da Parlovskana – que incluía uma flexão estranha da perna –, alguma coisa bateu contra mim.

A perna que sustentava meu peso foi chutada e fui derrubada.

Quase. Porque mãos firmes seguraram meus braços, me mantendo de pé.

E, pelo grunhido que chegou a meus ouvidos, não precisei de nenhum sexto sentido para saber de quem eram aquelas mãos grandes e quentes.

– Malditas cabras – resmungou Cameron, e suas mãos subiram, segurando meus ombros.

Olhei para baixo e vi Brandy aos meus pés.

– E eu achando que você estava comigo nessa, Brandy.

A cabra cega cutucou minha perna mais uma vez, e senti Cameron me segurar com mais firmeza.

Curiosa quanto à reação que se seguiu ao *malditas cabras*, olhei por cima do meu ombro, e vi o rosto dele ali. Tão perto que dava para ver as ruguinhas ao redor de seus olhos. As manchinhas marrons no verde de seus olhos. A textura macia de sua pele. Uma onda de calor repentina subiu por meu pescoço. As mãos de Cameron me soltaram.

– Escutem as cabras – disse Josie, que de repente estava na nossa frente. – Elas estão aqui para ajudar, e Brandy estava tentando dizer alguma coisa. Provavelmente que você não deve desistir.

Josie colocou a mão atrás da orelha fingindo conversar com a cabra:

– O que, Brandy? Ah, sim. Brandy quer que você dê o seu melhor.

Fiquei olhando para Josie.

– Vou tentar?

– Não pareça tão chocada – disse o homem que estava logo atrás de mim, em tom seco. – Você estava conversando com a cabra agora há pouco.

Josie olhou para ele.

– Ela quer que você também dê seu melhor, sabia? – Ela inclinou a cabeça. – Hum. Você parece tenso, Cam. Você se sentiria melhor se outra cabra viesse até aqui?

– Não.

Franzi o cenho ao ouvir a resposta curta e direta. Será que... Será que Cameron tinha medo de cabras?

– Bom, eu adoraria outra cabra. – Eu me ouvi dizer. – Talvez até mais de uma, algumas.

Antes que eu conseguisse extrair uma reação de Cameron, alguém no fundo se intrometeu.

– Josie, querida? Podemos mudar de posição? – A voz de Diane soou tensa. – Faz tempo que estamos nessa e acho que Gabriel está prestes a distender um músculo das costas.

Os olhos de Josie se arregalaram.

116

– Desculpe, Diane! – gritou ela. E logo entrou em ação. – Certo, vocês dois... ou três – disse, apontando para Brandy também – estão atrasando a turma.

Ela deu a volta em mim, e as mãos de Cameron seguraram novamente meus ombros. O calor voltou ao meu rosto.

– E você, minha querida Adalyn, está tendo dificuldade – disse Josie.

– Está tudo sob controle – repliquei. – Não preciso de uma aula particular. Ou dele. Ou das mãos dele em mim.

Cameron resmungou alguma coisa.

O sorriso de Josie ficou tenso.

– Não vou levar Gabriel para a emergência de novo. A HFCGO vai correr suavemente e sem problemas hoje. Então, Cam – ela olhou para trás de mim –, pare de fazer essa cara de quem está chupando limão e ajude a Adalyn. Você claramente sabe o que está fazendo.

– Mas... – Tentei mais uma vez.

– Nada de *mas*. – A expressão de Josie mudou, e pareceu estranhamente ameaçadora para alguém que vestia um conjunto de ioga rosa neon. Ela se virou e voltou a falar com o tom calmo de antes. – Eeeeeeeeee postura do guerreiro!

Cameron soltou o ar profundamente e alto demais.

E senti sua respiração na minha nuca.

Engoli em seco, de repente sentindo o quanto ele estava perto de mim. O peso de suas mãos. O calor de seu corpo. O que estávamos prestes a fazer, juntos.

– Espero que esteja satisfeita – resmungou ele. E a mão que antes descansava frouxa em meu ombro se retesou, envolvendo minha escápula com uma intenção clara. Ele estava me guiando.

– Como assim? – perguntei, distraída, sentindo seu polegar deslizar por um músculo que estava contraído de tanta tensão.

Senti Cameron se aproximar.

– Exercício de união para o time – explicou ele, as palavras alcançando meus ouvidos em um murmúrio. – Você armou para mim, Adalyn. Depois que me obrigou a ficar. – Uma pausa. – Até recrutou a Josie para o seu lado.

– Eu não recrutei ninguém. – Soltei o ar, trêmula. – Isso tudo é coisa da Josie.

Seu polegar voltou a deslizar, como se estivesse tentando me relaxar, e senti uma onda de eletricidade percorrer a espinha.

– Está dizendo que não armou isso? – perguntou ele, e meu corpo inteiro foi esquentando. Cada vez mais. Como se tivessem acendido uma fornalha sob minha pele. – Foi só coincidência eu me ferrar junto com você?

Eu me estabilizei. Ele estava me distraindo, me provocando, e eu não permitiria. Não ia ser derrubada por Cameron Caldani. Deixar a cidade sem minha história de sucesso com o Green Warriors estava fora de cogitação. Principalmente porque eu acreditava que não conseguiria voltar para o Flames sem ela.

– Será que a gente pode... superar isso?

Fechei os olhos, me concentrando na pressão de sua mão, não em suas palavras. Em seus dedos, que deslizavam pelo meu braço em um ritmo que me parecia desnecessariamente lento, e pararam em meu punho, envolvendo-o em um movimento suave, mas ligeiro.

– Levante o braço em uma linha reta – instruiu Cameron, a voz baixa ecoando na minha orelha. Um arrepio percorreu minha espinha, e precisei me esforçar muito para seguir o comando. – Até que está melhor.

Antes mesmo que eu pudesse reclamar do elogio torto, seus dedos envolveram meu outro punho. Desviando das minhas palavras. Dessa vez, ele que levantou meu braço mole.

Soltei o ar de um jeito estranho.

– Mantenha os braços para cima. – A voz de Cameron voltou a soar, o tom concentrado, deliberado, sem um traço de relutância. Engoli em seco. – Mantenha assim.

Obedeci.

– Lindo – disse ele.

Lindo.

– Eu... – Não estava gostando nem um pouco daquilo. Ou do que aquela palavra me fez sentir. O que ele me fez sentir. – Pensando bem, acho que posso fazer isso sem ajuda.

Cameron respirou com força, e o sopro de ar que saiu de seus lábios tocou a minha pele. Um arrepio voltou a percorrer minha espinha. Então, ele disse:

– Você precisa de mim.

Senti a indignação surgindo no meu estômago. E fiquei feliz com a mudança. Aquele sentimento eu conseguia entender. Aquele...

Suas mãos pousaram na minha cintura.

E, se antes eu achava que suas mãos tinham dominado meus ombros, se tinha achado seu toque avassalador em meus punhos, foi apenas porque eu ainda não tinha sentido suas mãos onde repousavam agora. Seus dedos alcançaram a parte inferior das minhas costelas, aqueles dedos que tinham suportado mais golpes que a maioria, e o calor de sua pele de repente fez com que minha blusa parecesse fina demais.

Cameron me guiou, girando meu tronco. E eu me senti ficar rígida e tensa. O tecido que separava suas mãos da minha pele estava colado em mim, como se tivesse derretido ao toque. Ou talvez fosse meu suor. Meu Deus, por que eu estava suando tanto?

– Eu... – Deixei escapar. – Estou morrendo de calor, desculpe.

– Acha que um pouco de suor me assusta? – disse ele, com a fala arrastada, e por algum motivo senti um frio na barriga. – A postura está errada. É o seu quadril.

Sua mão desceu até o osso do meu quadril.

– Seu tronco precisa descer um pouco – disse ele.

– Como? – crocitei. Eu não achava que seria capaz de me movimentar sozinha.

Você precisa de mim.

As mãos de Cameron se reajustaram em meu corpo, uma subindo pela lateral e a outra segurando firme a minha cintura. Ele empurrou meu corpo para baixo.

Eu estava totalmente envolvida na sensação de seus dedos criando dez pontos de pressão em minha pele, fazendo-a formigar, corar, tremer.

– Está dura como um pau, meu bem – resmungou ele. – Relaxe para mim.

Dura como um pau.

Engoli em seco, e a lembrança de palavras muito parecidas ditas a meu respeito tirou minha concentração. Alheio à minha luta interna, Cameron se movimentou atrás de mim, me permitindo sentir toda a extensão de seu corpo em minhas costas. Peito, tronco, coxas. Ele estava bem ali. Sólido como uma rocha. Quente. Pertinho.

– Abra as pernas – disse ele.

E, desprovida de qualquer pensamento coerente, abri.

Senti sua cabeça descer, então ouvi, na minha orelha:

– Dê um passo para o lado e plante o pé com firmeza no tapete.

Algo em meu corpo despertou, se libertando de seu controle, e me movi. Sua mão pousou na parte de trás da minha coxa e ele disse:

– Flexione a perna.

Obedeci.

Seus dedos longos se estenderam, envolvendo a parte interna da minha perna. Soltei uma lufada de ar.

– Acione a musculatura – ordenou ele.

E, embora meu corpo inteiro parecesse queimar e aquele ponto na parte interna da minha coxa parecesse pulsar ao seu toque, obedeci. Ou, pelo menos, tentei obedecer.

Porque Cameron soltou um resmungo que interpretei como desaprovação, e, em um movimento rápido, seu braço envolveu minha cintura, e seu pé empurrou o meu, ampliando minha base de apoio. O movimento me jogou contra ele. Contra seu colo. E ele grunhiu.

– Segure.

Segurei.

– Lindo – repetiu ele, a palavra caindo entre minha orelha e meu pescoço. – Bom trabalho.

Lindo. Bom trabalho.

Meu estômago deu uma cambalhota com o elogio.

Alguma coisa no meio da minha barriga rodopiou. Todo o sangue do meu rosto pareceu ir embora rapidamente e voltar.

O que estava acontecendo? O que era aquilo? Por que três palavras tão comuns estavam causando aquela reação em mim?

Um som estranho deixou os lábios de Cameron, e achei que talvez eu tivesse desmaiado, bem ali, em seu colo. Porque eu não conseguia nem mais ouvir a voz de Josie. Ou os cabritos balindo. Ou Brandy. Ou o sol, o celeiro, a imensidão da fazenda Vasquez, ou mesmo o fato de que eu estava rodeada de montanhas e tinha saído de Miami para Green Oak. Aquilo era uma sobrecarga sensorial.

Eu só conseguia sentir Cameron.

E não me lembrava de uma única vez, um único dia da minha vida, em que me senti daquele jeito. Como quando tentei me recordar da última vez que tinha chorado, não consegui identificar um momento específico em que me senti dominada pelo toque de um homem. Em que tinha me sentido com tanta… vontade.

Com tanto tesão.

Eu nunca gostei muito de sexo casual, mas estive com dois homens antes de David. Eram três, contando com ele. Achava que tinha sido tocada o bastante para saber o que constituía um toque físico.

Pelo jeito eu estava enganada.

Porque nada, nenhum toque, contato, carícia ou momento de intimidade tinha me causado aquela sensação. A sensação das mãos de Cameron em meu corpo – mesmo por cima das roupas. De seu peito e suas coxas pressionados contra mim. De seus braços me envolvendo. E nem era nada sexual. Era ioga. Com animais. Aquele homem não estava tentando me excitar de propósito. Ele nem gostava de mim.

Meu Deus.

Eu teria me iludido acreditando que o que vivi no passado era a norma? Que a indiferença que eu sentia quando David me tocava era aceitável? Ou será que eu já tinha ficado tempo o suficiente sozinha depois de estar com ele para me impressionar assim? Meu Deus. Será que eu tinha negligenciado tanto meu corpo que agora ele despertava com a mera possibilidade de ser tocado? Por um homem com quem eu mal conseguia trocar duas palavras sem que nos engalfinhássemos?

As mãos de Cameron me guiaram até a próxima posição. Eu não me sentia confiante.

Não havia como, para ser bem sincera. Minha cabeça estava um caos. E, quando comecei a sentir um aperto no peito, um pensamento finalmente tomou forma. O problema devia ser eu. Era impossível que Cameron estivesse sentindo a mesma coisa. Eu estava rígida como um atiçador de fogo.

Frígida, sem graça e nada de mais. Me livrei de uma enrascada.

– Respire fundo, meu bem – disse Cameron, me fazendo perceber que eu estava com dificuldade de respirar, e não tinha nada a ver com o exercício. – Adalyn. – Sua voz voltou a soar, com mais firmeza. – Se concentre na respiração.

Seu corpo ainda envolvia o meu, e seu calor era demais. Mas não o suficiente. Qual era o meu problema?

– Inspire e expire, meu bem. – O que imaginei que fosse sua mão pousou na minha clavícula, firme, pesada, formando um laço físico no qual eu poderia me concentrar. – Isso, assim.

Minhas costelas se expandiram com suas palavras, o ar entrando e saindo dos pulmões com mais facilidade.

– Bom trabalho – murmurou ele, e minha respiração foi voltando ao normal. Meus pensamentos iam se recompondo aos poucos. – Muito bem.

Quando voltei a me sentir eu mesma, olhei ao redor, analisando o grupo e esperando encontrar todas as cabeças viradas na nossa direção. Até a das cabras. Mas ninguém estava olhando para a gente. Todos estavam concentrados na própria prática, e Brandy agora descansava no meu tapete. Perto dos nossos pés. Dos pés de Cameron.

– A cabra – falei rapidamente, sentindo que o alerta era necessário.

Ele não gostava de cabras.

O corpo de Cameron ficou tenso atrás de mim, como em todas as vezes que um dos animais peludos se aproximou dele. Ele esticou os dedos, roçando minha nuca. Quando ele falou, ouvi a tensão em sua voz.

– É só uma cabra.

Eu me desvencilhei, fingindo estar frustrada com a negação clara. Eu não estava. Estava mesmo era constrangida. Porque justo Cameron estava testemunhando um momento de fraqueza da minha parte. Porque ele precisou me lembrar de respirar, de tanto que me perdi em meus pensamentos por... por nada.

– Você tem medo delas – falei, virando para encará-lo. O verde de seus olhos parecia escuro, sua expressão firme e sua postura tensa. – Você tem medo de cabras.

Isso não tinha importância. Eu não estava nem aí se ele tinha alguma fobia estranha de animais. Parte de mim, que eu me esforçava demais para ignorar, chegou a se sensibilizar ao descobrir esse detalhe. Mas eu estava desviando a atenção de outra coisa.

E Cameron pareceu notar.

– Todos temos medo de alguma coisa na vida, meu bem – disse. – O pequeno surto que você acabou de ter é prova disso.

Um músculo em sua mandíbula se contraiu.

– É questão de tempo até que eu descubra.

Descubra o quê?, eu quis perguntar.

Mas Cameron Caldani deixou meu tapete e voltou ao seu.

Saindo de repente e me deixando com muito que pensar.

De novo.

TREZE

Cameron

Treinar o Green Warriors não seria mais a moleza que vinha sendo.

E isso não tinha nada a ver com as meninas. Os treinos eram o que se esperaria de um grupo de crianças com menos de dez anos: um caos com momentos eventuais de puro desespero e uma pitada de loucura.

O problema era a nova diretora, como ela fazia questão de chamar a si mesma.

Fiquei observando as duas últimas garotas correrem em direção a seus pais – e Diane, que mais uma vez ficou no carro, de olho durante todo o treino – e, quando virei para ir embora, imediatamente avistei aquela mulher acampada nas arquibancadas. Eu imaginava que a última quinta-feira tivesse sido um acontecimento isolado. Mas lá estava ela outra vez.

Balançando a cabeça, resignado, fui em sua direção e fiquei encarando Adalyn enquanto atravessava o gramado fajuto em passadas largas e rápidas. Ela estava com o notebook equilibrado nas pernas e o tronco levemente inclinado para a frente, absorta no que quer que a tela estivesse exibindo.

Meus olhos acompanharam a linha de seus ombros e braços, observando a camisa de botão bem passada. Ela tinha tirado o blazer em algum momento entre minha insistência em ensinar as garotas a driblar e conseguir que Juniper – nossa goleira – aprendesse a mergulhar direitinho quando fosse agarrar a bola, para que não se machucasse. Ambas as tentativas foram frustradas.

Meu olhar baixou quando me aproximei, a irritação crescendo quando vi aquela droga de salto alto de novo. Eu ficava perplexo com o fato de ela insistir em usar aquilo em uma cidade onde, com exceção da Rua Principal, a maioria das ruas não era pavimentada. Ela chegou a ir de salto alto àquela besteira de hora feliz de ioga com as cabras. De repente, foi como se eu tivesse voltado àquele domingo. A Adalyn naquela legging. À regata. Ao calor de seu corpo em minhas mãos. A como...

Algo se revirou em minhas entranhas com aquele pensamento inacabado, e quando finalmente cheguei na altura em que ela estava não consegui evitar que as palavras saíssem como saíram.

– Por que você está aqui?

Aqui. Em Green Oak. Nos meus pensamentos.

Ela pareceu mais surpresa com minha presença ali do que com a pergunta quando aquela pequena carranca se formou.

– E onde mais eu estaria? O time não tem um escritório onde eu possa me instalar. Então a arquibancada parece o lugar mais adequado. – Seus dedos deslizaram pelo mouse pad algumas vezes. – Meu 4G não está funcionando hoje. Você tem sinal aqui?

Ela olhou em volta, procurando por alguma coisa.

– Acho que amanhã vou tentar o outro lado do campo.

– Então você vai mesmo ficar sentada aqui durante todos os treinos?

– Claro – confirmou ela.

Como se fosse o óbvio a fazer. E, antes que eu pudesse dizer como eu me sentia a respeito daquilo, ela mudou de assunto:

– O que achou do treino hoje? Eu estava pensando que podemos fazer uma reunião semanal para avaliar o andamento das coisas. Vou imprimir cópias da lista de jogadoras para que a gente possa fazer anotações sobre cada uma, desenvolver os pontos fortes e avaliar os fracos. – Ela tirou uma pasta azul da bolsa. – Aqui, leve isso com você, caso queira ir adiantando as coisas. Josie me passou algumas informações impressas no meu primeiro dia. Organizei tudo. O que acha de conversarmos quarta-feira? Os treinos são às segundas, quartas e quintas, então o meio da semana parece fazer mais sentido.

Pisquei algumas vezes bem devagar.

– Não precisamos de reuniões. São só crianças.

– São. – Ela assentiu, ainda segurando a pasta no ar. – E também estão classificadas para uma liga infantil regional que começa em menos de uma

125

semana. – Ela apertou os lábios. – Sabia que o Green Warriors só se classificou porque é o único time sub-10 do condado?

Não. Eu não sabia.

– Continuam sendo crianças.

– Quarta-feira, então – determinou ela. – O primeiro jogo é sábado. Acho que podemos usar essa oportunidade pra ver como elas se saem e partir daí. Também tem uma cópia da programação na pasta.

Abri a boca, mas ela continuou:

– Elas vão jogar contra cinco outras cidades nas próximas semanas. Grovesville, Rockstone, Fairhill, Yellow Springs e New Mount. A organização é em formato de liga, mas as equipes só se enfrentam uma vez. As duas equipes com o maior número de pontos vão para a final.

Olhei para sua mão.

– Você está mesmo me explicando como uma liga funciona?

– Eu disse que a estrutura é estranha. – Ela empurrou a pasta na minha direção e, como não a peguei, ela abaixou o braço e apoiou a pasta no colo. – Você vai dificultar as coisas, não é?

– Eu? – Franzi as sobrancelhas. – Você acha que sou eu quem está dificultando as coisas?

– Acho que mereci essa – resmungou Adalyn, pegando a bolsa.

Algo se agitou na minha barriga ao identificar o tom de derrota em sua voz. Ela pegou uma segunda pasta. Esta era vermelha.

– O jogo de sábado é contra o Grovesville Bears – disse ela.

Mais uma vez, fiquei impressionado pelo modo como ela suportava tudo o que eu despejava nela. Eu não achava que ela merecesse, mas continuava não gostando do fato de ela estar ali, em Green Oak, me sugando para seu vórtice. Ela espiou a bolsa mais uma vez e tirou de dentro uma pilha de Post-its. Inclinei a cabeça.

– Você tem uma papelaria inteira aí dentro?

– Quase – respondeu ela, friamente. – Pesquisei todos os times e todas as cidades da liga – acrescentou ela, escrevendo alguma coisa em uma das notas adesivas e colando em uma das páginas na pasta. – Não é muita coisa, mas tudo o que descobri está ali.

Ela ergueu a cabeça, olhou para mim e disse:

– Seria ótimo se você desse uma olhadinha nas informações sobre o

Grovesville Bears antes da nossa reunião de quarta. Tem cerca de um dia e meio para ver isso. Acabei de marcar a página pra você.

Apenas olhei para ela. Se eu tivesse que adivinhar, diria que aquele par de olhos castanhos estava esperando uma confirmação verbal ou uma promessa de que eu faria o que ela pediu. Mas, com todo aquele cabelo preso em um coque firme, foi difícil não me distrair com o cansaço estampado em seu rosto.

A pergunta saiu praticamente sozinha:

– Está conseguindo dormir bem naquele colchão de ar?

Suas pálpebras desceram e subiram algumas vezes. Devagar. Ela balançou a cabeça.

– O jogo de sábado vai ser aqui – disse ela. – Dependendo do resultado, vou te passar as prioridades da imprensa. Mas primeiro preciso entender do que o Green Warriors é capaz.

Meu corpo inteiro entrou em alerta com a menção à imprensa.

Adalyn deve ter percebido, porque se explicou:

– Meu foco são as meninas e a história de sucesso que vim escrever. – Ela fez uma pausa meticulosa. – Seu foco deveria ser conquistar os pontos que vão garantir nossa classificação para a final.

Mais um momento de hesitação.

– Ganhe os jogos, e eu mantenho você longe da imprensa. É só o que eu peço.

Era só o que ela pede? Como se já não tivesse pedido até demais.

E, no entanto… Houve um momento em que ela vacilou. O que queria dizer que ela ladrava, mas não devia morder.

Ela empurrou a pasta vermelha contra meu peito. Não peguei.

– Tá bem – murmurou ela, levantando de repente.

Com a diferença de altura entre as arquibancadas, seu peito ficou alinhado com meus olhos.

– Não pegue a pasta, então – continuou ela, o peito subindo e descendo com a respiração profunda.

Cerrei a mandíbula com as lembranças que aquela visão incitou. Domingo. Ioga. Minhas mãos em seu corpo. A suavidade e o calor sob meus dedos. Minha mão naquele ponto exato em seu peito quando ela teve dificuldade de respirar. Sua mão subiu até um dos botõezinhos em sua camisa, me trazendo de volta para o momento presente.

– Acho melhor terminarmos por aqui.

– Por favor – falei baixinho, meu olhar preso no botão com o qual ela brincava.

Nenhum dos dois fez menção de ir embora.

– Ah – disse Adalyn, a voz distraída e o polegar brincando com aquela coisinha, girando de um lado para o outro. – Você chegou a ver os uniformes? Providenciar novos está no topo da minha lista de prioridades, mas acho que não vão ficar prontos para o jogo desta semana.

Ela fez uma pausa. O polegar parou. Senti meu pomo de adão subir e descer.

– Josie disse que por enquanto estamos tranquilos, mas algo me diz que é bom darmos uma olhada antes de sábado – concluiu ela.

A mão de Adalyn caiu ao lado do corpo, deixando aquele botão torto. Ela respirou fundo e seu peito subiu mais uma vez, testando a resistência da casinha do botão. Um pensamento injustificável surgiu em minha cabeça: que tipo de roupa íntima uma mulher como Adalyn Reyes escondia sob aquela fachada tão competente e afetada? Será que usava lingerie ou suas roupas íntimas eram tão respeitáveis e decorosas quanto o exterior de sua concha?

Meu olhar desceu, como se estivesse tentando decifrar as linhas através daquele tecido fino de aparência macia e se perdendo um pouco em suas curvas. Peito. Cintura. Eu já tinha colocado as mãos ali, exatamente naquele lugar em sua cintura. Sabia o quanto era macia...

– Cameron?

Ergui os olhos, obrigando-os a voltar para seu rosto.

Meu Deus.

O que era aquilo?

– Não vi os uniformes ainda – falei. – Podemos perguntar pra Josie amanhã.

– Mas eu acabei de dizer...

– Eu gostaria de ir pra casa. Descansar.

Era óbvio que eu precisava de uma maldita noite de sono para esvaziar a cabeça.

– Tudo bem. – disse ela, começando a juntar as coisas. – Continuamos amanhã. Tem muitos itens da minha lista que a gente nem mencionou ainda.

É claro que sim.

– Não é de se admirar que tenham te mandado para cá – me ouvi resmungar baixinho.

A expressão de Adalyn se transformou ao ouvir essas palavras. Havia uma expressão nova em seu rosto. Uma que fez meu estômago dar uma cambalhota. Ela pressionou tudo o que segurava nos braços contra o peito com uma espécie de espasmo de frustração e virou o corpo para o lado. Por uma necessidade estranha e inesperada de me explicar, também virei, obrigando-a a dar a volta por mim para descer.

Bufei para ela, e ela também bufou para mim.

– Adalyn...

Mas ela me evitou e se afastou de mim o mais rápido possível. No entanto, aqueles malditos sapatos não pareciam ajudar, porque em um instante ela estava em pé, e no seguinte estava caindo.

Praguejando baixinho, fui em sua direção. Com os braços estendidos, posicionei o corpo de modo a interceptar a queda livre. Ela se chocou contra meu peito com um pequeno uivo de dor, e tudo o que eu pude fazer foi segurá-la e dizer:

– Peguei você. – Reposicionei os braços, minhas mãos segurando as laterais de seu corpo. – Está tudo bem.

Adalyn resmungou alguma coisa em resposta, mas eu estava distraído demais pela onda de alívio que me tomou para sequer escutar. Seu cheiro se infiltrou em meus pulmões, aquele aroma simples – e definitivamente nada sem graça – me dominando. Eu tinha sentido apenas de leve na ioga. Mas agora era tudo que minhas narinas captavam. Era limpo, fresco e tão doce que era como um soco na cara. Como algodão no sol em um campo de lavanda.

Puta merda. Eu estava mesmo perdendo a cabeça.

– Estou bem. – Ouvi Adalyn dizer com mais clareza. – Acho que você já pode me soltar.

Engoli em seco antes de fazer exatamente isso. Dei um passo para trás e senti minhas mãos formigando. Cerrei os punhos. Então, olhei para ela, os olhos castanhos atordoados, o rosto corado.

– Essa porcaria desse salto – falei, e notei o tom brusco da minha voz. Suas sobrancelhas se franziram. – Qualquer dia você vai quebrar a droga do pescoço.

Adalyn me encarou, então balançou a cabeça. O olhar atordoado desapareceu de seu rosto.

– Você precisa mesmo bancar o estereótipo do britânico grosseirão?

Ela passou a falar com a voz mais grave em uma tentativa de imitar a minha:

– *Essa porcaria desse salto, hein? Vai quebrar a droga do pescoço desse jeito! Estou encantado! Vamos tomar uma xícara de chá?* – Ela bufou. – Se disser que para de trabalhar às cinco para beber chá e tem uma boina de tweed em uma gaveta, juro que vou enlouquecer de vez.

Fiquei olhando para ela por um bom tempo. Então, soltei uma gargalhada.

Alta e escandalosa, e tive quase certeza de que fazia muito tempo que eu não ria daquele jeito.

Adalyn revirou os olhos.

– Você tem uma boina, não tem?

– Tenho – confirmei, assentindo. – Mas fui criado por uma *nonna* italiana, meu bem. Então prefiro mil vezes um bom espresso a uma xícara de chá.

– Não sou seu bem. – Adalyn soltou um suspiro. – E acho que não deveria estar surpresa. Você é mesmo viciado em cafeína, pelo que pude perceber – acrescentou ela, em um tom sério, mas notei os cantos de seus lábios se curvando para cima.

E me perguntei como seria seu sorriso. Seu sorriso de verdade.

Eu me obriguei a desviar o olhar, que pousou em seu peito mais uma vez. O botão com que eu estava tão preocupado antes estava aberto. E oferecia um vislumbre do tecido do sutiã dela.

Parecia de cetim. Lavanda.

Meu Deus.

Minhas pálpebras se fecharam, por puro instinto de sobrevivência. Até virei para o lado, procurando outro ponto para onde olhar e me concentrando na primeira coisa que vi. O galpão, que ainda estava um caos completo.

Exatamente como eu me sentia.

CATORZE

Adalyn

Chega. Eu estava farta daquilo. Sério.

Deixei a chave de fenda que comprei no Baratão do Moe cair no chão e limpei as mãos nas pernas, distraída, deixando rastros gêmeos de sujeira no tecido da legging. Olhei para minha regata. Também estava imunda.

– Maravilha – sussurrei. – Que maravilha.

Além do fato de que as partes daquela cama monstruosa pareciam estar unidas por uma espécie de magia das trevas superpoderosa, agora eu estava coberta de poeira e suor e tinha arruinado a única roupa casual que tinha.

Peguei o sanduíche e a salada de frutas de cima do balcão da cozinha, enfiei o celular embaixo do braço, saí para a varandinha triste que consistia de um único degrau e sentei com tudo. Alguma coisa afiada espetou minha bunda, mas eu estava me sentindo tão impotente que nem me dei ao trabalho de mudar de posição. A legging já estava suja mesmo. E eu nem podia colocar na máquina de lavar porque, como descobri, a cabana não tinha uma.

Então que se dane. Eu nem estava mais me reconhecendo.

Com um suspiro, abri meu jantar e fiquei olhando para a frente enquanto mastigava o sanduíche. Contemplei o que supostamente seria a bela vastidão de natureza e vi o lugar como realmente era. Algumas montanhas. Um monte de árvores. Uma cabana feia. Uma lasca de madeira podre na minha bunda.

Uma rajada de vento me fez dobrar as pernas mais perto do peito. Dei mais uma mordida, contando mentalmente mais uma vez as roupas de inverno que tinha levado: nenhuma. Na verdade, eu só tinha um casaco de inverno que não usava fazia... anos. O clima era uma das coisas que eu amava em Miami.

Balancei a cabeça, decidindo não pensar muito nisso. Eu daria um jeito com o que tinha. As noites e o início das manhãs estavam ficando mais frios conforme nos aproximávamos de outubro, mas eu ficaria bem. Eu tinha que ficar bem.

Meu celular tocou, anunciando uma mensagem, uma distração bem-vinda. Troquei o sanduíche para a mão esquerda e peguei o aparelho.

MATTHEW: Más notícias.

Meu estômago se revirou de preocupação enquanto eu digitava uma resposta. Tinha conversado com Matthew domingo à noite, mas apenas proporcionei entretenimento de qualidade com imagens minhas fazendo ioga – com cabras e sem o Cameron, já que eu ainda não tinha nem falado dele para Matthew –, pois não havia nenhuma novidade quanto ao #casosparkles.

ADALYN: Deve ser mesmo péssima se não recebi um gif de cabra.

MATTHEW: Meio que é.

Ele mandou um link. Abri e fui redirecionada ao site de um energético. Não reconheci a marca, então rolei a tela, me perguntando se ele tinha enviado o link certo.

Foi quando a animação começou.

Uma latinha colorida surgiu rolando, e um slogan piscou embaixo dela com letras garrafais: PREFIRA O ENTRETENIMENTO À DIGNIDADE. Então a latinha se agitou, sacudiu, como se estivesse prestes a estourar e, puf, algo se materializou na tela.

Incrédula, fiquei olhando para o logo que acabara de aparecer no recipiente.

Era uma ilustração simples, mas ainda era impossível não perceber as similaridades. Eu sabia o que estava vendo. Reconhecia. Eu já tinha assistido ao vídeo tantas vezes que meu rosto provavelmente surgiria em minha mente, a mandíbula contraída e a expressão de desequilibrada, se eu fechasse os olhos e me forçasse a lembrar.

Era minha cara de Exterminadora de Pássaros.

E ela estava em uma lata.

Pavor e choque se agitaram dentro de mim, e as poucas mordidas que eu tinha dado no sanduíche de peru pareceram azedar no meu estômago.

> **MATTHEW:** Fiz uma pesquisa. É uma empresa nova
> de energético. Bem pequena. Vegana. De Miami.
> O público-alvo é principalmente a Geração Z. Eles foram
> muito espertos. Ninguém faria a conexão se não tivesse
> assistido ao vídeo. Mas…

> **ADALYN:** Mas milhões de pessoas viram o vídeo.

> **MATTHEW:** Sinto muito.

Uma onda de náusea me atingiu bem no estômago com aquele *Sinto muito*. Eu não queria ser digna da pena de ninguém. Nem de Matthew. Porque isso… Piorava ainda mais as coisas. Engoli em seco, tentando empurrar para baixo tudo o que borbulhava em minha garganta.

> **MATTHEW:** Será que você poderia processar a empresa?

> **ADALYN:** Vou falar com meu pai. Tenho certeza de que
> ele já viu e está tomando medidas legais para proteger a
> franquia.

> **MATTHEW:** Estou mais preocupado com você.

> **ADALYN:** Eu sou parte da franquia.

Encarei minhas próprias palavras naquela mensagem, a sensação em meu peito ficando cada vez mais forte. Eu ainda fazia parte do time, não é? Eu era filha dele e funcionária, por mais que meu acesso estivesse temporariamente suspenso e eu estivesse banida. Meu pai me protegeria. Eu sabia que ele já tinha feito isso antes e agora sabia que...

Um dos arbustos à minha frente se mexeu, desviando minha atenção.

E se mexeu mais uma vez. Semicerrei os olhos e, antes que eu pudesse me preparar, algo saiu lá de trás.

Meu celular e meu sanduíche voaram das minhas mãos, e me ouvi soltar um uivo enquanto fechava os olhos, me preparando para o que quer que fosse aquela coisa. Um urso? Um coelho raivoso? Eu tinha lido sobre várias espécies mortais de cascavéis da região. O que quer que fosse, não seria pior do que ser transformada na imagem de um energético cuja campanha era baseada em minha queda e minha falta de dignidade.

Quando alguns segundos se passaram e não fui atacada, abri um olho.

A galinha à minha frente cacarejou.

– É você. A galinha de estimação do Cameron. – A ave bateu as asas e pisou no meu sanduíche. – Ei. Isso era o meu jantar, sabia?

Ela projetou a cabeça para a frente, na direção da comida, como se dissesse *Agora é meu.*

– Vai nessa, então – cedi, me abaixando com cuidado para alcançar o celular e voltando a me sentar na varanda. – Acho que é justo depois do que aconteceu naquele dia.

O animal cacarejou, arranhando o chão.

– Tá bom, tá bom. Me desculpa, tá? – falei, soltando um suspiro. – Eu estava tendo um dia estranho. Ou talvez estivesse mais para uma semana ruim. Na verdade, acho que o meu período de azar ainda não acabou. Acho que estou enfrentando uma temporada longa de perrengues.

A galinha de estimação de Cameron balançou a cabeça antes de bicar o pão.

– Não sei se uma galinha deveria comer peru – murmurei, franzindo o cenho. – Deve ser quase canibalismo animal. – Ela continuou a bicar. – Seus ovos vão sair... bizarros. Provavelmente.

– É um galo – disse uma voz grave à distância. – Não uma galinha.

E, naturalmente, endireitei a coluna em reação àquela voz. Meu rosto também ficou corado – o que era relativamente novo.

As botas de Cameron espalharam o cascalho ao se aproximar, fazendo com que eu me perguntasse se ele também tinha saído do meio dos arbustos. Ele parou à minha frente, e, quando ergui os olhos, a primeira coisa que vi foi o bom humor dançando em seu olhar.

Isso também era novo. Pelo visto Cameron fazia mais do que apenas resmungar e fugir dos lugares batendo o pé. Ele também ria.

– Parece uma galinha para mim – respondi, naquele degrau que não era exatamente uma varanda.

Meu olhar desceu, percorrendo seu corpo. Mais uma daquelas blusas de fleece pendia de seus ombros largos, fechada até o pescoço. E ele também vestia uma daquelas calças cheias de zíperes e bolsos de que parecia gostar tanto. Eram de um tom cinza-escuro, e o tecido ficava justo em suas pernas. Suas coxas largas e fortes. Pelas quais eu parecia estar obcecada.

– Outro dia desses era um pinto.

Quase engasguei.

– Desculpa, o quê?

Um sorrisinho se escondeu sob a sua barba.

– Um pinto – respondeu ele, e continuei piscando, sentindo meu rosto inteiro esquentar. – E agora é um galo. O formato da crista é uma pista.

Ele apontou para o topo da própria cabeça com um daqueles dedos grandes antes de continuar:

– Mas, se mesmo assim estiver em dúvida, os galos também têm a plumagem fina e pontuda no pescoço e na cauda. – Ele fez uma pausa, colocando as mãos nos bolsos da calça. – As galinhas, não.

Ah. Ah? Dei uma tossidinha.

– Obrigada pela aula sobre anatomia das aves, Sr. Biólogo.

Cameron apertou os lábios.

– Ele também não é meu galo de estimação.

Semicerrei os olhos.

– Você estava me espionando? Há quanto tempo está aí?

Ele deu de ombros.

– Josie veio me dar algumas ideias para um galinheiro. Parece que alguém disse a ela que eu tinha um frango de estimação e ela decidiu que eu devia ter vários.

O animal cacarejou e bateu as asas, como se reconhecesse as palavras de Cameron.

Eu me encolhi.

– Não sei se quero ter mais dessas coisas andando por aí.

Cameron se aproximou de onde o galo e eu estávamos, então se ajoelhou e começou a juntar os restos detonados do meu sanduíche.

Eu me lembrei de seu aviso no dia em que me encontrou dormindo no carro e senti necessidade de me explicar.

– Eu não estava dando meu jantar para ele. Não sou burra. Derrubei o sanduíche quando...

– Eu sei – disse ele, confirmando que fazia tempo que estava ali. – Você pode ser muitas coisas, mas não acho que burra seja uma delas.

Eu sabia reconhecer um elogio atravessado.

– Obrigada.

Cameron guardou os restos de comida que tinha juntado em um dos bolsos da calça e espiou o relógio.

– Está um pouco cedo para jantar, não?

Era verdade. Mas eu estava exausta de tentar, sem sucesso, desmontar aquela cama para dar mais glamour àquela cabana idiota. E não tinha mais nada para fazer. Era terça-feira e, sem o treino para me ocupar...

– Eu estava com fome.

– E você tem... o quê? Dois anos de idade?

Lancei um olhar enfadonho na direção dele.

– Você não tem mais o que fazer?

Cameron se aproximou ainda mais, e, antes que eu me desse conta do que estava acontecendo, aquele corpo enorme se jogou ao meu lado, respondendo à minha pergunta.

Minha respiração ficou presa com a proximidade repentina, como tinha acontecido no dia anterior, quando ele me segurou no ar depois do tropeço infeliz. Ou domingo, quando suas mãos passearam por todo o meu corpo. Ele estava um pouco suado, como se tivesse acabado de voltar de uma caminhada ou de uma corrida, mas seu cheiro ainda era tão... bom. Um cheiro de ar livre, almíscar e...

Balancei a cabeça.

Homens suados geralmente eram algo que eu me obrigava a tolerar. Tinha que aceitar e tentava evitar. Era por isso que eu nunca colocava os pés no vestiário depois dos jogos ou treinos, a não ser que fosse absolutamente necessário.

– Como está a reforma?

Feliz com a distração, pensei na bagunça que tinha deixado para trás.

– Está ótima – menti. Peguei Cameron olhando para mim com curiosidade e desviei o olhar. Será que eu estava corada? Meu rosto estava quente. – Como você sabe que estou fazendo uma reforma?

– Os barulhos vindos do seu *chalé* – explicou ele, e não deixei de perceber o tom com que disse a palavra *chalé*. – E você também está coberta de poeira.

Lutei contra a vontade de tocar meu cabelo e passar as mãos na regata. Engoli em seco.

– Você ama mesmo reclamar de mim, né?

Olhei para ele a tempo de vê-lo dar de ombros.

– É difícil me concentrar em outra coisa.

O calor no meu rosto aumentou.

– Você parece estar em todos os lugares.

Certo.

– Bom – falei, tentando deixar minha expressão o mais indiferente possível. – Felizmente para você e seus ouvidinhos delicados, vou dar uma pausa na reforma por enquanto.

Os olhos de Cameron passearam por meu rosto, fazendo com que eu me sentisse… constrangida, exposta, por diversos motivos que eu ainda não estava preparada para processar. Ergui os joelhos, abraçando-os no peito.

– O que você está fazendo em Green Oak, Adalyn?

Enlacei as mãos sobre os joelhos.

– Já falamos sobre isso.

– Além disso – disse ele.

Sua voz soou tão… sincera, tão diferente de todas as outras vezes que ele bufou alguma coisa para mim, que eu me remexi no degrau, me afastando dele. Como se precisasse da distância física para pensar melhor.

– O que você está tentando provar? – perguntou ele.

Encarei o homem que estava sentado a alguns centímetros de mim, surpresa com sua escolha de palavras. Aquela era… uma pergunta delicada. Que eu não sabia responder sem revelar tudo. Porque, por algum motivo bizarro, Cameron não sabia o que tinha me levado a Green Oak. Ele ainda não tinha visto o vídeo que estava fazendo o país inteiro rir. Eu me lembrei de quando ele perguntou se eu tive motivo para fazer o que quer que eu tivesse feito – e se contentou com minha resposta.

Ele não queria saber de todos os detalhes. E talvez estivesse tudo bem para mim se fosse assim.

– Eu tenho vida, se é o que você está perguntando – falei.

Cameron balançou a cabeça, como se essa não fosse a resposta que ele esperava.

– Tenho um emprego e passatempos – insisti, embora logo tenha percebido que não tinha nenhum dos dois. – Faço reformas.

– Meu bem – disse ele, com a voz arrastada e uma risada. O som me fez pensar em sua gargalhada. Meu estômago se agitou. Não gostei nada disso. – Não tem como reformar nada usando um terninho e munida apenas de um martelo.

– Também tenho uma chave de fenda – rebati. – E não estou de terninho.

– Acredite, eu sei. Tenho olhos.

Franzi o cenho. O que ele queria dizer com isso?

– Não sou uma viciada em trabalho, solitária e triste – senti a necessidade de dizer. – Tenho uma vida – repeti. – Ouço podcasts. De *true crime*. E tenho uma memória impressionante. Posso recitar a lista completa de jogadoras do Green Warriors pra você agora. Ou o folheto de atividades de Green Oak, uma a uma. Posso até listar todas...

Todas as suas conquistas. Prêmios e troféus que você já ganhou. Campeonatos que jogou. Sei até o número de defesas que fez no último campeonato de que participou. Minha memória era boa assim.

Eu já tinha lido tudo isso sobre Cameron.

Meu Deus. Eu precisava mesmo de um passatempo.

– Então é isso que você ouve enquanto brande esse martelo – resmungou Cameron. – Assassinatos sangrentos.

Ele soltou mais uma risada, e eu... odiei muito o quanto aquele som me distraía.

– Mas isso não é um passatempo – disse ele.

– Eu não sabia que estava falando com o fiscal do passatempo.

– Meu bem...

– Prefiro que você não me chame assim.

Ele pareceu se divertir com esse pedido.

– Ouvir podcasts é uma coisa que você faz enquanto realiza outras atividades, como reformas… se você gostasse mesmo de fazer reformas. – Ele olhou para meu cabelo e me lançou um olhar indiferente. – E ter boa memória é uma habilidade, não um passatempo.

– Tá bom. – Estalei a língua. – E você? O que um jogador de futebol profissional aposentado anda fazendo com todo o tempo livre que tem nas mãos?

Seus olhos percorreram meu rosto lentamente, e por um instante achei que ele não fosse responder. Que ia se levantar e ir embora. Não seria a primeira vez que ele ficava inquieto ao me ouvir mencionar sua carreira.

Mas, para minha surpresa, Cameron disse:

– Eu faço caminhadas. Acampo. Amo estar ao ar livre. E também pratico ioga. Não que nem a de domingo.

E com essa fala, centenas de imagens mentais de Cameron surgiram em minha mente. Eu nunca fui muito criativa, mas isso não era necessário para imaginar Cameron em qualquer uma daquelas situações. Aquelas roupas esportivas, a pele pingando de suor, ele perdido em algum lugar em uma trilha. Ou os músculos que vi se flexionando, com meus próprios olhos, quando ele fez uma prancha na ioga. Eu…

– Bom – falei, soltando um suspiro. – É difícil imaginar você fazendo qualquer coisa que não seja resmungar.

Cameron soltou uma risada, e o som me deu um frio na barriga. Argh.

– Eu também medito – disse ele.

Mais imagens surgiram, flutuando livremente pelos meus pensamentos.

– Você medita?

– Entre outras coisas, sim.

Engoli em seco e de repente me senti frustrada com aquele homem que, pelo jeito, era cheio de surpresas.

– Se me disser que também faz tricô, vou levantar, ir embora e nunca mais acreditar em uma palavra que você disser.

– Não faço tricô. – Ele inclinou a cabeça, pensativo. – Mas já tentei. Já experimentei muitas coisas diferentes.

Bom, isso era fantástico e não fazia com que eu me sentisse uma pessoa sem passatempos, até parece. Ele continuou:

– Dizem que é bom pra esvaziar a mente. Se desconectar. Pra acalmar quando ela fica agitada demais. – Ele levantou uma daquelas mãos que pareciam patas de tão grandes. – Mas meus dedos são grandes e calejados demais, e tenho pouca paciência.

Eu poderia ter dito que sabia muito bem disso, mas estava ocupada aproveitando para analisar a mão dele de perto. Em detalhes. Sem precisar de uma desculpa. Como eu já tinha percebido, ele tinha mesmo dedos compridos e fortes. Também tinham um aspecto áspero. E o do meio, em especial, era torto, como percebi no dia em que nos conhecemos, como se já tivesse quebrado um dia e não tivesse cicatrizado direito. O anel em seu mindinho brilhou sob os últimos raios de sol.

– Você deveria tentar – disse.

– Fazer tricô?

– Esvaziar a cabeça. Parar de pensar demais e analisar cada segundo da sua vida e da vida de todo mundo ao redor. Parar de medir cada palavra que sai da boca de qualquer pessoa. Incluindo a sua.

Engoli em seco.

– Eu não faço isso – falei, mas minha voz saiu esganiçada.

Eu estava choramingando. Parecia que eu estava sempre choramingando agora, e eu detestava isso. Mesmo assim, continuei:

– Sou perfeitamente capaz de esvaziar a mente e apenas relaxar. Posso experimentar qualquer passatempo e me dar muito bem nele. Eu seria melhor que você na ioga se... – *Suas mãos não estivessem em cima de mim.* – Se eu praticasse o bastante.

Os lábios de Cameron se contraíram mais uma vez.

– Você é mesmo uma coisinha competitiva e feroz, não é?

Bufei.

– Não me chame de coisinha.

– Acho que eu não deveria estar surpreso – admitiu Cameron, seu olhar tão intenso que por um instante pensei que ele estivesse enxergando meu cérebro.

Abri a boca para perguntar o que ele queria dizer.

Mas ele estendeu a mão em direção ao meu rosto. A palma estendida roçou na minha bochecha, e minha respiração ficou presa na garganta, então a ponta de seu polegar roçou minha pele. Deslizou suavemente pela minha mandíbula, fazendo meus lábios se abrirem e uma onda de estática cobrir a pele do meu rosto.

Rapidamente, como pólvora, a onda se espalhou pelo meu pescoço, pelos meus braços, formigando e viajando até a ponta dos meus pés.

Cameron me tocou, e tudo o que pude fazer foi ficar congelada, bem paradinha, enquanto o toque áspero de seu dedo roçava meu rosto.

Com o coração batendo forte, vi seus olhos descerem, analisando aquele ponto em minha mandíbula que agora zumbia, queimava e se inflamava sob o toque.

– Você vai se machucar se continuar desse jeito – disse, tão baixinho que não entendi direito suas palavras. – Está em pedaços, meu bem – murmurou, os olhos verdes retornando aos meus. – Mal consigo ver você embaixo de todo o caos.

Eu deveria me afastar. Mas o toque de Cameron – o laço físico que senti – era tão poderoso, tão repentino e intenso, que fui sugada. Como se fosse um campo de energia ou um vácuo. Eu estava presa.

Sua mão segurou o meu queixo em um gesto delicado e inesperado que não entendi bem, e meus olhos se fecharam. Ele não deveria estar fazendo aquilo. Não deveria me tocar daquela maneira, tirando o pó do meu rosto com delicadeza, como se aquilo importasse para ele. E eu... eu não deveria estar gostando tanto.

De repente, eu me afastei.

Afastei meu rosto de seu toque e do que quer que ele estivesse causando em mim.

Quando abri os olhos, Cameron não pareceu incomodado com minha reação. Nem um pouco. Parecia, no máximo, curioso. Como se tivesse visto algo que queria analisar mais de perto.

Provavelmente toda a sujeira e o pó.

Tudo o que consegui fazer foi passar a barra da camiseta no rosto com vontade, indignada e confusa, focada em provar para ele que eu não precisava que ninguém fizesse aquilo por mim. Eu só precisava de mim mesma.

Cameron soltou um "hum" profundo antes de se levantar e só então disse:

– Talvez não sejamos tão diferentes assim. – Seu olhar verde se intensificou. – Talvez eu também esteja tentando provar algo.

QUINZE

Cameron

– Esses são os uniformes?

Assenti.

– Isso mesmo.

Adalyn resmungou baixinho, então murmurou:

– Mas... Mas eles...

– Parecem fantasias dos anos oitenta?

– Isso. – Ela bufou, e eu não poderia negar que aquele muxoxo de derrota definia bem como eu me sentia. – Quando...

– Josie passou aqui mais cedo. Ela trouxe presentes.

– Mas como...

– Lembra daquela história sobre a mãe dela e o time? – Os olhos de Adalyn se arregalaram, e eu assenti. – Pois é. É o uniforme que elas usavam. Só Deus sabe por que elas guardaram durante todo esse tempo.

– E pelo menos eles foram...

– Lavados? Sim – respondi. – Foi a primeira coisa que Josie me disse.

Adalyn semicerrou os olhos.

– Agora você lê mentes por acaso?

– Não. – Mas eu estava começando a entender como a dela funcionava. Virei para as garotas, que estavam espalhadas pelo campo. – Não há nada que a gente possa fazer agora.

– É culpa minha – disse Adalyn ao meu lado. – Eu deveria ter dado uma olhada nos uniformes antes, como disse que faria. Mas Josie consegue ser persuasiva demais.

Ela bufou antes de continuar.

– Preciso ver até quando consigo providenciar os novos. Mas precisamos organizar tudo antes. Camisas, bermudas, meias, caneleiras, chuteiras, e não tênis. Precisamos escolher um esquema de cores e uma fonte para os números. Tudo. Talvez eu… – Uma pausa. – Ah, meu Deus. O que Chelsea está fazendo vestindo um tutu? E se elas forem desclassificadas? E se…

– Meu bem…

– Adalyn.

– Adalyn – cedi, para que ela não ficasse ainda mais agitada.

Eu não tinha energia para lidar com mais atrevimento naquele momento. A multidão que o Grovesville Bears tinha levado à cidade era maior do que eu tinha esperado, e eu estava ficando nervoso.

– É só um jogo, tá? – disse para ela. Seu rosto se contraiu em discordância, mas levantei um dedo. – Chelsea se recusou a tirar o maldito tutu, ela é o Cisne Negro ou qualquer outra merda inadequada pra idade dessas meninas, mas a María insistiu que ela era. Já perguntei à juíza e ela disse que não tem problema, e ela é só uma criança. Todas elas são. Esqueça o tutu e os uniformes e tente sobreviver ao jogo sem me dar dor de cabeça. É só a liga infantil. É brincadeira de criança. Literalmente.

Adalyn franziu o cenho, e por um segundo acreditei que ela fosse deixar o problema de lado. É claro que eu estava enganado.

– Mas o time está ridículo.

Soltei um suspiro.

Ela continuou:

– O nome do time é Warriors. Elas são guerreiras, deveriam parecer ferozes. Imponentes. Sérias. Tudo bem elas estarem de rosa. Trocamos o terceiro uniforme do Flames para um tom parecido e os torcedores gostaram muito. Mas isso? – Ela estendeu a mão. – Elas estão feias, o uniforme é claramente velho e o time… não parece sério.

Eu não discordava.

– Tente ignorar. Feche os olhos. Não olhe. Ou, quem sabe, vá embora. – Ela olhou para mim com os olhos semicerrados, e voltei a encarar a grama. – Não tem nada que você possa fazer agora, então ou para de reclamar ou vai embora.

– Eu sei que estou certa.

– E eu sei que estou ficando com dor de cabeça.

– Olhe para o outro time – insistiu ela, mas eu não precisava olhar. – Elas parecem uma miniatura de um time da MLS. Até a treinadora tem um uniforme combinando.

Fez-se uma pausa, e ela me perguntou:

– Será que elas têm um patrocinador?

– Eu achava que a sua pasta continha todas as respostas imagináveis – falei, com frieza, mas virei para a direita e olhei na direção da técnica do Bears.

A mulher de agasalho em questão me encarou do outro lado do campo. Cumprimentei-a com um aceno de cabeça e cheguei até a abrir a boca para desejar boa sorte, mas ela estreitou os olhos e cruzou os braços sobre o peito. Franzi o cenho. Em resposta, ela só moveu os lábios, formando: *Vou acabar com a sua raça.*

– Que porra é essa? – resmunguei.

– Olha a boca! – Adalyn sussurrou alto. – Você precisa parar de falar palavrão na frente das garotas. Não é nada profissional.

Virei para ela, que estava focada no celular.

– Ela acabou de falar que vai acabar com a minha raça.

Adalyn desviou os olhos da tela por um instante, olhando na direção da mulher, então voltou a se concentrar no aparelho com um suspiro. Seus dedos começaram a voar pela tela, digitando como uma louca. Ela fez uma pausa, levantou o celular e começou a tirar fotos. Parecendo em dúvida, deu uns passos para trás, apontou o celular para a frente e tirou mais umas cem.

Fiquei olhando para ela.

– O que você está fazendo agora? O jogo já vai começar.

Ela voltou para o meu lado, deu de ombros e continuou a digitar na velocidade da luz.

– Que pergunta é essa? Estou trabalhando, é claro.

– Você vai romper um metacarpo digitando nessa velocidade.

– Isso é um osso dos dedos? Se for, não vou. Estou acostumada a digitar rápido quando estou no meio de um brainstorming.

– Brainstorming – repeti devagar. – De quê? Novas maneiras de me enlouquecer?

– Muito engraçado – respondeu ela, impassível. – Dos novos uniformes. Acho que também vou encomendar faixas com o logo novo do time pra distribuir às pessoas que vierem aos jogos.

Ela mordeu o lábio por um tempo, atraindo meu olhar, e completou:

– Posso te mandar uma cópia das minhas anotações. A gente pode discutir tudo isso segunda. Depois do treino. Que tal?

Eu me lembrei da última reunião que tivemos. Do botão abrindo. Do seu cheiro invadindo meus pulmões. Do cetim lavanda. Cerrei os dentes.

Sem tirar os olhos da tela, Adalyn disse:

– Não me olhe assim, Treinador.

Ignorei o *Treinador*.

– Como você sabe como estou olhando pra você?

– Porque você só tem duas posturas: presunçoso e irritado.

Uma bufada deixou meus lábios. Ela provavelmente tinha razão.

– A gente não tinha combinado de fazer reuniões às quartas?

– Segunda não vai ser uma reunião. – Seu polegar deslizou para cima e para baixo, abrindo e fechando aplicativos a uma velocidade impressionante. – Vai ser uma conversa para alinhar ideias.

– Não deixa de ser uma reunião só porque você chamou de *conversa*, meu bem.

Seu indicador bateu uma última vez na tela. Ela ergueu a cabeça e enfim olhou diretamente para mim.

– Que tal você me chamar de chefe? – Ela ergueu as sobrancelhas. – Não sou muito fã de sistemas hierárquicos ultradefinidos, mas acho que podemos abrir uma exceção.

Olhei para ela sob a aba do boné. Seu cabelo estava preso em um coque apertado, como de costume, mas dessa vez no alto da cabeça, o que tornava sua expressão mais intensa contra o sol. Também tinha voltado a usar um terninho, o da vez era um bege-claro por cima de uma camisa azul reluzente que eu preferia que o blazer não cobrisse.

Acho que aquela era sua roupa mais elegante até então. Até os sapatos pareciam algo mais chique que de costume. Adalyn estava vestida para impressionar, alinhada e pronta para arrasar com alguma pobre alma. A minha, provavelmente. Ainda assim, não deixava de ser um contraste bem--vindo em relação à sua aparência na varanda no dia anterior. Coberta de poeira. Calça de ioga. Fios de cabelo espetados. Eu ainda não sabia qual versão de Adalyn eu achava mais desconcertante.

Minhas mãos formigaram com a lembrança da sensação de meus dedos em seu rosto.

Fechei a mão direita.

– Cadê o anel? – perguntou ela, chamando minha atenção.

Senti que franzi o cenho, surpreso, mas levei a mão ao peito.

– Sempre tiro durante jogos. Eu penduro em um cordão.

Seu rosto corou, mas, se pensou algo a respeito do que eu disse, ela não comentou nada.

– E que boné é esse? – Ela me deu uma olhada, desconfiada. – Esse é seu visual de jogo? Posso encomendar um novo para você junto com o agasalho. Talvez um que diga TREINADOR (CONTRARIADO).

Semicerrei os olhos.

– Por que você está aqui mesmo?

– Sou diretora do Green Warriors, onde mais eu estaria?

– Não aqui na área técnica. Eu sou o treinador, e este banco é *meu*.

– Você está sendo generoso ao chamar isto aqui de área técnica. – Ela apontou para o espaço humilde em que estávamos. – E precisa de mim. Tenho quase certeza de que ouvi a treinadora do Bears conspirando contra você quando cheguei.

Ela deu de ombros.

– Eu detestaria ter que procurar outro treinador porque você desapareceu misteriosamente... naquela área cheia de arbustos atrás das arquibancadas onde ninguém parece estar querendo se aventurar, digamos. – Ela fez uma pausa. – Não que eu tenha sugerido alguma coisa pra ela.

Se eu não estivesse tão intrigado com a ideia de que Adalyn estava me provocando, teria soltado uma gargalhada.

– Quer dizer que vai me proteger dela?

– Não seja tão convencido – disse Adalyn, bufando, sem nem olhar para mim. – Você é meu único funcionário, Treinador.

Também bufei e deixei que ela ganhasse a discussão desta vez, voltando o rosto para a frente. Logo depois, a árbitra finalmente apitou, indicando o início do jogo.

Dei um passo adiante, batendo palmas para as garotas.

– Muito bem. Em frente, Green Warriors!

Todas as jogadoras do time viraram para mim. A bola rolou. Todas ficaram me encarando.

– Ah, meu Deus – sussurrou Adalyn ao meu lado. – O que você fez? Por que elas estão paralisadas?

– Olhem pra frente – falei, instruindo as garotas, apontando para o outro lado. – Não olhem pra mim – quase rosnei, apontando para a bola.

Quando o Green Warriors reagiu, no entanto, já era tarde demais para evitar que o outro time tomasse a posse da bola e avançasse pelo campo com ela.

María franziu o cenho, no gol. Mas... O que María estava fazendo no gol? Juniper era nossa goleira. Onde é que ela estava? Puta merda... Eu tinha me distraído com Adalyn e...

A atacante do Bears levou a perna para trás para chutar. María virou, acenando para mim, distraída. Para mim, não. Para Adalyn.

Tentei avisá-la:

– Cuidado. Olha o...

Mas a bola acertou o fundo da rede, passando com facilidade por cima de María, que estava sorridente.

– Gol – concluí.

As pessoas nas arquibancadas comemoraram. O placar mudou.

GREEN WARRIORS: 0 – GROVESVILLE BEARS: 1

Dei uma olhada por cima do ombro, chocado com a multidão entusiasmada vinda da outra cidade. O Green Warriors estava jogando em casa e as únicas pessoas que eu reconhecia além de alguns pais das garotas eram Josie, Diane e Gabriel. É claro que eu não passeava pela cidade fazendo amigos, mas não tinha quase ninguém de verde nas arquibancadas. Só se via vermelho e branco.

O olhar de uma mulher cruzou com o meu, e torci para que a expressão que surgiu em seu rosto não fosse de reconhecimento. Virei, abaixando a aba do boné.

– Não vamos nos preocupar – disse Adalyn assim que a multidão se acalmou e o jogo recomeçou. – Foi só um gol. Tem muito jogo pela frente ainda. Tem mais...

Adalyn parou de falar de repente quando Chelsea roubou a bola de uma jogadora do Bears e saiu em disparada. Nós dois ficamos olhando para ela boquiabertos; eu nunca tinha visto uma garota de tutu correr tão rápido.

Chelsea se aproximou da grande área do Green Warriors, e Adalyn sussurrou:

– O que ela está fazendo?

Mas não pude responder. Fiquei olhando para Juniper, que gritava alguma coisa lá de longe. Como Chelsea não parou, Juniper correu atrás dela. Decidida, nossa meio-campista de tutu não pareceu se importar.

Adalyn resmungou alguma coisa, então falou com mais clareza:

– Meu Deus. Faça alguma coisa, Cameron. Ela está indo para o lado errado.

– Não tem nada que eu possa fazer, meu bem – respondi arquejando no mesmo instante em que Chelsea chutou a bola com um floreio. – Nada impediria aquela garota de marcar esse gol.

A multidão comemorou mais uma vez. Embora não tivesse sido marcado pelo seu time, ainda era um gol. Mantive o olhar para a frente e o boné baixo, aquele burburinho familiar atrás de mim se tornando mais alto a cada palma nas arquibancadas. Não foi só um gol contra, foi um caos completo.

Eu tinha passado a semana inteira rejeitando as tentativas de Adalyn de traçar uma estratégia, acreditando piamente que ela estava exagerando em cada uma de suas sugestões. Eu ainda acreditava nisso. Mas, de alguma forma, quando o jogo recomeçou e as garotas se arrastaram pelo gramado, eu só conseguia pensar na pasta vermelha. E na outra também.

Eu me perguntei se alguma coisa naquela pasta poderia ter me alertado para aquilo. Eu era o treinador do time e... bom, eu claramente não tinha feito um bom trabalho, considerando que minha goleira estava no meio do campo e minha meio-campista tinha acabado de marcar um gol contra.

Com o canto do olho, vi a treinadora do Bears. Ela olhava diretamente para mim, com um ar de presunção que não me agradou. Sem desviar o olhar, ela levantou os punhos, levando-os aos olhos e fingindo enxugar lágrimas inexistentes.

Fiquei olhando fixamente para ela. A mulher não tinha como saber que ao longo da carreira eu tinha suportado coisas que a deixariam mais branca que papel. Eu...

Vi Adalyn sair em disparada.

– Juíza! – berrou ela.

Berrou. Várias cabeças viraram em sua direção e ela continuou:

– Conduta antidesportiva não é exatamente um bom comportamento para uma treinadora da liga infantil.

– Senhora – alertou a juíza, uma mulher que aparentava não gostar de encheção de saco. – Volte imediatamente para a lateral.

Risadas ressoaram do banco adversário, e Adalyn deu meia-volta.

– Acho que você deveria se preocupar mais com seu *timeco.* – A treinadora do Bears olhou para Adalyn de um jeito que fez meu estômago revirar. – Vá pra casa, *princesa* – disse ela, mais baixo.

Princesa.

A palavra não chamou a atenção dos que estavam distraídos, mas chamou a minha e a de Adalyn.

– *Com licença* – disse Adalyn, seu tom de voz subindo uma oitava. Ela foi em direção à treinadora. – Com todo o respeito, senhora, eu não sou…

Estendi o braço e a arrastei de volta, até ela estar plantada ao meu lado. Uma lufada daquele perfume de lavanda atingiu minhas narinas em cheio.

– Nada disso, meu bem.

Adalyn pareceu se distrair por um momento, porque demorou um pouco a responder.

– Ela me chamou de princesa – disse, finalmente. Minha garganta se fechou por um instante. Eu também já tinha cometido aquele erro. – E está tirando sarro de você e do time. Não admito isso.

Senti algo suavizar em meu peito, me acalmando. Mas embora estivesse ao mesmo tempo chocado e lisonjeado com aquela defesa, eu também queria manter o anonimato, e estávamos cercados por uma multidão.

– Não sei, chefe. Acho melhor a gente ser superior e ignorar aquela mulher.

Senti a tensão no corpo dela desaparecer. Meu braço continuava em seu ombro.

– Você acabou de me chamar de chefe.

Eu tinha chamado mesmo. Olhei ao redor rapidamente, procurando olhares curiosos. Todos, à exceção da treinadora, pareciam entretidos com o jogo. Ah, que inferno.

– Lembra quando você disse que a gente não deveria se preocupar? – perguntei. Ela assentiu. – Acho que a gente deveria, sim.

– Ainda posso convencer a juíza a expulsar aquela mulher – disse ela, mas sua voz ficou mais suave e calma. – Sou persuasiva. E conheço pessoas muito importantes do futebol profissional.

Uma risada me escapou. Não foi a primeira, e eu estava começando a entender que não seria a última.

– Acho que seus contatos do futebol profissional não importam aqui, meu bem. É uma liga infantil do interior.

Ela resmungou, e meu braço se reposicionou, estendendo os dedos e roçando a camisa em que eu estava de olho. Parecia de cetim. Ela não reclamou.

– Vamos conversar segunda – concluí.

Seu peito se expandiu com uma respiração profunda, e ela só fez uma pergunta simples:

– Por quê?

Sinceramente, eu não fazia a menor ideia.

– Parece que temos trabalho a fazer.

Adalyn hesitou por um instante, mas então se aproximou até as pontas daqueles sapatos que eu detestava encostarem em minhas botas. Ela ergueu o queixo, analisando meu rosto. Vi as pequenas sardas em seu nariz.

– Estou vendo – disse, devagar. – Talvez você tenha uma terceira postura. Além de presunçoso e irritado.

Eu sabia que sim.

E, sem que eu soubesse exatamente como, uma chave virou dentro de mim.

DEZESSEIS

Adalyn

– Meus queridos voluntários de Green Oak – disse Josie, abrindo os braços em um gesto cheio de floreio. – Sejam bem-vindos ao CCCL anual de Green Oak. Ou, como todos conhecemos, Cerveja, Churrasco e Curtição no Lago.

Diane pigarreou na primeira fila.

O sorriso de Josie ficou tenso.

– Pois não, Diane?

– Por que mudamos o nome mesmo? – perguntou ela, e os lábios de Josie formaram uma linha reta em resposta. – Era pra ser nossa festa de fim de verão no lago. E deveria ter acontecido semanas atrás, na última semana de agosto, como fazemos todos os anos.

Aquela cabeça amarelo-brilhante virou na direção das arquibancadas antes de continuar.

– Onde estão as salsichas empanadas e os minidonuts com cobertura? Também não vamos servir só cerveja. E, aproveitando, ainda não entendi o que você quer dizer com *curtição*.

Josie soltou uma risada que acho que não soou tão alegre quanto ela esperava.

– Bom, Diane, se você tivesse prestado um pouco mais de atenção durante a reunião de primavera, lembraria que estamos tentando incrementar um pouco as coisas para as próximas temporadas. Para trazer mais pessoas de toda a região com eventos divertidos e cativantes com nomes divertidos e cativantes, sabe como é. Daí surgiu a curtição, o churrasco, a cerveja artesanal e finalmente – ela subiu o tom de voz – a mudança do nome.

– Mas tem uma barraquinha de café – rebateu Diane. – E a nossa festa de fim de verão era ótima. A melhor da região, na minha opinião. Não entendo por que precisamos atrair o povo das outras cidades para cá.

O rosto de Josie se contraiu, e ela começou mais um discurso sobre como a mudança é sempre uma coisa boa.

O homem ao meu lado soltou o ar profundamente, chamando minha atenção. Ele levou a mão ao cabelo, passando-a na lateral da cabeça. Àquela altura eu já conhecia algumas das reações de Cameron. Ele não estava nem um pouco feliz de estar ali e, após observá-lo no jogo do dia anterior, imaginei que o motivo fosse o público que aquilo atrairia. Sempre que a multidão se agitava, ele estremecia.

– É a parte da curtição, não é? – perguntei para ele baixinho.

Minha pergunta pareceu surpreender Cameron, porque ele olhou para mim de cenho franzido.

– É.

Eu me perguntei por que ele tinha se colocado naquela situação se odiava tanto. Ele acreditava mesmo que eu seria capaz de expor sua identidade. A culpa fez meu estômago se revirar.

– Se Josie sugerir que a gente dance, eu vou embora na hora.

– A gente?

– Os voluntários – expliquei, e senti uma onda de calor subir pelo pescoço. A imagem dos braços de Cameron me envolvendo tomou forma em minha mente. – Vou me esconder na floresta se for preciso. Mesmo depois de ouvir Josie contar histórias perturbadoras que indicam a possibilidade de ela ser mal-assombrada. Eu não quero *mesmo* dançar.

Cameron bufou.

– De todos que estão aqui, eu achava que *você* fosse acreditar nas histórias – comentei.

Ele pareceu achar aquilo curioso.

– Posso saber por quê, meu bem?

– Porque vocês acreditam em rituais de sorte e coisas como praga – destaquei, dando de ombros. Eu queria perguntar se usar o anel na corrente tinha a ver com isso. – Já vi jogadores fazendo coisas ridículas antes dos jogos.

Cameron analisou meu rosto por um instante, como se estivesse procurando alguma coisa. Aquele rubor idiota voltou.

– Os jogadores de futebol não são todos iguais. – Ele se virou e ficou olhando para a frente. – Se você se comportar hoje, eu te levo para dar uma caminhada e ver que não tem fantasma nenhum. Mas não com esse maldito sapato.

Bufei.

– Se eu me comportar...

– Vocês dois vão cuidar da cerveja – disse Josie, que surgiu à nossa frente de repente. – Amei o look, Adalyn. Mas você trouxe algo mais grosso que esse blazer para vestir por cima? A temperatura cai muito à noite aqui no lago. Por isso avisamos no folheto que é bom trazer várias camadas de roupas.

Olhei para minhas roupas.

– É de tweed. Vou ficar bem.

– Então tá certo – disse ela, batendo uma palma e virando. – Venham comigo, por favor. Vou mostrar a barraquinha de vocês.

Fomos atrás dela.

– As pessoas da cidade que se inscreveram no CCCL só vão se divertir depois – disse Josie, e parou em uma barraquinha com uma placa que dizia TORNEIRA DA JOSIE. Franzi o cenho. – Esta belezinha aqui é o meu empreendimento de cerveja artesanal. Ainda estou escolhendo um nome.

Cameron resmungou alguma coisa que não entendi.

– Então... – Hesitei. – Você fez a cerveja que vamos servir hoje?

– Sim, senhora. – Um sorriso maior do que o de sempre dividiu seu rosto. – É uma hazy IPA, uma cerveja densa. Faz meses que venho aperfeiçoando a receita, e acho que agora acertei. Pode me dizer o que achou quando experimentar.

Ela deu uma piscadela.

– Muito bem, chega de papo furado. As pessoas logo vão chegar e quero todos os voluntários preparados – avisou ela, apontando para um barril com um dispositivo de torneira em cima. – Já usou um desses?

– Já – respondeu Cameron, e soltou um suspiro, antes que eu pudesse dizer qualquer coisa. – E a torneira não está bem aparafusada.

Ele arregaçou as mangas da blusa de flanela que vestia naquela noite. Meus olhos mergulharam até seu antebraço, e percebi a tatuagem que cobria sua pele exposta pela manga arregaçada. Algo se instalou entre minhas costelas e meu estômago, um sentimento que não era apenas curiosidade. Me inclinei para a frente para ver melhor quando as mãos de Cameron descansaram em cima do barril.

Seus músculos se destacaram quando ele aparafusou as peças com movimentos determinados.

Levei as mãos ao rosto. Estava quente, e eu...

Ai, meu Deus. O que estava acontecendo? Eu nunca gostei de trabalho manual. Ou de tatuagens. Ou de antebraços. Ou de flanela.

Fui arrancada daquele transe por uma leve cutucada na costela.

Os olhos azul-claros de Josie estavam fixos em mim, cheios de malícia. *Você está babando*, ela só mexeu os lábios, sem emitir nenhum som. Meus olhos se arregalaram horrorizados, e minha mão disparou até a boca. Ela riu alto, então se concentrou e disse, quando Cameron olhou para nós, desconfiado:

– Obrigada por cuidar disso, Cam.

Ele respondeu dando de ombros.

– Tá, agora que sei que a Torneira da Josie está em boas mãos e que você, Cam, pode mostrar a Adalyn como o sistema funciona, vou direto ao assunto. – A mão de Josie pairou no ar, na direção de uma caixa de metal preta. – Todos devem receber fichas de comida e bebida ao entrar, então tudo o que vocês precisam fazer é pegar a ficha e servir a cerveja. Caso alguém queira deixar gorjetas, avisem que temos um cofrinho em formato de cabra ao lado da barraquinha de bebidas quentes para isso. É onde eu vou estar. Todas as gorjetas vão para o orçamento do CCCL do ano que vem. Alguma pergunta?

Ela esperou um instante, mas, quando minha boca se abriu, ela continuou:

– Nenhuma pergunta, perfeito! Agora preciso correr até a barraquinha de churrasco. Gabriel disse algo bem preocupante sobre os hambúrgueres veganos caseiros. Se divirtam e... – Ela nos lançou outro olhar malicioso. – Lembrem-se de que estão aqui para fingir que se dão bem. Diane está especialmente atenta hoje, então sugiro que se esforcem.

E, com uma piscadinha bem sugestiva na minha direção (que deixou meu rosto mais vermelho que um tomate), Josie saiu em um passo apressado e alegre.

– Tudo bem? – perguntou Cameron.

— Claro — respondi, dando a volta nele e me posicionando em algum lugar onde a distração daqueles antebraços não ficasse visível. — Tinha me esquecido de perguntar a Josie como exatamente vai ser a parte da curtição.

Eu me ocupei com o caixa e perguntei:

— E aí, como você sabia mexer na torneira?

Descobri que Cameron tinha trabalhado em um pub no fim da adolescência. Também passava os verões tentando organizar todos os trabalhos que conseguia encontrar antes de assinar seu primeiro contrato. Isso explicava muita coisa, e fez um cantinho no meu peito se expandir.

Mas eu não daria atenção a isso. Ter um cantinho em meu peito reservado a pessoas que davam duro não era nenhuma novidade.

Também descobri que a parte da curtição tinha ficado a cargo de uma banda de Green Oak, que tocou músicas dos anos setenta e oitenta. E Josie era a baixista da banda.

O número de coisas que aquela mulher sabia fazer era mesmo chocante.

Só que descobrimos que cerveja não era uma delas. Bebi um gole da Torneira da Josie e digamos que estava tão densa que dava para mastigar. Eu não era nenhuma especialista em cerveja artesanal, sempre preferi vinho, mas acho que uma hazy IPA não deveria ser assim.

Não que as pessoas parecessem se importar. A barraquinha da Torneira da Josie estava tão movimentada quanto as outras. Eu não usaria a palavra *cheia* — e acredito que ninguém usaria –, mas era o bastante para que Cameron fizesse a maior parte do trabalho e me deixasse cuidando das fichas. O que, infelizmente, significou que presenciei mais mangas arregaçadas, antebraços revelados e músculos flexionados conforme ele levantava copos e trocava barris. Em determinado momento percebi que estava olhando tão fixamente para um de seus braços — para o ponto tatuado à esquerda de seu pulso — e por tanto tempo que tinha esquecido de recolher as fichas. Então joguei no caixa um dinheiro que tinha no bolso e continuei encarando.

Foi quando ele tirou um gorro de um dos bolsos do casaco de flanela.

Agora eu detestava flanela, gorros e bolsos secretos.

Foi por isso que, no instante em que as primeiras notas de "Boogie Won-derland" soaram no palco improvisado e a maioria das pessoas foi para perto da banda, eu fugi.

Sim. Eu estava oficialmente me escondendo. De Cameron, não da curtição.

Eu estava do lado oposto ao lugar onde estava acontecendo o CCCL, perto do lago, com as duas cabras – sim, *duas* – que María tinha levado como minha companhia. E, se um fantasma aparecesse e nos atraísse para a floresta, eu teria ido atrás feliz.

Brandy baliu aos meus pés. E, como aconteceu todas as vezes nos quinze minutos desde que eu estava ali, Tilly se agitou em resposta.

– Vocês duas precisam parar – sussurrei, incitando mais dois balidos. – *Não.* Shh.

Olhei para trás, procurando na multidão um par específico de olhos verdes, barba escura e um gorro. Nem sinal dele. Ótimo. Voltei a olhar para a frente, quando uma rajada de ar frio atingiu meu rosto em cheio, e me encolhi na mesma hora.

O terno de tweed era minha roupa mais quente, mas Josie tinha razão: agora que o sol estava se pondo, não parecia uma boa escolha. Não que qualquer peça do meu guarda-roupa tivesse sido uma boa escolha.

– Mas tudo bem – resmunguei baixinho.

Eu estava pensando no gorro do Cameron. E em suas botas. E em sua calça jeans. E em sua blusa de flanela. E em como ele devia estar quentinho. Talvez eu devesse ir até o Aventuras do Moe comprar um gorro. Brandy cutucou minha perna com a cabeça.

– Eu sei. Também acho que eu não ficaria bem de gorro – falei. Quem sabe uma blusa de flanela. Soltei um suspiro. – Ele podia pelo menos ter deixado a blusa quando foi embora.

– Quem foi embora?

Quase caí da pedra onde estava sentada.

– Jesus – murmurei, virando a cabeça e dando de cara com aquela mon-tanha de flanela alguns metros à minha esquerda.

As sobrancelhas de Cameron se franziram sob aquele gorro idiota.

– Jesus foi embora?

Abri a boca para responder, mas veio outra rajada de vento, barrando minhas palavras e causando um arrepio em minha espinha. Abracei minha cintura e dei de ombros.

Se Cameron se importou com minha falta de confirmação, não disse nada. Em vez disso, se aproximou e ficou plantado bem ao meu lado. Meu olhar desceu até seus antebraços. As mangas não estavam mais arregaçadas, ainda bem. Suas mãos, no entanto, pendiam entre as pernas. Relaxadas. Ásperas. Grandes. O anel no dedinho. Argh. Qual era o meu problema? Eu não podia ficar obcecada por cada parte do corpo que aquele homem exibia para mim.

Tilly, que, pelo tamanho, parecia mais nova que Brandy, trotou até Cameron, oferecendo uma distração bem-vinda. O corpo dele enrijeceu.

– Pode ir – resmunguei.

Cameron estaria fazendo um favor a nós dois. Eu não tinha como me esconder dele se ele continuasse ali.

– É só uma cabra – respondeu. Não fora exatamente isso que ele tinha dito na ioga? – Duas cabras. E uma delas é minúscula.

Outra coisa que ele disse me veio à mente. *Todos temos medo de alguma coisa na vida.*

– Prometi a María que faria companhia a elas – falei, só para não ficar pensando muito naquilo.

– Achei que você estivesse me evitando – disse Cameron, e meu coração pareceu parar por um momento. – Por isso veio até onde sabia que eu manteria distância.

Engoli em seco e mais um arrepio que não tinha nada a ver com o frio percorreu minha espinha.

– Pelo jeito alguém se acha o centro do universo. – O calor voltou ao meu rosto. – Eu estava fugindo da música. Não é muito boa, caso você não tenha notado.

Como se tivéssemos combinado, a música parou, e a multidão aplaudiu.

Brandy ficou tensa aos meus pés, e eu me lembrei das palavras de María, dizendo que a cabra tinha ansiedade causada por barulhos altos. Um ombro quente encostou no meu quando Tilly baliu ao lado de Cameron.

Ele estava se afastando da cabra minúscula.

Pigarreei.

– Estou bem – resmungou ele.

Mas não estava. E, por mais que ele estivesse quente e que meu frio tivesse passado um pouco, continuei me sentindo mal. Responsável, por algum motivo que eu não entendia bem. Abri a boca, mas Cameron falou primeiro.

– Morei em uma fazenda por um tempo. Quando eu era criança.

Ah. A informação pareceu se alojar em algum lugar na minha cabeça, como se fosse importante. Como se valesse a pena guardá-la.

– Na Inglaterra – esclareci. O que era redundante, porque nós dois sabíamos disso.

Mas Cameron assentiu assim mesmo.

– Minha *nonna* detestava. Então voltamos pra cidade.

Eu me lembrei de quando ele comentou que tinha sido criado pela avó e me dei conta de que me lembrava de tudo o que tinha saído dos lábios daquele homem.

– Vocês são bem próximos?

– Éramos – respondeu ele, sem olhar para mim. – Ela morreu antes de eu assinar com o Islington West.

O primeiro time dele.

Olhei bem fundo nos olhos de Cameron, me perdendo um pouco no quanto sua expressão parecia aberta, nua. Havia saudade em seu rosto. Um pouco de tristeza também.

– Nunca tive a oportunidade de conhecer meus avós – me ouvi dizer. – Minha mãe é de Cuba e se mudou para os Estados Unidos alguns anos antes de eu nascer. Ela deixou tudo e todos para trás. Os pais do meu pai... morreram quando ele era jovem.

As sobrancelhas de Cameron se franziram.

– Não tenho experiência com esse tipo de laço, mas acredito que sua avó estaria orgulhosa de você – falei, e em seguida engoli em seco. – Qualquer um estaria.

Ele inclinou a cabeça, desviando os olhos dos meus e fitando o meu rosto por um instante que pareceu se estender demais. Havia algo de novo ali, em sua expressão. Algo que não tinha nada a ver com tristeza e que fez com que eu me remexesse, desconfortável.

– Minha *nonna* chegou à Inglaterra com um trocado no bolso e um punhado de joias que não valia muita coisa – comentou Cameron, levantando a mão e me mostrando o dedinho. – Esta era a peça de que ela mais gostava. Era do pai dela, e meu pai me deu quando fiz dezoito anos.

Ele soltou o ar pelo nariz, devagar. Como se precisasse de um tempo antes de concluir.

– É tudo o que tenho dela, das minhas raízes. Isso, uma cabeça cheia de cabelo escuro e uma receita de ragu que ela preparava em comemorações ou dias difíceis.

Um tsunami de perguntas me assolou enquanto ficamos sentados naquela pedra em silêncio, as batidas da música ecoando pelo lago. E, meu Deus, nunca na vida eu quis tanto fazer uma pergunta para alguém como queria fazer todas aquelas. Eu desejava esquecer que estava me escondendo de Cameron e que na verdade não gostava muito dele. Queria fingir por um momento que ele não achava que eu era uma mulher irritante e mimada que ele era obrigado a suportar, e então fazer todas aquelas perguntas.

– Seu cabelo é incrível mesmo.

Cameron riu. A risada não ajudou. O jeito como ele me olhava também não.

Desviei o olhar, e mais um arrepio me fez tremer da cabeça aos pés, por mais que meu rosto estivesse queimando de tanto… seja lá qual sentimento era.

Algo caiu sobre meus ombros.

Era pesado, macio e quente. E de flanela.

– Cameron…

– Não – disse ele, balançando a cabeça. – Está frio. E você passou a noite toda tremendo.

Meus lábios se abriram. Eu queria reclamar. Mas ele tinha razão e, pela primeira vez, eu não tinha energia para retrucar. Respirei fundo, cansada, me enterrando em seu casaco. Enchi meus pulmões com seu cheiro.

– Obrigada – falei, soltando o ar, ignorando o quanto o cheiro do seu casaco, o cheiro dele, era bom. – Eu… agradeço por essa sua expressão de decência. E aceito.

Cameron soltou um suspiro, e eu soube que ele tinha se lembrado das próprias palavras.

– Aceito que você ache meu cabelo incrível. Eu também acho.

Comecei a sorrir e, quando meus lábios se curvaram, o olhar de Cameron desceu até minha boca. Lá longe, a música parou de repente, seguida de um barulho alto. Como se um instrumento tivesse caído e quebrado. Nós dois nos viramos.

Mas um balido angustiado nos deteve. Era alto e tão escandaloso quanto o barulho que chamou nossa atenção na festa.

Era Brandy.

Perdendo completamente aquela sua cabecinha de cabra.

Estendi os braços em sua direção.

– Está tudo bem, Brandy – falei, em um tom que esperava que fosse acalmá-la. – Está tudo bem. Foi só um susto. Está tudo bem, eu juro.

Mas Brandy não estava bem. E não se acalmou. Ela virava a cabeça de um lado para o outro e batia com as patas no chão. Não era preciso ser veterinário, zoólogo ou ter qualquer conhecimento sobre cabras para entender que a coitadinha estava profundamente incomodada.

Imponente, estendi a mão mais uma vez.

Brandy pulou para o lado, quase batendo em um tronco que estava apoiado na pedra onde Cameron e eu estávamos sentados. Eu me joguei para evitar que o animal cego se machucasse. Mas errei o alvo. De novo.

– Adalyn – alertou Cameron, bem atrás de mim. – Deixe que eu...

– Não – interrompi.

Porque ele tinha medo. Eu não podia esperar que ele acalmasse aquela cabra.

Então retomei minha missão, estendendo a mão para acalmar Brandy em pânico, mas eu...

Olhei para baixo e vi uma trilha de cocô que era resultado da ansiedade.

– Ai, meu Deus – falei, virando para o outro lado. Mas Brandy continuava agitada e fazendo cocô por toda parte. – Brandy!

Tentei mais uma vez e, de esguelha, vi Cameron disparar na minha direção.

– Cameron, *não* – alertei, estendendo uma mão em sua direção e a outra na de Brandy. – A cabra – expliquei, e vi Brandy girar e bater e me dar uma cabeçada com força suficiente para me obrigar a dar um passo para trás. – O cocô – acrescentei, pisando em algo macio e sentindo meu sapato escorregar para a frente. – A flanela! – concluí, conseguindo, por um milagre, pegar o casaco e jogá-lo para o alto.

Caí de bunda.

– Meu Deus, Adalyn – disse Cameron. – Você está bem?

– Me diga que seu casaco está salvo – respondi, sentada no chão, olhando para o céu agora escuro lá em cima. Hum, lindo. – E eu estou bem. O cocô de cabra amorteceu a queda.

Só o meu terno que não estava nada bem.

Uma cabeça surgiu em meu campo de visão. Seus lábios formavam um biquinho irritado. Mãos envolveram meus braços. As laterais de meu corpo. Minha cabeça. Meu pescoço? Eu não soube dizer, porque, de repente, sem saber como ou por onde aquelas mãos passaram, eu tinha sido posta de pé, e elas já tinham sumido.

– Ei – reclamei. – Eu estava bem ali. Foi um tropeço intencional.

Ele arqueou as sobrancelhas.

– Eu estava... olhando as estrelas? – Arrisquei. As narinas de Cameron se dilataram. – Tá bem. Eu caí. Mas você não pode ficar irritado, porque salvei o seu casaco de flanela. E estava mesmo olhando para as estrelas.

– Foda-se o casaco – disse ele.

Mas alguma coisa atrás de Cameron me distraiu. Brandy. Indo em direção à água.

– Ah, não. – Contornei Cameron correndo. – Brandy!

Cameron murmurou alguma coisa, ou talvez tenha gritado, não sei. E não me importei. Estava ocupada demais pulando na água congelante que ia até a altura dos meus joelhos, coberta de cocô, para evitar que uma cabra de seis meses chamada Brandy se afogasse.

Cameron Caldani e seu casaco de flanela idiota teriam que esperar.

DEZESSETE

Adalyn

Se eu achava Cameron irritante quando ele se mostrou indiferente quanto a trabalhar comigo, era porque eu não fazia ideia de como ele era quando se envolvia de verdade.

– Você está sendo teimosa – disse ele, com aquela sobrancelha arqueada irritante.

– Eu? – Bufei. – É você quem está há uma hora reclamando do esquema de cores dos uniformes novos. Sinceramente, para quem veste roupas de malhar em cores como Azul Latente, Preto do Norte ou Cinza Rochoso, você parece interessado até demais em decidir o tom de verde das meias.

Ele soltou um grunhido.

Pela quinta vez na última hora. Como se fosse uma espécie de... homem--urso.

– O que foi agora? – perguntei. – Eu ofendi seu senso de estilo dizendo a verdade?

– Essa droga de arquibancada em que estamos sentados. – Cameron se remexeu. – É pior do que eu pensava – resmungou, virando para os dois lados como se a arquibancada tivesse mais a oferecer do que uma superfície dura e uma estrutura de ferro cujos melhores dias claramente já tinham passado. – Como você consegue ficar sentada aqui durante duas horas três vezes na semana?

Revirei os olhos.

– Ah, a audácia dos homens de duvidar da capacidade das mulheres de suportar dor e desconforto.

Cameron fez uma careta.

– Dor?

– Podemos, por favor, nos concentrar? Preciso terminar isso hoje. A gente disse que ia resolver segunda depois do treino e ainda não decidimos nada. A reunião de quarta também foi inútil. Hoje é quinta, o segundo jogo já é neste sábado, e as garotas vão jogar com os uniformes antigos outra vez. Percebe o motivo da pressa?

– Na verdade, não – ele teve a audácia de responder.

Isso me deixou muito irritada.

– Tenho relatórios pra escrever e uma história de sucesso pra criar. Para isso, preciso de uma narrativa que eu possa controlar, presença na mídia para que o time cresça e estratégia para vencer a Six Hills. E um time vestindo uniformes patrocinados decentes e atualizados. Até agora não tenho nada disso.

– Você tem a mim.

Aquele rubor idiota voltou, e me obriguei a lançar um olhar vazio a Cameron.

– Viva.

Mas, por mais que minha intenção fosse a ironia, uma sensação pesada e inesperada se instalou no fundo do meu estômago. Eu podia mesmo contar com a ajuda de Cameron depois da mudança repentina após o jogo de sábado. Percebi no modo como ele conduziu o treino naquela semana. Cameron estava muito menos resignado e mais… assertivo. Mandão. E, para minha surpresa, em vez de se rebelar ou reclamar, o time caótico e desorganizado que era o Green Warriors pareceu até disciplinado.

Durante mais ou menos dez por cento do tempo.

Aquele corpo enorme se remexeu de novo, me distraindo quando a lateral de seu joelho bateu no meu. Um arrepio inesperado percorreu minha espinha ao sentir o contato quente de sua pele no tecido fino que eu usava em uma tentativa de parecer menos assustadora e mais acessível. Meu olhar desceu até seu joelho nu, graças ao short que ele usava todos os dias no treino. Meus olhos voltaram a subir, passando por suas coxas. O tecido tinha subido e sua pele estava à mostra, parecia macia e…

Argh. Eu estava fazendo aquilo de novo. Cobiçando o corpo daquele homem.

– Você está com frio – disse ele, ao meu lado. – De novo. Quando vai entender que não está em Miami e que essas roupas finas não vão te manter aquecida?

– Não estou com frio – menti.

Era uma simples consequência do contato breve de sua perna.

– Estou irritada. E minhas roupas não são finas. – Levantei a pasta esquecida em meu colo. – Se quiser participar do processo de decisão dos uniformes novos... – e, claro, do agasalho que ele não tinha aprovado, mas que eu ia encomendar para ele assim mesmo – ... temos que decidir agora. Ou então vou pedir a opinião de outra pessoa.

– Não tem outra pessoa para você pedir.

Não tinha mesmo.

Além da Josie e talvez do Vovô Moe, nem uma só alma em Green Oak se interessava minimamente em conversar comigo, muito menos em trabalhar comigo. Diane ainda fazia as vezes de vigilante da associação de pais. Mas eu não podia reclamar. Eu também hesitaria em me aproximar da maluca que atacou uma mascote e era chamada de Exterminadora de Pássaros na internet.

Peguei meu celular e abri as mensagens.

Cameron esticou o pescoço.

– Pra quem você vai mandar mensagem?

Mantive os olhos na tela, ignorando o quanto ele estava próximo de mim, e escolhi algumas fotos que tinha tirado durante o jogo de sábado.

– Para alguém que pode ajudar de verdade.

– Matthew – resmungou Cameron. – É o seu *papai*?

Isso doeu mais do que eu esperava. Não por Cameron insinuar de novo que eu era mimada, mas porque eu achava que meu pai não responderia se eu tentasse falar com ele. Tudo o que consegui arrancar dele naqueles dias foi uma mensagem da secretária confirmando que estavam tratando da questão do energético. Nem mesmo uma mensagem rápida para saber como eu estava.

– É o meu melhor amigo.

Era idiota perguntar ao Matthew, mas eu estava tentando provar que eu estava certa.

Cameron exalou alto, o corpo inteiro se movimentando ao fazer isso. A lateral de sua coxa encostou na minha.

– Adalyn, eu...

Meu celular tocou.

– Pronto – falei. – Rápido. Eficiente. Sempre preparado.

Cameron resmungou alguma coisa que ignorei, e li as mensagens de Matthew em voz alta.

MATTHEW: PQP

MATTHEW: EXPLIQUE-SE.

Soltei um *Rá!* em comemoração.

– Viu? Era exatamente esse o envolvimento que eu estava procurando. Paixão pela discussão.

Mas aí rolei a tela e…

MATTHEW: É quem eu acho que é?

MATTHEW: O QUE ELE ESTÁ FAZENDO AÍ?

MATTHEW: Isso foi hoje????

MATTHEW: PQP, ADALYN

MATTHEW: NÃO ACREDITO QUE VOCÊ ESTÁ COM Cameron Caldani (!!) e não ME contou.

MATTHEW: O que é que ele está fazendo na Carolina do Norte? O que…

Bloqueei a tela imediatamente.

Para garantir, levei o celular ao peito, escondendo-o. Como eu…? As fotos. Cameron deve ter aparecido em alguma delas. Meu Deus. Meus dedos apertaram o celular com mais força. Eu não queria que Cameron achasse que eu estava espalhando a localização dele por aí.

Me virei para ele, pensando em como me explicar, mas Cameron estava concentrado na pasta. A vermelha.

165

Pisquei com força.

Aceite a vitória, Adalyn.

Enfiei o celular no fundo da bolsa e pigarreei.

– É. – Cheguei mais perto e me dei conta de que o movimento foi um erro, porque só consegui sentir o cheiro de Cameron depois disso. Voltei à realidade. – Acho que podemos passar pra estratégia. Boa ideia.

– Já estou resolvendo – disse ele, sem olhar para mim.

Um pouco passivo-agressivo, mas eu tinha evitado uma crise, então não reagi.

– E como estamos? – perguntei. – O que você tem em mente em termos de jogadas? Vamos jogar contra o...

– Rockstone – concluiu ele por mim. – Está aqui na sua pastinha.

A pasta não tinha nada de "inha", mas também deixei esse comentário passar.

– E meu plano é que as garotas corram para o lado certo desta vez – concluiu ele.

– É um bom começo – admiti, com sinceridade. – Mas a gente deveria começar a pensar em algo mais específico. Como planos de treino pra cada jogadora para atender às necessidades de cada uma.

Estendi a mão sobre o colo dele e virei algumas páginas, chegando às fichas individuais que tinha preparado.

– Quem sabe se a gente... – comecei, mas senti o peso de seu olhar. – Por que você está me olhando assim?

Cameron inclinou a cabeça para o lado e, ao responder, suas palavras pareceram descer por minhas têmporas, porque eu estava quase debruçada sobre ele.

– Você tem uma seção sobre mim nesta pasta do inferno?

Eu tinha. Só que estava arquivada em uma caixa na minha cabeça. O que mais estava na minha cabeça naquele momento? O quanto seu rosto estava próximo. Projetei a cabeça para trás.

– Não fale assim da minha pasta. – Foi tudo o que consegui responder.

Cameron soltou uma risada profunda, como se eu fosse uma coisinha divertida que ele podia ficar cutucando.

– Isto está se mostrando muito contraproducente – falei. – Vamos encerrar por hoje e ir para casa.

Toda a diversão desapareceu de seu rosto e seus ombros até afundaram, ainda que o movimento tenha sido quase imperceptível.

– Ada, meu bem – disse ele, e soltou o ar.

Ada, meu bem.

Isso era novidade. Nunca tinham me chamado assim. Era... musical e lindo, e ouvir Cameron dizer aquelas palavras fazia eu me sentir estranha. Não como quando me chamavam de Addy ou Ads, mas diferente. Decidi que gostava daquilo.

A expressão de Cameron mudou mais uma vez, como se ele estivesse se dando conta de algo, como se alguma coisa finalmente fizesse sentido. Entrei em pânico, mas de repente algo tocou em seu bolso, o celular, claro, me oferecendo uma saída fácil.

Aliviada, vi Cameron tirar o aparelho do bolso da frente do casaco, relutante, e espiar a tela. Ele endireitou o tronco, e seu comportamento mudou de imediato.

– Preciso atender. Me dá licença rapidinho.

Ele desceu as arquibancadas correndo, e eu fiquei ali, observando a dança daqueles músculos esculpidos de suas panturrilhas a cada passada.

– Estou fazendo isso de novo – falei para mim mesma. – Cobiçando o Cameron.

Soltei o ar, pegando a pasta e apertando-a junto ao peito. Voltei a pensar nas mensagens de Matthew. Com alguma sorte, ele não entraria em um voo imediatamente para aparecer à porta de Cameron pedindo a ele que autografasse sua testa. Ou, conhecendo bem o Matthew, uma nádega. Ou...

– Oi!

Quase derrubei a pasta com o susto.

– Opa – disse María. – Assustei você, Srta. Adalyn? Desculpa. Às vezes sou escandalosa demais.

Suavizei a minha expressão, torcendo para ter aberto um sorriso simpático.

– Você nunca é escandalosa demais, María – falei, e, por algum motivo, algo que minha mãe dizia me veio à mente. – E você nunca deveria pedir desculpas por ser escandalosa. Quem faz você se sentir assim é que tem ouvidos sensíveis demais.

Ela fez uma careta.

– Isso faz muito sentido. – Ela assentiu devagar. – Era por isso que você estava olhando para as costas do Treinador Camuflagem daquele jeito?

Soltei um suspiro.

– Eu estava... me perguntando qual condicionador ele usa. O cabelo dele parece que está sempre brilhando.

Suas sobrancelhas se uniram no meio da testa.

– Acho que nunca usei condicionador. Meu pai compra todos os produtos de higiene lá em casa e Tony me ajuda com meu cabelo. – Dei uma olhada no rabo de cavalo torto que ela estava usando aquele dia. – Acho que posso pedir para o meu pai comprar um.

Olhei para a menina que sempre me tratou de um jeito diferente do restante ali, tentando lembrar se ela já tinha mencionado a mãe. Não era da minha conta, e seria muito inadequado perguntar esse tipo de coisa a uma criança, mas algo naquela menina específica me fazia querer saber.

Um adolescente surgiu no fundo das arquibancadas com uma placa de madeira, me distraindo.

– Ah, é – disse María, enquanto eu olhava boquiaberta para aquela pessoa inesperada atrás dela. – Meu pai e Tony estão trabalhando no galpão. Lembra que a gente quebrou a porta sem querer e fez uma bagunça? Vem cá, vou apresentar vocês, Srta. Adalyn. Eles vão gostar de você, prometo.

E, antes que eu pudesse perceber o que estava acontecendo, María me arrastou até onde o pai e o irmão estavam trabalhando.

Quando chegamos, María puxou minha mão e soltou, bem alto, um:

– Oi.

Tony, um adolescente que era todo pernas e braços e estava no processo de colocar a placa de madeira que vi em seu ombro sobre uma bancada de trabalho, derrubou a placa no chão.

O pai dele soltou um palavrão.

María deu uma risada.

– Desculpem – falei, apressadamente.

– Tony tem ouvidos muito sensíveis – disse María, brincalhona.

Tony virou.

– Que tal você fechar a boca um pouquinho, sua monstrinha... – Então ele me viu, e seu rosto ficou vermelho. Ele pareceu se engasgar. – Ah. Olá, senhora.

– Ignora o Tony – disse María. – Ele fica assim quando tem garotas por perto. – Os olhos do adolescente se arregalaram. – Ei, pai? Esta é a Srta. Adalyn, lembra que eu te falei dela?

O homem já estava dando a volta na bancada de trabalho e tirando um par de luvas de segurança.

– É difícil esquecer – disse, com um sorriso que lembrava o da filha. – Ela só fala de você.

Ele estendeu a mão e se apresentou:

– Meu nome é Robbie Vasquez. É um prazer finalmente conhecer você. Apertei sua mão.

– É um prazer conhecer você também, Sr. Vasquez.

Ele deixou escapar uma risadinha alegre.

– Por favor, me chame de Robbie. – Ele soltou minha mão e voltou a pôr as luvas. – Que bom finalmente dar um rosto ao nome que está na boca de todos na cidade. Eu gostaria de ter me apresentado durante a hora feliz com as cabras, mas tivemos uma emergência no estábulo das vacas.

María puxou minha mão, e me virei para ela.

– Carmen não tem comido ultimamente. Acho que ela está triste porque faz algumas semanas que Sebastian desapareceu.

– Carmen, a… vaca? – arrisquei. – E Sebastian, o…

– O galo – completou María. – Sebastian Stan. A Srta. Josie escolheu o nome dele. Ele foi meu presente de aniversário.

– Eles mesmos. – Robbie riu. – María gosta que todos os animais sejam batizados. Mas o estômago da Carmen está bem melhor agora. Não precisamos nos preocupar.

Tony se aproximou, tímido, antes que eu pudesse perguntar qualquer outra coisa. Ainda estava com o rosto vermelho e virado para baixo.

– Já tirei todas as placas da caminhonete. Posso ir até a Josie rapidinho?

O pai estalou a língua.

– Tá bom – disse, cedendo.

O garoto não perdeu tempo.

– Mas leve sua irmã junto – acrescentou Robbie, e Tony parou de repente. – E voltem em cinco minutos, no máximo. Temos trabalho a fazer.

Tony balançou a cabeça, mas esticou o braço, estendendo a mão.

María correu na direção do irmão e agarrou a mão estendida.

– Vou trazer um brownie pra você, Srta. Adalyn – disse a menina por cima do ombro. – Pra você também, pai!

Robbie riu, mas respondeu gritando:

– *Gracias, bichito.*

As palavras em espanhol ecoaram em minha cabeça. Parte de mim se sentiu encorajada a explorar a conexão. Tínhamos algo em comum, afinal. Uma língua, quem sabe também uma cultura. Eu só saberia se perguntasse. Minha mãe perguntaria. Mas eu... eu não sabia como. Eu sempre congelava em situações como aquela. E se o homem falasse comigo em espanhol e descobrisse que o meu não era tão bom? E se ele criasse uma expectativa a meu respeito que não correspondesse à realidade e ficasse decepcionado? Ele parecia ter gostado de mim até o momento.

Meu olhar percorreu o lugar, procurando desesperadamente o que dizer e parando quando vi um moletom do Miami Flames jogado sobre uma caixa de ferramentas.

– Você torce para o Flames? – perguntei, apontando para o moletom com a cabeça.

– Tony torce – admitiu o homem, um sorriso lento se abrindo no rosto. – O garoto é doido por futebol. Ele assiste a tudo o que consegue encontrar na TV, no celular.

Ele balançou a cabeça e continuou:

– Não sou muito fã de esportes, para falar a verdade, a mãe deles era. Ele, hã... – Seu sorriso se desmanchou. – Ele puxou a mãe nesse aspecto. María também, pelo visto.

Era. A mãe deles era.

Mais uma vez quebrei a cabeça tentando achar algo adequado para dizer e que não engessasse a conversa.

– Eu trabalho para o Miami Flames – falei rápido. – Sei que Miami não é exatamente aqui do lado, mas posso conseguir ingressos para um jogo. Vocês poderiam aproveitar a viagem. Miami pode ser uma boa folga do frio quando os Flames passarem para a fase de mata-mata. Se passarem, na verdade. Essa não está sendo nossa melhor temporada.

O homem animado e gentil ficou estranhamente quieto.

– Sou diretora de comunicação do time. – Senti necessidade de explicar. – Bom, eu... era. Estou de licença... dando um tempo. É, estou dando um tempo.

Robbie franziu o cenho, e eu fiquei inquieta, então disse:

– Assim parece que eu fui demitida, mas não. Posso conseguir os ingressos pra vocês, prometo. Meu pai é o dono. Ele, hã... – Engoli em seco e, meu Deus, em nem sabia por que estava tagarelando para aquele homem. – Andrew Underwood. Sou filha dele. Então, mesmo que eu esteja dando um tempo no emprego, posso conseguir os ingressos. É.

Robbie fechou a cara e deu até um passo para trás.

– Mas seu nome – disse. – É Reyes. Eu achava que...

Ele ficou quieto.

Eu... Eu não entendia o que eu poderia ter dito para ofender aquele homem.

Será que ele estava se dando conta de que eu era a maluca do vídeo de que a cidade inteira estava falando?

– Eu uso o nome da minha mãe. – Enlacei as mãos para não ficar me remexendo. – E juro que as crianças estão seguras comigo. Que...

– Obrigado pela oferta, senhorita – disse ele, me interrompendo. – Mas, infelizmente, não posso aceitar esses ingressos. Já aceitamos mais caridade do que eu gostaria.

Caridade.

O termo pareceu me atingir com mais força do que deveria. Talvez porque eu tenha acusado Cameron de fazer o mesmo. A reação de Robbie e a minha não foram tão diferentes assim, então eu não deveria estar tão magoada. Mas tentei ser simpática. Ele era pai da María, e eu queria fazer algo legal por ele e por seus filhos. Não seria nada mau ter mais alguém, além da Josie, ao meu lado. Eu não entendia por que aquela interação tinha saído pela culatra.

– Algum problema? – Uma voz grave e com um sotaque carregado soou atrás de mim.

E alguma coisa aconteceu com meu corpo, uma sensação muito parecida com alívio. Alívio por Cameron Caldani estar lá. Ali. Não fazia o menor sentido.

Os olhos de Robbie se fixaram em um ponto acima da minha cabeça. Ele abriu a boca.

– Problema nenhum – me apressei em dizer. – Eu estava importunando o Sr. Vasquez e atrapalhando o trabalho dele. Pensando bem, esqueci de providenciar o conserto do galpão. Foi Josie quem chamou você? A responsabilidade era minha, e gostaria de cuidar disso. Então com quem devo falar sobre o pagamento?

– Já está tudo encaminhado, senhorita – respondeu Robbie.

Então ele tinha decidido mesmo usar o *senhorita*.

– Mas...

– Não importa – interrompeu Cameron. Ele parou ao meu lado e olhou bem para mim. Sua expressão tinha mudado. Algo surgira em seus olhos. Preocupação? – Onde está aquela pasta em que você detalhou o plano de quinze passos para deixar minha vida ainda mais complicada? Eu queria ir pra casa.

O Sr. Vasquez ergueu as sobrancelhas.

É, não era preocupação. Qualquer que fosse o alívio que eu senti, foi claramente um lapso de julgamento.

Respondi com muita, muita calma, e com aquele sorriso que eu sabia que ele achava pavoroso:

– Sabe de uma coisa?

– Não, não sei. – Seus lábios imitaram os meus e se curvaram. – Mas você vai me dizer, não é, meu bem?

Aquele *meu bem* idiota estava de volta. Aquilo me irritava tanto.

– Você. – Coloquei o dedo em seu peito firme, característica que não era nenhuma surpresa. – Que sabe como ser um babaca.

Ele olhou para meu dedo espetando seu peitoral e levantou uma sobrancelha.

– Pegou leve. – Ele olhou em meus olhos mais uma vez. Havia um desafio ali. – Eu insultei sua pasta. Tenta outra vez. Mereço algo pior do que isso.

Merecia mesmo. Estreitei os olhos, as palavras dançando na ponta da língua.

– Vamos, meu bem – disse ele, em voz mais baixa. – Coloque para fora.

Coloque para fora? Quem ele achava que era?

– Você. – Golpeei seu peito com o dedo. A raiva subindo pela garganta. – Você é tão irritante que eu não aguento.

Dei mais um golpe.

– Não aguento você, seu teimoso, bundão, rabugento!

Minhas palavras pairaram no ar, e Cameron ficou olhando para mim com uma expressão que não entendi. Não era nem de longe frustração, raiva, infelicidade. Na verdade, era o oposto.

– O que é rabugento? – perguntou María. – É aquilo que o Vovô Moe teve na bunda?

Virei a cabeça devagar, confirmando as suspeitas de que María e Tony tinham voltado. A garotinha de nove anos segurava uma caixa marrom manchada de gordura e o garoto olhava para a irmã com uma expressão horrorizada.

– Cala a boca, María – sussurrou Tony, alto.

Mas então ele se virou para nós. E seus olhos pousaram em Cameron. Arregalados.

– Por quê? – continuou ela, olhando para o irmão. – Eles estavam falando de bunda e o Treinador Câmera do Beijo sempre parece estar irritado com alguma coisa.

Tony continuou em silêncio, o rosto marcado por uma mistura de choque e admiração que eu conhecia muito bem. Ele estava perplexo. Devia saber exatamente quem Cameron era e parecia ter acabado de descobrir.

– Não chame ele assim – murmurou, voltando a si. – Ele é o Cameron...

– Só Cameron – falei.

Dei um passo à frente. Olhando nos olhos do garoto. Minha voz saiu um pouco severa e pigarreei.

– Ou Treinador Cam – completei, e recuei um passo. – E a gente precisa mesmo ir embora.

Fez-se um instante de silêncio.

María soltou um suspiro.

– Sinceramente, eu também estaria irritada se tivesse uma coisa enorme na minha bun...

Tony a beliscou.

– Boca fechada, sua monstrinha fedorenta.

– Ei! – reclamou María. – Não sou monstrinha! E um dia vou ser uma chefona como a Srta. Adalyn. E vou dar um chute na sua bunda com meu salto como sei que ela faz com qualquer um que diz que ela é fedorenta.

Meu peito pesou como se fosse de concreto e eu... nossa.

Toda a força para lutar se esvaiu de mim.

Eu não conseguia acreditar em como ou por que alguém diria isso sobre mim, quando eu não passava de um desastre que, aparentemente, xingava homens irritantes com palavras com potencial de provocação mínimo, decapitava mascotes, era o rosto de um energético que colocava entretenimento acima de dignidade e caía em montes de cocô de cabra.

Eu nunca tinha sido tão admirada por alguém como María parecia me admirar.

Senti uma mão pousar em minhas costas e ouvi uma voz quase suave demais dizer:

– Vamos pegar suas coisas, meu bem. Acompanho você até seu carro.

E fui.

Nem questionei quando a mesma mão roçou a minha enquanto nos afastávamos dali.

Eu estava começando a entender o quanto estava exausta de questionar cada detalhezinho da vida.

DEZOITO

Adalyn

Estávamos de volta à fazenda Vasquez.

Dessa vez, no entanto, não havia tapetes de ioga ou animais fofinhos pulando e balindo. Era fim de tarde de sexta-feira, o sol já tinha se posto, e eu estava com meus Manolo Blahniks, edição limitada, nas mãos.

Cameron desligou o motor e saiu da caminhonete. Sem dizer uma palavra, apontou para o sapato e me lançou um olhar questionador.

– O salto quebrou – expliquei, sem achar graça nenhuma.

Como é que eu poderia achar graça naquilo, afinal? Com uma das mãos, mostrei o sapato lindo e luxuoso que fui burra de usar, o salto na outra.

– Enquanto eu te esperava – completei.

A verdade era que eu ficara andando de um lado para o outro, inquieta. Estava em um terreno pedregoso e claramente perigoso. Mas ele se atrasou e eu... Bom, não quis entrar sozinha no celeiro onde a atividade daquela noite aconteceria. Cameron Caldani não era boa companhia, mas era o menor dos males.

Cameron franziu o cenho. Como se não me entendesse. A última coisa que eu precisava naquele momento era de negatividade.

– Não me olhe assim – falei, sem expressão.

– Assim como? – Ele finalmente se aproximou e parou à minha frente. Olhou para baixo e fitou meus pés descalços. Então soltou um suspiro. – Se não ficasse desfilando por aí com esse maldito salto... Mas eu já te avisei sobre isso.

– Esse maldito salto? – Fiquei indignada em nome dos meus sapatos. – São Manolo Blahniks.

Cameron curvou os lábios para baixo, como se aquilo não quisesse dizer nada para ele. Coloquei o salto no bolso e calcei o que restava do sapato.

– Não finja que não sabe quanto eles valem. Você morou anos em L.A. – falei, virando. – E namorou Jasmine Hill.

Comecei a andar, sem parar de falar.

– Ninguém namora uma embaixadora da moda e sai de um relacionamento como esse incólume. Nem mesmo alguém que praticamente só usa calça verde-musgo ou cinza-rochoso.

Se Cameron sentiu algum incômodo por eu conhecer seu histórico de relacionamentos a ponto de mencionar sua única namorada conhecida pelo nome, não disse nada. Ótimo. Eu tinha me entregado de propósito para provar o meu ponto e acabei conseguindo o que queria: silêncio.

– Eu te ajudo a ir até o celeiro – disse ele, atrás de mim de repente. – Você não consegue nem andar com esse *Banana Nanica* quebrado.

E lá se foi o silêncio.

– Não preciso de ajuda. Vou continuar desfilando por aí, como você disse, e enfrentar as consequências.

Ele soltou uma risadinha.

Ignorei – a risada e o fato de ele continuar tão perto de mim – e segui mancando pelo restante do caminho até o celeiro. Quando chegamos à entrada, ele estendeu o braço, e aquela mão enorme abriu a porta de madeira para mim.

– Primeiro as mais geniosas – resmungou, com os lábios quase em minha testa.

Tentei ignorar mais uma gracinha, mas a onda de formigamento que sua respiração causou em minha pele fez minha força de vontade vacilar.

Alguém deu um gritinho e, antes mesmo que eu pisasse dentro do celeiro, a pessoa me abraçou, me soltou e me puxou para dentro.

– Vocês finalmente chegaram – exclamou Josie. – Estávamos esperando.

– Nos atrasamos por motivo de força maior – resmungou Cameron. – Um par de Manolos estragado.

Olhei para ele. Então ele conhecia. E bem. Só quem conhecia bem a grife chamava os sapatos de Manolos.

– Ah, que terrível – sussurrou Josie, chamando minha atenção. Fiquei olhando fixamente para ela por um tempo, distraída por seu macacão amarelo. – Ah, querida, não. Você não pode usar essa roupa na aula de cerâmica. O evento de hoje é Lama Poderosa, e esse nome tem um motivo.

– Mas não tem problema nenhum com a minha roupa – respondi, olhando para mim mesma. – E juro que o salto quebrado nem incomoda tanto.

Caminhar com o salto quebrado era um treino de que minhas panturrilhas não precisavam, mas eu ia engolir e ficar na ponta do pé a noite toda se fosse preciso.

Josie enlaçou o braço no meu, me puxando para a frente.

– Tenho certeza de que você é capaz de enfrentar qualquer coisa e em qualquer situação, você é nossa Super-Chefona. – Isso me pareceu um exagero. – Mas não vou permitir que estrague sua blusa linda. Ou a calça. Ainda mais agora que o sapato se foi. Que descanse em paz.

Ela virou a cabeça para olhar por cima do ombro.

– Cam, querido, vá se juntar ao grupo. Eu já volto.

Querido? O pé sem salto fraquejou. Qual era o nível de intimidade entre Cameron e Josie? E qual... Eu não ligava. Eles já eram amigos antes de eu chegar. Isso não era importante.

Nem da minha conta.

Josie me arrastou até o fundo do celeiro e me empurrou para dentro de uma espécie de provador que consistia em duas telas dobráveis, então desapareceu por um tempinho. Quando voltou, colocou algo em minhas mãos com um sorriso.

– Toque de roupa e venha.

Olhei para baixo.

Era um macacão. Cor-de-rosa. E tênis. Da mesma cor.

Pensei na pilha de roupas que eu já tinha para lavar. No sapato quebrado.

E vamos de macacão.

– Você está tão fofa – disse Josie quando me juntei novamente ao grupo. Ela me olhou da cabeça aos pés e seu rosto se iluminou. – Ficou muito melhor em você do que em mim. Quer saber? Fique com ele.

Eu duvidei do que ela disse. Uma olhada para a roupa emprestada confirmava que estava apertada no quadril e no peito.

– É… muito gentil da sua parte. Obrigada.

– Imagina – disse ela, com uma piscadinha. – Sua estação de trabalho é aquela ali. Bem na frente. – Ela apontou para a esquerda. – Aliás, tive que arrastar esse homem até a frente da turma.

Segui seu dedo com os olhos, que indicavam um tronco largo coberto por um avental amarelo com pequenas margaridas.

– Será que você conseguiria fazer alguma coisa para ele ficar menos carrancudo? – pediu ela.

Meus olhos subiram até o rosto de Cameron. Ele não parecia feliz. Estava mal-humorado, ranzinza e parecia um gato molhado. Pensar nisso me deu vontade de sorrir.

– Na verdade, acho que não. Acho que essa é a cara dele mesmo.

Ela torceu o canto dos lábios.

– Cam? – disse Josie, em um tom doce demais. – Será que você pode mostrar a Adalyn como operar a roda? Você disse que já fez isso antes. E hoje estamos com a aula cheia.

Olhei em volta, observando o espaço amplo do celeiro e encontrando grupinhos de pessoas reunidas ao redor de mesas que chegavam à altura da cintura. Meus olhos encontraram Diane, que fingia não olhar na nossa direção.

Virei para Josie.

– Acho que isso tudo é um pouco avançado para mim. Sou iniciante.

Josie riu.

– Uma virgem da cerâmica. – Ela abriu um sorriso. Eu me encolhi. – Não se preocupe. Está em boas mãos.

Ela deu um empurrãozinho em meus ombros na direção da mesa de trabalho. E do homem carrancudo. Então, disse:

– Vamos, a coragem vence qualquer coisa. Até a cerâmica!

Relutante, parei ao lado de Cameron.

Ele abaixou os olhos, segurando o riso.

– Belo macacão.

– Belo avental – respondi, enquanto Josie começava a passar instruções ao fundo. – As margaridas realçam os seus olhos.

Ele soltou uma risada bufada.

Fiz uma careta, e seu olhar voltou a descer. Brevemente.

Muito rápido mesmo. Mas eu vi. E resisti à vontade de puxar o macacão.

– Quer dizer que você sabe como isso funciona? – perguntei, apontando para a roda montada na mesa.

As mãos de Cameron entraram em meu campo de visão. Ele acionou um interruptor na lateral, fazendo o prato girar devagar.

– Tem alguma coisa que você não saiba fazer?

Ele fingiu pensar na resposta e teve a audácia de parecer presunçoso ao responder:

– Não.

– Perfeito! – exclamou Josie, e me assustei com a proximidade repentina de sua voz. Ela bateu palmas. – Você ligou a roda! Uhul!

E voltou a se afastar, elogiando o aspecto terapêutico da cerâmica com aquela voz professoral que já tinha se tornado tão familiar.

– Meu Deus – sussurrei, levando a mão ao peito. – Como é que ela faz isso?

Cameron não respondeu. Em vez disso, comentou, com a fala arrastada:

– Pelo visto vamos fazer uma tigela.

– Viva – resmunguei, vendo Cameron pegar o bloco de argila.

Meu olhar voou para as mãos dele, seus dedos longos e ásperos. Ele tinha tirado o anel de novo. Passei a falar mais baixo:

– Eu conseguiria fazer isso sozinha. Li a respeito e vi vários vídeos. Fiz o dever de casa. – Suas mãos partiram o bloco em dois e começaram a moldar uma bola. – Estou falando sério. Você pode só ficar olhando. Ou ir embora.

Cameron estendeu o braço na minha direção, com a bola de argila na mão.

– Coloque a bola na roda.

Hesitei.

Aquele par de olhos verde-floresta olharam diretamente para os meus.

– Será que pode parar de pensar demais e colocar a bola na roda, por favor?

O olhar mal-humorado estava de volta, então peguei a argila e deixei-a cair no prato com um baque pesado. Franzi o cenho.

– Espera, por que não estamos sentados? – Olhei ao redor. – Em tudo o que vi e li, as pessoas ficavam sentadas. Vou chamar Josie...

– Fazer cerâmica em pé é melhor para a coluna – disse ele, simplesmente, como se isso explicasse tudo. – Coloque as mãos em volta da argila e tente selar as bordas na superfície.

Com os lábios pressionados, tentei seguir as instruções dele, mas tudo o que consegui foi fazer o prato girar sempre que pressionava a bola. Dei uma olhadinha para Cameron; eu desconfiava que ele estivesse se deliciando com minha frustração. Mas minhas tentativas malsucedidas não causaram nenhuma reação. Sua expressão era de tranquilidade. Paciência. Lembrava o modo como ele tratava as meninas do time. Ele inclinou a cabeça para o lado, ainda esperando. Então, me dei conta de que ou ele estava deixando que eu conseguisse sozinha ou esperando que eu pedisse ajuda.

Um pensamento inesperado surgiu: ele seria um pai incrível. Por trás de toda aquela fachada irritada e rígida, havia paciência. Uma autoridade gentil. Um calor se espalhou até a minha... Ai, meu Deus. Por que esse pensamento mexia tanto comigo? Por que eu estava... imaginando coisas como aquelas? Eu nem sabia se queria ter filhos.

– Tudo bem por aí? – perguntou Cameron.

– Eu...

Engoli em seco ao ouvir minha voz tremer. Qual era o meu problema?

– Eu não consigo fazer isso. Não sozinha. Será que você poderia... é... me ajudar?

As mãos de Cameron caíram sobre as minhas na mesma hora.

Mais uma vez, meu corpo inteiro sentiu o toque de sua pele na minha. Ergui a cabeça, encontrando seu olhar do outro lado da mesa.

– Assim – disse ele, baixinho, suas palmas pressionando os nós dos meus dedos. – Você está sentindo a pressão das minhas mãos? Faça como eu. Sinta a argila ceder.

Olhei para baixo, chocada e estranhamente satisfeita ao ver nossas mãos se fundindo sobre a argila. Engoli em seco, um pouco menos relutante, permitindo que ele me guiasse e ficando mais fascinada com os movimentos controlados à minha frente.

Assentindo em silêncio, me esforcei para fazer anotações mentais enquanto ele continuava os movimentos.

– Deixe a roda girar em seu ritmo – orientou ele, e me senti renunciando a qualquer resquício de controle. Eu deixaria que ele me guiasse. Guiasse minhas mãos. – É preciso pressionar as laterais para que grude.

O prato girava com os movimentos de nossas mãos, e a voz dele foi se transformando em um murmúrio concentrado:

– Assim. Isso. Isso mesmo.

Com a bola fixa, ele segurou meus pulsos e ergueu minhas mãos no ar. Sua garganta produziu um "hum" profundo enquanto ele observava nosso trabalho.

Abri a boca para perguntar se havia algo de errado, mas, de repente, Cameron me soltou e sua mão voou em direção à argila.

Ele deu um tapa na bola.

Uma vez, duas. Três vezes. E eu...

Nossa. Cameron estava espancando a argila? Meu coração pareceu afundar no peito. Por que eu não conseguia parar de olhar para a mão dele? Por que a sensação era a de que chamas lambiam meu rosto?

Levei uma das mãos à testa, para verificar se minha pele estava quente. Eu só podia estar ficando doente. Não sentiria tanto calor só por assistir àquela cena.

Não era nada erótico. Era só argila.

– Parece bom – disse Cameron em seguida, pegando uma esponja que eu não tinha nem visto que estava ali. Ele a molhou em uma tigela com água. – Podemos começar a centralizar.

– Centralizar – repeti, e minha voz saiu trêmula.

Ele assentiu, e quando aquele homem apertou a esponja com delicadeza, deixando que algumas gotas de água caíssem sobre a argila, tive certeza. Eu só podia estar doente. Alguma coisa estranha estava acontecendo comigo. Do contrário, eu não acharia o modo como seus dedos deslizavam pelo material escorregadio tão sugestivo. Minha garganta ficou seca.

– Adalyn?

Sua voz conseguiu romper a insanidade da minha cabeça.

Olhei para ele. Ele tinha erguido uma sobrancelha.

– Aperte o pedal, meu bem.

– O... o quê?

– Faça a roda girar – instruiu ele, com o tom tão gentil que pareceu estranho. Como se ele estivesse falando com outra pessoa. – Com o pedal.

Meus lábios tremeram, minha compreensão de coisas básicas sendo sufocada por aquela cena inesperadamente sugestiva com a argila.

– Como assim?

Cameron soltou um suspiro baixinho e entrou em ação de repente, contornando a mesa.

Ele se posicionou atrás de mim.

– Você está dificultando bastante as coisas, meu bem – disse ele.

Antes que eu pudesse processar esse comentário, sua mão pousou em minha coxa. Dedos fortes envolveram minha perna, deslizando até o joelho. Ele levantou a perna agora dormente, fazendo meu pé cair sobre alguma coisa. Aquela mão quente e grande me pressionou com delicadeza, e seu corpo avançou ligeiramente sobre o meu com o movimento.

– Pare de olhar para mim com essa doçura toda e se concentre em apertar o pedal com o pé, pode ser? – disse ele.

Eu estava tão abalada – tão afetada pela proximidade repentina do corpo de Cameron e suas palavras – que, em vez de apertar, empurrei a perna para a frente, atingindo o pedal sem controlar a força.

A roda girou rápido demais, jogando argila para todo lado. Em nós dois.

– Meu Deus – grunhiu Cameron.

Seus braços envolveram meu corpo, como se ele quisesse me proteger da argila que espirrava, sua perna substituindo a minha com rapidez. A velocidade da máquina diminuiu.

– É preciso começar em uma velocidade suave – instruiu ele.

Seus lábios estavam muito, muito mais próximos do que alguns segundos antes. Bem ao lado da minha têmpora. Sua perna voltou a se movimentar, e percebi que estava pressionada contra a minha.

– Está vendo? – perguntou ele, mas eu não via mais nada. Não com o corpo de Cameron envolvendo o meu. – Nós é que controlamos a roda. Nós. Nós.

Acho que eu não estava nem respirando no momento, mas assenti. E com tanto entusiasmo que acertei sua clavícula com a cabeça.

– Desculpa – murmurei. – Eu... estava distraída.

Com você. Com seu toque. Com o modo como você me imprensou contra a mesa.

Cameron pegou a esponja mais uma vez, e seu queixo roçou meu rosto.

Minha respiração ficou presa na garganta.

A dele atingiu minha têmpora mais uma vez.

– Você também não deveria interromper minha linha de raciocínio tão fácil assim.

Também. O fogo em meu rosto se espalhou por meu pescoço, descendo pelo decote do macacão.

– Estou fazendo isso?

Cameron deixou escapar um som que fez seu peito ressoar. Ele pegou minhas mãos e as colocou sobre a roda.

– Se não estiver bem centralizado... – disse, aumentando a velocidade da roda e mantendo as mãos sobre as minhas, a argila deslizando sob minha pele. A parte interna de sua coxa pressionou a parte externa da minha. Ele parecia uma fornalha. – Tudo vai desequilibrar – completou ele.

Assenti. Mas eu não estava mais ouvindo.

– Pressione devagar – instruiu ele, conduzindo nossas mãos para cima ao redor da argila úmida. – É assim que nós fazemos a argila subir formando um cone.

Aquele *nós* de novo. Eu... gostava.

Também gostava do movimento *hipnótico da roda* e da sensação do corpo de Cameron envolvendo o meu. Pelo jeito, eu estava gostando de muitas coisas. Coisas das quais eu não deveria gostar.

– Assim mesmo. – Sua voz saiu bem baixinho, combinando com a sensação dentro do meu peito. Ele se aproximou ainda mais, seus braços me enlaçando. – Bom trabalho, meu bem. Muito bem.

Algo dentro de mim se agitou ao ouvir o elogio simples. Eu me lembrava vagamente de aquilo já ter acontecido antes, e ainda assim meu coração acelerou. Batia forte em meu peito, e eu sentia o de Cameron também. A sensação era muito boa. Tão boa que me recostei e descansei a cabeça em seu peito enquanto trabalhávamos.

A respiração dele fez cócegas em minha pele, logo abaixo da orelha.

– Vamos descer de novo agora – disse ele, entrelaçando nossos dedos úmidos e fazendo uma corrente de eletricidade percorrer meus braços. Ele moveu nossas mãos e a argila mudou de forma. – Está incrível.

Aquele lugar em meu peito derreteu. Enganchei meus polegares nos dele.

Um grunhido deixou os lábios de Cameron.

A vibração se intensificou, me deixando quase sem fôlego. Eu queria virar para trás e observar seu rosto. Ver se ele parecia sentir o mesmo que eu. Mas não virei, não queria que a sensação acabasse. Ainda não. Eu estava envolvida no momento. Capturada pela presença sólida de Cameron e pela sensação de suas mãos.

– Faz muito tempo que não seguro as mãos de outra pessoa. – Eu me ouvi admitir em voz alta. – Não me lembro de algo tão simples me trazer essa sensação.

Nesse instante, as mãos dele ficaram paralisadas sobre as minhas. Durou um segundo, talvez menos, mas eu percebi. Senti. Ele hesitou.

Fui lançada para fora do vácuo.

De repente, perdi a calma. Ou a tranquilidade de estar presa no que quer que fosse aquele momento. As rédeas que eu tentava segurar com tanta firmeza voltaram às minhas mãos. Eu estava dizendo àquele homem, que estava comigo contra sua vontade, que fazia muito tempo que eu não segurava as mãos de outra pessoa. Que ele fez com que eu sentisse algo que nunca tinha sentido. O que viria a seguir? Admitir para ele que, tirando a cantada de Matthew quase uma década antes, ninguém nunca tinha me paquerado? Que meu único relacionamento sério tinha se revelado uma mentira? Que o homem que eu acreditava que estava prestes a me pedir em casamento me via apenas como um meio para chegar até meu pai?

Ela é tão frígida, cara. Tão... sem graça. Eu me livrei de um problema. É uma pena, porque quando o velho partir desta pra melhor, ela deve herdar a maior parte do dinheiro. Mas não. Não dava pra mim.

Não.

Como se eu não passasse de um acompanhamento insípido e sem graça que é rejeitado.

Não precisa trazer os legumes assados de cortesia, muito obrigada, mas não.

Eu não fiquei magoada. Não me importei quando David terminou o relacionamento que acrescentava tão pouco à minha vida. Mas, com o passar do tempo, fui me apegando à ideia de que tinha, pelo menos, vivido aquilo. Aquele relacionamento que provava que eu não era... fria. Seca. Que eu podia ser amada. Desejada.

E como eu não iria desmoronar? Como poderia ouvir David rir e dizer que tinha saído comigo só para entrar no império do meu pai? Que eu era um problema do qual ele tinha se livrado, sem que algo dentro de mim se partisse? Como eu não mudaria se ouvi tudo o que ele disse logo depois disso?

A imagem da cabeça do Sparkles aos meus pés se cristalizou em...

– Adalyn. – A voz de Cameron interrompeu o turbilhão de pensamentos em minha cabeça. Mais uma vez. Como sempre conseguia fazer. – Vamos, meu bem. – Parecia irritada. Áspera. – Volte pra mim – disse ele.

Eu me obriguei a assimilar meu entorno.

A massa de argila tinha um ângulo estranho.

Mãos fortes seguravam as minhas.

Mãos belas e tortas que já tinham se lesionado muitas vezes. Onde estava o anel que ele usava no dedinho?

O som da minha respiração ecoou em meus ouvidos. O vácuo que tinha me sugado momentos antes me lançou para fora. Não foi a primeira vez. Não foi a primeira vez que me peguei quase hiperventilando nos braços dele. Detestei isso.

– Pra onde você foi? – perguntou Cameron.

E, como não respondi, seus polegares começaram a traçar círculos bem devagar em minhas mãos.

– Há quanto tempo você tem ataques de pânico?

Minha coluna ficou tensa com a pergunta.

– Eu não... Eu... – Ataques de pânico? – Isso não foi um ataque de pânico. Não podia ter sido.

Ou podia?

Cameron fez outro "hum" profundo, e eu não sabia se ele estava concordando ou reclamando. Ele soltou uma das minhas mãos e tirou a pilha achatada de argila da roda.

– Estragou? – perguntei, e odiei o tom da minha voz.

Ele descartou a argila.

– Estragou, sim.

Claro que tinha estragado.

Depois de um bom tempo, ele voltou a falar, a voz ainda suave, o tom gentil e os braços me envolvendo.

– Meu bem?

– Talvez você tenha razão – admiti, sem me importar com o fato de que eu não estava me desvencilhando de seu abraço. – Talvez eu tenha tido um ataque de pânico.

– Tudo bem – falou ele, logo depois. – Mas eu ia dizer outra coisa.

– Que isso é tão terapêutico quanto um chute na canela?

Ele soltou uma risada baixinha, e o som pareceu diferente de todas as outras vezes em que ele riu comigo antes.

– Eu ia dizer que todos estão olhando para nós dois e, por mais que eu não me importe, ou a gente muda de posição, ou vamos ser o assunto da cidade amanhã.

Ergui a cabeça de supetão. Olhei ao meu redor.

Cameron tinha razão.

Um pneu furado.

A droga de um pneu furado.

Coloquei as mãos na cintura, notando os respingos de argila no macacão emprestado. Ótimo. Outra coisa que eu teria que acrescentar à pilha gigantesca de roupas para lavar.

E eu achava que lavar minhas calcinhas à mão e pendurá-las no chifre na parede para secar tinha sido o ponto mais baixo da semana. É claro que não. Teve o ataque de pânico idiota. E quando eu saí correndo do celeiro antes do fim da aula de cerâmica. E então isso. Olhei para o pneu e balancei a cabeça. Senti uma pressão na boca do estômago e me perguntei se ia chorar.

Toquei meus olhos. Estavam secos. A percepção de que eu ainda não conseguia me lembrar de quando tinha chorado pela última vez voltou. Uma risada amarga escapou de meus lábios.

Mais uma, porque, nossa, eu estava completamente perdida. Sem nem me dar conta, comecei a gargalhar para o céu escuro acima da minha cabeça. Soltei toda a minha frustração. Embora logo o sentimento tenha virado raiva. Descrença. Desespero.

– Merda. – Eu me ouvi falar baixinho com uma risada vazia. – Porra.

A gargalhada morreu. Meus olhos repousaram no pneu. Dei um chute nele e gritei:

– Vai à merda, pneu furado idiota!

– Agora a parada ficou séria.

Meu corpo inteiro paralisou. Minhas costas se retesaram.

– Filho da puta – resmunguei.

Eu não falava palavrão, mas estava me permitindo naquele momento.

– Nossa – disse Cameron, e ouvi seus passos se aproximando. – Por favor, não pare por minha causa. Estou adorando.

Olhei por cima do ombro e encontrei Cameron olhando para mim com a expressão de satisfação que eu esperava pelo tom de sua voz.

– Fico feliz por saber que meu azar te diverte.

Ele ficou sério.

– Não é o azar que me diverte – respondeu ele, e me olhou de cima a baixo. Rápido, mas com atenção suficiente para me deixar paralisada. Ele engoliu em seco. – É você, Adalyn. E nem sei exatamente por quê. E isso me intriga. E me fascina.

Balancei a cabeça.

– Por acaso isso é um elogio?

– Não faço a menor ideia, meu bem – disse ele, e se ajoelhou, então deu uma olhada no pneu e se levantou. – Eu te levo de volta para o Alce Preguiçoso. Vamos.

Ele pegou a chave da caminhonete e destravou as portas com um *clique* elegante.

Abri a boca, mas ele me interrompeu:

– Nem começa.

– Como você sabe que eu ia falar alguma coisa? Não estava nem olhando para mim.

– Porque eu não sou o único que tem só duas posturas – respondeu ele, em um tom afiado. – Você também é assim. Ou está pensando demais, ou se coloca contra o que for. As duas posturas são incansáveis e geralmente direcionadas a mim.

Ele abriu a porta do carona e me lançou um olhar por sobre o capô do carro.

– Você não pareceu se importar tanto assim quando te abracei, então guarde a reclamação pra outra hora e entre no carro.

Quando te abracei.

Meu rosto pegou fogo.

– É diferente. Fazer cerâmica é muito diferente de entrar em um lugar fechado com alguém que pode ter planos de te matar e jogar seu corpo em um riacho qualquer na floresta, na esperança de que a putrefação e criaturas necrófagas o desmembrem em uma semana para que os ossos afundem e todos os vestígios desapareçam.

– Que específico. – Ele inclinou a cabeça. – Mas criativo. – Os cantos de seus lábios se contraíram. – Eu ligo para o Robbie no caminho e aviso que seu carro vai ficar na fazenda por mais um tempo.

– Isso… não tem nada a ver com o que eu estava dizendo, mas tudo bem.

Cameron mudou de posição, apoiando o cotovelo casualmente no capô do veículo, como alguém que tinha todo o tempo do mundo para criticar as minhas palavras.

– "Tudo bem" você vai entrar no carro? Ou "tudo bem" vai continuar reclamando aqui fora, no meio da noite, sem casaco, só pra me irritar?

Franzi o cenho. Irritá-lo? Eu… Toda a minha força para lutar pareceu sumir.

– Eu não faço as coisas pra irritar você, Cameron.

– Então entre – disse ele, e eu poderia jurar que aquele foi o tom de voz mais suave que já ouvi. – Prometo que não vou te dar de comida para os peixes.

– Obrigada – falei, indo até a caminhonete. – Só pra constar, quero dizer que eu poderia saber trocar um pneu.

Eu não sabia.

– Você que pressupôs que não – rebateu ele.

Um som estrangulado deixou seus lábios quando me aproximei e passei por baixo de seu braço para entrar. Ignorei. Também ignorei o quanto eu estava me sentindo mal por fazer questão de ser difícil e o cheirinho bom dentro do carro. O cheiro dele. E, quando Cameron fechou a porta para mim, deu a volta no carro, acomodou seu corpo enorme no banco do motorista e colocou o braço atrás do meu descanso de cabeça para dar a ré, ignorei o quanto isso me derreteu por dentro.

De modo geral, ignorei tudo o que ele me fez sentir enquanto voltávamos até o Alce Preguiçoso. E Cameron deve ter feito a mesmíssima coisa, porque nenhum de nós disse uma palavra até ele desligar o motor.

– Eu ligo para o Robbie quando entrar – disse ele, sua voz tão... grave, baixa e íntima dentro da privacidade de sua caminhonete. – Nós trocamos o pneu amanhã.

Nós. Aquele "nós" de novo, como se fôssemos... uma coisa só. Uma equipe. Meu peito voltou a derreter ao pensar nisso.

– Obrigada – falei. Eu estava cansada demais de ser hostil com ele. – Eu faria questão de ligar para o Robbie, mas acho que ele não gosta muito de mim.

Cameron pareceu refletir um pouco.

– Os filhos dele te adoram.

Eu não sabia se ele estava tentando fazer com que eu me sentisse melhor ou se aquilo era verdade.

– Eu não diria isso. María gosta de mim, mas acho que ela pode estar tentando provar ao resto do time que não sou uma bruxa. – Dei de ombros. – E Tony é um adolescente que me chama de *senhora* e mal fala comigo.

Os olhos de Cameron percorreram meu rosto.

– Tony não sabe como agir perto de uma mulher bonita.

Bonita.

Desviei o olhar de seu rosto e fiquei encarando o painel.

– Como assim?

– O garoto está vidrado em você, Adalyn. – *Tá bom.* – É por isso que não solta um pio. Também deve ser por isso que te chama de senhora.

Então era Tony que me achava bonita, não Cameron. Tudo bem.

Nunca fui insegura com a minha aparência nem precisei de confirmação externa para me sentir bem. Minhas inseguranças definitivamente eram outras. Mas isso não importava, e fui boba de pensar que Cameron poderia olhar para mim assim depois de... como nosso relacionamento começou.

– Eu não te agradeci – disse ele, e fiquei chocada.

Olhei para ele, que estava me encarando.

– Tony me reconheceu, e você me deu cobertura. Obrigado.

Balancei a cabeça. Eu não merecia sua gratidão. Eu... mexi no cinto de segurança, dominada pelo desejo repentino de sair do carro. O cinto se soltou com um *clique*, e abri a porta com tudo.

189

– Obrigada pela carona. Eu... é... a gente se vê amanhã. No jogo. Foi um dia e tanto. Boa noite!

E saí do carro sem perder um minuto. Corri na direção da cabana, mas logo parei.

– Ah, não.

Resmunguei, apalpando os bolsos do macacão emprestado.

Nada. Vazios. Soltei um gemido.

– Ai, meu Deus.

Virei. Mas...

Dei de cara com uma parede dura. Uma parede que tinha cheiro de floresta de pinheiros e era quente ao toque. Dei um passo para trás, cambaleando.

– Cameron.

– Por que você saiu correndo? – perguntou o homem-parede, a cabeça baixa para olhar o próprio peito.

Meu olhar acompanhou o seu, e descobri minhas mãos espalmadas em seu peitoral. Tirei-as dali.

– O que foi? – insistiu ele, deixando de lado o fato de que eu não tinha respondido à primeira pergunta.

– Esqueci minhas coisas. – Soltei um suspiro. Sim, eu me concentraria nisso. – No celeiro. Minhas roupas, meus sapatos, meu celular e as chaves. Acho que deixei a porta aberta, então posso entrar, mas preciso do meu celular.

– O quê? – ladrou ele.

Franzi o cenho.

– Eu ia pedir que você me levasse de volta. Tem uns barulhos estranhos na cabana à noite e não consigo dormir sem ouvir...

Cameron avançou.

Ele saiu correndo, dando a volta por mim. Quando o choque passou, virei e fui atrás dele.

– Sério, Adalyn. – Ouvi os resmungos quando o alcancei. – É impossível ganhar com você.

Ele estava com a mão na maçaneta, que abriu sem resistência.

– Meu Deus.

– Eu disse que devia estar destrancada – falei, zombando.

Fiquei olhando para as costas de Cameron. Ele estava... parado. Eu esperava que estivesse no mínimo aliviado. Aquilo dava a ele a desculpa perfeita para não me levar de volta. Mas eu podia... sentir a raiva emanando de seu corpo em ondas.

– Quer saber? Tudo bem. Eu fico sem o celular. Voltamos lá amanhã de manhã.

Cameron ficou plantado onde estava.

– Deu tudo certo, então... boa noite – insisti, projetando a cabeça por cima de seu ombro, mas Cameron entrou e acendeu as luzes. – Ei, o que você acha que está fazendo?

– O que é isso? – perguntou ele.

Suas palavras ricochetearam no espaço fechado e apertado. Então ele repetiu, como se quisesse ter certeza de que eu tinha entendido bem a pergunta:

– O que é isso, Adalyn?

– O meu chalé – respondi, impassível, embora por dentro estivesse em pânico.

O lugar estava... uma zona. E eu não queria que Cameron visse.

– Pode, por favor, ir embora? – pedi. – Eu não convidei você pra entrar.

Ele fez o oposto, e em duas passadas já estava no meio da cabana, os ombros tão altos e as costas tão eretas que fiquei chocada com o fato de as costuras do seu casaco terem resistido.

Engoli em seco e entrei logo atrás dele. Vi a trilha de calcinhas pendurada nos chifres que eu usava como varal improvisado após lavá-las à mão. O colchão inflável no chão. A cama de dossel meio desmontada, porque eu já tinha desistido. A vida que eu enfiei em uma mala em poucas horas espalhada no canto de uma cabana feia.

– Me explique – exigiu Cameron. – Por favor, faça isso tudo fazer sentido.

– É a minha reforma – respondi, uma fogueira crepitando sob minhas bochechas.

– Adalyn – disse ele, soltando o ar, em tom de súplica. – Você continua dormindo no chão. Por quê?

Seus olhos verdes piscaram para mim cheios de... exaustão. Com um toque de desespero, também. Eu murchei. Desisti.

– Meu plano era desmontar e tirar a cama daqui, mas essa coisa parece ter sido soldada no lugar. – Soltei o ar, trêmula. – A cabana não tem máquina de lavar, então...

Apontei para minhas calcinhas com um gesto de cabeça.

– Mas o colchão é confortável. Então tudo bem. Não vou ficar aqui pra sempre – concluí.

A mandíbula de Cameron se retraiu. Seu rosto inteiro ficou tenso.

– Por que não pediu ajuda?

Fechei os olhos. *Ajuda.* Como eu poderia explicar que Miami estava me ignorando? Que eu tinha sido acusada tantas vezes de ser uma menina mimada que queria provar que todos estavam enganados? Que, com exceção de Josie, eu não tinha amigos naquela cidade, e não queria incomodar mais a única que eu tinha? Que tudo aquilo era culpa minha, então eu achava que não tinha o direito de reclamar?

– Não preciso de ajuda. Estou ótima.

Seu pomo de adão subiu e desceu. Uma, duas, três vezes. Ele soprou todo o ar de seus pulmões. De uma vez só.

– Puta que pariu – resmungou ele. – Mas que merda, Adalyn.

Ele balançou a cabeça.

– Sério, meu bem – disse, fechando os olhos e jogando a cabeça para trás. – Que inferno.

Fiquei olhando para ele. Confusa. Chocada, também.

– Vivi a vida inteira sem isso – comentou ele, como se estivesse falando sozinho. Abri a boca, mas ele se virou para mim. – Primeiro o macacão, agora isso. Não estou preparado.

– Cam...

Ele saiu da cabana.

Fiquei ali, parada, olhando para a roupa emprestada, e me perguntando o que tinha acabado de acontecer. E se deveria fechar a porta e dar a noite por encerrada.

Cameron voltou.

Ele entrou na cabana enfurecido, ainda xingando muito, agora com uma caixa de metal embaixo do braço. Busquei seu olhar, mas ele não queria virar na minha direção. Passou direto por mim, parou em frente àquela bagunça de madeira e largou a caixa no chão. Então, se ajoelhou e abriu a caixa.

– Cameron? – arrisquei chamá-lo, olhando para ele boquiaberta, sem acreditar. – O que está fazendo?

Mas Cameron Caldani estava no piloto automático.

Ignorou minha pergunta, tirou um martelo enorme da caixa e acertou a coluna.

Então, sem dizer uma palavra, atacou a cama como se fosse o próprio Hulk.

DEZENOVE

Cameron

Eu não tinha um momento de descanso.

Balançando a cabeça, analisei a bagunça à minha frente. Não só a comida de Willow estava espalhada pelo chão da cozinha, como também havia poças d'água e... Eram grãos de café?

Eu me ajoelhei para ver melhor. Eram.

E algumas penas castanho-avermelhadas.

– Willow? – chamei alto.

Esperei pelo som das patas no piso de madeira, ou por uma de suas respostas chorosas, pois tinha certeza de que ela sabia muito bem o que tinha feito. Mas o chalé continuou tomado por um silêncio mortal.

– Willow? Espero que não tenha perseguido aquele galo maldito. *De novo.*

E, embora tivesse mesmo essa esperança, senti certo alívio ao pensar na possibilidade de não acordar assustado com o canto insuportável. Pelo visto, o galo tinha passado a gostar mais do Alce Preguiçoso após bicar o sanduíche de Adalyn. *Adalyn.*

Eu me lembrei da noite anterior, e uma onda de frustração me varreu da cabeça aos pés. Demorei uma hora para desmontar a porcaria da cama e levá-la até a caminhonete. E, puta merda, os últimos meses de aposentadoria estavam cobrando seu preço. Meus braços estavam doloridos, minhas costas também, e eu tinha quase certeza de que havia distendido algum músculo do pescoço quando voltamos à fazenda para buscar as coisas que ela tinha esquecido. Eu...

Balancei a cabeça.

Eu tinha muitas coisas para fazer naquela manhã, não podia me permitir ficar pensando em Adalyn. Ou na noite anterior. Sempre começava do mesmo jeito. Eu me lembrava de alguma coisa minimamente relacionada a ela e acabava pensando em muitas outras.

Como aquele bendito macacão. Estava tão apertado, e ela estava tão... Diferente. Caseira. Convidativa. Quase relaxada, para variar um pouco. Mesmo com todas as curvas apertadas e presas, prontas para explodir nas costuras. Ou em minhas mãos. Elas me faziam desejar que Adalyn colocasse fogo em todas as suas outras roupas e usasse só aquele macacão.

Meu celular tocou em cima do balcão da cozinha, me arrancando daquela perigosa linha de raciocínio.

Fui até o até o aparelho e dei uma olhada na tela.

Liam.

Atendi.

– Que é?

– Uau – disse ele, bufando. – Ora, bom dia pra você também, flor do dia.

Revirei os olhos.

– Eu te demiti. Por que está me ligando de novo?

– Você não me demitiu – respondeu ele, com o tom presunçoso que eu conhecia tão bem. – Você só me incentivou a pedir demissão. E muitas pessoas prezariam o fato de nossa amizade transcender uma relação de negócios que deu errado.

Segurei o celular no ouvido com o ombro e me servi de uma segunda xícara de café.

– Você era meu agente, nós nunca fomos amigos.

– Nossa, eu tinha esquecido como você é babaca – disse Liam com um suspiro. – Mas eu te amo mesmo assim, então vou fingir que não acabou de desconsiderar quinze anos de amizade.

– Não finja que sente minha falta. – Levei a caneca aos lábios e tomei um gole longo. – Nós dois sabemos que era um pesadelo trabalhar comigo.

– Credo. Você está com um humor péssimo hoje, cara.

Voltei a pegar o celular e atravessei a sala até as portas de vidro que davam para o quintal.

– Talvez – admiti, olhando para fora e contemplando a bela vastidão verde à minha frente.

Meu olhar acabou chegando à cabana em péssimo estado à direita. Eu me perguntei se ela estava acordada. Que roupa estaria vestindo. Se estaria com o cabelo preso ou solto nos ombros. Ela vinha usando o cabelo solto naqueles dias, e eu... Puta merda.

– O que você quer, Liam?

– Você acreditaria se eu dissesse que te liguei pra saber como você está?

– Não.

– Foi o que pensei. De qualquer forma, seria um milagre se você aceitasse falar sobre os seus sentimentos. – Ele fez uma pausa calculada. – Então, como estão as minhas garotas favoritas? Já abandonaram você?

Como se tivesse sido convocada pelo homem que estava em minha vida havia quase duas décadas, Pierogi subiu no corrimão da varanda. Ela esticou as patas e se deitou, se transformando em uma bola de pelos laranja.

– Pierogi está bem. Passa a metade do tempo dormindo, como sempre. E Willow... – Eu me lembrei do estado do piso da cozinha. – Willow continua reclamando sempre que possível. Ela odeia estar aqui.

Ouvi a risada de Liam pelo telefone.

– Ela é a melhor.

– Ah, não é mesmo – resmunguei.

Uma pausa longa se seguiu. Uma pausa que entregava o verdadeiro objetivo daquela ligação. Eu conhecia meu ex-agente como a palma da minha mão. Eu enchia o saco dele porque ele fazia o mesmo comigo, mas a verdade é que éramos como irmãos. Chegamos ao topo juntos, e ele foi leal e honesto ao extremo. Abrir mão dele não tinha sido fácil. Mas eu não precisava mais dele depois de ter pendurado as luvas, e ele sabia muito bem qual fora a razão. Por isso insistia em saber se eu estava bem.

– Olha só – disse Liam, exatamente como eu previa. – Sei que ainda está processando tudo isso, mas preciso ressaltar mais uma vez que é uma oportunidade incrível. O canal...

Dei uma risada, interrompendo suas palavras.

– Não estou processando. Sei exatamente o que quero. Por isso, na última vez que você ligou, pedi que repassasse minha resposta à RBC Sports com gentileza.

– Um "vão se foder" não é uma resposta que eu possa repassar com gentileza, Caldani. Especialmente para a RBC Sports.

– Traduza para a sua língua, então. – Bebi mais um gole de café, tentando me concentrar no amargor suave, e não em meu estômago se revirando. – Diga de um jeito bonito e que eles gostariam de ouvir.

– Cameron – alertou Liam, e toda a leveza desapareceu de sua voz. – Sei que você é um grandessíssimo babaca. – Bufei ao ouvir isso. – Mas nunca imaginei que fosse idiota.

E foi por isso que o contratei quando éramos apenas dois amigos com grandes sonhos. Liam nunca pisava em ovos com ninguém, mandava logo a real.

Quando não fui convocado para a seleção, ele sentou comigo e me mandou engolir em seco e seguir em frente. Eu estava velho, e havia carne fresca no mercado. E, quando a coisa mais inteligente a ser feita passou a ser arrumar as malas e assinar com um time da MLS, ele não tentou me convencer de que esse era um plano incrível para que eu me tornasse a lenda que eu jamais viria a ser. Ele me aconselhou a me mudar para L.A. para uma última aventura. Fazer contatos, aceitar o dinheiro e dar um tempo da politicagem da Premier League, pela qual nunca nem me interessei.

Sempre ouvi o que ele tinha a dizer, porque sabia que queria o melhor para mim. Para nós. Não fui idiota no passado. Será que estava sendo naquele momento?

– É uma oportunidade única – insistiu ele.

Mas eu entendia. Não era burro. A RBC não convidava qualquer um. Principalmente para comentar em horário nobre.

– Eu não recusei, ainda não – disse ele. – Falei que você estava pensando. Avaliando as opções. Eles acham que o cargo de técnico em L.A. ainda é uma possibilidade, e pedi a um dos meus parceiros que espalhasse por aí que mais alguns times da MLS também demonstraram interesse.

Uma bola de chumbo se instalou na minha barriga ao pensar no quanto estive perto de aceitar a oferta do L.A. Stars de liderar a equipe técnica. E, caso eu tivesse aceitado, estaria preso em uma gaiola dourada, com uma vida e um plano que não faziam mais sentido.

– Eu não preciso mais pensar – falei. – Estou bem aqui.

– Está mesmo? – rebateu Liam. – Você pode estar bem hoje, cara. Mas não sabe como vai se sentir daqui a três meses. Ou seis. Ou daqui a um ano.

Ele fez uma pausa longa, que eu sabia que era intencional.

– É a sua chance, Cameron – insistiu ele. – É um bom negócio. Só...
pensa nisso. Por favor.

Eu tinha pensado no que ele dissera, de verdade. Por mais que tivesse
me apressado em recusar, não queria ser o idiota que ele estava me acu-
sando de ser. Os dois garotos que deram um aperto de mão rápido quando
assinei meu primeiro contrato em Londres já não eram os mesmos havia
muito tempo, mas eu...

– Sei que está hesitante em voltar – disse Liam, que sabia exatamente
para onde minha cabeça tinha ido. – Você precisaria voltar para Londres,
onde fica o estúdio.

E assim perder qualquer chance de privacidade, ele deveria ter dito. Mas
Liam era bom demais no que fazia para me dar uma desculpa como aquela
de mão beijada. Então, completou:

– Lá você seria facilmente reconhecido. E entendo que, depois do que
aconteceu em L.A., não é o que você quer. Eu entendo, cara. De verdade. Eu
também estaria traumatizado.

Cada músculo e osso do meu corpo se transformou em pedra.

– Não estou traumatizado.

– Não? Ótimo. É por isso que está se escondendo em uma cidadezinha
no meio do nada? A questão é: você vai se esconder para sempre?

O suor se acumulou na minha nuca.

– Não estou me escondendo.

Ele ignorou minha reclamação, soltando um "tsc".

– Aproveite esse tempo aí. Tire um pouco da pressão. Relaxe. Sei que
você gosta de ficar ao ar livre, do ar fresco e de toda essa baboseira. Mas
também temos isso por aqui. O interior que você merece fica a poucas horas de carro de Londres. – Liam fez outra pausa. – Pense no seu futuro,
cara. Você pode não estar mais em campo, mas sua carreira no futebol está
longe de acabar.

Futebol. Eu sentia falta dessa palavra. Fazia bastante tempo que eu
estava nos Estados Unidos, mas... Caramba. Eu nem sabia o que estava
fazendo. Não tinha um plano. Simplesmente fui para Green Oak e decidi
ficar até mudar de ideia. Era a lógica que eu usava para tudo desde aquele
dia maldito.

Talvez eu estivesse traumatizado.

Pensei na noite anterior. Em todos os dias antes dela. Eu estava tão... ocupado com o furacão que Adalyn tinha levado para Green Oak que não tivera tempo de pensar em mais nada.

Como se meu pensamento pudesse invocá-la, Adalyn se materializou no meu quintal. Estava vindo em direção ao meu chalé e, caramba, ainda bem que o terninho estava de volta.

– Quer saber? – eu me ouvi dizer. – Acho que as pessoas subestimam essa coisa de relaxar.

Liam riu, mas foi uma risada totalmente sem humor.

– Está me dizendo que essa é a sua resposta? Depois de tudo o que eu falei? Me diga, pelo menos, que vai pensar.

Vi Adalyn subir os degraus da minha varanda e dei meia-volta, indo em direção à porta.

– Caldani? – insistiu Liam.

Cheguei ao corredor, e as palavras saíram da minha boca quase sem querer:

– Tá bom. Vou pensar.

– Você acabou de me fazer muito feliz – disse Liam, sem perder tempo.

Franzi o cenho, sem entender muito bem. Ele continuou:

– Ligo daqui a alguns dias. Quando já tiver pensado. Até mais, cara.

E desligou.

Com um suspiro, guardei o celular no bolso da calça e abri a porta.

Fui recebido por um punho erguido.

A mão de Adalyn caiu, revelando seu rosto.

Ela estava de cabelo solto, mas não tão liso quanto nas poucas vezes que eu a tinha visto assim. Havia ondas que não percebi antes, quando a vi pela janela. Elas deixavam seu rosto mais suave, seus lábios mais cheios. Pigarreei.

– O que você quer?

Adalyn não respondeu, então desviei o olhar de seus lábios. Seus olhos estavam arregalados e focados em algum ponto no meu pescoço. Ela piscou, me olhando surpresa. E piscou outra vez.

Franzi o cenho.

– Você está... – Ela perdeu a linha de raciocínio. Suas bochechas estavam cobertas por um tom de rosa-escuro. – Nu.

Abaixei a cabeça. Estava mesmo. Com o chilique da Willow e a encheção de saco do Liam, não tive tempo de tomar banho e vestir uma camiseta.

– Seminu – resmungou ela. – E tatuado. Todo o seu...

Ela soltou um suspiro.

– Peito. E braço – falou.

Tive que me esforçar para não dar um sorrisinho. Me esforçar de verdade.

– Estou – falei, exibindo os músculos dos braços e do peitoral como o babaca arrogante que eu era. Seus olhos se arregalaram mais ainda. – Se você pedir com jeitinho, posso pensar em tirar a calça. Tenho outras tatuagens.

Seus lábios se abriram. Seus olhos castanhos estavam vidrados. Então, ela ergueu os olhos de repente.

– Espera, como é?

Bem devagar, levei a caneca aos lábios e bebi um gole de café, sem tirar os olhos dela.

– Eu disse que se você pedir com jeitinho...

– Aham, tá. – Ela se sacudiu, mas seu rosto continuou com aquele tom de rosa-vivo.

Quem diria que Adalyn Reyes ficaria perturbada com um peitoral tatuado. Na verdade, eu achava até que ela não seria muito fã de tatuagens. Como ela ficaria se visse o desenho na parte superior da minha coxa? O que diria se eu realmente tirasse a calça e...

– Acho que eu não... não, não preciso que você faça isso. Pode ficar com as suas roupas, obrigada.

Inclinei a cabeça para o lado. Suas palavras não me convenceram, mas deixei passar.

– O que precisa de mim, então, meu bem?

Ela demorou um pouco para responder.

– Você prometeu que me levaria de volta à fazenda Vasquez. Para resolver o problema do pneu.

– Já foi resolvido. – Escorei o ombro no batente. Cruzei as pernas na altura do tornozelo. Levei a caneca aos lábios mais uma vez. – Mais alguma coisa?

Ela franziu as sobrancelhas.

– Como assim já foi resolvido?

– Não precisa se preocupar. Já dei um jeito.

Tomei mais um gole e analisei o conteúdo da caneca. Mais um bom café arruinado por ter esfriado. Dei um suspiro.

– Seu carro vai ser entregue segunda. – Olhei para ela. – Você vai assim ao jogo de hoje? Saímos em uma hora. Não se esqueça de levar a sua pasta mágica, tá? Quero acrescentar algumas anotações.

O rosto de Adalyn se enrugou todo, como se ela estivesse com dificuldade para processar as minhas palavras.

– Nós... Mas você... Você odeia as minhas pastas. Saímos em uma hora... para onde?

– Eu não odeio as suas pastas, eu... – Parei.

Meus olhos flagraram alguma coisa atrás dela. Correndo pelo jardim. Uma bola de pelos que eu conhecia muito bem, avançando rápido, perseguindo alguma coisa

– Willow – murmurei.

– Meu nome é Adalyn.

– Minha gata – resmunguei. – Que não para de correr atrás do galo.

– O q...

Não fiquei esperando para ouvir o que ela ia dizer. Contornei Adalyn e corri para o quintal. Então eu tinha razão, Willow estava aterrorizando o coitado. E ia me obrigar a correr atrás dela, sem camisa, derramando o restante de café frio que ainda estava na caneca.

Eu não tinha um minuto de paz mesmo.

Quando finalmente peguei a bola de pelos e fúria, tive que segurá-la contra o peito com um dos braços para que não fugisse.

– Satisfeita? – perguntei, voltando para a varanda.

Ela miou, mas pelo menos não estava mais se comportando como um predador selvagem. Até chegou a aconchegar o nariz na dobra do meu braço.

– É, pode parar de fofura. – Subi os degraus revirando os olhos. – O papai não está feliz.

– *Papai?*

Tirei os olhos da gata em meus braços e vi Adalyn com os olhos ainda mais arregalados, me encarando profundamente. E, caramba, não era o momento para pensar em como aquela palavra me atingiu em cheio.

– Essa é Willow. – Baixei a cabeça. As patinhas dela envolveram meu braço. – Ela está fazendo charme agora, mas gosta de rondar a propriedade perseguindo o coitado do galo.

Adalyn parecia chocada demais para falar.

– A outra é mais comportada. Graças a Deus.

– A outra. – Adalyn analisou a bola de pelo em meus braços. – Você tem duas gatas.

– Willow e Pierogi – confirmei. – O galo não é meu. Mas já falamos disso.

Um semblante de compreensão surgiu em seu rosto.

– Ai, meu Deus – sussurrou Adalyn. – Sebastian Stan.

Franzi o cenho.

– Quem?

– Robbie comentou alguma coisa sobre um galo dele que tinha sumido – explicou Adalyn. – O nome dele é Sebastian Stan.

Ah.

– Hum, que merda. – Lancei um olhar para Willow. – Essa vai ser uma conversa bem estranha.

Willow miou e levantou a cabeça, curiosa a respeito de Adalyn.

Eu me aproximei para que as duas companhias complexas e irritantes que estavam me tirando o sono pudessem se conhecer melhor.

– Ela é linda – sussurrou Adalyn, enquanto Willow farejava a mão que ela estendia. – Seus olhos são diferentes, o rosto também. Nunca vi um gato como ela.

– Willow é uma quimera – expliquei, com o olhar fixo em Adalyn.

Ela deu um sorrisinho enquanto observava a gata em meus braços. Gostei da curva quase imperceptível em seus lábios.

– Eles nascem quando dois embriões se fundem. Por isso ela é assim.

Willow ronronou, Adalyn soltou um "hum", e me senti relaxado pela primeira vez naquela manhã.

Provavelmente foi por isso que continuei.

– Ela era cega de um olho quando a adotei, achei que pudesse ter algo a ver com isso, então pesquisei.

– Ah – sussurrou Adalyn. – Isso é...

Sua expressão ficou séria.

– Bem fofo. Você é cheio de surpresas, Cameron. – O jeito manso como ela disse meu nome causou uma agitação em meu estômago. – Além de ter tentado todos os hobbies que já existiram, você tem gatas que considera sua família e entende sobre cristas, plumagens e pios. E ainda tem medo de cabra...

– Não tenho medo – interrompi. – Só não acho que sejam confiáveis.

Ela revirou os olhos, mas percebi que estava segurando um sorriso. Um sorriso pleno. Verdadeiro.

– Tá bom – disse ela. – Me pergunto o que mais você está escondendo de mim.

– Animais selvagens. – A informação praticamente saltou dos meus lábios. – Não só animais de fazenda. Acho animais selvagens e a natureza fascinantes. Vi muito Animal Planet ao longo dos anos. Me ajuda a relaxar.

Ajeitei Willow nos braços e continuei:

– As cristas e plumagens não são nada em comparação ao que aprendi com os programas.

Ela inclinou a cabeça, e eu me preparei para o que viria em seguida.

– Me conte um fato aleatório.

– Quer que eu prove o que acabei de falar?

– Só se puder – disse ela, dando de ombros. – Me surpreenda, especialista do Animal Planet.

Aquela mulher... Lançando desafios como aquele para um homem como eu.

Olhei no fundo daqueles olhos castanho-chocolate.

– Ao contrário do que as pessoas acreditam, o legítimo rei da selva não é o leão. Uma porcentagem muito pequena dos leões vive na selva. Tão pequena que estão ameaçados. O candidato mais adequado ao título seria o tigre-de-bengala, o leopardo ou a onça-pintada.

Adalyn assentiu devagar, mas percebi que não estava impressionada.

Larguei a caneca no corrimão da varanda e levantei a mão.

– As impressões digitais dos coalas são tão parecidas com as nossas que poderiam ser confundidas com as de um ser humano.

Ela ergueu as sobrancelhas, surpresa.

Eu podia conseguir uma reação maior.

– O coração do camarão fica na cabeça. – Levei a mão até seu rosto e acariciei sua têmpora. Seus lábios se entreabriram ao sentir o toque suave.

– E, se uma fêmea de furão no cio fica muito tempo sem acasalar, os níveis de estrogênio em seu corpo podem levá-la à morte.

Um arrepio pareceu percorrer o corpo de Adalyn. Deixei que meus dedos descessem junto aos fios de cabelo que tinham caído em seu rosto.

– Ela morre? – Sua voz saiu suave, delicada. Triste. – Ela morre só porque não conseguiu encontrar um companheiro?

Eu me aproximei dela, assentindo.

Sua expressão se fechou.

– Isso... Isso é muito injusto.

Meus olhos percorreram o seu rosto, encontrando muito prazer na vulnerabilidade que notei em sua expressão. No quanto estávamos próximos um do outro.

Eu provavelmente deveria ter ignorado a situação toda, voltado para dentro e entrado logo no chuveiro para que não nos atrasássemos para o jogo, mas algo dentro de mim se agitou. Mudou.

– É bem cruel – falei, deixando a ponta do polegar traçar sua bochecha. – Não acha?

Os olhos de Adalyn tremularam e se fecharam, e, quando ela respondeu, foi em um sussurro:

– Acho, sim.

Mexi a mão, me deleitando com o efeito que aquele contato delicado da minha pele na sua causava em mim. Nela. Em nós dois.

– Não parece ser culpa do furão.

Com os olhos ainda fechados, Adalyn engoliu em seco.

– Talvez – começou a responder.

E, dessa vez, meu polegar roçou sua testa, no lugar que ela tinha batido no primeiro dia. Foi difícil domar a vontade de pressionar meus lábios ali.

– Talvez ela não tenha tempo a perder procurando um companheiro – continuou ela, quase sem fôlego. – Ou talvez não seja atraente para os furões que a rodeiam.

Ela abriu os olhos. Aqueles olhos castanhos vidrados.

– Quem sabe ela não acredita que está bem desse jeito, sozinha? Como poderia ser culpa dela? – perguntou.

– Não é – falei, me aproximando um pouquinho mais.

Gravitei sem sua direção. Até quase não sobrar espaço entre nós. Coloquei a mão em seu rosto.

– Talvez ela tenha sido negligenciada – continuei, esticando o pescoço para baixo. Agora eu sentia seu cheiro de verdade. Seu xampu. Seu sabonete. Seu cheiro era tão doce. – Talvez eles a subestimem.

Estiquei os dedos, e meu polegar acariciou o cantinho de seus lábios. Adalyn ficou sem fôlego.

– Toda a sua doçura, desprezada. – Mexi a mão, enterrando os outros dedos em seu cabelo. – Machos idiotas.

Adalyn soltou o ar que prendia, atingindo meu queixo.

E eu... Caramba. Eu...

Uma pontada aguda de dor interrompeu o momento, e estremeci.

Willow miou em meus braços. E, antes que eu pudesse impedir, ela saltou para o chão e entrou correndo pela porta aberta. Tentei correr atrás dela, mas a mão de Adalyn segurou meu braço.

Olhei para baixo e encontrei seus dedos quentes e delicados em minha pele, inspecionando o arranhão.

– Não parece profundo. – Seu tom era preocupado e tão doce que quase me matou. O que estava acontecendo comigo? – Mas acho melhor passar um antisséptico.

Ela traçou a pele tatuada ao redor do pequeno corte com a ponta do indicador.

– Está ardendo? – perguntou ela.

Estava. Mas não no sentido que ela perguntou.

– Não.

– Vai estragar o... desenho? – perguntou ela, o polegar pairando sobre as linhas pretas que me fizeram passar muitas horas sentado para finalizar.

Quase não havia pele sem tatuagem entre minha clavícula e meu bíceps direito. E também no meu peitoral direito. E na parte superior da minha coxa esquerda. Não eram tatuagens que eu saía mostrando por aí. Eram só para mim e o motivo de eu sempre usar roupas de manga comprida. Sua mão se moveu, me distraindo. Foi sofrido fazer as tatuagens mais complexas, mas, de alguma forma, aquele toque leve e delicado de seus dedos em minha pele parecia mais poderoso que todas as agulhas que já tive que suportar.

– Esta é tão linda. – Sua mão parou na lateral do meu bíceps, e eu me senti tão encorajado pelo toque que virei o braço para que ela pudesse ver melhor. – Quem é?

De todas as tatuagens sobre as quais ela podia perguntar... Tinha que ser aquela. A mais significativa.

– Acho que você sabe, meu bem.

– Sua avó? – sussurrou ela.

Assenti e deixei que ela analisasse mais de perto. Fiquei feliz por ela não ter se interessado por uma das tatuagens cafonas ou sem sentido que fiz quando era jovem e descuidado. Era um desenho *old-school* de uma jovem com cabelo preto. Simples. Linhas grossas. Sem sombra ou cores, à exceção das duas flores vermelhas na cabeça.

– E as outras? O que elas representam?

Tive que engolir em seco para que as palavras deixassem os meus lábios.

– O início – falei, a voz grave. – O fim. E tudo o que aconteceu no meio disso.

Meus olhos voltaram para seu rosto. Ela estava mordendo o lábio.

– Willow faz isso com frequência?

Fiz que não com a cabeça. Eu mal consegui responder com Adalyn prestando tanta atenção em mim. Gostei demais do sentimento.

– Ela nunca fez isso antes. Mas pode ser por ela nunca ter passado por uma situação em que ficou com ciúme.

– Ciúme?

Assenti, a língua ainda presa, a mente em estado de choque. E de repente eu não conseguia me lembrar da última vez que uma mulher tinha cuidado das minhas feridas.

Será que já tinha acontecido? Será que eu já tinha me sentido... assim?

– Ah. *Ah* – exclamou ela.

Adalyn se afastou num salto, interrompendo o contato. Minha pele pareceu esfriar nos pontos em que seus dedos tinham tocado. Ela bufou.

– Bom, ela deve ser uma gata muito territorialista se ficou assim por nada – disse ela, fazendo de tudo para não me olhar. – Afinal, você adoraria que eu juntasse minhas coisas e fosse embora sem olhar para trás, não é?

Estremeci. E então ela balançou a cabeça e continuou:

– Isto é temporário. Eu vou embora e nós estamos... trabalhando juntos só porque precisamos. Eu te obriguei.

Franzi o cenho. Eu não esperava que ela dissesse aquilo. Que trouxesse à tona palavras que eu parecia ter esquecido.

– Enfim. – Ela deu a volta em mim e foi descendo os degraus. – Nos vemos em uma hora. Para irmos ao... é... ao jogo.

Ela chegou ao fim dos degraus.

– É só me encoxar... *Encontrar*! Ou mandar uma mensagem. Quando estiver pronto. Que eu saio. Acho que essa é a única vantagem de estar preso aqui comigo, não é?

Ela saiu em um passinho rápido e eu fiquei ali parado, observando-a entrar na cabana.

Só quando a porta fechou eu respondi:

– É.

Porque ela tinha razão ao dizer que era temporário e que eu queria que ela fosse embora.

Não é?

VINTE

Cameron

As garotas deixaram o campo do Rockstone e voltaram para o banco do time visitante com bochechas vermelhas e marias-chiquinhas, rabos de cavalo, coques e sei lá quais outros penteados apontando para todas as direções.

Observei em silêncio, uma a uma, nada surpreso com a maneira como arrastavam os pés ou se jogaram no chão em volta de mim e Adalyn.

– Que droga – resmungou Juniper, descontando a frustração no gramado sob suas pernas estendidas. – A gente é perna de pau. A gente é muito perna de pau. A gente é tão perna de pau que deveria estar no circo.

Todas assentiram em uma onda de anuência, e tive que bater palmas para chamar a atenção delas antes que a conversa tomasse um rumo ainda pior.

– Vocês não são pernas de pau – garanti em tom firme. – Fizeram um bom jogo. Lutaram muito. E deram tudo de si no gramado.

– Mas a gente perdeu – rebateu Chelsea, puxando o que restava de sua trança, com força. Seu tutu, que eu já considerava uma batalha perdida, estava torto na cintura. – Não fizemos nenhum gol. Só um gol em dois jogos. E nem contou.

Decidi não comentar o gol contra.

– Vocês não perderam. Zero a zero não é uma derrota.

Chelsea jogou as mãos para o alto, então as colocou na testa e soltou um suspiro.

– É tão trágico quanto uma, Treinador Cam.

– Somos um grupo de perdedoras – resmungou Juniper.

– E treinamos tanto esta semana – acrescentou Chelsea, encorajada pela outra menina. – Não faltei a nenhum treino. Nem para ir pro balé. Parece que não danço faz um *tempããããão*. Falei pra minha mãe que podia fazer as duas coisas, mas não sei se consigo. Talvez meu pai tenha razão. Talvez a gente deva escolher uma coisa só e se dedicar a ela.

– Também não tenho mais tempo pra Brandy – resmungou María. – Ou pra Tilly. Ou pra Carmen. E o Sebastian continua desaparecido.

Um murmúrio triste começou a ganhar velocidade e força. Cada uma contando a própria versão dramática dos sacrifícios feitos pelo futebol.

Levei os dedos aos lábios e assoviei.

Todas pararam de falar.

– Então vocês estão com um sentimento de derrota – falei, dando um passo à frente. – Se dedicaram bastante a semana inteira, vieram hoje, deram seu melhor, e acham que perderam.

Todas estavam olhando para mim, os olhos arregalados e cheios de um sentimento que, se eu fosse mais inteligente, teria interpretado na hora como a deixa para calar a boca. Mas me incomodava vê-las tristes daquele jeito.

– Bom, tenho uma novidade pra vocês, garotas. A vida não é mole. É difícil. Às vezes a gente ganha, e muitas outras a gente perde. Mas este foi o resultado de apenas um jogo. A gente cai, e aí a gente levanta e corre atrás da… taça da liga infantil.

Senti Adalyn se aproximar.

– Não tem taça – sussurrou ela, alto. – O prêmio é uma viagem ao Parque Jungle Rapids.

– Eu amo o Jungle Rapids – resmungou Juniper.

– Então, a gente cai, depois levanta e corre atrás da… viagem ao Jungle Rapids – continuei. – Tropeçar nos torna mais fortes. São momentos como este que nos fortalecem. E vocês têm pelo menos três jogos pela frente, então ânimo.

María fungou alto.

– Mas… – Mais uma fungada. – Eu… Eu não quero ser durona. Quero ser suave.

Ela virou a cabeça para Adalyn e pediu:

– Srta. Adalyn, diga ao Treinador Carvalho que as garotas podem ser as duas coisas.

Meu olhar foi da garota para a mulher ao meu lado, que agora estava me encarando.

– É só jeito de falar – expliquei.

Mas não pareceu fazer diferença para nenhuma das duas, porque María fungou de novo, e Adalyn passou de irritada a... triste. Balancei a cabeça.

– Garotas podem ser duronas e suaves, sim, podem ser tudo ao mesmo tempo. Eu também queria vencer hoje. Queria que vocês derrotassem as meninas do outro time, que acabassem com elas. Mas não foi o que aconteceu. – Parei ao ouvir um soluço, e meus olhos se arregalaram. – Também é só jeito de falar. Escutem...

– Treinador. – A mão de Adalyn tocou meu braço, e senti o quanto estava gelada mesmo através do tecido do casaco. – Acho que isso não está ajudando.

– Adalyn. – Dei um passo em sua direção, como se meu corpo tivesse vontade própria. Ela estava congelando. – Meu bem...

– Eu estou bem – disse ela, mas provavelmente era mentira. Ela tremia com aquele casaco leve idiota que insistia em dizer que era suficiente. – Mas as garotas, não. Elas estão tristes, e sei que suas intenções são boas, mas você não está melhorando a situação.

E, para confirmar o que ela disse, mais alguns soluços irromperam no grupo.

– Não sou bom com esses discursos motivacionais – resmunguei.

– Estou vendo – respondeu Adalyn. Então ela abaixou o tom de voz. – Mas elas estão chorando. E eu não sei o que fazer com crianças chorando, Cameron.

Alguém pigarreou atrás de nós.

Virei e vi Tony em pé ao meu lado. Ele estava na arquibancada, pois tinha sido convidado por Adalyn para levar as garotas a Rockstone em um micro-ônibus que ela tinha arranjado.

– Posso...? – Ele hesitou, coçando o cabelo castanho desgrenhado. – Posso sugerir uma coisa? Hã... senhor? – Seu rosto ficou vermelho. – Senhora?

– Por favor – respondemos, ao mesmo tempo.

– Raspadinhas.

– Raspadinhas? – repeti.

– É. – Ele assentiu. – É tipo sorvete, só que... não é cremoso. Desculpa, sei que vocês devem saber o que é raspadinha. Vi uma barraquinha de café lá fora quando estava estacionando. Está um pouco frio, mas sei que elas são doidas por raspadinha. No café tinha uma placa...

– Sim – falei. – Picolé, claro. Sorvete.

Algumas das meninas olharam para nós, ainda chorando, mas claramente mais interessadas.

– Consegue trazer rápido?

– Hã... consigo?

Peguei a carteira e coloquei dinheiro mais do que suficiente na mão dele.

– Compre alguma coisa quente pra mim, tá? – Espiei o relógio. Já passava do meio-dia. – Café, não. Chá, chocolate quente, o que tiverem. E o maior que tiverem. E pode ficar com o troco.

– Sim, senhor – disse Tony, olhando para baixo. Ele arregalou os olhos. – Uau. Hã... obrigado, senhor.

– Pode me chamar de Cam – falei. – Agora vai logo.

Tony saiu correndo e desapareceu em meio à multidão de pais e moradores de Rockstone reunidos ao redor do campo.

Alguém apertou meu punho.

Em meio à comoção, não notei que Adalyn tinha descido a mão pela minha manga e a segurava.

– Espero que as raspadinhas funcionem – falei.

– Também espero – respondeu ela, puxando meu casaco de leve.

Sem pensar, peguei sua mão. E logo segurei a outra e prendi as duas entre as minhas.

Suas palavras saíram trêmulas quando ela disse:

– Você é *muito* ruim nessa coisa de discursos.

Olhei para ela, esperando encontrar um ar de reclamação em sua expressão. Mas não vi nenhuma carranca. O nariz estava vermelho, os olhos lacrimejando e os lábios formando um biquinho que deixava claro o alívio que ela sentia pelo modo como minhas mãos esfregavam as suas, aquecendo-as.

– Talvez seja a única coisa que eu não sei fazer – admiti.

Levei nossas mãos ao meu peito. E, quando ela abriu um daqueles sorrisinhos discretos, tive que me segurar para não abraçá-la.

– Não acredito que eu disse mesmo que elas precisam se fortalecer.

– Não é de se admirar que elas tenham chorado – afirmou ela, séria. – Por um instante, pensei que até você fosse chorar. Sério, foi horrível.

Fiquei olhando para ela. Para seus lábios, que agora se contraíam. Curvando-se para cima em um sorrisinho. Eu não conseguia acreditar que ela estava me provocando. Com um maldito sorriso.

Puxei seus braços com delicadeza, mas com firmeza suficiente para que ela pendesse na minha direção. Nossas mãos estavam entre o meu peito e o dela.

– Valeu a pena.

Ela parou de respirar.

– O quê?

– O choro – respondi, o olhar fixo em seus lábios. – Fazer papel de bobo e levar um time infantil às lágrimas. Valeu a pena. Porque te fez sorrir.

Sua expressão ficou congelada por um instante, então ela cedeu. Seus lábios se abriram, seu olhar reluziu e seu rosto ficou rosado por um motivo que não tinha nada a ver com o frio.

– Cameron – disse ela.

Só isso. Meu nome.

– Eu te avisei – respondi, porque eu tinha falado sério. – Sou um homem egoísta.

Uma explosão de risadinhas irrompeu atrás de Adalyn, estourando a bolha em que estávamos. Ela puxou as mãos das minhas. Nós dois nos viramos.

Tony, que tinha voltado com uma bandeja cheia de raspadinhas, distribuía os copos coloridos, e o humor do grupo estava claramente melhorando.

Quando o rapaz chegou até mim e Adalyn, dei um tapinha em seu ombro.

– Muito bem, Tony. Foi bem rápido, como eu pedi. – Seus olhos se arregalaram, e seu rosto corou em um tom radioativo de vermelho. Falei mais baixo. – Obrigado por não fazer um estardalhaço quanto à minha identidade. Você não tem ideia do quanto isso é importante para mim.

Os lábios de Tony se curvaram, mas ele ficou sério.

– Eu entendo, senhor. Hum, Cam... Treinador Cam? Entendo o valor da privacidade. Quando minha mãe morreu... – Ele não completou a frase. – Às vezes as pessoas se intrometem pra cara...

Ele se voltou para Adalyn com os olhos arregalados.

– Pra caramba. Às vezes as pessoas se intrometem pra caramba.

Adalyn colocou a mão em seu ombro e lhe deu um tapinha delicado. Tony quase desmaiou.

Peguei a bandeja com o que tinha restado das raspadinhas das mãos dele.

– Comprou alguma coisa para você com o troco?

– Prefiro guardar, Treinador. Devo ir pra faculdade logo e estou guardando o que posso pra ajudar o meu pai.

O olhar de Adalyn foi de mim para o garoto, e percebi as engrenagens de seu cérebro girando.

– Tony, o que você acha de trabalhar ajudando o time? – perguntou ela.

O rosto do garoto se iluminou.

– Eu adoraria. Mas a fazenda... – Ele franziu o cenho. – Não sei se tenho tempo. A fazenda tem poucos funcionários e não quero deixar o meu pai na mão.

Adalyn pareceu decepcionada.

– Nós conversamos com seu pai – falei. – Agora senta um pouco. Vamos embora assim que as meninas terminarem as raspadinhas.

O garoto assentiu e saiu.

– Você concorda com minha ideia de contratar o Tony? – perguntou Adalyn. – Talvez eu devesse ter te perguntado antes.

Peguei o copo de chá e estendi a ela.

– Não. Acho que é uma ótima ideia, chefe.

– Ele gosta muito de futebol. Então pensei... – Ela olhou para o copo em minha mão. – O que é isso?

– Chá. Pra você. Pegue – falei, e notei que ela trincou os dentes.

Demorou um pouco, mas ela aceitou o copo. Desta vez, não foi o toque de seus dedos em minha pele que causou uma sensação estranha no estômago. Foi o jeito como ela olhou para mim, como se comprar um chá para ela fosse um grande gesto.

– Não me olhe assim, meu bem.

– É só que... – Eu lembrei que ela não bebia café depois do meio-dia. – Você sabe como ser gentil, Cameron.

Depois de como a tratei, aquele comentário não deveria ser uma surpresa para mim. Eu não era um babaca completo, mas não saía por aí oferecendo sorrisos e abraços. Não menti quando disse que era um pouco cruel. E fui cruel com ela.

Passei o braço por seus ombros e a levei até o banco. Sentamos.

– Estou apenas mantendo a diretora aquecida, só isso – declarei, pegando uma raspadinha para mim.

Cheguei mais perto, protegendo-a do vento que estava mais forte.

– Eu detestaria ter que ir atrás de outra. Ia acabar tendo que aceitar trabalhar com Josie.

Adalyn abriu mais um daqueles lindos sorrisos delicados em resposta, e não consegui desviar os olhos enquanto ela dava um gole longo no chá.

– A raspadinha é boa? – perguntou Adalyn, me olhando de soslaio. – Faz tanto tempo que não tomo uma.

Eu estava prestes a dizer que talvez fosse melhor ela se contentar com o chá, quando seu olhar se desviou até o doce com uma curiosidade óbvia.

E quem era eu para impedi-la de dar uma lambida? Como eu disse, eu era um homem egoísta.

– Pode pegar, meu bem.

Levantei o copo em uma oferta clara e fiquei observando seus lábios se aproximarem do montinho de gelo, a língua para fora, tocando suavemente o topo antes de se entregar com gosto.

Meu coração acelerou. Uma voz em minha cabeça disse *Seu desgraçado cheio de tesão*. É. Não dava para negar. Eu estava excitado. Por causa de Adalyn, não da raspadinha.

– E aí, Treinador Camareiro? – A voz de María interrompeu o meu pensamento. – Sarou o rabugento da sua bunda?

Meus olhos, antes concentrados nos lábios de Adalyn, se arregalaram. E Adalyn, com a boca cheia de gelo, soltou uma risada pelo nariz.

A risada foi bem alta, e fez com que um pouco da mistura rosa e azul saísse pelo seu nariz. A mão de Adalyn voou até o rosto, cobrindo a água colorida que pingava do nariz e do queixo.

Um instante de um silêncio pesado se seguiu.

Então, uma das garotas, cheia de admiração, falou:

– UAU. Isso foi a coisa mais legal que eu já vi.

Adalyn, em quem eu ainda concentrava toda a minha atenção, pareceu chocada com as palavras.

Então Chelsea acrescentou:

– É, Srta. Adalyn. Foi muito legal. Será que pode nos ensinar a fazer igual?

O restante do time concordou, e o rosto daquela mulher, que parecia sempre me pegar desprevenido – como ninguém antes tinha feito – foi tomado por outra coisa.

Orgulho. Era orgulho.

E minha rabugice logo sumiu, o humor do time melhorou, as raspadinhas desapareceram, e meus olhos continuaram fixos na mulher sentada ao meu lado. Aquela mulher irritante e afetada, que tinha acabado de soltar gelo pelo nariz e parecia bastante satisfeita com a aprovação das meninas.

Senti um aperto mais forte no estômago, tanto que tive que me concentrar em respirar por um instante. Algo em meu peito mudou. Aqueceu. E eu fiquei...

Paralisado.

– Merda.

Ela virou a cabeça e me encarou com aquela expressão meio tímida, mas feliz. Meu Deus, ela nunca esteve tão bonita quanto naquele instante.

– O que foi?

– Ah... – Pigarreei. – O quê?

– Você está resmungando – respondeu ela.

Eu estava?

– A raspadinha congelou seu cérebro? – perguntou ela.

Definitivamente não tinha sido a raspadinha.

– Como assim?

– O gelo – explicou ela, bebendo um golinho de chá. – Acontece comigo quando eu bebo café gelado. Sobe pra cabeça quando tomo rápido demais. Mas deixa pra lá, pelo jeito o cérebro dos machões não congela com raspadinha.

– É isso que você pensa de mim? – As palavras saíram por conta própria. – Que eu sou um machão imponente?

– Eu não falei nada sobre ser imponente. – Ela revirou os olhos, mas, caramba, os cantos de seus lábios voltaram a se curvar em um sorrisinho.

– O que mais você acha de mim? – perguntei, cutucando seu ombro com o meu.

Fui tomado por alguma coisa. Algo que também estava relacionado àquela confusão interna que eu vinha sentindo. Perguntei baixinho:

– Algo que tire seu sono à noite?

Os lábios de Adalyn se abriram. Sua língua escapou. E pensei *Vamos, meu bem. Me deixe ganhar só dessa vez.* Eu queria que ela me provocasse de volta.

E eu sabia que ela também queria. Já podia sentir o gostinho das palavras deixando seus lábios, já podia senti-las na minha língua.

Mas então ela olhou para alguma coisa atrás de mim. Sua expressão mudou completamente.

E, de repente, foi tudo ladeira abaixo.

VINTE E UM

Adalyn

Por um instante, achei que estava enganada.

Que eu só podia estar enganada.

Porque tinha que ser muito azar, não é? Tinha que ser muito azar para que, no dia em que eu estava fazendo algum avanço, no dia em que eu não estava me sentindo a fracassada que eu realmente era – a vergonha, o desastre completo –, um lembrete como aquele fosse jogado na minha cara.

Em um instante eu estava olhando para Cameron, me perdendo no modo como seus olhos percorriam meu rosto, como se ele tivesse visto alguma partezinha de mim, talvez me visto por inteiro, pela primeira vez. Sentada ali, com o chá que ele pediu que Tony comprasse, porque lembrou que eu não bebia café depois do meio-dia. Um calor que não tinha nada a ver com o chá ou com a proximidade de seu corpo me invadiu.

No instante seguinte, *puf*. Tudo desapareceu.

De início, não passou de um borrão. Uma forma que eu disse para mim mesma que não era nada de mais. Mas então o cara se mexeu, como se sua intenção fosse nos abordar. Seu peito logo estava na altura dos meus olhos, e eu soube que estava enganada. O quanto tinha sido ingênua.

Ele usava um moletom com a imagem que eu tinha visto no site do energético. A lata. O desenho do meu rosto. O slogan: PREFIRA O ENTRETENIMENTO À DIGNIDADE.

De repente, tudo voltou em uma onda: o fato de eu não ter recebido uma atualização de Miami; de não saber quando ou se eles tinham tomado alguma medida legal em resposta. O que eu sabia era que tinha um cara que estava andando por aí com meu rosto enfurecido marcado em suas roupas.

Na Carolina do Norte. Então entrei em pânico. Meu coração despencou, senti todo o sangue se esvair do meu rosto e fiz o que deveria ter feito no dia em que cheguei a Green Oak, logo após ter puxado o pino da granada e implodido minha vidinha organizada.

Eu corri.

Ou tentei. Porque, em vez de correr, virei no banco onde estava sentada, tropecei no barril de água e fui direto para o chão, apertando o copo de chá com tanta força que a tampa saiu voando e todo o líquido caiu em cima de mim.

Não foi uma cena bonita, e eu tinha certeza de que tinha gritado.

Eu deveria me sentir envergonhada. Humilhada, na verdade, porque andava caindo e tropeçando até demais e, francamente, estava cansada disso.

Ainda assim, enquanto eu caía, pensei: *Bom, pelo menos o Cameron vai olhar para mim. Não para o cara com o moletom. Pelo menos a única pessoa da cidade que não viu aquele vídeo horroroso não vai descobrir desse jeito.*

Então fiquei ali, no chão, como a idiota que eu sentia que era, recuperando o fôlego. Quando a adrenalina começou a baixar, e o alívio foi substituído por vergonha, Cameron surgiu.

Suas mãos me alcançaram, e eu não queria nem olhar para ele, porque estava mesmo cansada do mundo inteiro. Mas ele estava bem na minha frente. E soltou um palavrão atrás do outro enquanto tocava e apalpava cada membro e cada parte do meu corpo quase com desespero.

Parte de mim quis reclamar, mas eu estava esgotada. Pela queda e pelo lembrete do que minha vida tinha se tornado. Pelo fato de que havia um homem aleatório vestindo uma roupa estampada com o meu rosto e o que isso significava. Pela possibilidade, agora muito real, de que Cameron nunca mais olhasse para mim como tinha feito minutos antes. Por... tudo.

Cameron se ajoelhou, chegando ainda mais perto, e finalmente começou a dizer palavras compreensíveis:

– Que porra foi essa, Adalyn? – exclamou, e seus olhos verdes encontraram os meus com uma seriedade que não parecia necessária.

Eu tinha tropeçado tão feio assim?

– Diga que está bem – exigiu ele. – Bateu a cabeça?

Fiz que não, e ele continuou o interrogatório:

– O que aconteceu? – Meus lábios se abriram mais uma vez. – Por que não está falando nada, amor?

Amor. Amor? Minha respiração ficou presa na garganta.

– Vi quando você olhou para trás de mim. Alguém te disse alguma coisa? – Sua expressão mudou, e ele começou a se afastar de mim. – Eu vou...

– Não – falei, segurando seu braço.

Ele parou na mesma hora, mas aquela expressão colérica continuava em seu rosto.

Por que ele estava tão irritado?

Percebi uma movimentação pela visão periférica e, quando olhei, vi o cara conversando com Tony e depois indo embora. Ele estava se afastando, sem prestar atenção em nós, e era para eu estar aliviada, de verdade, mas meu coração parecia acelerado demais, e minha cabeça era um turbilhão.

Voltei a olhar para Cameron e percebi que ele não tinha se mexido um centímetro sequer. Umedeci os lábios, pigarreei até conseguir falar e pedi:

– Podemos ir embora? – Ele continuou sem se mexer. – Por favor? Pode me levar pra casa?

Aquela reação feroz e hostil desapareceu de seu rosto, e, sem dizer uma palavra, ele moveu as mãos e as posicionou nas minhas costas e na minha cintura. Eu tinha esquecido que ele estava me tocando. Ele esperou que eu desse o primeiro passo e ofereceu seu ombro para que eu pudesse usá-lo de apoio. Segurei ali e tentei levantar, mas, quando coloquei o peso no pé esquerdo, voltei a cair.

– Meu tornozelo – falei, uivando de dor. – Acho que torci.

Fui erguida na mesma hora.

Minha testa se apoiou em seu peito quente e firme. Seu cheiro me envolveu, me fazendo sentir coisas que eu não queria aceitar. Fechei os olhos.

– Meu Deus, que vergonha. – Soltei um suspiro trêmulo. – Pra mim e pra vocês. Me desculpem.

A caixa torácica de Cameron vibrou com o que me pareceu algo entre um grunhido e um rosnado, eu não sabia qual dos dois, nem queria saber. Estava com medo de que ele concordasse e me dissesse o quanto eu era ridícula. Mas as palavras nunca foram ditas.

Ele me carregou em seus braços com aquelas passadas largas e confiantes, e a única coisa que disse foi:

– Eu estou com você agora, amor.

Quando chegamos ao Alce Preguiçoso, eu estava... sentindo muitas coisas.

Para começar, estava com dor. A volta não tinha demorado muito, e Vovô Moe me examinou assim que chegamos, mas, conforme meu tornozelo esfriava, a dor foi se transformando em uma pontada aguda que fazia meu corpo se contrair.

Eu também estava com muita vergonha. Ainda. Por mais que Cameron não tivesse comentado nada sobre a queda. Por mais que tivesse se limitado a dirigir em silêncio, me olhando de vez em quando de esguelha, como se para saber se eu ainda estava ali. Eu praticamente podia ouvir as engrenagens de sua cabeça girando. Ele sabia que havia algo errado.

Por último, mas com certeza não menos importante, eu estava experimentando uma gama de emoções que misturava confusão, choque, horror, curiosidade, vertigem e mais confusão.

Cameron tinha me chamado de amor.

Ele me carregou até seu carro como a donzela em apuros que nunca me permiti ser e me chamou de amor. Arrumou uma compressa não sei como e colocou no meu tornozelo após eu ter suportado aquelas mãos grandes e quentes cutucando, tocando e massageando minha perna.

Seu toque foi tão clínico, tão minucioso e experiente, que eu me repreendi quando aquele arrepio familiar se espalhou por todo o meu corpo.

Fiquei com raiva da eletricidade crepitando sob minha pele, porque ele só estava me examinando.

Culpei aquela palavra de quatro letras que saiu de sua boca.

O *Eu estou com você agora* também.

Eu não conseguia entender. Estava perplexa, para além da dor, da vergonha, da raiva, da tontura e do... cansaço. Eu estava tão exausta que queria dormir para que tudo passasse. Fechar os olhos e esquecer aquele dia, aquela semana e a semana anterior também. Queria hibernar até que a zona que era minha vida desaparecesse.

Então, quando Cameron desligou o motor e estacionou no mesmo lugar de sempre, saltei da caminhonete com a dignidade que me restava e saí mancando.

E, como em todas as vezes que me permiti uma fuga dramática, Cameron surgiu ao meu lado.

Suas mãos envolveram minha cintura e ele disse:

– Me deixe...

Mas ergui um dedo, interrompendo a missão de resgate desnecessária com um simples:

– Não.

– Não? – repetiu ele, e suas mãos caíram.

Minha voz tremeu quando falei:

– Não precisa me carregar pra dentro como se eu fosse...

Alguém com quem você se importa. Alguém para quem você compra uma bebida quente quando está fazendo frio. Alguém que você chama de amor.

– Alguma coisa – completei.

Sua expressão ficou mais tensa e desanimada ao mesmo tempo.

Cameron parecia... magoado, se eu tivesse que definir. A minha sensação era a de que eu tinha acabado de chutar um cachorrinho. Ou um cabritinho.

Balancei a cabeça e fui mancando até a varanda, com Cameron logo atrás, e encontrei uma caixinha à porta. Estiquei o pescoço para verificar o remetente e reconheci a letra de Matthew. Me abaixei, dobrando a perna boa para pegar a caixa, mas todo mundo naquela varanda sabia que a flexibilidade não era o meu forte, e a tarefa se revelou... bom, impossível, para falar a verdade.

Em um movimento rápido, Cameron alcançou a caixa com uma das mãos e me levantou com o outro braço.

– Eu te disse... – comecei a reclamar.

– Dá pra parar de palhaçada? – Ele me interrompeu, e não consegui nem definir meu nível de irritação com aquela repreensão no tom mais gentil e delicado do mundo. – Ótimo. Agora que parou de reclamar por um segundo, pode, por favor, abrir a porta?

Peguei a chave na bolsa que continuava pendurada em meu ombro e fiz o que ele pediu.

Cameron abriu a porta com um chute e entrou na cabana pisando firme, eu e a caixa em seus braços.

– Caixa – vociferou ele. – Onde?

– Ao lado da cama – respondi, com um suspiro. – Por favor.

Ele foi na direção que indiquei.

– Isso não é uma cama.

– É, eu sei – admiti, já quase sem energia. – Vamos ver, quem sabe Matthew tenha conseguido dar um jeito de enfiar um colchão nessa caixinha minúscula.

Meu comentário pareceu aumentar a irritação de Cameron, porque, em vez de colocar a caixa no chão, ele a largou com um baque.

– Ei. E se for alguma coisa frágil?

– Eu compro outra. – Ele deu de ombros e me segurou mais firme contra seu peito. – Onde?

– Na cama, por favor.

Com mais delicadeza do que eu seria capaz de processar naquele momento, Cameron me colocou na cama. Seus olhos percorreram meu corpo. Descendo, subindo e descendo mais uma vez. Ele cerrou a mandíbula.

– Vou ficar bem – resmunguei. – É só uma torção no tornozelo.

Ele arqueou uma sobrancelha, sem me olhar nos olhos, e vociferou mais algumas palavras:

– Banho, gelo, analgésicos e cama.

– Por que está enumerando coisas e falando desse jeito? – Mexi nos botões do casaco. – Por que não está conversando comigo ou olhando para mim? Eu já pedi desculpas por mais cedo.

Aquele músculo em sua mandíbula saltou.

– Não quero um pedido de desculpa.

– O que você quer, então?

Fez-se uma pausa. Ele não respondeu.

– Tá bom, se é assim, não fale mais comigo.

Seu olhar finalmente encontrou o meu.

– Não estou falando nada porque não confio em mim mesmo – disse Cameron, a tempestade que percebi se formando dentro dele escapando no verde de seus olhos. – Porque, se eu disser mais que algumas palavras, você vai ter mais motivos ainda para me odiar, Adalyn. Você vai simplesmente dar um chilique e vai dificultar ainda mais as coisas para mim. Então, por favor...

Sua voz foi ficando rouca e estranhamente mais baixa:

– Banho, gelo, analgésicos e cama.

O quê, eu queria perguntar. *O que exatamente eu estou dificultando?*

Mas eu já sabia a resposta. Tudo. Nos mínimos detalhes.

Porque isso era o que eu fazia de melhor. Complicar as coisas. Então só assenti e disse:

– Pode ir agora. Obrigada.

As pálpebras de Cameron se fecharam, trêmulas, e ele resmungou:

– E já vou tarde.

Então se virou e saiu.

Esperei que a porta fechasse e, quando ouvi o som dela batendo, fiz o oposto do que tinha concordado em fazer.

Primeiro, fui mancando até a cozinha, peguei uma tesoura e voltei até a caixa. Lá dentro, havia um bilhete colado em algo que tinha sido enrolado em papel de seda. Dizia:

TRATE DE ME COMPENSAR.
SEU (ÚNICO) MELHOR AMIGO,
M.

Compensar pelo quê? Estava curiosa enquanto rasgava o papel.

Se eu estivesse um pouco mais lúcida e com um pouco menos de dor, talvez tivesse entendido de cara, mas foi só depois de abrir o embrulho que entendi.

Fiquei olhando para a camisa – uma camisa de jogo preta de manga comprida com o número 13 – e sete letras simples compondo um nome: CALDANI.

– Babaca – falei, abaixando os braços e deixando de lado a camisa dos últimos anos de carreira de Cameron, quando ele jogou no L.A. Stars. – Esse babaca me mandou uma camisa pra eu conseguir um autógrafo.

Qualquer outro dia, eu teria ligado para Matthew e mandado ele tirar o cavalinho da chuva. Talvez até perguntasse como tinha conseguido fazer com que a caixa chegasse tão rápido. Mas naquele dia? Eu não estava nem aí.

Peguei meu pijama, fui mancando até o banheiro minúsculo, arrumei tudo na bancada e me arrastei até o cubículo que servia de boxe. Deixei que a água quente aquecesse meu corpo. Ao terminar, puxei a cortininha e vi que a roupa que eu tinha tirado e meu pijama tinham caído no chão e estavam encharcados.

– Maravilha.

Enrolei a toalha em volta do peito e voltei mancando até a cama. Meu olhar encontrou a camisa preta com estrelas brancas espalhadas pelo ombro e pela parte superior das mangas. Quase sem pensar, peguei a camisa e enfiei na cabeça. Poliéster e náilon não eram tecidos ideais para um pijama, mas, pelo menos, a camisa cobria minha bunda.

Vestindo o emblema que representou Cameron durante os últimos anos de sua carreira, deixei meu corpo cair no colchão, abracei as pernas, fechei os olhos e chorei até dormir.

Foi bem rápido, e a última coisa em que pensei foi que pelo menos agora eu conseguiria me lembrar da última vez que tinha derramado uma lágrima.

Quando acordei, estava escuro do lado de fora.

No decorrer do dia, fui acordando algumas vezes sobressaltada com as rajadas de vento que atingiam a cabana, tomava um analgésico e voltava a dormir. Exceto pela última vez. O vento fazia muito barulho, eu estava meio grogue de tanta automedicação irresponsável, e meu tornozelo irradiava ondas de dor que subiam pela perna.

Eu me revirei na cama me contorcendo de dor, esperando algum alívio, e encostei em alguma coisa. Uma fonte de... calor. Espera. Tinha alguma coisa na minha cama. Alguma coisa viva. Em circunstâncias normais, eu teria saído correndo na mesma hora, mas estava tão fora de mim que me vi estendendo a mão. Toquei a coisa, investigando-a com os dedos.

Ela miou.

Peguei o celular, iluminei o espaço à minha frente e encontrei dois olhos que já tinha visto antes me encarando.

– Willow?

A gata fez um barulho que interpretei como uma resposta positiva e subiu em meu colo, se enterrando ali. Eu me vi acariciando seu pelo com confiança, como se fizesse isso todas as noites. Seu corpinho começou a vibrar contra minha barriga e meu peito. Foi uma sensação tão estranha ter um gatinho ronronando em cima de mim. Mas muito reconfortante. Quase fez as ondas de dor diminuírem.

Era por isso que as pessoas tinham gatos?

Foi por isso que Cameron adotou duas gatinhas?

– Você se enrola no colo dele e ronrona assim? – Me ouvi perguntar na escuridão do quarto.

Uma rajada de vento atingiu a lateral da cabana, e Willow ergueu a cabeça.

– Está tudo bem – falei. – O vento assusta, mas estou aqui.

Um pensamento estranho surgiu em minha cabeça grogue.

– Nunca me abraçaram durante uma tempestade, sabia? Nunca contei pra ninguém que tenho medo de tempestades. Agarro meu edredom com força e repito para mim mesma que devo ser forte. Mas vou abraçar você.

Willow voltou a se acomodar, como se tivesse se convencido com meu argumento.

– Já estive nos braços dele, sabia? – continuei. – E você já esteve no colo dele.

Willow subiu um pouquinho a cabeça, descansando-a em meu peito.

– Acho que isso faz de nós boas amigas. – Franzi o cenho. – O colo dele é muito gostoso?

Ela me cutucou com seu focinho bicolor.

– É, foi o que eu pensei.

Fechei os olhos, a memória de um Cameron sem camisa segurando a mesma gatinha. *Ciúme.* Ele insinuou que ela estava com ciúme. De mim. Minha mente foi invadida por um pensamento.

– Ah, não. Ele deve estar preocupado com você.

Abri o aplicativo de mensagens e comecei a digitar, mas meus olhos pareciam estranhos e as letras dançavam. Então, apertei o símbolo do microfone no cantinho e comecei a gravar um áudio.

Então, enviei.

VINTE E DOIS

Cameron

Dei uma olhada no celular silencioso no meu colo.

Aquilo estava me enlouquecendo.

Passei o dia inteiro em casa. Por mais que tentasse negar, não foi por causa da virada no clima. Foi por causa dela.

Será que eu tinha sido burro ao dar ouvidos a Adalyn e deixá-la sozinha? Será que eu tinha sido um idiota de proporções épicas por sair de lá daquele jeito?

Sim. Eu provavelmente tinha sido as duas coisas. E seria um homem perturbado também.

Agora, eram duas da manhã, e eu estava olhando para o teto do quarto, piscando para afastar as imagens que surgiam em minha mente. Adalyn no jogo. O sorriso dela. Ela se jogando do banco como se tivesse visto um fantasma. A expressão de dor quando tentou se levantar.

O constrangimento que permeou tudo isso. O pedido de desculpas por nos fazer passar vergonha. Meu Deus. De onde surgiu aquilo?

Eu não conseguia entender. Eu...

Meu celular tocou, anunciando uma mensagem, e, em um piscar de olhos, estendi a mão a acendi a luz. Sentei na cama e desbloqueei o aparelho.

Uma mensagem de Adalyn surgiu na tela. Um áudio.

Franzindo o cenho, coloquei para tocar.

"Oi, e aí?", disse ela, com a voz arrastada.

Algo estava errado. Adalyn não falava daquele jeito. Ela nunca falava de um jeito tão... fraco, com a voz tão frágil.

Levantei e procurei minhas roupas, o áudio dela preenchendo o quarto.

"Ela está aqui, comigo. Estamos sentadas na minha cama, que não é uma cama de verdade, enfrentando a tempestade juntas. Espero que não tenha problema para você, porque, se não se importar, eu gostaria de ficar com ela. Só esta noite. As tempestades em Miami são muito mais assustadoras, mas ela está me aquecendo e me distraindo da dor e do barulho lá fora."

Ela soltou um suspiro.

Mas eu só conseguia pensar em *Dor, dor, dor, ela está com dor.*

Meu dedo se mexeu para pausar a mensagem, meu corpo já entrando em modo de fuga, mas suas palavras me fizeram parar de repente.

"Acho que tomei analgésicos demais, não sei. Isso foi... bem idiota. Também não fiz a compressa de gelo no tornozelo. Como você e o Vovô Moe mandaram. Mas lembrei que não tenho freezer. Nem gelo. Eu... não tenho muitas coisas aqui. Não reclamei da cabana porque acho que não posso reclamar, sabe? Eu estava tentando ser forte e independente. Eu... acho que não tenho muitos amigos." Uma pausa breve. "Eu nem sei se tenho amigos em Miami. Minha assistente conta? Jantamos juntas uma vez, mas acho que ela não se divertiu."

Ela fez um barulho estranho no áudio.

"Talvez eu não seja lá muito amigável. Ou divertida. Acho que você gostou de mim hoje, mas não gosta tanto assim de mim em geral... é... Enfim, Willow está aqui comigo. Tudo bem? Tenho certeza de que seu colo é incrível, mas ela parece estar confortável no meu."

Fiquei olhando para a tela, paralisado ao lado da cama; a única coisa que se mexia era meu coração, batendo furiosamente.

Uma nova mensagem de voz chegou, me colocando de novo em ação.

"Eu quero esclarecer...", explicou sua voz quando coloquei o áudio para tocar, "que não estou pensando no seu colo. Não muito. Mas, se for tão firme quanto o seu peito, isso explicaria por que Willow gosta daqui. Porque eu sou macia. E você é duro."

Uma nova mensagem chegou.

"Seu colo é duro."

E outra.

"Não você." Uma pausa. "Se bem que você também é duro. Eu acho. Durão. Não o seu corpo, você. É da sua personalidade que eu não gosto muito."

Balancei a cabeça e olhei para cima, me dando conta de que estava ao pé da cama, com uma calça de moletom nas mãos. Me vesti depressa.

Quando voltei a olhar para a tela, tinha chegado mais uma mensagem.

Meu Deus, enquanto eu ouvia, ela já mandava outra. Por que ela simplesmente não me ligou?

Saí correndo.

Em tempo recorde estava na sua varanda. A porta, claro, não estava trancada. Irresponsável. Um rastro de palavrões deixou meus lábios enquanto eu cruzava a pequena cabana em três passadas largas.

Quando meus olhos se depararam com a imagem de Adalyn enroscada com Willow, um som estrangulado subiu por minha garganta. Corri até a cama e me ajoelhei. Foi quando percebi que era impossível não reconhecer aquele sentimento se agitando em meu peito. Caramba, eu queria chacoalhá-la. E me chacoalhar também. Uivar, por algum motivo insondável que eu sabia que tinha mais a ver comigo do que com ela. Mas me obriguei a ignorar tudo isso, porque ela estava desmaiada. Bem ali onde eu a deixara. Sozinha e vulnerável.

Cerrando a mandíbula, envolvi Adalyn em meus braços, um em suas costas, outro sob suas coxas. Nossa, o corpo dela era tão macio. E estava tão quente. Quente demais. Reprimindo um grunhido, segurei-a contra o peito com firmeza e a levantei.

Foi nessa hora, quando o cobertor caiu, que vi o que ela estava vestindo.

O preto-carvão, as mangas e os ombros cobertos de estrelas, o emblema do time do lado direito do peito. Era a minha camisa do L.A. Stars. A minha. Eu não precisava nem ver as costas, porque ninguém mais vestia preto no time. Só eu, no gol.

Fechei os olhos. Eu só precisava de um instante. Só de alguns segundos para não fazer algo inconsequente de que eu me arrependeria depois.

Sua cabeça balançou em meu peito, e eu voltei a abrir os olhos quando ela olhou para cima.

– Cameron? – perguntou ela, piscando confusa e surpresa. – Você está aqui. Por que está aqui?

– Eu não deveria ter deixado você sozinha. – Engoli em seco. – Me desculpa.

Adalyn piscou mais uma vez, e outra, e, meu Deus, em seguida sorriu.

Um sorriso grande e doce e lindo. Tão lindo que o belo castanho de seus olhos se iluminou.

Willow saltou do colchão com um gemido, chamando minha atenção. E foi andando preguiçosa em direção à porta, como se quisesse mostrar o caminho.

Como se quisesse me incentivar a levá-la para casa.

Voltei a olhar para a mulher em meus braços e fui atrás da gata.

Eu achava que Adalyn fosse me perguntar para onde eu a estava levando, ou talvez reclamar ou brigar. Em vez disso, ela murmurou:

– Mas eu não pedi que você viesse me buscar.

Minha garganta ficou apertada ao ouvir essas palavras.

– Você não precisa pedir, amor.

VINTE E TRÊS

Adalyn

Acordei no susto.

A primeira coisa que percebi foi o quanto estava confortável e quentinha. O cheiro bom dos lençóis que envolviam meu corpo e a maciez do edredom.

Virei de lado, piscando e tentando entender onde estava. Minhas pernas esbarraram em algo firme e quente.

– O que... – murmurei, olhando para baixo e encontrando uma bola de pelos bicolor. – Willow? Por que...

Foi quando me lembrei de tudo. Cenas e mais cenas das últimas 24 horas surgindo em minha mente.

O cara do moletom. Meu pânico. A dor emanando do tornozelo e subindo pela panturrilha. A quantidade irresponsável de analgésicos.

Willow enrolada no meu colo. Os braços de Cameron. A sensação de seu peito tocando meu rosto. Sua mão em meu cabelo. O zumbido suave da voz dele.

Os braços de Cameron.

Ele me levou até seu chalé. Com ele. Eu não conseguia lembrar por quê, não exatamente. Mas, se eu recordava direito, ele chegou a... me acalmar até que eu dormisse. A imagem era nítida demais para que eu achasse que era só minha imaginação. Ele sentado ao meu lado e acariciando meu cabelo até eu pegar no sono.

Uma onda de calor subiu pelo meu rosto. Meu Deus, eu devia estar péssima.

Com mais esforço do que deveria ter sido necessário, sentei na cama, e a gata me lançou um olhar desconfiado, estendendo as patas ao meu lado.

– Desculpe, amiga – falei, e ela bocejou para mim. – Posso te chamar de amiga?

Ela pulou sobre minhas pernas e se acomodou do lado do meu quadril. Interpretei o fato de ela ter ficado como um sim.

– Obrigada. Acho que somos amigas depois de ontem à noite.

Sua cabeça voltou a cair no edredom, e, não vou mentir, a gata gostar de mim parecia uma vitória. Principalmente considerando a conversa constrangedora que eu supunha que me esperava.

Com um suspiro, me levantei da cama, sentindo uma pontada aguda de dor ao encostar o pé direito no chão. Resisti. Eu tinha outras preocupações. Saí mancando do quarto para o corredor, parando de vez em quando para ter certeza de aonde estava indo. A última coisa de que eu precisava era flagrar Cameron em uma situação constrangedora, como, sei lá, trocando de roupa ou saindo do chuveiro...

Ou talvez você devesse simplesmente parar de pensar no Cameron sem roupa!, gritou uma voz em minha cabeça.

Descartei todos os pensamentos que envolviam Cameron e segui mancando. Uma música vinha do final do corredor, então fui na direção do som, onde encontrei a cozinha e a sala de estar.

Recuperando o fôlego, me apoiei na ilha de mármore branco e parei um pouquinho para me permitir dar uma olhada pelo cômodo. Uma *chaise longue* creme ocupava o centro, uma decoração rústica e minimalista se espalhava por prateleiras, vigas de madeira atravessavam o teto, vidraças maravilhosas deixavam o sol entrar, um homem seminu plantando bananeira, a mesa...

Tornei a olhar, focando na imagem.

Uau.

Pouquíssimas vezes na vida fiquei tão chocada, tão completa e absolutamente atordoada. Será que eu estava imaginando aquela cena? Não, minha mente jamais seria capaz de criar tamanha perfeição. Eu tinha uma péssima imaginação. Então Cameron só podia estar mesmo ali, na outra extremidade da sala. Gloriosamente sem camisa.

E ele não tinha mentido.

Cameron Caldani não era só bom na ioga. Ele era excelente.

E eu, pelo jeito, era excelente em me sentir quente e perturbada ao observá-lo.

Porque todo o sangue correu para meu rosto ao vê-lo sem camisa. Com os cotovelos no tapete, as pernas para cima. Um short largo que a gravidade fazia descer por suas belas coxas. Meus olhos se perderam ali por um instante, nos músculos de suas coxas, reluzindo de suor. Enxerguei a pontinha de um desenho. Uma tatuagem na coxa? Ai, meu Deus, eu não ia aguentar. Aquele braço tatuado e flexionado já era demais. Seu peitoral era definido como eu nunca tinha visto na vida e também estava coberto de desenhos belíssimos. Era...

– Ai – resmunguei, no instante em que o pé que eu vinha mantendo no ar tocou o chão sem querer.

Os olhos de Cameron se abriram. E, antes mesmo que eu pudesse me preparar para dizer alguma coisa, para fazer qualquer coisa que não fosse ficar encarando Cameron fixamente, seu corpo grande, reluzente e ridiculamente flexível caiu no chão. De lado. Acertando o tapetinho com um baque surdo.

Engoli em seco e fiz menção de ir em sua direção.

Mas ele resmungou:

– Não se mexa.

E eu fiquei parada onde estava.

– Você está... bem?

– Puta merda – disse ele, meio rosnando, meio suspirando. – Eu não estava preparado para isso.

Abri a boca para perguntar *preparado para o quê*, mas um raio laranja passou por mim, me distraindo.

– Ela vai me encher o saco por causa disso – disse Cameron quando voltei a olhar para ele. E sentou com um gemido. – Essa é a Pierogi. Ela gosta de deitar no canto do tapetinho enquanto eu treino.

Pierogi. A outra gata. É, acho que eu também gostaria de fazer isso, considerando a cena.

– Tem certeza de que está bem?

Ele contraiu a mandíbula quando levantou a cabeça, e seu olhar pousou em meu peito. Ombros. Pernas. Percorreu meu corpo inteiro, como se ele não conseguisse decidir para onde olhar. Cameron engoliu em seco.

– Não tem por que negar que ver você com a minha camisa foi o que me fez cair.

Meus olhos se arregalaram. A camisa dele.

– Eu não ia dormir com ela. Matthew mandou pra você... – Eu me contive. – Eu não contei pra ele sobre você. Ele descobriu sem querer. Por causa de uma foto que eu tirei. Ele gosta muito de futebol e te reconheceu na hora. Eu...

– Eu assino a camisa pra ele – disse Cameron.

Simples. Direto.

– Ele vai gostar. Não, ele vai te amar por isso. – E não sei por quê, mas lembrei naquele exato momento que eu estava sem calcinha. Puxei a barra da camisa para baixo. – Eu... acho que precisamos conversar. Ontem à noite foi uma loucura, e você deve estar querendo me fazer algumas perguntas.

– E você?

Franzi o cenho, sem entender o que ele queria dizer.

– Vai gostar? – perguntou ele, levantando em um movimento rápido.

Ele cobriu a distância entre nós com passadas largas e determinadas e parou bem à minha frente. Nossos olhos se encontraram.

– Porque só estou oferecendo o autógrafo por sua causa – explicou ele.

Eu sinceramente não sabia o que fazer com aquela informação.

– Sim. – Me ouvi dizer. – Eu vou gostar.

E ia mesmo. Mais do que ele imaginava.

Cameron assentiu.

– E aí, sobre o que você quer conversar?

Tudo era o que eu deveria ter respondido. Mas ele estava tão perto, com aquela linda pele tatuada e reluzente à mostra, olhando para mim com tanta... intensidade que resmunguei a primeira coisa que consegui pensar:

– Eu te devo um pedido de desculpas. Por ontem.

Cameron inclinou a cabeça para o lado.

– Não deve, não. – Ele levantou o braço e as costas de sua mão tocaram minha testa. – E a sua dor, meu bem?

Meus lábios se abriram ao sentir aquele toque. Ao ouvir aquela pergunta.

– Está... Eu estou bem – resmunguei. – Não foi tão sério.

Um "hum" subiu por sua garganta.

– Eu me pergunto quem te convenceu de que você não merece ser cuidada – disse ele, de maneira tão simples e honesta que fiquei só olhando para ele, surpresa. – Fiquei preocupado ontem, e estou preocupado agora.

Ele franziu as sobrancelhas.

– Na verdade, talvez eu também esteja um pouco irritado – acrescentou.

– Talvez?

Seu polegar se moveu, acariciando meu queixo por um instante rápido. Eu me senti derreter sob aquele toque leve como pluma.

– Você deveria ter me chamado.

Minha pergunta saiu em um sussurro:

– Por quê?

– Porque precisava de mim, e eu não estava com você, e odiei isso. – Seus lábios se curvaram para baixo, e meu coração acelerou com o peso de suas palavras. – E aí recebi várias mensagens suas e te encontrei com a minha camisa. Que um cara mandou.

Ele deixou a mão cair ao lado do corpo e completou:

– E eu nunca fui ciumento.

Ciumento.

– Acho que preciso sentar – falei, recuando com um pulinho para trás.

O corpo dele seguiu o meu.

– Aonde você pensa que vai?

– Sentar…

Ele me levantou.

– Ai, meu Deus. – Fechei as pernas, incapaz de fazer qualquer outra coisa quando Cameron me rodopiou nos braços. – Você precisa parar de me pegar no colo assim.

– Eu prefiro continuar – respondeu ele, com a voz séria, antes de me colocar sentada em uma banqueta na ilha da cozinha.

Então, ele se virou e providenciou uma almofada. Olhei para ele com os olhos semicerrados.

– Como assim, "eu prefiro continuar"?

Ele pegou minhas pernas – com apenas uma das mãos –, levantou-as e colocou-as sobre a almofada que tinha posto em outra banqueta.

– Cameron – chamei, sibilando. – Você precisa parar com isso.

– Vai, me explique por quê – disse ele, me ignorando e se aproximando de mim por trás. Senti sua cabeça mais perto e seu queixo tocando meu ombro. – Tenho certeza de que existe algum motivo bem elaborado segundo o qual não posso te ajudar a se sentar.

Suas palavras aterrissaram em meu rosto. Senti um arrepio.

– Feminismo? Uma música da Taylor Swift? Seu plano elaborado de doze passos para me enlouquecer?

– O quê...?

A banqueta se mexeu, comigo em cima, e fui empurrada para mais perto da ilha. Senti a barra da camiseta subir.

– Porque eu estou sem calcinha – deixei escapar.

Cameron congelou.

E continuou assim por um instante ruidoso e barulhento, se é que um instante pode ser descrito desse jeito.

– Ah – disse ele com um suspiro, que senti contra o meu pescoço. – Queria muito que você não tivesse me dito isso.

– Você que perguntou – rebati, porque ele tinha mesmo perguntado.

– Vou te dar um short ou uma calça. – Ele expirou devagar, se afastando. – Depois.

– Depois do quê?

– Do café da manhã. – Ele contornou a ilha, abriu a geladeira e olhou para mim por cima do ombro. – Prefere doce ou salgado?

Hesitei por um momento.

Um momento longo o bastante para que Cameron começasse a tirar várias coisas da geladeira. Uma variedade de frutas, leite, suco, manteiga, ovos, alguns potes de geleia, uma coisa que parecia aveia amanhecida, queijo e até presunto. Italiano, se eu não estava enganada. E, depois de tirar tudo de lá, ele começou a percorrer os armários, pegou um pacote de pão de forma em uma prateleira e jogou em cima da ilha, agora cheia.

Olhei para tudo aquilo.

– Você por acaso é um esquilo humano?

– Talvez eu tenha alguns croissants congelados também – disse ele, como se não fosse nada, como se não estivesse confirmando que, de fato, tinha tendências esquilísticas.

Cameron foi até o congelador, me oferecendo uma visão panorâmica de seu corpo quase nu com aquele short minúsculo ao se abaixar e pegar o que só podiam ser os croissants congelados.

Fiquei boquiaberta com aquilo tudo na minha frente, incluindo ele mesmo, meu cérebro ainda confuso de olhar para sua bunda naquele short. Balancei a cabeça.

– É isso… que você sempre come?

Fiquei observando Cameron mexer no forno.

– Eu já comi.

– Está esperando mais alguém para o café da manhã? – Um lembrete de que eu estava com uma camisa de futebol sem nada por baixo surgiu na mesma hora. – Se tem alguém vindo, preciso me trocar.

Tentei levantar da banqueta, mas minhas pernas estavam para o alto e ele tinha me colocado perto demais da ilha.

– Preciso tomar banho. Me vestir. Eu deveria ir a um médico pra conseguir… Ah, meu Deus, o meu carro. Ainda está na fazenda dos Vasquez? Preciso chamar alguém para buscar meu carro. Não sei cadê meu celular. Eu…

De repente Cameron surgiu ao meu lado.

– Ada, querida – disse ele, com um sorriso.

Um sorriso largo e suave. Fiquei atordoada.

– O que você precisa fazer é ficar exatamente onde está. Na minha cozinha. Se hidratar. Se alimentar. Depois, ir para o sofá ou para a cama, você escolhe. O médico vem aqui ver você. Eu já chamei.

Eu… Como é?

– Não…

– Diga o que você deve fazer? Trate você como alguém que teve um dia péssimo e merece um descanso? – Ele deu de ombros e colocou um prato que nem vi que tinha separado à minha frente. – Primeiro, comida. Depois, banho. Então, médico. Depois o que você quiser fazer. Assistir um filminho e relaxar, ou dormir até a hora do almoço.

Uma caneca surgiu à minha frente e ele completou:

– Deixei toalhas e um roupão no seu quarto.

Toalhas. Um roupão.

Meu quarto.

Senti algo estranho no peito.

– Por acaso você sabe que "assistir um filminho e relaxar" também tem um sentido não muito inocente? – perguntei.

– Não.

O sorriso dele reapareceu.

– Mas não me importo – afirmou ele, voltando para o outro lado da ilha. – Você não disse se preferia doce ou salgado, então separei tudo.

– A não ser que queira alimentar a cidade inteira, acho que é demais.

Cameron olhou para tudo que tinha colocado sobre a ilha. Ele levou a mão ao peito e, distraído, deu uns tapinhas em um ponto logo acima de uma rosa que cobria parte de seu peitoral tatuado. Decidi que era minha segunda tatuagem favorita. Seus dedos se movimentaram, e me perguntei qual seria a sensação de tocar aquele peito todo tatuado. Será que teria uma textura diferente? Será que seria tão macio quanto o braço que eu havia tocado uma eternidade antes? Eu queria colocar minhas mãos nele e...

– Você precisa parar de me olhar assim, amor.

Meus olhos voltaram para seu rosto na mesma hora.

Ada, meu bem. Amor. Aquele sorriso em seu rosto outra vez.

Eu não conseguia acompanhar o que estava acontecendo.

– Eu não estava olhando de jeito nenhum – sussurrei, o rosto pegando fogo.

– Estava, sim, e meu ego amou. – Ele colocou as mãos sobre a ilha e inclinou o tronco para a frente. – Outras partes de mim também.

Acho que me engasguei com a minha própria respiração. Meu olhar começou a descer, mas me contive. Chega de ficar olhando para ele. Principalmente da cintura para baixo.

Ele deu uma risadinha, e o som me distraiu tanto quanto todo o resto.

– Vou tomar um banho rápido enquanto o forno aquece. Então deixo o café da manhã pronto para você antes de sair.

E, sem que eu ao menos assentisse, ele se virou e saiu da cozinha, me deixando com meus pensamentos e imagens nada apropriadas dele embaixo do chuveiro.

O domingo passou em um borrão de cochilos. E a segunda-feira não foi diferente. Então, quando Cameron voltou, me encontrou no mesmo lugar onde tinha me deixado antes de sair: no seu sofá enorme, com um roupão azul-anil, o tornozelo machucado sobre uma almofada e Willow aconchegada ao meu lado.

Ele surgiu à minha frente, os braços cheios de sacolas.

– O que o médico disse?

Ele ia mesmo direto ao ponto.

– Você não deveria ter pedido que ele viesse. Eu consigo me mexer. Uma visita domiciliar por causa de um tornozelo torcido é um exagero.

Cameron apoiou tudo na mesinha de centro com cuidado e ignorou minha reclamação. Seu olhar voltou para o meu rosto com uma expressão paciente. Tranquila. Ele arqueou as sobrancelhas.

Dei um suspiro.

– É uma entorse de grau um. Alguns dias sem pisar no chão, e devo ficar bem em uma semana.

Ele me olhou, desconfiado.

Revirei os olhos.

– De uma a três semanas. Depende.

– Foi o que eu pensei. – Ele assentiu devagar. – Está com fome?

– Ainda estou cheia do café da manhã – respondi com sinceridade.

Ele tinha preparado tanta comida, de novo, que eu devorei o máximo que consegui só para que ele não jogasse nada fora. O que incluía um pacote novo de minicroissants. Desviei o olhar, reunindo coragem para verbalizar tudo o que tinha pensado enquanto ele esteve fora.

– Olha só, agradeço por disponibilizar sua despensa, me alimentar e… me ajudar, mas acho melhor eu ir para a minha cabana agora.

– Por quê?

Aquele homem e suas perguntas.

– Porque sim.

– Isso não é resposta.

Levantei a cabeça. Ele estava me olhando, concentrado.

– Porque essa é a sua casa, Cameron. Porque estou sem minhas roupas, minhas coisas ou… – Minha dignidade depois daquele fim de semana, para ser sincera. – Você é um anfitrião excelente e um vizinho ainda melhor. Se eu fosse te avaliar em um aplicativo, diria que foi um cuidado digno de vó, mas posso me virar sozinha e podemos voltar ao normal.

– Digno de vó. – Ele soltou uma risadinha grave. Argh, aquelas risadinhas graves. – Eu não esperava ser comparado a uma avó. O que exatamente em mim fez você pensar nisso?

– Bem, é só olhar para mim. – Levantei os braços. – Você me alimentou, me deu o roupão mais aconchegante possível e pegou todas as almofadas da casa para mim.

– Você não está confortável?

Balancei a cabeça.

– Estou. Acho que nunca estive tão confortável na vida inteira.

Os cantos de seus lábios se contraíram, e não consegui acreditar, mas ele teve a audácia de parecer convencido. Ele apontou para o meu colo.

– Willow não gosta de outras pessoas. Ela odeia todo mundo. Desde que a arrastei até aqui, ela passou a me odiar também. – Ele inclinou a cabeça. – Acho que ela não está mais tão incomodada.

Dei uma olhada na gata e me lembrei da primeira vez que a vi. Ela arranhou o braço de Cameron.

– Talvez ela sinta que tem algo errado e esteja com pena de mim.

– Talvez ela não consiga mais ficar longe de você.

Não consiga? Nossos olhos se encontraram. E foi tão intenso, tão diferente, que senti as bochechas corarem. Ainda estávamos falando da Willow?

– Talvez eu… goste do fato de ela gostar de mim. Me sinto especial. Será que é besteira?

– Não – disse ele, seu pomo de adão subindo e descendo. – Mas, se você continuar sendo um doce assim, ela vai querer grudar em você e nunca mais olhar para trás. E isso…

Sua expressão mudou.

– Isso pode complicar as coisas – disse ele.

Meu coração martelava no peito.

– Não estou tentando roubar sua gata – resmunguei, sentindo a pele quente embaixo do roupão. – E preciso mesmo ir.

Os olhos de Cameron grudaram em mim por mais um instante, então ele se virou para as sacolas. Tirou as coisas de dentro. Moletons, camisetas de manga comprida e curta, blusas de lã, calças, meias. Tudo em tons de verde, bordô e cinza. Como as roupas que ele tinha. Tudo funcional e… pequeno. Muito menor do que eu imaginava que fosse o tamanho dele.

– Cameron? – perguntei, e minha voz saiu trêmula. Ele não tinha feito o que eu estava pensando, tinha? – O que é isso tudo?

Ele pegou um gorro mostarda e analisou de perto.

– São roupas. Sabe, para manter o corpo aquecido e protegido. E, sim, são adequadas para a região e a estação em que estamos, ainda que talvez não correspondam ao padrão da *Vogue*.

– Você morou em Los Angeles, deveria saber que não sou, nem de longe, uma fashionista, ou o que quer que esteja querendo dizer com isso. Você namorou...

– Seu tornozelo discorda.

– Meus sapatos...

– Você não precisa deles agora. – Ele pegou outra sacola e tirou de lá um par de botas. – Vai continuar linda e imponente com essas botas.

Abri e fechei a boca em silêncio. Linda e imponente?

– Assim que seu tornozelo desinchar, claro. Até lá... – Ele fez uma pausa, seus olhos percorreram meu roupão e seu rosto assumiu uma expressão estranha. – Você vai ficar bem aí. Preciso ir até a cidade para o treino, então Josie vem te visitar. Ela insistiu quando ficou sabendo do seu estado.

Ele fez mais uma pausa, então completou:

– Ela também comentou alguma coisa sobre ajudar você a se mudar para o Alce Preguiçoso, então se prepara.

Meu corpo se agitou.

– Não vou me mudar pra cá.

Cameron deu de ombros, mas havia um sorrisinho sob aquela indiferença forçada.

– De jeito nenhum – resmunguei, levantando. – Não preciso...

– Vamos dar uma pausa no discurso de independência? – Ele passou a falar mais baixo, e seu tom de animação desapareceu. – Você vai ficar aqui até conseguir andar de novo. E vou cuidar de você, ouviu bem? E você vai deixar. E espero que não me obrigue a brigar com você, Adalyn, porque é sério, eu vou. Eu coloco fogo naquela maldita cabana, se for preciso.

Adalyn. Era tão estranho ouvir Cameron dizer meu nome. Tão... comum, depois de saber como era ser chamada de *Ada, meu bem* ou *amor*.

Meu Deus. Eu estava perdida.

– Tá bem – falei, e pelo jeito eu vinha sendo bem difícil, porque Cameron pareceu chocado.

Eu me senti péssima. Me recostei no sofá e soltei um suspiro. Então eu disse:

– Obrigada por cuidar de tudo isso. – *Obrigada por cuidar de mim.* – Mas, por favor, não coloque fogo na cabana. Eu detestaria pagar a sua fiança se você fosse preso por incêndio criminoso.

Ele deu um daqueles sorrisinhos tortos.

Desviei o olhar. As consequências de todo aquele cuidado comigo eram tão claras para mim que temi que Cameron as visse estampadas no meu rosto. Que notasse o quanto achei fofo ele ter comprado roupas para mim. Ainda que fossem roupas feias.

A verdade era que eu não tinha muita experiência em estar naquela posição.

Quando namorei David, passávamos a maior parte do tempo ocupados com nossas próprias vidas. Ele nunca se esforçou para fazer nada por mim, e eu também não me esforçava para fazer nada por ele. Pensando bem, começamos a sair porque nossos pais sugeriram. Acho que era o que eles esperavam. Fazia sentido que o filho e a filha de parceiros de negócios ficassem juntos. Então... foi o que fizemos. Não foi perfeito, ou romântico, mas eu aceitei. Convenci a mim mesma que estava satisfeita e que cada relacionamento funcionava de um jeito. Eu não era carinhosa e amorosa, então, naturalmente, não deveria esperar isso de um homem.

Mas agora aquele homem que tinha deixado bem claro que não ia com a minha cara estava fazendo tudo aquilo por mim. Me resgatando, me alimentando, comprando roupas para mim e dizendo que cuidaria de mim. Eu não entendia como tínhamos chegado àquele ponto. E não sabia o que fazer com todas as sensações que se agitavam em meu peito e o deixavam apertado.

– Meu bem? – A voz de Cameron me chamou de volta à sua sala, ao sofá onde seus braços tinham me deixado com tanto cuidado, às almofadas macias que ele tinha colocado ao meu redor. – O que aconteceu? O que te deixou tão assustada?

Assustada. Eu estava mesmo com medo, não estava?

Deixei escapar um suspiro trêmulo e de repente me senti tão exausta de me perguntar por que ele se importava com aquilo, ou por que tinha perguntado, que não me dei mais ao trabalho de discutir. Respondi com a verdade:

– Alguém me lembrou de por que estou aqui. Que estraguei tudo. E não sei como consertar as coisas, a não ser obedecendo. Por um instante, quase me enganei, achando que estou bem, que está tudo bem e que isso tudo não é uma zona absoluta.

Dei de ombros, e talvez tenha sido o jeito como Cameron olhava para mim, sem qualquer sinal de julgamento, ou talvez tenha sido outra coisa, mas acrescentei:

– Você estava me olhando exatamente como agora. Bem assim. E eu não queria que você parasse.

Suas palavras saíram suaves, quase um sussurro:

– Assim como?

– Como se eu fosse preciosa. Como se valesse a pena prestar atenção em mim.

Cameron fechou a cara.

– Por que você pensaria o contrário?

– Porque ninguém nunca me olha assim.

VINTE E QUATRO

Adalyn

Meu pijama não estava lá.

Josie apareceu enquanto Cameron treinava o time. Ele não estava exagerando, ela apareceu à porta com uma caixa nos braços. Uma caixa com todas as minhas coisas.

– Dia da mudança! – falou, animada.

Não discuti. Não teria energia nem força de vontade para isso. A conversa com Cameron tinha me deixado... em carne viva.

E eu queria a bondade de Josie, por mais que acreditasse que não tinha feito nada para merecê-la. Então, deixei que ela se preocupasse comigo e ficasse um pouco brava por eu não ter comentado nada sobre as condições em que estava vivendo. Sobre aquela cabana horrorosa.

Josie me chamou de boba e orgulhosa, então me encheu de bolo e exigiu que eu parasse de ser tão teimosa. Eu me perguntei se Cameron e Josie tinham se unido contra mim ou se eu era mesmo uma pessoa tão difícil.

Era provável que as duas alternativas fossem verdade.

Com um suspiro, peguei a camisa do L.A. Stars da secadora, tirei o roupão e me vesti. Eu teria que dormir com ela, mas pelo menos agora estaria usando uma calcinha por baixo. Voltei a colocar os braços no roupão macio e aconchegante, e fechei-o sobre o peito.

Eu me perguntei se Cameron usava aquele roupão em casa. Quem sabe ao sair da cama. Ou talvez quando estivesse relaxando. O que será que ele usava por baixo? Pijama? Ou será que era o tipo de homem que dormia só de cueca? Uma imagem de Cameron vestindo apenas uma samba-canção me pegou de surpresa, e minha pele esquentou. Voltei a pensar naquela manhã. Em seu peito nu. Nas entradas de seu abdômen. Na tatuagem em sua coxa. Desejei ter prestado mais atenção. Eu...

Uma batida na porta da lavanderia me pegou de surpresa e me arrancou daqueles pensamentos perigosos. Quando me virei, era ninguém menos que o homem que eu estava imaginando quase nu.

Cameron estava parado sob o batente, com roupas de treino e o cabelo um pouco molhado. Eu me perguntei se estava chovendo ou se o treino tinha sido pesado a ponto de suar.

– Oi – murmurei.

– Oi – respondeu ele.

Ficamos olhando um para o outro, e tinha alguma coisa entre nós. Dava para perceber. Na nossa última conversa, eu disse algumas coisas que provavelmente deveriam ter ficado só na minha cabeça. Ele estava me encarando daquele jeito outra vez. E em meu peito ardeu... uma sensação parecida demais com desejo.

– Meu bem?

Pigarreei.

– Como foi o treino?

Ele franziu o canto dos lábios com a minha pergunta.

– As garotas fizeram um cartão pra você desejando melhoras.

Um cantinho no meu peito se aqueceu.

– Que fofura – falei, e estava sendo sincera.

Mas então...

– Espero que María não tenha obrigado as outras a assinar – falei.

– Acredite, todas estavam preocupadas. Você assustou todos nós no sábado. Até Diane perguntou se você estava melhor. – Cameron deu um passinho à frente. – Deixei o cartão na sua mesa de cabeceira.

Minha mesa de cabeceira.

– Conseguiu lavar tudo? – perguntou ele.

– Consegui – respondi, assentindo. – Eu... não quero abusar da sua boa vontade, mas por acaso você comprou também um pijama com todas aquelas roupas? Não sei onde o meu foi parar.

Ele pareceu ficar tenso.

– Não.

– Ah, tudo bem. Não tem problema. – Cocei a lateral da cabeça, me sentindo um pouco manhosa. – Eu estou sendo uma idiota, né? Você está fazendo tantas coisas por mim, e eu ainda peço mais. Desculpa. Eu durmo com outra roupa.

– Posso te emprestar uma camiseta.

Abri um pouco o roupão para mostrar o que tinha embaixo.

– Já estou com esta.

O verde dos olhos de Cameron pareceu mudar.

– É… – Ele parou de falar, respirou de um jeito estranho e franziu o cenho. – Perfeito. Você já está indo dormir?

– Ainda não. – Mexi na barra do roupão. – Na verdade, estou com um pouquinho de fome. E nem um pouco de sono depois de ter passado a maior parte do dia cochilando.

Cameron veio em minha direção e, com dois passos determinados, já estava na minha frente. Seu cheiro me atingiu em cheio. Limpo, amadeirado, com um toque de suor. Senti um friozinho na barriga. Meu coração acelerou.

– Estou molhado e suado – disse, e senti sua respiração bater na minha testa. – Mas queria muito te carregar até o sofá. Posso?

Fiquei olhando para ele, pega de surpresa por aquela pergunta. Um desejo de estender a mão e tocar as mechas escuras de cabelo molhado me dominou.

– Sei que você detesta – explicou ele. – Se o suor te incomodar…

– Por favor – sussurrei.

Só isso. Porque ele não podia estar mais enganado.

Em um piscar de olhos, seus braços em envolveram e ele me levantou. Meu rosto tocou seu peito. Cameron cheirava a chuva. Esforço físico. Fechei os olhos.

– Eu poderia me acostumar com isso.

Eu mais senti do que ouvi o som que fez sua caixa torácica vibrar, e em pouco tempo, infelizmente, estávamos na sala e ele estava me aninhando no sofá. Seus braços continuaram me envolvendo por um pouco mais de tempo do que pareceu necessário, o que me fez abrir os olhos.

Eu me obriguei a falar alguma coisa, a desviar minha atenção daquele rosto que pairava próximo demais ao meu.

– Josie deixou purê de batata e uma caçarola de frango na geladeira – falei, e minha voz saiu toda errada. – Eu…

A mão dele caiu sobre minha coxa, quente, pesada e sólida. Olhei para baixo, desejando que o tecido fino do roupão não estivesse ali.

– Deixa comigo – disse Cameron.

E, como não reclamei, ele se levantou. Seus olhos trilharam um caminho pelo meu corpo.

– Estou faminto.

Senti algo estranho na barriga.

– Eu também.

– Ótimo. Vou colocar a comida no forno e tomar um banho enquanto esquenta.

E, assim, Cameron desapareceu atrás do sofá.

Quando terminamos de jantar, meu coração estava de gracinha dentro do peito.

Era o aspecto familiar daquilo tudo. Ele me levando um prato cheio de comida. Colocando um copo de água e meus remédios na mesinha de centro, bem na minha frente. Nós dois sentados no sofá, sua coxa tão perto do meu pé para o alto que eu quase podia sentir o calor de seu corpo em meus dedos. Eu de roupão, e Cameron com um moletom no qual eu queria enfiar minhas mãos para ver se o tecido aquecia bem sua pele. Será que ele estava com uma camiseta por baixo? Eu achava que não.

E não queria saber qual a resposta à pergunta que se revirava em minha mente. Será que aquela era a sensação de estar em um relacionamento normal? Era a sensação de uma escapadinha para as montanhas com o parceiro? Tínhamos até os gatos com a gente.

Aquele pensamento – a possibilidade – me deixou eufórica, animada e curiosa. Mas também me entristeceu demais. Me fez sofrer pelo que nunca tive. Me fez desejar mais. E era um pensamento muito perigoso. Assustador, também.

Endireitei a coluna de repente, e Willow, que estava aconchegada ao meu lado, reclamou.

– Desculpa – deixei escapar. – Mas não posso fazer isso.

Eu me afastei do sofá aos pulinhos, rapidamente.

– Cadê? – perguntei.

Cameron se levantou na mesma hora, mas deve ter notado a mudança, minha necessidade por espaço, por alguma coisa para fazer, porque não veio atrás de mim. Ficou só me observando.

– Meu bem?

Meu bem. Decidi que aquilo não me incomodava mais. Nem um pouco. Eu amava ouvir.

– Minha pasta. A vermelha. Você viu por aí? – expliquei, indo até a cozinha.

Me equilibrando em um pé só, comecei a abrir as gavetas. Utensílios. Papel-alumínio e de presente. Velas.

– Você tem velas. Aromatizadas. Por quê?

– Por que não?

Fechei a gaveta.

– Porque eu amo velas aromatizadas, e você... Sei lá. Você é homem. Inglês.

Um homem inglês que eu não deveria achar ainda mais atraente só porque tinha uma gaveta cheia de velas.

– O que te incomoda é o fato de eu ser inglês ou homem?

Abri a seguinte e encontrei utensílios de confeitaria. Ele também fazia bolos? Fechei a gaveta.

– Isso só torna as coisas mais complicadas.

– Isso o quê?

Meu Deus, ele estava tão calmo, tão paciente, como se eu não estivesse invadindo sua cozinha como uma doida atrás de uma pasta. Virei, e meus olhos encontraram um aparador na entrada da cozinha.

– Rá – falei, e fui mancando até o móvel.

Peguei a pasta, voltei aos pulinhos até Cameron e enfiei a pasta em seu peito.

– Temos trabalho a fazer. Não posso ficar sentada aqui... de bobeira. Isso não é uma escapada de fim de semana.

Cameron segurou a pasta contra o peito e, em uma manobra que não tive tempo de prever ou entender, sua mão agarrou meu pulso e nós caímos sentados no sofá.

– Tudo bem – disse ele.

Com a maior calma. O quadril encostado no meu e a pasta equilibrada em seu joelho.

Fiquei olhando para ele, sentado ali, preocupado com algo que antes desprezava tanto. Ele abriu a pasta e começou a folheá-la, como se procurasse por alguma coisa específica. Estava fazendo tudo isso com apenas uma das mãos enquanto... seu polegar deslizava sob a manga do meu roupão, chamando minha atenção para o fato de que sua mão continuava segurando o pulso que ele tinha puxado.

Pigarreei.

– Ainda temos três jogos, contra Fairhill, Yellow Springs e New Mount. Isso... – Pausei, observando seu polegar deslizar de um lado para o outro. – As garotas precisam desses pontos. Até agora, elas perderam um e empataram outro. Precisam vencer os próximos três jogos, senão...

Cameron mudou de posição, jogando o tronco para trás e me levando com ele de alguma forma. Continuei:

– Senão, não vão disputar nem o terceiro ou o quarto lugar. Eu tenho...

Hesitei. Antes daquele sábado, eu vinha conversando com alguns meios de comunicação locais, mas não tinha fechado nada até o momento. E agora... Eu não tinha certeza se queria mesmo atrair a atenção da imprensa.

– Preciso de uma história de sucesso para contar em Miami. O Green Warriors precisa vencer a Six Hills.

A língua de Cameron saiu e umedeceu seus lábios.

– Certo – disse ele, colocando a pasta no espacinho que havia entre nós. Então ele soltou meu pulso e apoiou a mão em minha coxa.

– Escolha uma garota – disse ele, esticando os dedos. – Ou um time que vamos enfrentar.

Meus olhos se arregalaram de susto, ou calor, eu não sabia ao certo, quando aquele simples toque subiu pelas minhas pernas.

– *Tá bem.* – Peguei a pasta e me ocupei com ela. – Nenhum comentário sobre a pasta do inferno? Nenhuma olhadinha na seção bastante detalhada sobre você?

Fiquei analisando Cameron, boquiaberta, enquanto seu rosto foi se tornando pensativo, mas... relaxado.

– Por que não está reclamando nem ficando irritado? Por que não se afastou de repente por eu ser difícil? – perguntei.

– Você não é difícil – disse ele, devagar, e quando seu polegar encostou no meu joelho ele soltou um ruído estranho. – Mas sabe ser quando quer. Eu não entendia por quê. Mas estou começando a entender. De qualquer forma, estou cansado de tudo isso.

– Está… cansado? – perguntei, e minha voz quase não saiu.

Embora minha cabeça estivesse se revirando com aquele *Estou começando a entender*.

– E o folheto de atividades? Continuamos inscritos em todas elas. Você por acaso esqueceu que eu te arrastei comigo? Porque eu não esqueci. – Engoli em seco ao perceber que o que eu falava não fazia nenhum sentido. A ponto de eu estar… começando a ficar com medo. – Eu gostaria que você se lembrasse disso.

– Eu me lembro.

Ele se lembrava. De quê? E por que estava tão calmo?

– E aí? Está cansado disso também? Porque um tornozelo torcido não vai me impedir. Por mais que você trate como se fosse um ferimento de guerra, não é.

Cameron soltou meu joelho, e quando pensei que ele fosse se levantar para sair ou reclamar, com razão, daquela bronca que não merecia, ele colocou a mão na lateral da minha cabeça.

– Quer jogar, amor? – Havia um toque sombrio em sua voz. Seus dedos se contraíram. – Quer um homem que não vai sair correndo, assustado? Um homem que dê o sangue no jogo?

Meu coração disparou, e ele disse:

– Então eu vou ser esse homem pra você.

VINTE E CINCO

Adalyn

As palavras de Cameron me assombraram durante toda a semana.

Quer jogar, amor? Então eu vou ser esse homem pra você.

Era o que eu merecia por... me envolver com um atleta de alta performance. Não pessoalmente, mas profissionalmente. E por viver sob o mesmo teto. Comendo juntos e...

Dane-se. Não importava.

O importante era que, dali em diante, eu voltaria a trabalhar como antes. Uma semana de prisão domiciliar já era mais do que eu poderia suportar. Eu tinha perdido três treinos e um jogo – o primeiro que o Green Warriors venceu.

Era por isso que eu estava lá, andando – ou mancando um pouquinho – até o campo com uma caixa pesada nos braços. E estava tudo ótimo. Perfeito, na verdade.

Como se uma espécie de alerta tivesse soado em sua cabeça, Cameron se virou. Muito rápido. Mas o movimento pareceu em câmera lenta ao mesmo tempo. Como se ele fosse um modelo absurdo de tão lindo em um anúncio de... aparelho de barbear.

Porque... ele tinha feito a barba? Quando? Nos vimos de manhã e todo aquele pelo facial estivera na desordem de sempre.

Ele me lançou um olhar irritado do outro lado do campo.

Bem. Ao trabalho.

Pelo menos eu sabia por que ele estava me olhando de cara feia. Cameron não sabia que eu apareceria naquele treino. Teoricamente, porque eu deveria estar descansando. Por isso liguei para Josie, que ligou para Gabriel, que pediu ao marido, Isaac, que me buscasse no Alce Preguiçoso para me levar até a cidade. Era uma cadeia complicada de favores que eu não entendia, mas, como disse Isaac quando reclamei e pedi mil desculpas pelo incômodo: *É assim què as coisas funcionam em uma cidade pequena, querida.* Ele também pediu para que eu ficasse quieta, então começou a tagarelar sobre todo o tempo que passava em Charlotte a trabalho – por causa do chefe *inútil e desagradável* – e elogiou minha roupa. Embora suas palavras exatas tenham sido: *Não acredito que você ficou bem nisso*, enquanto olhava da camisa que eu vestia até as botas de caminhada. Eu gostava de Isaac e tive a impressão de que ele também gostava de mim.

Ao contrário do homem que estava no meio do campo, exibindo um rosto recém-barbeado que o deixava ainda mais bonito e cercado de garotas de nove anos – e uma de sete, vestindo um tutu.

Cameron resmungou alguma coisa para Tony, o novo treinador assistente do Green Warriors, e veio em minha direção.

Senti um frio na barriga. E não foi de pavor. Foi algo confuso e alegre que fez com que eu me sentisse leve, embora Cameron estivesse me lançando um olhar assassino.

– Como o novo funcionário está se saindo? – perguntei quando ele parou à minha frente.

Cameron tirou a caixa das minhas mãos com um movimento ligeiro e indignado.

– Adalyn – vociferou ele, todo irritado e... carinhoso.

Argh. Eu detestava quando ele usava aquele tom.

– Isso pesa uma tonelada.

Me obriguei a revirar os olhos, a agitação em meu estômago piorando a cada segundo.

– Eu sei – admiti. – E, antes que pergunte, sim, estou aqui. E, sim, estou bem e pronta pra trabalhar. E, não, meu tornozelo não está doendo. E, sim, as botas que você insistiu tanto para eu usar são bem confortáveis para um modelo tão feio. E, não, não vou ficar de fora nem viver como uma reclusa depois de ter perdido tanto tempo com o time. E, a propósito, talvez eu volte a dormir na cabana hoje.

Cameron ficou um tempão me analisando, então disse, todo confiante e presunçoso:

– Não vai voltar, não.

Olhei para ele com os olhos semicerrados.

– O que foi que você fez?

Cameron deu de ombros.

– O que você fez com a cabana, Cameron?

– Teve um probleminha com a água do banheiro.

Olhei no fundo dos olhos dele.

– Você foi lá com um balde e garantiu que esse problema acontecesse?

Cameron sorriu, e, sim, meu coração foi parar no estômago. Soltei um suspiro. A verdade era que eu estava muito confortável no chalé dele. Com ele. Eu também não queria ir embora.

– Você sempre consegue o que quer? – perguntei.

Ele deu um passo à frente, tão perto que precisei inclinar a cabeça para trás para olhar nos olhos dele.

– Espero que sim.

Meu cérebro parou. Eu tinha perguntas, sabia que tinha. Perguntas importantes sobre a cabana. Mas ele colocou a ponta da língua para fora e umedeceu seu lábio inferior, me distraindo.

– Você fez a barba. – Ele franziu os lábios, e estendi a mão. Sem pensar. Eu me contive. – Ficou bom.

Os dedos da mão livre de Cameron envolveram meu punho.

– Pode tocar.

Ele levou minha mão mais perto de seu rosto, e minha respiração ficou entalada na garganta. Mas eu percorri o restante da distância e toquei seu rosto. Meus dedos acariciaram a pele surpreendentemente macia. A de seu rosto e de seu pescoço também.

As pálpebras de Cameron se fecharam, trêmulas.

Meus dedos roçaram a lateral de seu rosto com as unhas.

– Que gostoso – murmurou ele.

Também achei. Eu...

Um apito soou bem atrás de nós.

Deixei a mão cair e falei:

– Os uniformes chegaram.

Os olhos verdes reapareceram. Tão atordoados quanto eu estava me sentindo.

– Até que enfim – resmunguei. – É isso que... hum... está na caixa. É melhor eu parar de acariciar você como um cachorrinho... e dar uma olhada.

Cameron soltou uma risada.

– Carambola, meu bem. – Ele balançou a cabeça em negativa. – Como um cachorrinho?

Ele deu mais uma risada e disse:

– Que decepção.

Meu rosto ficou quente, mas me recusei a deixar Cameron me distrair de novo.

– Você disse "carambola"?

– Não posso mais falar palavrão na frente das meninas. A diretora disse que não é profissional.

Ah.

– Que... – Todo o ar pareceu fugir dos meus pulmões. – Que fofo. Obrigada por se esforçar, Treinador.

Seus olhos brilharam, então Cameron balançou a cabeça, como se... não pudesse acreditar.

– Meu Deus. – Ele soltou mais uma de suas risadas. – Acho que você me estragou, amor.

Franzi o cenho. Também fiquei mais vermelha ainda com aquele *amor*.

Por sorte, antes que eu pudesse dizer ou fazer algo estranho em resposta como, sei lá, me jogar no chão em um emaranhado de emoções que eu não entendia, fui atacada.

– Cuidado – disse Cameron, com a voz gentil, mas firme, colocando a mão no meu ombro.

Ele me estabilizou, e seus dedos tocaram meu pescoço. Senti meu braço se arrepiar.

Olhei para baixo e dei de cara com María me abraçando.

– Estou feliz que esteja bem – murmurou ela, o rosto colado em mim.

Ela olhou para cima, com uma cara séria. Senti um aperto no peito.

– Recebeu o nosso cartão? Viu que a Brandy e a Tilly também assinaram? Pintei as patas delas para que assinassem também.

Então as manchas estranhas de tinta eram das cabras.

– Recebi – respondi, com a voz quase embargada. – Eu amei. Eu...

253

Eu não ia me emocionar. Não ia.

– Ficou lindo. Muito obrigada.

– Estamos felizes por você estar bem – disse Juniper, junto ao grupo, e as outras garotas assentiram.

– Também estou feliz, Srta… Adalyn – disse Tony, ao lado de Cameron. – Eu disse que elas podiam fazer um intervalo de cinco minutos, Treinador.

Cameron só tirou os olhos de mim para assentir para Tony.

María me soltou, mas segurou minha mão antes de dar um passo para o lado.

– E aí, o que tem nessa caixa? São presentes? – Ela franziu o cenho. – Você deveria ter nos avisado que vinha hoje. A gente podia ter organizado uma festa de boas-vindas.

– Tudo bem – garanti, apertando sua mão. O sorriso da garotinha se alargou. – E, sim. Eu trouxe um presente. É uma surpresa. Para o time. Espero que vocês gostem.

– Eu aaamo surpresas – confessou María.

O restante do time soltou um *oooooh*. Ela deu um passo à frente e cutucou a caixa que estava nos braços do Cameron.

– Você também ama surpresas, Srta. Adalyn? – perguntou ela.

– Claro – respondi, sentindo o peso do olhar de Cameron de lado.

– Perfeito – respondeu María. – Então a gente pode trocar surpresas hoje. É como se fosse… o Natal. Só que no outono. Ah, falando nisso, você vai participar do festival de outono? Seu pé já vai estar melhor? A gente pode colher maçãs, jogar boliche com abóboras, ou até se inscrever na corrida do labirinto de milho assombrado.

María estava radiante, vibrava com tanta animação que foi impossível fazer qualquer coisa a não ser assentir para ela.

– Legal! – Ela voltou a olhar para a caixa. – Então agora vamos trocar surpresas.

– María – alertou Cameron. – Sobre o que conversamos mais cedo?

Mas María nunca se deixou intimidar por aquele homem estoico e secretamente gentil, então argumentou:

– Sei que você disse que não está pronto, mas acho que a Srta. Adalyn merece a surpresa dela agora. Ela está com dor, e surpresas sempre me animam quando estou doente ou triste. Além disso, ela comprou presentes para o time, e não fizemos uma festa surpresa pra ela como você prometeu que a gente poderia fazer quando ela voltasse.

A garotinha de nove anos lançou um olhar rígido para Cameron e ainda completou:

– Você está sendo um reclama-reclamão de novo, Treinador Cam.

Cameron soltou um suspiro.

Olhei para ela, boquiaberta.

– Ei, você o chamou de Treinador Cam – falei.

María revirou os olhos.

– Se bem que também chamou de reclama-reclamão – continuei, em tom de provocação, olhando para Cameron. Ele revirou os olhos. – E a isso eu não me oponho.

– É, porque o Treinador só reclamava em todos os treinos semana passada, até no sábado, quando ganhamos. E ele se esforçou tanto com a surpresa. Mesmo o papai falando milhares de vezes que ele não precisava ajudar. – Ela balançou a cabeça, e eu virei a minha, confusa. – Talvez sejam os rabugentos que ele tem na bun...

– María! – Tony deixou escapar. – Isso de novo não, meu Deus. Conte logo sobre o galpão.

Cameron soltou um grunhido.

Franzi o cenho.

– O galpão?

– Tá boooooom – disse María, alongou a palavra. – O Treinador Cam pediu ao meu pai e ao meu irmão que transformassem o galpão em um escritório. Pra você. É pequeno, mas o Treinador ajudou e estava muito orgulhoso antes de você chegar. Vai ficar bem bonitinho, eu prometo.

VINTE E SEIS

Adalyn

O Green Warriors venceu pela segunda vez.

Cameron disse que foi por causa dos novos uniformes. As meninas tinham amado, porque, como destacou María, eram "arrasadores". E eram mesmo. As camisas eram preto-carvão e verde-menta, com o nome e o número de cada uma delas em rosa pastel nas costas e o logo do Miami Flames na frente. Encomendei shorts e meiões verdes e pretos, para que as garotas pudessem escolher qual preferiam. Consegui até um short-saia que lembrava um tutu para Chelsea. Não foi fácil encontrar, mas ela ficou tão entusiasmada e surpresa que por um segundo achei que ela tivesse parado de respirar. Até Diane ficou emocionada. Mas eu não fui a responsável pela vitória do time. As garotas foram. Foi um bom jogo. E não por minha causa.

Foi por causa de Cameron.

Cameron, que usou o agasalho que eu tinha encomendado para ele. Cameron, que eu ainda estava evitando.

Ele tinha construído um escritório para mim. Para que eu não precisasse ficar sentada nas arquibancadas. Tirou dinheiro do próprio bolso para isso e trabalhou com Robbie em segredo. Enquanto eu estava no sofá dele, largada como uma espécie de... donzela em apuros, Cameron estava suando, fazendo prateleiras. María me contou todos os detalhes.

Então, nos últimos dias, desde a revelação do escritório, eu andava um pouco frustrada. Comigo mesma, não com ele, porque foi a coisa mais gentil e atenciosa que alguém já fez por mim. Na vida. Eu estava evitando Cameron porque não conseguia, por mais que tentasse, manter um raciocínio lógico quando ele se aproximava. Eu derretia e só conseguia pensar no escritório. Nos bolinhos que ele tinha levado para mim de manhã. No modo como sua mão tocou minha coxa. Na barba que ele fazia questão de manter aparada e bem cuidada. No meu desejo de tocá-la, de tocá-lo, mais uma vez.

Argh.

Com um suspiro, percorri as arquibancadas com o olhar, na esperança de me distrair com o festival de outono – eu precisava de uma distração. Havia um palco vazio – e torci para que isso não significasse mais uma noite de curtição –, algumas barraquinhas de comida, uma de artesanato... a Venda da Josie.

Fui até a barraquinha de café dela e parei um momento para observar a variedade de cores à minha frente. Havia abóboras ao pé da barraquinha, maçãs vermelhas penduradas em barbantes, pequenos fardos de feno decorando o piso e o teto. Até um boneco que parecia um... espantalho. Espantalha, a julgar pelas tranças, pelos cílios espessos, pelas bochechas rosadas e pela placa pendurada no pescoço: ENTALHANDO O PATRIARCADO, UMA ABÓBORA DE CADA VEZ.

Do nada, a cabeça de Josie surgiu por debaixo da barraquinha, e levei um susto.

– Ops – disse ela, com aquele sorrisão característico. – Desculpe, eu não quis... espantar você.

Ela deu uma piscadela.

– Gostou da minha barraca? Decidi explorar meu lado feminista este ano. Sabe, essa coisa de mulher-que-não-precisa-de-homens e tal.

– Os homens podem ser mesmo bem desnecessários de vez em quando – concordei. – E amei a sua barraca. A cidade está bem festiva, mas este é definitivamente o meu lugar favorito.

Ela riu, um sorriso alegre e reluzente que fez com que eu me perguntasse se algum dia já fui leve desse jeito.

– Como pode ver – disse ela, estendendo os braços –, ninguém faz um festival de outono como o nosso. É onde as montanhas se encontram com o charme sulista. – Ela abaixou os braços. – E aí, o que você quer beber?

– O que você recomenda?

Seu sorriso se alargou ainda mais, os olhos azul-claros brilhando. Ela pegou um quadro com as bebidas do dia escritas e colocou à minha frente.

– O Dose de Abóbora da Josie é o meu favorito. Mas, se quiser algo forte, sugiro o Fogueira Efervescente. Por último, mas não menos importante, o chocolate quente Coração de Maçã, se não estiver a fim de cafeína.

Olhei para o quadro e para a mulher ao lado e de repente me senti... feliz por estar ali. Em Green Oak.

– Vou querer o Coração de Maçã, parece delicioso.

– Uau – disse ela, e sua expressão mudou. – Você está sorrindo bastante, e por algum motivo estou sentindo que devo te dar um abraço. Que tal?

– Quero um abraço – me ouvi sussurrar.

De repente, o corpo de Josie saiu da barraca e me apertou. Apertei de volta.

– Desculpa – falei quando ela me soltou. – Eu estava com um humor péssimo hoje. E pensar nas bebidas que você prepara me animou. Até a espantalha me animou, e eu nunca gostei muito de espantalhos.

Josie riu.

– Sabe de uma coisa? – Ela olhou para alguma coisa atrás de mim. – Vou preparar um Fogueira Efervescente de cortesia. Talvez você queira surpreender alguém com uma bebida.

A sugestão revelou o que ela tinha avistado à distância. Ou melhor, quem.

– Enquanto isso, pode ir me contando o que ele fez que te deixou mal-humorada – completou ela.

Abri a boca, pensando em mudar de assunto, mas...

– Ele preparou um escritório para mim. No galpão ao lado do campo. Ele ajudou, tipo, com as próprias mãos, ferramentas e sei lá mais o quê.

Josie assentiu devagar.

– E isso é... – Ela deixou a frase no ar e pegou uma caixa com embalagens de caldas embaixo do balcão.

– Bom – respondi. – É atencioso. E gentil.

O sorriso de Josie se alargou.

– E muito ruim – acrescentei, e ela franziu o cenho. – Não sei. Não consigo decidir. Não estou acostumada com essas coisas.

– Coisas como... alguém se esforçar pra deixar você feliz? Conquistar sua confiança aos poucos? Cuidar de você? Dar em cima de você? Querer subir em cima de vo...

– Josie – sussurrei.

Ela deu um sorrisinho.

– Só estou dizendo o que vejo.

Cameron estava mesmo fazendo tudo aquilo? Eu suspeitava que sim, mas eu lá sabia de alguma coisa?

– Ele aprontou pra cima de você mesmo, né? – Josie soltou um suspiro. – Cameron não é como esse outro cara que te deixou tão magoada assim. Ele não é um babaca. É o contrário, na verdade.

Josie balançou a cabeça e disse:

– Ele é maluco. Durão, mas tem um coração mole. Como você. Talvez devesse dar uma chance pra ele. – Ela tirou os olhos das bebidas e olhou profundamente nos meus. – Uma chance pra *você*.

Dar uma chance para mim.

Engoli em seco, tentando dissolver o nó repentino de emoção que parecia entalado na minha garganta. Desviei o olhar, me sentindo soterrada pelas palavras da Josie.

María foi surgindo à distância. Estava acompanhada de algumas das garotas do time, todas comendo maçãs do amor. Ela me viu e acenou com entusiasmo.

Acenei de vota.

– Essa garota adora você, sabia? – disse Josie, voltando a atrair minha atenção.

Quando a olhei outra vez, ela estava abrindo uma caixa de leite.

– É recíproco.

Josie sorriu.

– Que ótimo ouvir isso. – Ela pegou uma jarrinha metálica em uma das prateleiras. – Acho que ela mudou o nome de uma das cabritinhas pra Adalina.

Tentei segurar o riso.

– Acho que podia ser pior.

– Nem todo mundo tem esse privilégio. – Ela riu, mas logo voltou a ficar séria. – Brincadeiras à parte, acho que ela te admira. Ela deve se lembrar da mãe quando olha pra você.

Não entendia como uma criança tão carinhosa e feliz podia enxergar algo de maternal em mim, mas eu gostava muito dela. Gostava de María. Ouvir aquilo fez com que eu me sentisse muito honrada.

– Faz quanto tempo que ela morreu?

– María tinha uns seis anos – explicou Josie, com uma curva triste nos lábios. – Os Vasquez chegaram aqui na cidade quando Tony era pequeno, compraram uma fazenda em ruínas e deram nova vida a ela. Fizeram mais pela comunidade em alguns anos do que muitas famílias em gerações. E Robbie até hoje oferece a fazenda pra todas as atividades e festas da cidade. Na maioria das vezes nem recebe nada em troca. O marco onde estamos agora, por exemplo, pertence à fazenda.

– Deve ser bem trabalhoso pra ele. Cuidar da família, da fazenda e de todo o resto sozinho não deve ser fácil.

– Não é fácil, com certeza – concordou Josie, finalizando uma das bebidas com chantili. – A fazenda passou um bom tempo com problemas financeiros após a morte da mãe da María.

Ela passou a falar mais baixo:

– E Robbie não gosta de falar sobre isso, mas ficou, e talvez ainda esteja, bastante endividado. – Josie soltou um suspiro. – Pra nossa sorte, tem alguma entidade protegendo Green Oak. Gosto de pensar que é como uma fada madrinha moderna. E, sim, eu a imagino com o rosto da Oprah.

Ela pegou uma caneta e começou a escrever em um copo enquanto dizia:

– Ninguém sabe exatamente quem é, mas quando alguma empresa da cidade passa por dificuldades... – Ela acenou com a caneta como se fosse uma varinha. – Bibidi-bobidi-bu!

Eu ri, pega de surpresa com o floreio teatral.

– Tipo um investidor-anjo?

– É – concordou ela. – Mas preferimos acreditar na magia, não em nomes sofisticados.

Josie deu de ombros.

– Enfim, a fazenda dos Vasquez hoje está a todo vapor. Só precisamos de um final feliz para Robbie. Mas estou trabalhando nisso. Sou ótima bancando o cupido.

Olhei por cima do ombro e vi María na multidão, falando sobre alguma coisa e gesticulando com as mãos.

– Ela vai ficar bem – disse Josie. – Ela e Tony. Eu fui criada só pela minha mãe e veja como me saí bem.

– É mesmo? – perguntei.

– Sim, senhora. Nem cheguei a conhecer o meu pai. – Ela colocou um segundo copo à minha frente. – Só sei que ele preferiu não se envolver, e minha mãe colocou o dinheiro que ele mandava todo mês em uma poupança no meu nome.

Várias perguntas vieram na ponta da minha língua, mas Josie me interrompeu, soltando uma risada.

Franzi o cenho.

– O que foi?

Ela empurrou as duas bebidas elaboradas e coloridas na minha direção.

– Mulher, é melhor você resgatar aquele homem impaciente antes que ele mate alguém. Alguém como a presidente da associação de pais, no caso.

Olhei para trás e vi Cameron, muito sério, conversando com Diane. Ou melhor, quem falava era só ela, a julgar pela velocidade supersônica com que seus lábios se movimentavam. O rosto de Cameron estava todo contraído. Eu conhecia aquela expressão.

– Ah, não – resmunguei, voltando a olhar para Josie. – É melhor eu ir. Quanto te devo?

– Pode me pagar amanhã, preciso te pedir um favorzão – disse Josie, ainda olhando para além de mim e então erguendo as sobrancelhas. – Ah. *Ah*. Eu acho… que a Diane talvez esteja dando em cima do Cameron?

Peguei as bebidas e dei as costas para ela, andando o mais rápido possível e ignorando a risada que irrompia de sua barraca. Eu sabia por que ela estava rindo. Achava que eu estava com ciúme. Mas, não. Cameron e eu éramos… um time, talvez, eu acho. Parceiros. Colegas de trabalho. Eu estava devendo uma para ele. Sim, era por isso que eu estava correndo. Não porque Diane estava dando em cima dele.

O olhar de Cameron demorou um pouco para me encontrar. Ele arregalou os olhos. *Rápido*, parecia implorar em silêncio.

Diane não demonstrava perceber o constrangimento evidente de Cameron. E, quando me aproximei, toda a urgência desapareceu, dando lugar a… uma risadinha.

Revirei os olhos. *Vê se cresce*, foi a mensagem que enviei na conversa invisível por onde estávamos nos comunicando.

Ele apareceu entender. E um canto dos seus lábios se curvou para cima, *Me obrigue.*

Seu convencido, competitivo, pensei. E mais uma vez ele pareceu entender, porque sorriu para mim. E senti meu rosto ficar vermelho.

Quando cheguei até eles, eu estava tão distraída que nem entendi direito as palavras de Diane. Alguma coisa sobre o divórcio ou uma mangueira com problema na casa dela que precisava que alguém desse uma olhada.

– Uma emergência – anunciei. Diane parou de falar de repente. – Preciso do Cameron.

O sorriso dele se alargou.

– É da maior urgência – completei.

Da maior urgência? Meu Deus, Adalyn.

Cameron deu uma tossidinha, mas eu sabia que era só para encobrir uma risada bufada.

Diane riu, constrangida.

– Não pode chamar outra pessoa? Estou conversando com Cam sobre como é importante que Chelsea mantenha o equilíbrio entre as aulas de balé e os treinos de futebol.

Franzi o cenho. É mesmo? Eu seria capaz de jurar que ela estava falando sobre uma mangueira e o ex-marido. Os olhos de Cameron, fixos em mim, se arregalaram em alerta.

– Infelizmente não pode esperar. – Me forcei a ficar séria. – Aconteceu um acidente. Na barraca de queijo.

Diane pareceu não acreditar em mim.

– Eles precisam do Cameron. Tem que ser ele. Por causa dos seus conhecimentos de... queijos de pasta mole.

– Queijos de pasta mole? – Diane piscou com força.

– Muçarela – falei. – E... brie. Ricota, e talvez feta também. Sabe, queijos que são macios ou que esfarelam quando...

– Acho melhor a gente ir – disse Cameron, me interrompendo. – Preciso dar uma olhada na, hum, emergência do queijo. Parece importante.

Eu assenti.

– E eu ia detestar se os queijos que esfarelam esfarelassem demais – disse ele.

– Mas... – Diana começou a dizer.

Mas o braço de Cameron já estava ao redor do meu ombro, sua mão enorme caindo ao meu lado. Ele me virou e nos afastamos. Cameron começou a falar em voz baixa, a cabeça inclinada, tão perto da minha orelha que senti as palavras em minha pele:

– Meu bem. – Ele foi me guiando para longe de Diane. – Queijos de pasta mole? Não conseguiu pensar em nada melhor?

– Aquela mulher me deixa nervosa. – Enfiei o copo de Josie na mão dele. – Um Fogueira Efervescente, pra você.

Ele fez um "hum" no fundo da garganta, e não pude deixar de perceber que seu braço continuava em meus ombros. Não reclamei.

– É uma das bebidas sazonais da Josie. Peguei um chocolate quente Coração de Maçã pra mim. – Ergui o copo coberto de chantili e dei um gole. – Uau.

– Bom? – perguntou ele.

– Incrível, na verdade – respondi, a mistura de sabores me trazendo um bem-estar inesperado.

Olhei para a bebida de Cameron e pensei nas palavras de Josie.

– Experimente o seu. Espero que seja bom, porque me custou um *favorzão*, o que quer que isso queira dizer. – Fiz uma pausa. – É uma pequena demonstração de reconhecimento. Um agradecimento. Pelo escritório. Por tudo, na verdade.

Ergui a cabeça, olhando para Cameron, de perfil. O canto de seus lábios ameaçava se curvar. Não. Eu não sobreviveria a mais um sorrisinho. Não na velocidade em que estávamos andando. Voltei a olhar para o caminho à nossa frente.

– Não faça essa cara de convencido. Você precisou ser salvo há, tipo, um minuto. – Senti meu cenho se franzir. – Ela estava mesmo… dando em cima de você?

Cameron apressou o passo, me abraçando e colocando a mão na minha cintura.

– Está com ciúme?

Não respondi.

Percebi, na verdade senti, graças a meu sexto sentido no que dizia respeito a Cameron Caldani, que ele estava dando um sorriso. Bem largo. De quem sabia a resposta.

Eu estava prestes a chamar sua atenção quando Diane gritou atrás de nós.

– Oiii? A barraca de queijo é aqui! Vocês passaram!

263

– Ah, meu Deus – resmunguei, dando uma olhada para trás. – Ela está vindo atrás de nós.

– Tudo bem com seu tornozelo ou prefere que eu te carregue no ombro?

– Hã?

– Que se dane – disse ele.

E, em uma manobra rápida que eu jamais teria imaginado, eu estava em seus braços. Nossas bebidas intactas.

– Cameron... – falei, me agarrando ao seu casaco com uma das mãos e segurando a bebida com a outra.

Sobre seu ombro, avistei Diane. Ela estava com o indicador em riste, andando cada vez mais rápido.

– Tá bem, acho que é hora de correr – falei.

Cameron saiu em disparada, rindo sem parar, uma risada sarcástica, alta e linda, fazendo seu peito vibrar contra o meu corpo. Ele virou à esquerda de repente e, juro por Deus, soltei uma risadinha boba. Cameron agora corria pelo espaço entre as duas barracas e deixou escapar algo entre uma risada e um palavrão em resposta. Por fim, contornou uma caminhonete grande estacionada a alguns metros dali.

Ele parou atrás do veículo, ao lado da caçamba, que estava cheia de feno e servia como um bom esconderijo. Cameron deu uma espiada, provavelmente para ver se ela continuava atrás de nós.

Quando se virou para mim, meu peito subia e descia, arfando. Meu coração batia forte com a adrenalina, que tinha pouco a ver com a corrida e tudo a ver com o homem que continuava me carregando em seus braços.

O tempo pareceu desacelerar, ficando mais carregado, quando ele me soltou, uma onda de emoções diferentes me invadindo quando minhas botas tocaram o chão.

– Ei – disse Cameron, a voz grave e tão agitada quanto o meu coração. – O que foi?

– Nada – acho que sussurrei.

Olhei em seus olhos, quase tão verdes quanto a copa das árvores atrás dele.

– Eu... eu senti um pouco de ciúme, sim.

Minhas palavras caíram no pequeno espaço que havia entre nossos corpos. Tão pequeno que poderia ser violado em um único suspiro.

– Eu estava com ciúme da Diane. Não gostei que ela estivesse dando em cima de você. Mas agora me sinto mal por ter corrido assim. Agora...

Sua mão livre veio até meu queixo, a palma e os dedos, quentes, se estendendo para envolver meu rosto.

– Eu sei – disse ele, inclinando a cabeça. Sua mandíbula contraída com uma emoção que não consegui decifrar. – Podemos nos desculpar depois, se acha que vai se sentir melhor.

Um músculo saltou na linha de seu maxilar.

– Vou dizer a ela que não estou interessado. Que pedi pra você inventar algo bobo pra evitar uma conversa constrangedora.

Minha garganta ficou seca com suas palavras, a proximidade, a tensão percorrendo meu corpo ao sentir seu toque.

– Minha desculpa não foi tão boba assim.

Os lábios de Cameron se contraíram, mas ele não sorriu. Em vez disso, sua boca se abriu e ele deixou escapar um leve sopro. O verde em seus olhos pareceu escurecer e ele se aproximou, até minhas costas se apoiarem na lateral da caminhonete.

Meu coração disparou, e tenho quase certeza de que deixei escapar algum gemido ao sentir a proximidade. O modo como seu peito, seu quadril e suas coxas agora me tocavam. O modo como cada ponto onde nossos corpos se encostavam formigava e queimava. Cada terminação nervosa transformada em um fio desencapado. Eu estava pegando fogo.

Cameron soltou um gemido, a mão enorme que parecia presa ao meu rosto e ao meu pescoço descendo por meus ombros, pela lateral do meu corpo, até alcançar minha cintura. Ele apertou.

– Isso está me enlouquecendo.

– O quê? – sussurrei.

– Ficar me perguntando se é isso que você quer – respondeu ele, franzindo o cenho.

Abri a boca, como se fosse dizer *claro, como eu poderia não querer isso, não querer você, é justamente querer que me assusta*, mas sua mão se mexeu. Ele agarrou o tecido do meu casaco.

– Esse gemidinho que você soltou – disse, a voz rouca. – Você também fez isso naquela primeira noite. Quando te coloquei na cama.

Fechei os olhos.

– É mesmo?

Senti ele soltar meu casaco. De repente, sua mão estava em minhas costas. Os dedos espalmados, subindo até minhas omoplatas, minha nuca.

– Você me puxou pra que eu me deitasse com você, sabia?

Acho que fiz que não com a cabeça. Não sei dizer. Estava muito distraída, dominada pela sensação de seus dedos acariciando minha nuca, se emaranhando no meu cabelo, me puxando em sua direção, meu corpo contra o seu.

– Você soltou exatamente esse som e me puxou pela camisa – disse ele, a voz rouca, as palavras parecendo tocar meu rosto. – E eu precisei me contentar em acariciar seu cabelo até você pegar no sono.

Minha mão que estava livre subiu sozinha e agarrou seu antebraço. Eu não sabia o que dizer, não conseguia nem pensar direito. Então me permiti apenas ser. Dei uma chance a mim mesma. Como Josie disse.

Puxei sua manga, com força, como imaginei ter feito naquela noite. O corpo dele pairou sobre o meu. Com os olhos ainda fechados, senti seu corpo, seu peso, seu calor e a parte interna de suas coxas tocando as minhas. Ouvi alguma coisa cair no chão. De repente, senti suas mãos em meu rosto.

– Adalyn – disse ele, a palavra caindo em meus lábios. – Abra os olhos, amor.

Abri, e, pela primeira vez, me permiti olhar para ele de verdade. Ele era tão arrasadoramente lindo, tão intenso, tão determinado que fiquei sem fôlego.

– Gosto quando você olha pra mim – disse ele, o polegar traçando a linha do meu queixo, um toque delicado, suave, deixando um rastro de arrepios.

Ele tocou o canto dos meus lábios, e vi sua língua umedecer os seus.

– O que você quer de mim? – perguntou ele.

Segurei seu braço com mais força.

– Uma chance.

As narinas de Cameron se dilataram, mas ele pareceu hesitar.

– Você me faz sentir – me ouvi sussurrar. Eu não sabia se ia conseguir dizer alguma coisa coerente, mas, meu Deus, eu queria tentar. – Você me faz sentir algo que nunca senti com ninguém antes, Cameron. Você me faz desejar coisas que eu nunca quis antes.

Um gemido escapou dos lábios de Cameron. Seu toque em meu rosto ficou mais firme e mais suave ao mesmo tempo, se é que é possível. Seu quadril pressionou o meu, e suspiros idênticos deixaram nossos lábios. Ele parecia tão... grande, firme, em cima de mim. E sua expressão era de dor. Seus olhos mergulharam até meus lábios, frenéticos, seu polegar viajou até meu lábio inferior.

Meu Deus, como eu queria senti-lo. Em meus lábios. Virei a cabeça. Beijei seu polegar.

– Puta merda. – Ele soltou um grunhido, e algo atrás de seus olhos se iluminou, se libertou, algo poderoso e profundo.

Eu me aproximei, minha paciência tinha chegado ao fim. Cameron fez o mesmo.

O som de um motor cortou o momento.

Nos encaramos por um instante, o peito subindo e descendo com a respiração pesada, tentando entender o que estava acontecendo à nossa volta.

– É a caminhonete – sussurrou ele, a testa descansando em meu ombro. Ele soltou um palavrão baixinho.

Ah. É. Eu tinha esquecido a caminhonete.

Cameron levantou a cabeça e me afastou da lateral do veículo.

Ver minhas mãos nas dele fez meu coração parar de bater por um instante. Também me lembrou de uma coisa.

– Acho que derrubamos nossas bebidas – falei, olhando para o chão, onde elas estavam.

Voltei a olhar para ele. Fiquei vermelha.

– Eu... Você está com um sorriso enorme no rosto. – Algo pareceu alçar voo em meu peito, e me obriguei a perguntar. – Por quê?

– Porque você acabou de me dar um motivo.

– Um motivo pra quê?

– Para encarar o jogo mais importante da minha vida.

VINTE E SETE

Cameron

Faltavam só cinco minutos para a lasanha ficar pronta e Adalyn ainda não tinha chegado.

Alcancei meu celular, que estava no balcão. Abri os contatos, mas... meu dedo pairou no ar. Eu conseguia imaginar sua expressão. Os olhos castanhos se revirando e os lábios formulando um comentário espertalhão sobre o quanto eu era impaciente. Talvez ela me chamasse de *nonna* mais uma vez, como no dia em que servi mais comida em seu prato sem que ela pedisse.

Os cantos dos meus lábios se curvaram e, balançando a cabeça, larguei o celular.

Eu era mesmo um idiota impaciente. Mas não estava nem aí. Estava velho demais para mudar. E acho que nem conseguiria. Assim como não conseguia ignorar a necessidade de... cuidar dela. Principalmente porque Adalyn não cuidava de si mesma. Ou, pior, nem esperava que outra pessoa fizesse isso.

Willow e Pierogi correndo em direção à porta foi o sinal de que eu precisava para saber que Adalyn estava em casa. Em casa. Um calor se espalhou em meu peito.

Virei para a entrada da cozinha, como as gatas tinham feito, e, em silêncio, esperei que ela se materializasse. Um rastro de miados doces chegou aos meus ouvidos, seguido pelo tom suave da voz de Adalyn. Era sempre assim quando ela falava com as gatas, e eu ficava fascinado. Eu amava a intimidade que Adalyn tinha com elas, principalmente com Willow. Sempre que as encontrava deitadinhas no sofá, eu precisava me segurar para não... me enfiar junto com elas e implorar que ela fizesse carinho em mim.

Eu era mesmo ridículo.

Ela surgiu no final do corredor, o rosto rosado do ar cada vez mais frio. Abriu o casaco que eu tinha comprado, provavelmente sem perceber que eu estava ali, boquiaberto, toda a minha atenção capturada por aquelas mãos que eu queria que me tocassem. O casaco abriu, revelando uma daquelas camisas sedosas que ela tanto amava. Estava de calça jeans e bota. Eu tinha comprado toda a roupa que ela estava usando, com exceção da camisa e da calcinha. E parte de mim se revoltou com isso. Eu queria mimar Adalyn. Enchê-la de coisas bonitas que eu sabia que ela mesma podia comprar. Eu não me importava com isso.

– Oi – disse ela, ao finalmente perceber minha presença.

Seu rosto foi tomado por um tom diferente de rosa e seus olhos percorreram meu corpo. Ela andava fazendo muito isso. Me olhar abertamente. E eu amava.

– Cameron?

Engoli em seco.

– Amei seu cabelo – falei.

Era verdade. Estava solto, ondulado, livre, não alinhado ou preso em um coque.

Adalyn hesitou.

– Eu… Ah. Obrigada. – Ela franziu o cenho. – Você parece… estranho. Como se estivesse prestes a espirrar. Ou… com fome?

Ela arregalou os olhos.

– Ah, meu Deus, eu estou superatrasada, não estou? – disse ela, e pegou o celular e olhou para a tela. – Por favor, me diga que não cheguei tarde demais e estraguei o jantar.

A preocupação genuína em seu rosto me fez querer dar um passo à frente. Eu me segurei.

– Chegou bem na hora – garanti, com o tom de voz ainda um pouco bruto. – E eu não ia espirrar. Nem estou com fome. É só a minha cara.

Perto de você. Ultimamente. O tempo todo. Eu precisava dar um jeito nisso.

Sua preocupação se dissipou, dando lugar à Adalyn brincalhona que ela vinha mostrando aos poucos nos últimos dias.

– Estava lindo mesmo assim – disse, em voz baixa. – Aliás, o cheiro está ótimo. Estou ansiosa para ver o que você preparou.

Fascinado, fiquei olhando para ela, que foi até a ilha da cozinha e se sentou.

– Foi muito ruim?

Um suspiro deixou seus lábios.

– Péssimo. Josie e eu tivemos que providenciar duas rodadas de milk--shakes para animar as meninas.

Peguei a garrafa de vinho que tinha comprado na volta para casa depois do jogo. Já havia duas taças em cima da ilha.

– Tinto? – perguntei, e a intimidade daquela cena me pegou de surpresa.

Um calor totalmente novo se espalhou em meu peito. Eu... Eu gostava daquilo. Daquela sensação. Dei uma tossidinha.

– Também tem uma garrafa de vinho branco gelando – falei.

Seus lábios se abriram e ela soltou um:

– Ah.

Meu olhar disparou até seus lábios.

– A que vamos brindar? Eu não comemoraria o resultado do jogo, mesmo que não tivéssemos perdido.

– Você merece ser consolada, querida. Não foram só as garotas que não conseguiram os pontos para chegar à final.

Adalyn soltou mais um suspiro.

– Tinto está ótimo. Obrigada, Treinador.

Tive que segurar a vontade de rir ao ouvi-la me chamando assim. Ou de uivar, não sei direito.

– Não me agradeça ainda – murmurei, e servi uma taça. – Então, duas rodadas de milk-shake?

– É. As garotas ficaram tão arrasadas que fui caçando tudo o que Josie tinha atrás do balcão. Não sobrou nada, nem os biscoitos de passa. – Sua mão envolveu a haste da taça. – A gente sabia que se não ganhasse esse jogo contra o New Mount Eagles ia lutar por no máximo um terceiro ou quarto lugar. Mas eu...

Ela desviou o olhar, os lábios tocando a borda e dando um bom gole.

– Sei lá – falou.

Já tínhamos discutido sobre aquilo, muito. Estabelecemos uma estratégia e as garotas entraram em campo com um grito de guerra. Adalyn filmou tudo. Quando só o que conseguimos foi mais um empate, eu me preparei para lidar com as possíveis consequências que isso teria para Adalyn. Me preparei para lidar com a tempestade. Porque eu sabia o quanto Adalyn queria – precisava – que o time chegasse à final, o que não seria mais possível. Mas ela ficou... bem. Não. Ficou tão preocupada com a reação das meninas que não demonstrou a própria decepção. Ela ficou firme.

Foi quase impossível não beijá-la naquele momento.

Continuava impossível.

– Não está um pouco mal? Não precisa se fazer de forte para mim, amor.

Adalyn apoiou a taça sobre a ilha.

– Estou decepcionada. Havia muitas coisas em jogo para mim. – Ela franziu o cenho. – Mas não, não estou mal. Não sei como. Fui eu que alimentei a esperança delas. Eu queria conquistar isso para *elas*.

Havia muitas coisas em jogo para mim.

Eu sabia que ela tinha feito alguma besteira e estava tentando se redimir, mas eu começava a achar que não era só isso.

– O que exatamente estava em jogo pra você? – perguntei.

Adalyn balançou a cabeça.

– Você sabe por que o Miami Flames me mandou pra cá – respondeu ela.

Eu sabia. Mas deixei que ela falasse. Porque, naquele momento, tive certeza de que estava deixando passar alguma coisa. Estava claro, no modo como ela desviava o olhar. Os ombros tensos.

– Sei que a condição nunca foi ganhar, mas... Bom, eu tinha esperança. Uma vitória é sempre uma vitória. É mais fácil vender uma vitória pra imprensa. As pessoas amam vencedores, todo mundo sabe disso. Mas, mesmo assim, tenho muito material. E grandes planos para o último jogo. Não importa a posição em que a gente fique. Continua sendo uma história de sucesso.

Franzi o cenho. *A condição?* Por que ela diria condição, não *objetivo* ou *meta*? Mas também...

– Não tinha ninguém da imprensa no jogo de hoje. Ou no anterior. – Eu me lembrei dela falando alguma coisa sobre ter conversado com a imprensa local. – Por quê?

Adalyn levou a taça aos lábios mais uma vez. Mas percebi que foi para ganhar tempo.

Fiquei olhando para ela, em silêncio. Queria que ela me contasse a razão, embora eu já soubesse qual era. Ela só podia ter feito aquilo por mim. E isso... me fazia querer gritar, por vários motivos.

– Adalyn...

– Chega de falar sobre mim, por favor. – Ela tentou sorrir, mas não me convenceu. Foi um daqueles sorrisos plásticos de que eu não gostava. Não era o sorriso dela. – E você? Qual é o plano para Cameron Caldani? Quanto... tempo você acha que vai ficar em Green Oak?

Continuei em silêncio. Em parte por ela ter desconversado, mas também por causa do lembrete de que nenhum de nós dois estava ali para ficar. Ou talvez eu estivesse. Eu não sabia.

Adalyn deve ter notado minha relutância em falar sobre esse assunto, porque estendeu a mão e tocou meu braço.

– Não precisamos falar sobre isso – disse, em voz baixa. – Posso te fazer outra pergunta?

Peguei a taça e levei aos lábios.

– Pode me perguntar qualquer coisa – falei, e deixei a taça sobre a ilha depois de um gole. Tudo que eu queria era que ela me fizesse a mesma oferta.

– É sobre sua aposentadoria.

Fiquei tenso. Tão tenso que tive que me concentrar no toque de seus dedos em meu braço para me acalmar o suficiente para responder.

– O que quer saber?

– Eu... eu li a respeito – admitiu ela. – Sobre você também. Bastante.

Seu rosto ficou rosado mais uma vez, mas não de vergonha. O oposto. E o bobo que havia em mim pensou: *Aí está minha garota corajosa.* Mas Adalyn não era minha garota. Ainda não.

– Foi de repente. Você ainda tinha mais alguns anos. Goleiros geralmente... – disse ela, e balançou a cabeça. – Não preciso explicar isso logo pra você. Mas sua aposentadoria foi uma surpresa. Fico me perguntando se teve um motivo para isso.

Senti meu corpo indo para trás, e a distância fez com que ela tirasse a mão do meu braço.

Fui até o forno e peguei a lasanha. As palavras ficaram presas em minha garganta, não por relutância, mas porque eu estava me preparando para compartilhar com ela. Parecia crucial fazer isso. Mas não era fácil.

Minutos antes, quando Adalyn se esquivou da minha pergunta, doeu. Mas como eu poderia esperar que ela se abrisse por completo se eu mesmo não estava fazendo isso?

Me recostei no balcão e percebi que por algum motivo estava segurando uma espátula.

Larguei-a ao lado da lasanha e espalmei as mãos no mármore.

Fechei os olhos e voltei àquela noite.

– Invadiram a minha casa – deixei escapar, soltando o ar devagar. – Minha casa em Los Angeles.

Esperei, ouvi minhas próprias palavras pairando no ar, sentindo a pressão que costumava acompanhar aquela lembrança. Aquela noite terrível. Abri os olhos e me virei para ela. Todo o sangue tinha se esvaído de seu rosto.

– Até hoje não entendo exatamente o que aconteceu. – Deixei meus braços penderem ao lado do corpo. – Foi na noite em que voltei de um jogo em Austin. Eu deixava Willow e Pierogi com uma vizinha, uma senhora que dizia ter sido uma estrela de Hollywood. Nunca reconheci aquela mulher de nenhum trabalho, mas ela cuidava bem das gatas, então eu confiava nela.

Balancei a cabeça.

– Estava tentado a deixar as gatas com ela mais uma noite e ir direto para a cama. Ainda tenho, ou tinha, alguns anos de jogo, de fato, mas já estava ficando pesado. A verdade é que eu estava com saudade das gatas, e preocupado porque Willow sabe ser um pé no saco, então fui buscar as duas, voltei pra casa e dormi.

Adalyn parecia tão nervosa que tive que desviar o olhar.

– Eu... – A imagem do que aconteceu em seguida era clara na minha cabeça como a luz do dia. – Acho que dormi pelo menos cinco horas até ouvir o choro alto da Willow, então... abri os olhos e vi o homem ali.

Ela deixou escapar um som estranho.

Meus olhos se fecharam.

– Por um segundo achei que estivesse sonhando. Mas o cara se mexeu, e eu soube que alguém tinha entrado na minha casa. E estava no meu quarto. Ao lado da minha cama. – Meu corpo inteiro começou a tremer. Não era tão ruim quanto no início. Mas de vez em quando eu ainda tremia. – Eu nem sabia quanto tempo fazia que o invasor estava no meu quarto. Minutos, horas, talvez o fim de semana inteiro enquanto eu estava fora? Eu...

Minhas palavras secaram. Minhas cordas vocais já não funcionavam mais.

– Caramba, eu...

Nesse momento fui atacado.

Com tanta força que bati no balcão. Braços envolveram meu tronco, fechando-se às minhas costas, e me apertaram. Me abraçaram. Mais forte do que nunca. Uma risada frágil deixou meus lábios quando abracei Adalyn pelos ombros e a trouxe ainda mais para perto. O mais perto que consegui. Eu teria enterrado aquela mulher dentro de mim se pudesse. Isso dizia o quanto era bom ser abraçado com tanta força por Adalyn Reyes.

– Então era isso que faltava – falei, mais para mim mesmo que para ela.

Mantive o queixo apoiado em sua cabeça e me permiti ser consolado como não era desde os acontecimentos daquela noite.

O tempo passou, e a cada segundo daquele abraço algo pesado ia se acomodando em meu estômago. Eu deveria me sentir melhor com aquela mulher que eu queria, de quem eu precisava, que eu desejava, nos meus braços. Mas não foi só isso que aconteceu. Um dos meus maiores medos desde aquela noite também se materializou.

– E se eu tivesse uma família? Uma esposa? Filhos? E se... – E se você estivesse na minha cama? – E se eu tivesse alguém além de Willow e Pierogi em casa?

Mal consegui engolir o nó que parecia estar preso na minha garganta.

– Eu não teria sido capaz de fazer nada, Adalyn. Nada. E teria sido tudo minha culpa. Por causa de uma carreira que escolhi quando era criança. Por causa de uma vida da qual corri atrás por orgulho. Não faltaria nada pra minha família, mas que tipo de vida eu daria a eles? – Minha respiração foi ficando irregular. – O cara era um fã maluco, foi levado e respondeu pelo que fez, mas e se uma coisa assim acontecer de novo?

Ela me abraçou ainda mais forte.

– Não teria sido sua culpa. Você não é responsável pelas ações dos outros. Nem quando eles afirmam ter feito o que fizeram por amor ou adoração ou admiração. – Sua voz falhou. – Não é sua culpa, Cameron. Está me ouvindo? Não é.

Eu me permiti respirar fundo, acho que pela primeira vez em um bom tempo. Enchi os pulmões com o cheiro dela e, caramba, era tão gostoso. Perfeito.

Adalyn afastou a cabeça do meu peito e olhou diretamente para mim.

– Você precisa saber que eu jamais abriria o jogo – disse ela, os olhos castanhos reluzentes de emoção. Culpa. – Eu juro, Cameron, quando ameacei expor você para a cidade inteira eu...

Sua voz foi sumindo.

– Meu Deus, me desculpe. Eu...

– Eu sei – falei. E me dei conta de que tinha certeza disso já fazia um tempo. – Agora eu sei, tá?

Seus olhos brilhavam, cheios de lágrimas não derramadas, e, se ela chorasse naquele momento, me destruiria.

– Você deve ter se sentido tão inseguro. Deve ter me odiado. Por que não foi embora?

– Sou um filho da mãe teimoso – falei, com sinceridade. – Eu te disse que sou orgulhoso. E egoísta.

Engoli em seco e acariciei suas costas, mais para me consolar do que para consolá-la.

– E não odiei você. Eu nunca poderia odiar você – falei, e a expressão dela suavizou, mesmo que apenas levemente. Fiquei aliviado. – Eu também não fui nenhum anjo, amor. Te tratei muito mal. Disse coisas que não deveria ter dito e que não eram verdade. Fui cruel com você.

Minhas mãos se fecharam segurando o tecido de sua camisa.

– E odeio ter sido cruel com você – completei

Foi quando Adalyn me soltou. Ela deu um passo para trás, e sua ausência foi como um soco no estômago.

– Tudo bem – disse, me pegando de surpresa. – Você teve bons motivos pra fazer tudo isso.

Senti um frio na barriga de alívio, porque ela não se esquivou de mim, mas também senti algo de que não gostei. Por que ela não estava em meus braços? Por que tinha se afastado?

– Eu mereci, pra falar a verdade. O que importa agora é que você me perdoou.

Senti meu rosto empalidecer.

– Mereceu?

– Adalyn…

– Vou ao banheiro rapidinho, tá? Já volto pra gente comer. – Ela se obrigou a sorrir. – Estou morrendo de fome e imagino que essa lasanha deve ter saído diretamente do caderno de receitas da *Nonna*.

E tinha mesmo. Era o ragu que ela preparava quando eu era criança.

Mas, antes que eu pudesse dizer qualquer coisa, ela virou e saiu, e fiquei olhando Adalyn se afastar. Quis ir atrás dela, mas me segurei. Queria lhe dar o tempo de que ela com certeza precisava.

Na ilha da cozinha, meu celular apitou com uma notificação.

Um e-mail de Liam.

Já estava largando o celular, mas algo chamou minha atenção. Miami Flames.

Desbloqueei o aparelho e abri o e-mail.

De: liam.acrey@zmail.com
Para: c.caldani13@zmail.com
Assunto: Interesse do Miami Flames

C.,

Lembra que eu mandei uns parceiros espalharem que alguns times da MLS estavam interessados em você? Não é mais boato. Parece que o Flames está atrás de um nome de destaque para ser o diretor esportivo deles. Dizem que é para consertar uma questão de mídia (olha esse link aqui) ou lucrar com a atenção. Eu acho que é outra coisa. De qualquer forma, é muita grana. Interessado?

L.

PS: A RBC está ficando impaciente, você tem até o fim de outubro pra decidir. Pare de ser um idiota e aceite.

Abri o link na hora.

Um vídeo saltou na tela e começou sem que eu precisasse apertar o play.

Uma mulher entrou no que pareceu ser o estádio do Flames, pisando firme até uma daquelas mascotes vestidas de pássaro. Alguém disse "Tá gravando isso?". E a câmera se aproximou, filmando bem o rosto dela.

Todo o sangue do meu rosto foi para meus pés.

Adalyn.

O sangue voltou para minha cabeça, deixando minha visão vermelha de raiva.

– Que porra é essa?

VINTE E OITO

Adalyn

Quando voltei para a cozinha, encontrei um Cameron bem diferente.

Ele não estava mais me olhando com aquela leveza e vulnerabilidade que faziam meu peito doer. O Cameron que encontrei estava irritado. Chateado.

Perturbado.

– Adalyn – disse ele.

Só isso. Só o meu nome.

Hesitei. Meu olhar percorreu seu rosto, sua postura, a cozinha, procurando uma explicação. Eu tinha feito alguma coisa errada? Minutos antes, corri até seus braços porque não consegui me conter. Porque fiquei com muito remorso só de pensar que tinha usado algo tão doloroso contra ele e me sentiria muito mal se ele não soubesse o quanto eu estava arrependida. Minutos antes, ele estava me chamando de amor e me dizendo que detestava a ideia de ter sido cruel comigo. Cameron não sabia que eu estava acostumada a não ser bem recebida nos lugares, estava acostumada a ter que me impor na vida das pessoas ou em muitos momentos, com poucas exceções, como Matthew ou minha mãe.

Cameron ergueu o braço, mostrando o celular que tinha nas mãos.

– O que é isso? – deixou escapar entredentes, sem nem formular uma pergunta direito.

Uma fração de segundo foi o que bastou. Só uma olhadinha.

Eu vinha me preparando mentalmente para esse momento, quando ele visse o vídeo, desde a conversa com Diane e Gabriel. Depois descobri que ele não sabia de nada e pelo jeito não teve a curiosidade para pesquisar sobre mim. Mas, nas últimas semanas, nos últimos dias, eu temia aquele momento. Ele pairava sobre mim. Eu sabia que Cameron um dia descobriria.

O que não queria dizer que eu estava preparada.

Todo o calor deixou meu corpo, e tive certeza de que cambaleei de leve para o lado, porque a tempestade de emoções nos olhos do Cameron oscilou por um instante. Ele estendeu a mão para me segurar.

Firmei a postura. Balancei a cabeça e disse a mim mesma que mantivesse a coluna ereta. Como Cameron dizia para as garotas? Em frente!

– Acho que o vídeo deixa bem óbvio – falei. – Você viu tudo?

Ele soltou o ar com certa rispidez.

– Não consigo entender.

Eu também não. Não entendia por que ele estava tão chateado, a não ser que detestasse não saber das coisas ou ser pego de surpresa. Talvez ele se sentisse traído por eu não ter contado que ele estava andando por aí com uma bomba prestes a explodir. Afinal, eu era um meme, um vídeo viral de trinta segundos, um rosto que estava sendo usado para vender energético. Prefira o entretenimento à dignidade. Eu era tudo aquilo de que ele estava tentando fugir.

– Não tem nada pra entender – falei.

– Me explique assim mesmo – disse ele, implorando, e naquele instante eu ouvi em sua voz: o quanto ele estava magoado e frustrado. – Por favor.

Desviei o olhar.

– Qual dos vídeos você viu? O remix? Ou o da música clássica? Ou quem sabe uma das dancinhas coreografadas ou a reinterpretação teatral do áudio? As pessoas têm muitos talentos para mostrar hoje em dia. – Dei de ombros. – Ou talvez o anúncio com meu rosto. Tenho certeza de que a essa altura já está na minha hashtag.

– Tem um anúncio – disse Cameron, bem devagar, como se não conseguisse nem falar. – Com seu rosto?

Meu estômago se revirou. Eu tinha quase certeza de que ia vomitar, mas dei um jeito de assentir.

Houve um longo momento de silêncio antes que Cameron voltasse a falar:

– O que ele fez?

Senti minhas sobrancelhas franzindo, meus olhos se semicerrando, em dúvida. A minha mãe fez a mesma pergunta.

– Ele não fez nada. A culpa não foi do Sparkles, nem do Paul. Eu mesma fiz isso.

Mais uma vez, Cameron não disse uma só palavra pelo que pareceu uma eternidade. Deve ter sido por isso que meus olhos buscaram os dele. Seu rosto. Ele parecia completamente perdido. Impotente. Eu odiava tê-lo colocado naquela situação.

– Eu não estava perguntando da mascote. Estava falando do seu pai. Ele é o dono do time. O que ele fez a respeito?

Fiquei olhando para ele. Ele já sabia a resposta para isso.

– Meu pai me mandou pra cá.

A expressão de Cameron ficou mais dura. Eu não sabia o que fazer com as mãos.

– O vídeo viralizou em menos de um dia – expliquei, e apontei para o celular em sua mão. – Eu era um problema de relações públicas para o time. Droga, eu era um problema pra ele, então fui mandada pra cá, em uma missão.

Toda a raiva se dissolveu.

– Não diga isso.

– O quê?

– Que você é um problema. – Sua voz falhou. – Caramba, você não é um problema, Adalyn.

A guarda alta que eu vinha negligenciando naqueles últimos dias entrou em ação, com toda a força.

– Não finja que nunca me viu como um problema, Cameron.

Minhas palavras não saíram duras ou em tom de acusação. Era simplesmente um fato. E eu não estava brava ou irritada. Eu entendia por que Cameron um dia me viu como um problema. Mas isso não queria dizer que ficaria ali ouvindo ele defender o meu lado, porque não havia lados naquela situação.

– O que você teria feito no lugar dele? Não ia querer proteger o time? A marca? O império que ele construiu? O próprio nome? Porque eu ia querer. Eu estava colocando tudo isso em risco. Eu era uma piada... ainda sou, na verdade. Então, sério, o que você teria feito?

– Meu Deus, Adalyn – disse ele. – Eu teria protegido você. Não essas outras coisas. Eu teria feito de tudo pra proteger você.

Suas palavras me atingiram com tanta força que quase caí para trás. Segurei o espaldar da banqueta com uma das mãos.

– E como exatamente você teria feito isso, Cameron? Indo de porta em porta mandando todo mundo parar de assistir ao vídeo? Pegando o celular das pessoas e jogando no chão? Quem sabe gritando pra imprensa que não prestasse atenção em mim e se concentrasse na temporada absolutamente sem brilho do time? Ou...

– Sim – disse ele, me interrompendo.

E essa única palavra ficou suspensa no ar pelo que pareceu uma eternidade.

– Eu teria feito tudo isso. – Ele percorreu a distância que nos separava. – Eu teria feito tudo o que estivesse ao meu alcance.

Parei de respirar um instante.

Ele tocou meu rosto, o contato de sua pele na minha me deixando tonta, me dominando de um jeito que eu não estava pronta para processar naquele momento. Mas eu também não quis largar. Eu me entreguei a seu toque.

– Eu teria feito tudo o que estivesse ao meu alcance pra proteger você. – Seus polegares roçaram meu rosto, e, por mais que ele ainda parecesse irritado, sua voz saiu suave, delicada. – Você estava sofrendo bullying na internet, então eu teria tentado consertar isso. E eu nunca, jamais, teria te tratado como um problema e tentado te tirar do caminho.

A essa altura meu peito subia e descia, e qualquer pensamento já tinha desaparecido, virando mágoa. Uma mágoa que eu não queria, mas não podia evitar.

– Mas você também me queria longe. E não culpo você. Não estou brava ou ressentida. – Senti um nó na garganta. – Quando cheguei, eu era uma inconveniência para você, e você quis me mandar pra longe. E, embora eu não seja inocente nessa história, não é muito diferente da atitude do meu pai.

Um ruído estrangulado deixou seus lábios, e Cameron encostou a testa na minha. Minhas mãos se ergueram, e meus dedos envolveram seus punhos. Mostrando que eu queria que ele ficasse exatamente onde estava.

– Pô, eu teria me importado, amor. E vou te provar isso, tá?

Eu não conseguia imaginar como, mas assenti discretamente.

Cameron pareceu respirar com mais calma.

– Eu não sou seu pai e não o conheço. Mas isso não... – Ele balançou a cabeça contra a minha. – Eu odeio o que ele fez. Como ele reagiu.

Suas mãos desceram pelo meu rosto e aninharam meu pescoço.

– E, se você acha que não sou teimoso o bastante para ir de porta em porta, quebrando celulares, então não entendeu nada sobre mim – completou ele.

Um sopro de ar estranho me escapou, mas eu não saberia dizer se foi um soluço ou uma risada. Provavelmente nenhum dos dois. Porque aquilo era demais. Intenso demais. E eu achava que não tinha as ferramentas para processar tudo. Queria poder manter os olhos fechados até que todo o peso e a complicação dentro do meu peito desaparecessem. Não queria voltar no tempo e evitar aquela conversa, porque ela era necessária, mas queria poder desaparecer e estar na minha cama e que aquela noite passasse como mágica. Acordar no dia seguinte, enterrada no edredom do quarto de hóspedes do Cameron.

E, claro, aquele homem que continuava segurando meu rosto como se sua vida dependesse disso pareceu ler meus pensamentos, porque sem que nenhuma palavra fosse dita, ele me pegou no colo e me colocou nas almofadas macias do sofá. Soltei um suspiro, em parte contente porque meu desejo tinha se realizado e triste porque aquilo significava que ele logo ia se afastar. Mas de repente um corpo grande envolveu o meu e o braço do Cameron enlaçou minha cintura, me puxando em direção a seu peito.

– Sei que você detesta ser carregada – disse ele, os lábios em meu cabelo. – Mas eu me contive a noite toda. Talvez a semana toda, até.

Uma avalanche de sentimentos contraditórios se agitou e se chocou dentro de mim quando enfiei as mãos entre nossos corpos, deixando que elas repousassem em seu peito e que minha testa descansasse em seu queixo.

– Eu não detesto.

E era verdade. Eu resistia a ser carregada – resistia a ele – porque gostava demais de estar em seus braços. Resistia o bastante para me lembrar de que Green Oak era uma bolha, e eu tinha uma vida inteira esperando por mim em Miami. E estava lutando muito para poder voltar, mas também estava começando a sentir que ela não me pertencia mais. Não como eu pensava.

E o que isso queria dizer sobre mim? O que queria dizer sobre nós?

Passamos a noite no sofá.

Pelo menos foi o que pensei. Agora que encarava o espaço vazio ao meu lado, eu não tinha certeza se havia dormido sozinha.

A cabeça de Willow surgiu embaixo do sofá. O único aviso que ela me deu antes de se aninhar em meu colo foi um miado. Fiz carinho atrás de suas orelhas, como sabia que ela gostava, me perguntando que horas seriam, mas sem querer deixar a segurança daquele sofá ou do cobertor que me envolvia com tanta firmeza.

Será que eu tinha imaginado tudo aquilo? Será que a noite anterior tinha sido um sonho?

Deixei que minha mão caísse no espaço ao meu lado e senti a almofada ainda quente.

Então eu não podia ter imaginado Cameron dormindo comigo.

Não imaginei a sensação das minhas mãos entrando embaixo de sua camiseta, ou de sua pele macia e quente sob meus dedos. Não imaginei suas mãos percorrendo meu corpo e encontrando um espaço em minhas costas. Ou o modo como seus polegares se enfiaram no cós da minha calça e como sua garganta deixou escapar um "hum" profundo. Fechei os olhos, e minha respiração saiu em uma explosão de ar.

Não era de se admirar que eu tivesse acordado excitada. Não, eu não usaria essa palavra para descrever como estava me sentindo.

Tesão. Era o que eu sentia. Eu sentia calor. E estava agitada. Em chamas. E Cameron nem estava ali no momento.

Ao abrir os olhos de novo, encontrei o olhar bicolor de Willow. Ela ficou me observando e soltou um som que interpretei como *Seus pensamentos estão altos demais, e estou tentando dormir.*

– Desculpa, garota – falei, passando os dedos em sua cabeça mais uma vez. Franzi o cenho. Tinha acabado de me dar conta de uma coisa. – Hum. Nunca me senti assim tão frustrada, sexualmente falando, então estou tentando lidar com isso.

Ouvi uma risada sufocada vinda da cozinha.

Ergui o corpo em um salto, e minha cabeça virou em direção ao som.

Cameron estava escorado na ilha da cozinha, acariciando Pierogi com uma das mãos e segurando uma caneca com a outra. Havia um sorriso enorme em seu rosto.

– Bom dia pra você também, amor.

Argh.

Desabei, desaparecendo de vista atrás do encosto do sofá. Levei as mãos ao rosto e contive um gemido. Cameron não precisava ter ouvido aquilo.

A cabeça dele reapareceu por cima do sofá. Ele se escorou na beirada sobre os cotovelos, com o sorriso mais presunçoso da história.

– Não deixe isso subir à cabeça – falei, ocupando as mãos com os pelos de Willow e tentando parecer casual. – É como se fosse... uma ereção matinal. Mas em uma mulher. Nada a ver com você. Simplesmente aconteceu.

Balancei a cabeça.

– Frustração sexual é comum – falei.

Dessa vez ele riu abertamente.

– Claro – concordou ele. – Mas nós dois sabemos que teve tudo a ver comigo. Na verdade, seria fácil de provar.

Eu arqueei uma sobrancelha, e ele ergueu o braço e flexionou o bíceps.

– Viu só? – provocou.

Eu amava seus braços. Principalmente quando estavam flexionados assim. Soltei uma risada bufada.

– Sério – falei, sem expressão. – Quantos anos você tem? Dez?

Cameron endireitou o tronco. E, em um movimento rápido que eu jamais teria previsto, ele tirou a camisa.

Minha boca se fechou rapidamente. Meu rosto inteiro esquentou. Ele nem precisou flexionar os músculos. Engoli em seco. Com força. Eu estava com mais tesão do que nunca.

– Eu sempre esqueço o quanto você ama ganhar – falei baixinho.

– Que nada – disse ele, os lábios se curvando devagar. – Você é que não para de me dar motivos pra jogar duro, querida. Bem duro.

Cenas da noite anterior voltaram à minha mente, e não de nós dois no sofá, mas da nossa conversa. O modo como ela revelou tantos detalhes cruciais para que um entendesse o outro. Tivemos uma conversa intensa, mas também necessária. Naquele momento, eu me sentia mais próxima de Cameron do que de qualquer outra pessoa. Ele foi honesto comigo, e eu sabia o quanto isso tinha sido difícil para ele. Isso fez com que eu me sentisse péssima por não fazer o mesmo. Não totalmente. Mas como eu poderia contar para ele tudo o que me levou ao meu maior erro? Eu ainda tinha medo de que Cameron passasse a me olhar de um jeito diferente. Como meu pai e David faziam. Eu estava apavorada.

Como se pudesse sentir minha batalha interna, a leveza desapareceu de sua expressão, e Cameron virou de costas para mim.

Meu olhar o acompanhou quando ele atravessou a sala, os músculos esculpidos dançando em suas costas e nocauteando qualquer raciocínio lógico da minha cabeça a cada passo que ele dava. Cameron se ajoelhou, desaparecendo de vista por um segundo e surgindo novamente com um tapetinho. O Tapetinho. O que queria dizer que era Hora da Ioga. Eu amava a Hora da Ioga. Era o momento do dia em que eu podia observá-lo sem me preocupar.

– Hoje você está dispensada – disse Cameron, me lançando um olhar capcioso. – Mas amanhã vai se juntar a mim.

Sua expressão ficou séria e ele disse:

– Quero que também tente meditar. Não estou exatamente em condições de dar sermão em ninguém, também tenho meus problemas pra resolver, mas acho que vai te ajudar. Com as crises de ansiedade que você tem.

– Meus... ataques de pânico.

– É. – Ele assentiu. – Não vai resolver. Aprendi que a terapia é crucial para isso. Mas não sou terapeuta e não sou seu...

Ele deixou a frase no ar, e meu coração pareceu parar por um instante.

– É um começo. Um passo de cada vez, certo? – perguntou ele. Eu assenti, e Cameron soltou um suspiro, como se estivesse aliviado por eu aceitar sua ajuda. Meu Deus. Aquele homem. – Ótimo. Eu te ensino o básico. Amanhã. Na pior das hipóteses a prática vai te distrair um pouco.

Fiquei observando Cameron desenrolar o tapetinho. Havia preocupação em seu rosto. Não gostei disso.

– Então acho que você vai ter que vestir uma camiseta – falei. – Senão acho que minha mente não vai conseguir relaxar.

Ele quase abriu um sorriso, como se quisesse me dizer que valorizava minha tentativa de melhorar seu humor. Mas permaneceu com o cenho franzido.

– Cameron? – chamei. Ele parou o que estava fazendo para olhar para mim. – Você não deveria se preocupar tanto. Eu quero dar uma chance à ioga e à meditação. Com você. Mas eu... eu estou bem. Com quase tudo, eu acho. Depois da noite de ontem, não quero que você ache que precisa consertar as coisas por mim. Faz bastante tempo que me viro sozinha.

– Eu sei – respondeu ele, apenas. – Estou começando a entender exatamente há quanto tempo.

A emoção fez seus olhos brilharem, deixando-os mais verdes do que nunca. Ele completou:

– Eu não tenho a intenção de matar seus dragões por você. Não que eu não queira, acredite. Mas você odiaria e não precisa que eu faça isso.

Senti uma pressão no fundo dos olhos. E uma coisa esquisita aconteceu. Bem no meio do meu peito. Uma agitação que não entendi. Um desejo pelas coisas que ele tinha acabado de dizer que eu não precisava ou queria.

Uma emoção surgiu no rosto de Cameron, e pelo jeito como ele endireitou a postura percebi que estava se segurando para não vir em minha direção. Ele deu uma tossidinha.

– Josie vem te buscar em uma hora, né?

Ah, é.

– Hora das garotas.

Cameron ficou um tempo olhando para os próprios pés.

– Eu pedi para ela te trazer de volta depois do almoço. E a fiz prometer não se atrasar, para que você voltasse logo pra mim. Planejei uma coisa pra você. Tudo bem?

Pra que você voltasse logo pra mim. A agitação estranha aumentou.

– Claro.

O alívio em seu rosto foi tão claro que me deixou paralisada.

Ele achava que eu ia dizer *não*.

– É melhor eu ir tomar um banho então – falei, dando as costas para ele.

Dei dois passos antes de virar de volta. Cameron continuava olhando para mim. Ele não tinha movido um músculo.

– Sabe... eu não odiaria. – Falei, e ele franziu o cenho. – Eu não odiaria se fosse você que matasse meus dragões por mim.

VINTE E NOVE

Adalyn

– Tem certeza de que está tudo bem?

Assenti, sem ousar desviar os olhos da trilha.

– Estamos quase chegando – acrescentou Cameron.

Senti ele se aproximando. Caminhava atrás de mim, tocando minhas costas ou meu ombro de vez em quando, como se soubesse que estávamos nos aproximando de uma pedra maior ou de um ponto mais irregular. Colocou a mão na minha lombar, e sua voz soou pertinho do meu ouvido.

– Você está indo muito bem.

Soltei o ar com toda a força e minhas palavras saíram truncadas:

– Só estou caminhando. – Sua mão subiu, contornando minha cintura e apertando-a. Tive que engolir em seco antes de continuar. – Não estamos nem subindo, ou indo rápido. Estamos só...

Sua mandíbula roçou meu rosto, e perdi a linha de raciocínio.

– Você estava dizendo...? – murmurou ele.

Como não respondi, ele deu uma risadinha. Aquele som grave e forte viajou direto até a minha barriga. Talvez até mais baixo.

– Está cansada ou com dor?

– É... quê? – Franzi o cenho, então me dei conta de que tinha parado. Ah. É. Voltei a andar.

– Estou ótima. E, antes que você pergunte ou ofereça, também não preciso ser carregada como uma princesa. – Não que eu fosse me importar se acontecesse, para falar a verdade. Eu não era muito fã... desse negócio de andar.

– A esperança é a última que morre – disse ele, deixando o braço cair e esperando que eu voltasse a caminhar.

Antes que eu acabasse aceitando a oferta, acelerei, ou melhor, voltei ao ritmo moderado que vinha mantendo nos últimos vinte minutos. Ouvindo a risadinha de Cameron atrás de mim, tentei continuar concentrada no caminho. Em minhas pernas. Em meu coração batendo com mais força, o que não tinha nada a ver com o esforço que estava fazendo.

– Então... – comecei a falar, olhando para ele por cima do ombro.

O que foi um erro. A blusa verde-musgo que ele vestia fazia seus olhos se destacarem como esmeraldas. Balancei a cabeça. Nunca tinha comparado os olhos de alguém a pedras preciosas antes.

– Então eu, hum, achava que a gente não deveria fazer trilha quando o sol está para se pôr?

– Seu pé não está bom para uma trilha completa – disse Cameron.

Franzi o cenho, olhando para o caminho à minha frente.

– Então o que vamos fazer?

– A segunda melhor opção.

Meus lábios se contraíram, prontos para reclamar por ele ser tão enigmático, mas então seu braço serpenteou em volta do meu corpo outra vez, e ele me guiou para a esquerda.

Nossa, seu cheiro era tão bom, tão amadeirado e fresco e simplesmente maravilhoso, que não segui me conter. Inspirei fundo seu aroma. Como Willow e Pierogi faziam. E Cameron, que percebeu minha reação, soltou um "hum".

Como se aquele som profundo e gutural não fosse o bastante, ele abaixou a cabeça e disse:

– Está muito difícil manter as mãos longe de você. – Parei por um instante, incapaz de processar a sensação borbulhante em meu estômago e meu peito. Ele me impulsionou para seguirmos em frente. – É por te ver vestindo as roupas que comprei pra você.

Uma nova onda de calor subiu pelo meu rosto. Mas foi... gostoso. Não. Foi incrível. Ouvir aquelas palavras, aquela confissão, me trouxe um tipo de prazer que eu nunca tinha sentido. Talvez por isso eu tenha sentido o ímpeto de questioná-lo. De entender melhor. Espiei meu corpo.

– Mas estou coberta de camadas – deixei escapar. Aquilo não podia ser tão atraente assim. – Pareço uma cebola ao ar livre. Você insistiu que fosse assim. Como pode achar isso... bonito?

Cameron soltou uma risada grave.

– Seria tão terrível assim se eu ficasse excitado por você estar quentinha e segura?

Meu sangue todo pareceu descer.

Minhas pernas falharam. Tropecei na direção dele e no mesmo instante seu outro braço me envolveu, me segurando ao seu lado com um grunhido.

Seria tão terrível assim se eu ficasse excitado por você estar quentinha e segura?

Uma coisa estranha estava acontecendo no meu corpo. Ele estava sacudindo, tremendo em reação àquelas palavras. Fui me virando, precisava ver seu rosto depois do que ele tinha acabado de dizer.

Mas alguma coisa à nossa frente me fez parar.

– Cameron? – Encarei a cena adiante, me perguntando como não tinha percebido aquilo. – O que é isso?

Era a pergunta mais idiota que eu poderia fazer. Mas, se o homem que estava sustentando todo o meu peso no peito também achava, pelo menos ele não disse nada.

– Vamos olhar as estrelas. – Ele avançou à minha frente e apontou para a direita. – A barraca é apenas precaução. Caso você fique com frio demais e queira entrar um pouquinho. Deixei uns cobertores e uma garrafa térmica lá dentro mais cedo. Mas não vamos ficar a noite toda aqui.

Cameron virou para me olhar e deu um sorrisinho.

– O carro está a quinze minutos desse ponto, então podemos voltar quando você quiser.

Vamos olhar as estrelas.

Senti um aperto no peito, espremendo minhas entranhas.

– Você... – A palavra saiu tão trêmula que tive que pigarrear. – Você veio aqui mais cedo pra arrumar tudo? Por isso não estava quando a Josie me deixou em casa?

Cameron inclinou a cabeça para o lado, sua mandíbula se contraiu. Algo mudou em sua expressão. Rápido demais para que eu entendesse.

– Algum problema? – sussurrei.

– Neste momento não tenho absolutamente nenhum problema. – Ele estendeu a mão, espalmando aqueles dedos compridos pelos quais eu estava obcecada. – Venha aqui.

Sem hesitar, percorri o curto espaço que nos separava. Encarei sua mão pairando no ar, esperando por mim. Por nós. E, ao segurá-la, senti o toque de sua pele plenamente. Alguma coisa mudou naquele momento, deu para sentir. Senti a mudança. Cameron me levou para mais perto da barraca, soltando minha mão para largar a mochila que estava levando. Ele abriu um cobertor grosso que parecia ter tirado do nada, estendeu no chão, então tirou da barraca algo que me pareceu uma cesta de piquenique. Por fim, sentou-se em um dos lados do cobertor, esticando as pernas.

Foi quando ele olhou para mim, um sorrisinho se abrindo aos poucos em seus lábios, que me dei conta de que eu nem tinha me mexido. Ele puxou a barra do meu casaco, os lábios dando lugar àquele sorriso largo que eu tanto amava. Mas continuei sem me mover.

– Meu bem – disse ele, chamando minha atenção, um tom divertido marcando sua voz. – Se não parar de me olhar assim, posso prometer que não vou deixar você ver estrela nenhuma.

Prometa, tive vontade de dizer. *Prometa que não vai. Prometa que esta noite só vou ter olhos para você.* Mas não fiz isso. Me juntei a ele no cobertor, o coração batendo forte de tanta ansiedade e… possibilidades. Sim, só podia ser por isso que eu estava sem fôlego. Um recipiente quente foi colocado em minhas mãos com delicadeza, e, quando ergui o olhar, os olhos de Cameron estavam concentrados em mim. Sua expressão era ao mesmo tempo suave e firme.

– Obrigada – sussurrei.

A resposta de Cameron foi inclinar a cabeça em direção ao meu colo. A garrafa térmica. Levei aos lábios e bebi um gole hesitante, sentindo o gosto de chocolate e leite. O calor percorreu meu corpo, em parte por conta da bebida, mas principalmente por causa do homem ao meu lado. Fixei os olhos no horizonte à frente, na linha traçada pelo terreno inclinado e no sol que já tinha quase desaparecido atrás dele.

– Não sei o que dizer – falei, com sinceridade, olhando para ele de relance e descobrindo que Cameron continuava olhando para mim. – Não estou acostumada com… isso.

Eu sabia que ele ia entender que eu não estava falando sobre estar ao ar livre, ou sobre a vista, ou sobre bebidas quentes e cobertores grossos. Deve ter sido por isso que voltei o olhar para o céu que escurecia. Não demoraria para que pontos de luz espalhados ganhassem vida lá em cima.

– O sol nem se pôs completamente e já está tão lindo… Eu não esperava por isso.

– Está lindo mesmo – concordou ele, e, meu Deus, eu conseguia sentir seus olhos em mim. – Você que me deu essa ideia, sabia?

Franzi o cenho.

– Como?

– Naquela noite no lago – respondeu ele, com uma risadinha baixa. – Você estava deitada de costas, coberta de cocô de cabra, e ficou olhando para as estrelas. Não fez cara feia nem estremeceu de dor, e por um instante pareceu maravilhada.

Olhei para ele e vi que estava balançando a cabeça.

– Eu nunca tinha visto aquela expressão no seu rosto, e perceber o quanto você estava linda e o quanto eu te queria naquele momento me pegou de surpresa. Fui pego tão desprevenido que nem conseguia falar. – Sua mandíbula se contraiu. – Então você piorou tudo.

Minhas palavras saíram com um suspiro trêmulo.

– Piorei?

– Você tinha que entrar no lago e tirar a maldita cabra da água como se sua vida dependesse disso – explicou Cameron com uma risadinha sem graça. – Você, de salto e uma droga de um terninho, eu…

Ele deixou escapar uma lufada de ar e completou:

– Meu Deus, nunca fiquei tão surpreso e excitado na vida. – Ele engoliu em seco. – Acho que parte de mim decidiu naquela noite que eu ia te trazer aqui.

Levei a garrafinha térmica aos lábios mais uma vez, pedindo ao meu coração que se acalmasse, que parasse de martelar em minhas têmporas e me deixasse curtir a paz daquele lugar maravilhoso. Mas as palavras de Cameron ecoaram em minha cabeça. O peso delas e o que havia nas entrelinhas. Entre nós dois também.

Meus olhos se fecharam por um instante, e antes que eu me desse conta do que estava dizendo, as palavras já estavam saindo:

– O que o futuro guarda pra você, Cam?

O nó audível em sua garganta me fez perceber que eu tinha dito *Cam*, não Cameron.

– Não sei – respondeu ele, e deu para notar a honestidade em sua voz.

Também percebi uma pitada de... medo, quem sabe. Ou incerteza. – Me ofereceram um emprego como comentarista, em Londres. Não quero aceitar.

Por quê?, eu quis perguntar. *Então você não vai embora dos Estados Unidos?* Mas eu não sabia se teria essa coragem. Parte de mim não queria ouvir a resposta. Eu não queria que ele fosse embora, mas isso não era justo. Porque eu também não continuaria em Green Oak. Eu iria embora em breve.

O corpo de Cameron mudou de posição no cobertor, se aproximando. Eu tinha voltado a tremer, mas não porque estava com frio, e acho que Cameron sabia.

– Está ansiosa pra voltar pra casa? – perguntou ele.

– Não sei. – Olhei para meus pés. *Casa.* – Achei que ficaria feliz quando tudo isso terminasse, e eu pudesse voltar pra minha vida. Mas eu... É estranho. Nunca senti que não fazia parte do Miami Flames, mas quanto mais tempo eu passo por aqui, mais desapegada de lá eu fico. Como se eu nunca nem tivesse feito parte do time. Não de verdade.

A mão de Cameron pousou em minha coxa, o peso e o calor atravessando o tecido grosso da calça que ele tinha insistido que eu vestisse. Ele deu uma apertadinha de leve, aqueles dedos compridos pesando sobre minha pele de um jeito que me fez pensar, desejar, que ele estivesse fazendo mais que isso.

– Sempre sonhei um dia estar no comando do time – me ouvi confessar. – Sabe, substituir meu pai. Talvez seja por isso que não hesitei em vir pra cá. Era uma maneira de me redimir e conquistar seu respeito depois da vergonha que fiz ele passar.

As palavras que ouvi David dizer naquele dia voltaram.

– Mas acho que meu pai nunca acreditou em mim de verdade. E acho que acabei provando que ele estava certo.

– Pare com isso – disse Cameron ao meu lado. – Pare de justificar o fato de terem te tratado como lixo.

Suas sobrancelhas se franziram, e quando seus lábios se abriram eu soube exatamente qual seria a pergunta que sairia deles em seguida.

– O que aconteceu, amor? – perguntou ele, com a voz suave. – O que te fizeram pra que você desmoronasse daquele jeito?

Desmoronasse.

Eu tinha mesmo desmoronado, não foi?

É. Não havia dúvida.

O sangue correu para minha cabeça com as lembranças dispersas daquele dia, o vídeo, mas principalmente a reação de Cameron. Suas palavras. *Eu teria feito tudo o que estivesse ao meu alcance pra proteger você.*

– Não fizeram nada comigo. – Tropecei nas palavras, sentindo um tremor nas mãos e largando a garrafa térmica ao meu lado. – Sou a única responsável por minhas ações, e pensar algo diferente disso seria idiotice e imaturidade.

Balancei a cabeça e falei:

– Não vale a pena desperdiçar esta noite linda com você falando do que aconteceu.

Cameron tirou a mão da minha coxa e a levou à minha nuca. Seus dedos deslizaram pelos fios do meu cabelo. Ele virou minha cabeça para que eu olhasse para ele.

– Me deixe decidir com que vale a pena gastar meu tempo – disse, toda aquela suavidade se dissipando.

E vi em seus olhos, claro como o dia. *Eu teria me importado. Me conte. Confie em mim.*

Então as palavras deslizaram de minha língua.

– Meu ex, David, estava mentindo. Me usando. E meu pai participou de toda a mentira.

Os olhos dele escureceram com uma raiva que me fez pensar na noite anterior, em sua reação ao assistir àquele vídeo idiota. Por um instante, achei que ele fosse me soltar, que fosse se afastar, mas seu toque ficou mais possessivo, mais consciente. Como se ele estivesse com medo de que eu saísse dali. Ou talvez achasse que eu fosse desmoronar de novo.

– Descobri que eu não passava de um efeito colateral em uma negociação – falei.

E, meu Deus, fiquei enjoada ao ouvir minhas palavras. Ao me permitir pensar naquilo tudo pela primeira vez. Me obriguei a continuar:

– David nunca quis namorar a Adalyn. Só queria a filha do Andrew Underwood. E meu pai incentivou isso, porque fazíamos sentido como casal. David era filho de um sócio e eu era filha dele. Mesmos círculos sociais, mesma idade. Ele… – A expressão de Cameron ficou tensa, e eu soltei uma risada vazia. – Ele prometeu um cargo de gerência ao David se ele se casasse comigo. Como se eu fosse... uma ação ou um bem que pudesse ser trocado. Ou, pior, como se não acreditasse que David, ou qualquer outro, pudesse querer se casar comigo sem alguma motivação ou compensação. Sei lá.

O homem à minha frente não disse nada. Sua única resposta foi acariciar meu queixo com o polegar. Me acalmando. Me incentivando a continuar a história. Tudo isso ao mesmo tempo que uma tempestade se formava por trás do verde de seus olhos.

– Meu pai não estava errado – continuei. – David nunca quis se casar comigo. Talvez nem namorar comigo, uma vez que sou "frígida, sem graça e nada de mais na cama".

Fiz aspas com os dedos no ar para marcar o que ele tinha dito. Aquelas foram as palavras exatas dele. E eu não deveria me importar com isso, mas... eu me importava. Parte de mim ainda se importava.

– Por isso, assim que garantiu o cargo, e isso foi anunciado, ele me largou, como o peso morto que eu era. "Me livrei de uma enrascada", foi o que ele disse. – Mais uma risada vazia deixou meus lábios. – Não consigo nem imaginar o quanto meu pai deve ter se irritado quando seu plano não só saiu pela culatra, mas ele ainda acabou sendo extorquido pelo David.

Quase consegui imaginar a expressão do meu pai. O modo como seu rosto se contorcia quando alguma coisa não saía como ele queria. E o mais estranho era: como alguém que enrolou tanta gente se deixou ser enrolado daquela maneira? Eu não conseguia entender.

– Extorquido? Como? – perguntou Cameron, e me dei conta de que tinha me perdido no raciocínio.

– David ameaçou contar tudo caso fosse demitido ou afastado do cargo.

No dia do incidente com Sparkles aconteceu a festa de aniversário do time, e serviram bebida antes da comemoração. Eu sabia do que o David era capaz quando bebia. Ele ficava arrogante, contava vantagem.

– Ouvi David falando com alguém. Ele estava tão feliz, contando tudo isso ao... Paul. Ao Sparkles. Ele estava contando todos os seus segredos à mascote do time. Um pássaro gigante de poliéster. Bem ali, na escadaria, onde qualquer um poderia ouvir. Como se fosse uma história de vestiário, e não... a minha vida.

Parei de falar, precisando de um tempinho. Me concentrei no toque de Cameron.

– Eu me senti tão pequena – continuei, e minha voz falhou. – Considerada inadequada pelo David. E incapaz de lidar com uma das coisas mais naturais da vida pelo meu pai. Insuficiente. E, o que era ainda pior, me senti traída pelo clube ao qual tinha me dedicado tanto. Por algum motivo, Sparkles ter ouvido tudo aquilo piorou tudo.

Minha voz falhou mais uma vez.

– Então, quando vi aquele pássaro idiota rebolando em meio a tudo e todos que representavam o Miami Flames, menos de dez minutos depois, como se nada tivesse acontecido, como se meu mundo não tivesse mudado completamente, desmoronei.

Os olhos de Cameron percorreram todo o meu rosto, meu corpo, de um jeito desesperado, sem rumo. E quando seu olhar finalmente voltou ao meu, reconheci a pergunta que havia neles. Então assenti – como poderia não fazer isso? – e, em segundos, ele me acomodou em seu colo, em seu peito.

– A última coisa de que me lembro é caminhar em direção ao Paul – sussurrei.

Os braços de Cameron envolveram meus ombros e minha cintura. Mais forte. Eu nunca tinha sido abraçada com tanta força.

– E de repente a cabeça do Sparkles estava aos meus pés – completei.

Cameron emitiu um "hum" profundo, e o som reverberou em meu corpo.

– Eu não te culparia se você me achasse maluca – eu me ouvi dizer. – Uma vez que, mesmo depois de tudo o que ouvi, estou aqui, provando meu valor pra eles. Pra ele. Em vez de confrontar todo mundo.

Minha voz virou um murmúrio:

– Mas acho que não tenho essa coragem. E eu ainda errei. Odeio errar. Estou acostumada a ser a pessoa que conserta os erros dos outros.

Aquele time era tudo para mim. Minha vida era o Miami Flames e, portanto, meu pai também. Então como eu poderia não tentar reconquistá-los?

– Quer saber o que eu acho? – perguntou Cameron.

Fechei os olhos, enterrando a cabeça sob seu queixo, enfiando o nariz em seu peito. Meu Deus, eu amava estar ali. Amava a sensação de seu corpo forte em minha pele. O quanto eu me sentia segura. Não queria perder aquilo.

– Não, não quero mesmo. Mas também sei que você vai me dizer mesmo assim.

Um sopro de ar breve atingiu minha têmpora, e por um instante o pânico se instalou em meu âmago com seu silêncio. Eu me importava com o que Cameron pensava sobre mim. Me importava com como ele se sentia e como me enxergava. Me importava demais e me dei conta de que não era algo novo. Parte de mim sempre se importou.

– Eu acho – disse ele, finalmente, a mão de repente em meu rosto, inclinando meu queixo para cima – que pra alguém que está sempre justificando o comportamento de merda dos outros, você é muito dura consigo mesma.

O verde em seus olhos se intensificou, e ele passou a língua pelo lábio inferior, como se estivesse se preparando para o que viria na sequência.

– Acho que você se esforçou tanto pra sempre se conter, sob controle e segura dentro dessa casca dura que ergue ao redor de si mesma, que uma hora tudo ia desmoronar. – Seu olhar desceu até minha boca, e seu polegar acariciou a linha dos meus lábios. – Também sei que vou ter que me segurar pra não pegar um avião pra Miami quando nos levantarmos deste cobertor.

Sua expressão ficou séria. Concentrada. Captando minha atenção.

– E por último, mas não menos importante… – Ele foi parando de falar, e sua voz foi mudando, ficando rouca.

Fiquei observando o homem que me abraçava respirar fundo e devagar pelo nariz, como se precisasse de uma pausa. De um tempinho. Ele deixou escapar um palavrão baixinho e, antes que eu pudesse me preparar, suas mãos se mexeram, contornando minha cintura e me fazendo virar em seu colo até ficarmos bem de frente um para o outro.

Meu corpo despertou, e coloquei as mãos em seu peito. Meu coração batia forte, espelhando o modo como seu peito parecia vibrar sob minhas mãos.

– Por último, mas não menos importante – ele voltou a falar, a voz tão baixa que eu não teria ouvido se não estivéssemos tão perto. – Eu sei, com uma certeza assustadora, que, quando o choque e a raiva do mundo por ser um lugar tão feio passaram, eu nunca me senti mais fascinado, mais bobo, com mais tesão, do que pela sua demonstração de brutalidade.

Ele me levantou com as pernas, nivelando meu olhar com o seu, e fazendo meus joelhos caírem no cobertor de cada lado do seu quadril.

– Tanto que, desde que vi aquele vídeo, estou me segurando para não beijar você. Para não sentir na minha língua todo esse fogo que arde dentro de você.

Todo esse fogo.

Fogo. Cameron via fogo em mim.

Parecia mesmo que chamas lambiam minha pele por dentro, de repente me deixando com tanto calor que ficou difícil até respirar. Eu só conseguia pensar *Me beije.*

– Isso é ridículo – sussurrei.

– Pode até ser – respondeu ele, a expressão mais contraída, os lábios sérios. – Mas não deixa de ser verdade.

Minhas mãos se fecharam em torno do tecido de seu casaco. Eu nunca tinha sentido um desejo tão forte como aquele. Uma atração vertiginosa que ia além da aparência e das tatuagens e dos músculos. Era ele, Cameron, que fazia com que aquele desejo me atravessasse.

Ele abaixou a cabeça.

– Você não vê? Você não tem nada de fria, Adalyn. Você é implacável, determinada, ardente, e tornou todos os momentos que passei ao seu lado tão cheios de vida quanto o sol iluminando tudo ao amanhecer. Qualquer um que não enxergue isso é cego, ou então um merdinha inú...

– Cameron – sussurrei, interrompendo suas palavras.

Algo surgiu entre nós dois.

Ele contraiu o maxilar.

– Diga – respondeu ele.

Meu coração acelerou, querendo saltar do peito. Suas mãos se mexeram em minha cintura, seus dedos pressionando minha pele com uma urgência que não conseguia conter.

– Me dê permissão pra...

Eliminei a distância entre nossos lábios.

Cameron ficou atordoado por uma fração de segundo, como se esperasse que eu fosse rejeitá-lo, mas logo se entregou, soltando um som grave e rouco. Seus lábios apertaram os meus, se abrindo, e ele subiu a mão, encontrando minha nuca, me trazendo para mais perto.

Cada célula, cada grama de quem eu era ganhou vida em seus lábios. Cameron aprofundou o beijo, e quando um gemido saiu do meu peito, seus dedos envolveram meu cabelo. Em resposta, meus braços voaram até seu pescoço, serpenteando-o e trazendo-o para mim com um desespero que eu nunca tinha sentido.

Mais um gemido vibrou em meu peito, meus lábios, meu corpo, e senti a outra mão dele ir até minhas costas, parando na minha lombar. Ele me puxou ainda mais para perto em seu colo. Nossos quadris se chocaram e, meu Deus, quando senti que ele estava duro e quente, tão rígido contra meu corpo, perdi qualquer linha de raciocínio.

Eu me afastei para respirar, sem fôlego. Os lábios de Cameron desceram até meu queixo, viajando pela minha pele, descendo pelo meu pescoço e voltando a subir até a minha orelha. Ele mordiscou um ponto sensível ali, e, quando meus olhos se fecharam, um gemido alto que eu não tive certeza de que era meu ecoou na noite.

– Puta merda – murmurou ele, sem afastar os lábios da minha pele.

Ondas de formigamento – faíscas, eletricidade – se espalharam pelo meu corpo com a pulsação do meu sangue, fervendo de desejo e viajando até onde a junção das minhas coxas encontrava a dele. Voltei a abrir os olhos e encontrei seu olhar fixo em mim, atento e determinado, me garantindo que não havia mais como voltar atrás. Aquele beijo tinha mudado tudo, e eu precisava saber disso. Era o que Cameron estava me dizendo com seu olhar. E eu parei de lutar contra aquilo, contra ele.

Eu ia dar uma chance a mim mesma.

Levei os dedos agora trêmulos até sua nuca e saboreei o gosto de seus lábios desta vez, memorizei a sensação de sua língua na minha e deixei que meu corpo inteiro tremesse com a sensação de beijar e ser beijada com aquela profundidade.

Paramos para respirar ao mesmo tempo, sem fôlego, embriagados, e Cameron sussurrou:

– Me diga que também está sentindo isso.

Apenas assenti, confirmando sem dizer uma palavra que queria ainda mais. Tudo. Cameron impulsionou o quadril para cima. Um gemido deixou meus lábios ao sentir o atrito, a sensação em um ponto cada vez mais sensível entre minhas pernas. Meu Deus, eu estava pulsando. Vibrando de desejo.

– Mais? – perguntou Cameron, com os lábios nos meus.

Como não respondi, ele me segurou com mais força, puxando meu corpo contra o seu com delicadeza com mais um movimento do quadril. Outro impulso enérgico. Meus lábios se abriram com um gemido de entrega.

– Foi o que pensei – disse ele.

Voltei a fechar os olhos, tentando controlar as sensações que me assolavam, me fazendo penetrar cada vez mais fundo na noite. Nele. Em Cameron.

Então ele se movimentou, abrindo mais as pernas e me posicionando de forma que intensificou aquele desejo que rodopiava dentro de mim. Senti Cameron ficar ainda mais duro, se é que era possível, e senti seu calor.

Como por instinto, mexi o quadril.

Meu Deus.

– De novo – exigiu ele, segurando minha nuca.

Eu não me mexi, ainda estava atordoada demais com a sensação, e ele me beijou, implorando e pedindo.

Movi o quadril mais uma vez. E mais uma, e mais uma. E, interrompendo o beijo, Cameron levou os lábios até minha orelha.

– Que delícia.

Em resposta, um som inconsequente deixou meus lábios, e algo dentro de mim dominou todos os meus sentidos, me levando a descer, me impulsionar e me remexer contra a rigidez dele com um desejo desesperado.

– Vamos ver como você goza – murmurou ele, em meu ouvido, acompanhando meus movimentos com o quadril.

Agora meu corpo inteiro estava tremendo, pulsando com cada movimento brusco dos nossos quadris. Deixei que minhas mãos corressem, buscando desesperadamente se livrar do que havia entre nós. Puxei o casaco dele, o meu, e minha vontade era rasgá-los. Fazê-los desaparecer. Uma de suas mãos segurou meus punhos.

– Monte em mim, assim mesmo – ordenou ele, a voz rouca como nunca.

Ele soltou minhas mãos por um instante, mas só para colocá-las juntas nas minhas costas. Meu corpo se arqueou com aquela mudança, mexi o quadril, e senti toda a sua extensão contra meu clitóris.

– Preciso sentir você – murmurei.

Eu não estava falando de suas mãos, que estavam prendendo as minhas. Eu queria *ele*.

– Preciso sentir sua pele – disse baixinho.

– Não vou tirar nem uma peça de roupa sua nem minha – sussurrou ele com os lábios nos meus. – O que eu te disse, hein, amor?

Ele impulsionou o quadril para cima, me puxando cada vez para mais perto.

– Sou um pouco cruel quando preciso. Agora, levante o quadril e goze em mim.

Pensei ter ouvido um barulho – um som que eu deveria reconhecer – vindo de algum lugar ao redor. Mas não me importei. Não consegui, não com aquela torrente de gemidos deixando minha garganta. Eu estava entregue demais àquilo, a nós, para me importar. Então rebolei em seu colo, obedecendo à sua exigência e me perdendo em cada centímetro que agora se esfregava contra meu clitóris. Meu Deus.

– Cameron? – Soltei um gemido.

– Se joga, amor – disse ele, com tanto desespero, tanto desejo, que me levou quase ao limite.

Sua mão livre desceu pelas minhas costas, até chegar na minha bunda, apertando, puxando meu quadril para perto para que eu fosse mais rápido. Com mais força.

– Quero que você se solte e me mostre o quanto você é radiante.

Vi uma explosão atrás das minhas pálpebras, e meu corpo inteiro se transformou em um emaranhado de nervos, vibrando, pulsando com uma entrega tão intensa que achei que nunca fosse terminar.

– Puta merda – sussurrou Cameron, soltando meus pulsos e minha bunda para colocar as mãos em meu rosto.

Ele me puxou para perto, me beijando com vontade.

– Tão linda – murmurou, descansando a testa contra a minha.

Deixei escapar um "hum", me sentindo esgotada e dormente, deixando todo o meu peso cair sobre ele. Voltei a abrir os olhos, e só então me dei conta de que em algum momento eles tinham se fechado. As narinas de Cameron se dilataram. Seus lábios se abriram, soltando o ar bruscamente. Passei as mãos pelo seu peito, sentindo sua respiração arfante.

Olhei em seus olhos, aquele verde-escuro rodopiando de desejo. Eu queria vê-lo. Queria...

Cameron me beijou outra vez. Um beijo forte e suave ao mesmo tempo. Derreti nele, minhas mãos ávidas, descendo pelo seu peito e chegando à barra do casaco. Enfiei meus dedos ali embaixo, como não tinha conseguido fazer antes, e enganchei os polegares nas alças do cós de sua calça.

– Ah, amor – disse ele baixinho, e logo soltou uma risada sem humor. – Não vou transar com você no meio do mato.

Puxei sua calça, soltando o ar.

– Mas só eu gozei. Estou te devendo uma.

– Você não me deve nada. – Ele beijou a ponta do meu nariz, e sua voz se transformou em um sussurro rouco. – Prometo gozar mais forte do que nunca quando finalmente entrar em você. Mas não aqui.

Engoli em seco, o gosto doce da felicidade e da possibilidade querendo fazer meus lábios se curvarem. Contive o sorriso.

– É bem presunçoso da sua parte achar que isso está no seu futuro próximo.

Aquele sorrisinho torto surgiu em seus lábios.

– É bem bobo da sua parte achar que não estou pensando a longo prazo.

Fiquei séria, e meu coração saltou até a garganta. Olhei fundo em seus olhos, tentando esmagar aquela esperança que sentia, a necessidade de exigir que ele falasse sério.

– Cam...

Meu celular tocou. E eu... Meu telefone tinha tocado antes naquela noite? Tive a leve sensação de que tinha, sim.

Com um grunhido, Cameron esticou o braço e tirou o aparelho do bolso da frente da mochila.

Então me entregou o celular, e atendi a ligação sem tirar os olhos dos dele.

É bem bobo da sua parte achar que não estou pensando a longo prazo.

Longo mesmo? Eu queria perguntar. Quanto tempo...

A voz de Josie soou do outro lado da linha, mas eu estava tão concentrada nos olhos de Cameron, na erupção de esperança e medo em meu peito, que não entendi suas palavras. Até que ela soltou uma frase específica.

– O quê? – deixei escapar, voltando ao mundo real de repente. – Como assim a minha mãe está aqui?

TRINTA

Adalyn

Cameron parou a alguns metros da Venda da Josie.

Ele desligou o carro e, com o silêncio que preencheu o ar, foi mais fácil ouvir meu coração batendo no peito.

– Desculpa – sussurrei.

Sua mão pousou em minha coxa mais uma vez, pesada e quente, e meu corpo inteiro despertou com o toque. Nossa, será que era isso que eu deveria ter sentido na adolescência? Aquela agitação, aquele calor intenso fazendo meu sangue ferver, aquele... tesão.

– Desculpa pelo quê, amor? – perguntou o homem ao meu lado, como se eu não tivesse centenas de motivos para pedir desculpas.

– Porque você organizou uma noite linda e, em vez de olharmos as estrelas, eu consegui ficar falando besteira, te frustrar sexualmente e fazer você vir buscar minha mãe.

Ele soltou uma risada que me fez olhar em sua direção. Argh, ele ficava tão lindo quando ria assim.

– Achei que tivesse deixado bem claro – disse, abrindo a porta.

Comecei a franzir o cenho, mas de repente meu olhar se fixou nele, sua bunda, seus ombros, seu corpo inteiro dando a volta no carro com passadas largas e confiantes. Acho que era pior do que ter dezesseis anos.

Cameron abriu a porta e se escorou no carro.

– As estrelas não vão sumir – disse, a voz rouca e baixa. – Você não fala besteira, nunca. Só compartilhou comigo algo que eu quis saber.

Ele baixou a cabeça e ficou sério.

– E não estou nem um pouco frustrado – acrescentou, os olhos percorrendo meu pescoço, descendo até meu peito antes de voltar para meus lábios. – Eu estou é faminto.

Ele deu uma tossidinha.

– E curioso, quem sabe até um pouco animado para conhecer sua mãe.

– É claro que sim – murmurei. – Todos ficam curiosos e um pouco animados quando Maricela Reyes está envolvida.

– Deixa isso pra lá – sugeriu ele, antes de me beijar com vontade e rápido nos lábios. – O que quer que esteja te deixando preocupada, deixa pra lá. Não vai adiantar nada agora.

Ele encostou a testa na minha por um instante. Só um toque.

– Estou aqui com você – disse ele.

Senti um aperto na garganta ao olhar para ele. Mas aquela parte de mim que estava sempre disposta a discutir com ele, a contradizê-lo, tinha desaparecido, e pelo jeito não voltaria a dar as caras, já que eu não conseguia mais resistir a Cameron Caldani. A verdade é que eu amava quando ele fazia isso, quando afirmava as coisas com tanta certeza. Eu me sentia mais leve, menos sobrecarregada. Queria que ele assumisse o controle, só para provar para mim mesma que eu poderia permitir.

Soltei um suspiro e falei:

– Me leve até lá.

Ele segurou a minha mão e me puxou para fora do carro. E não soltou. Nem quando abriu a porta para mim e esperou que eu entrasse, nem quando esquadrinhei o café lotado e encontrei minha mãe cercada por um grupo de moradores locais, todos rindo.

– Mãe? – perguntei, e o que quer que Cameron tenha ouvido em minha voz fez com que ele apertasse minha mão.

Minha mãe se virou, e seu rosto se iluminou por inteiro quando ela me viu.

– Adalyn, *mi amor*.

Ela se levantou da cadeira onde estava elegantemente acomodada.

– Com licença – disse às pessoas ao redor, vindo na nossa direção. – Minha filha chegou!

Maricela Reyes se jogou em meus braços com um:

– *Ay, hija.*

E, quando sua voz vacilou, meu peito vacilou também. Argh. Era isso que eu estava tentando evitar.

– Eu estava tão preocupada. – Ela me soltou do abraço, mas colocou as mãos em meus ombros. Então semicerrou os olhos. – Você está doente? Seu rosto está vermelho, e seus lábios parecem inchados.

Minha mão voou até os lábios. Ou teria voado, se Cameron não a estivesse segurando.

Maricela soltou um "tsc" alto, me olhando de cima a baixo.

– Seu pai não queria me dizer onde você estava, acredita? – Ela balançou a cabeça. – Sempre com seus segredinhos, não que seja novidade. Mas fazer isso com minha própria filha, como se você fosse uma das pecinhas no jogo de xadrez dele. *Ay, no.*

Ela olhou por cima do meu ombro.

– Josie, querida? Pode trazer um pouco de água para a minha filha? Ela parece prestes a desmaiar. – Ela olhou de relance para a minha direita. – Talvez dois copos?

– Meu nome é... – Cameron começou a dizer, e percebi que não tinha apresentado os dois.

– Cam – minha mãe completou por ele. – Treinador Cam. Ouvi falar de você. Agorinha mesmo. Você levou minha filha para a floresta. No meio da noite.

Cameron não hesitou. Em vez disso, senti seu polegar acariciando as costas da minha mão.

– Isso mesmo.

– Bom, Cam – disse minha mãe, arqueando as sobrancelhas. – Espero que não esteja só cheio de boas intenções. Porque minha filha precisa de um pouquinho de...

– *Mami* – chamei sua atenção.

Maricela Reyes revirou os olhos no mesmo instante em que Josie surgiu atrás dela com dois copos de água.

– Obrigada, Josie. Você tem razão, gosto deles juntos. A roupa deles está até combinando, e nunca vi minha filha usando botas de trilha.

Cameron abaixou a cabeça e sussurrou:

– Gostei dela.

– É óbvio – resmunguei.

Cameron claramente ficou feliz com o elogio às botas idiotas, mas também... quem não ia gostar da linda e divertida Maricela Reyes?

– O que vocês estão cochichando? – perguntou minha mãe.

Ela segurou os dois copos e os empurrou para nós.

– Bebam – ordenou. – Depois você pode me contar quais são suas intenções com minha Adalyn.

Cuspi a água.

– Mãe.

– *Siempre* mãe isso, mãe aquilo. – Ela balançou a mão em frente ao rosto. – *Soy tu madre*, falo o que vejo. Não passei por um parto de dez horas para ficar adoçando a pílula.

– Dourando a pílula – corrigi.

– Gosto mais de adoçar – respondeu ela, indiferente. – Vem das farmácias antigas, sabia? Eu li em uma revista – explicou ela, olhando para Josie como se fosse sua nova melhor amiga. – Eles embrulhavam as pílulas em papel dourado pra deixar mais palatável. Não faria mais sentido adoçar? Não é por nada, mas tem uns costumes que não têm cabimento.

Josie estalou a língua.

– Ah, meu Deus, talvez ela tenha razão.

– Eu... – Respirei fundo, me preparando para perguntar o que ela estava fazendo em Green Oak.

Nesse momento, um casal que reconheci como os pais de uma das meninas do time entrou no café, uma garotinha de nove anos bem entusiasmada correndo logo atrás.

Pela primeira vez, observei o café com atenção, e me dei conta do quanto estava cheio para a hora, a conversa alta e animada.

Olhei para Josie curiosa.

– O que está acontecendo aqui?

Ela me encarou.

– Eu te falei quando liguei – disse Josie, mas acho que eu estava com o cenho franzido, porque ela logo começou a explicar. – Uma das equipes líderes da Six Hills foi desqualificada.

Ela bateu palmas, e meu cenho se franziu ainda mais.

– Alguém ligou para o *County Gazette* e fez a denúncia: parece que eles tinham garotas de treze anos no time. Todas as equipes vão subir uma posição na classificação...

– Então o Green Warriors está na final – concluí por ela.

Josie deu um pulinho de alegria, e eu só consegui ficar olhando para ela. *O Green Warriors está na final.*

Por um instante, fiquei atordoada demais para falar. Ou até me mexer.

E, de repente, me mexi. Como naquele dia, semanas antes, quando virei minha vida de cabeça para baixo. Mas desta vez a barragem se rompeu por um motivo totalmente diferente.

Eu me joguei em cima de Josie. Rindo, chocada, ela me abraçou. Apertamos uma à outra e, quando a soltei, virei para trás.

Os olhos de Cameron estavam em mim, como eu sabia que estariam, os cantos enrugadinhos pelo sorriso. Eu me joguei nele também. Mas, quando aterrissei em seu peito, seus braços já estavam abertos. Ele soltou uma risada grave e sonora que atingiu meu coração em cheio.

Eu estava feliz. Em êxtase.

– A gente conseguiu, Treinador – falei, enterrada em seu pescoço.

E não me importei que minha mãe estivesse ali, ou Josie, ou o time inteiro e metade da cidade. Não me incomodei nem com o fato de ser um time infantil amador. Ou de que ainda não tínhamos ganhado nada, ou por estar comemorando porque outro time tinha sido desqualificado. Só conseguia pensar no quanto minhas garotinhas ficariam felizes. No sorriso enorme de María. No quanto aquilo seria bom para a cidade.

– A gente conseguiu!

Cameron aproximou os lábios do meu ouvido e disse baixinho, tão baixinho que só eu pude ouvir:

– Eu seria capaz de devorar você aqui mesmo.

O que só me fez rir.

– *Mira, mira.* Olha só. – Ouvi minha mãe dizer com uma risada. – Eles se pegaram com certeza. Acha que já passaram do estágio da *ficada*?

A risada da Josie atingiu meus ouvidos.

– Espero que sim, Maricela.

Cameron soltou um grunhido que interpretei como uma promessa.

Afastei a cabeça de seu pescoço, mas Cameron não me soltou. Acho que tudo bem, noções sociais nunca foram seu forte.

– Onde foi que você ouviu isso, mãe?

– Eu tenho TiqueTaque agora.

– TikTok?

Ela revirou os olhos.

– O relógio sempre fez *tique-taque-tique-taque*, então o nome é que está errado.

Ah, meu Deus.

Ela tinha razão.

Cameron beijou o topo da minha cabeça antes de pegar a mala gigantesca da minha mãe e se afastar.

Minha mãe ficou olhando para ele, como eu estava fazendo, então se virou para mim.

– O que é? – sussurrei.

– Não, nada – disse ela, erguendo as mãos no ar.

Mas eu vi o sorrisinho. Ela puxou uma das banquetas da ilha da cozinha de Cameron e se sentou.

– Sente aqui comigo.

– *Mami* – falei, com um sorriso. – Cameron já vai voltar, e ele vai dormir no sofá esta noite. É melhor a gente dar a noite por encerrada e falar sobre o que você quiser amanhã de manhã, quando todos estivermos descansados.

– Tá, mas primeiro… – Ela ergueu as mãos. – Não precisa essa timidez toda comigo. Vocês podem dormir juntos.

Flashes da noite surgiram em minha mente, me deixando sem fôlego. Minha mãe estalou a língua.

– E, outra coisa, aquele homem só vai voltar quando você for atrás dele. Ele disse que ia arrumar os quartos, mas está nos dando privacidade. Então sente-se.

Cruzei os braços no peito.

– Mas…

– *Ahora*, Adalyn.

Puxei uma banqueta e revirei os olhos.

– Feliz?

– Na verdade, não – respondeu ela, séria. – Por que você não voltou pra casa imediatamente? Por que dar corda para os joguinhos do seu pai?

E, o mais importante, por que tive que subornar Matthew para saber onde você estava?

– O que você poderia oferecer pra ele me dedurar assim?

Minha mãe deu de ombros.

– Jamais vou dizer. Uma mãe não trai os filhos. E aquele homem é como o filho que eu nunca tive.

Abri a boca para reclamar, mas minha mãe arqueou as sobrancelhas, lembrando que tinha perguntas não respondidas.

– Não é joguinho nenhum. Eu errei feio, mãe. Tem uma cláusula de conduta no meu contrato...

– Você é filha dele – disse ela, me interrompendo. – Ele não deveria se importar tanto com cláusulas.

– Sou funcionária dele também – rebati, sentindo aquele aperto no peito que impedia o ar de chegar aos meus pulmões. – E espero que, sendo as duas coisas, um dia ele me escolha pra assumir seu lugar.

Eu já tinha feito esse discurso mais de uma vez, tinha trabalhado por cada palavra, me dedicado para que viessem a se tornar realidade, mas por algum motivo... De alguma forma, agora tinha um gosto amargo. Ignorei o sentimento.

– Eu precisava consertar a situação. Mostrar que ele pode confiar em mim. E queria ajudar o time depois do meu... deslize.

Maricela Reyes balançou a cabeça, fazendo aquelas lindas ondas escuras se movimentarem ao redor do rosto.

– Tem alguma coisa que você está escondendo de mim. Eu sei.

Eu me esforcei para que minha expressão permanecesse calma, sem me denunciar. Não podia contar sobre David para minha mãe, ou sobre o que meu pai tinha feito, em razão de um... senso de responsabilidade que só fazia com que eu me sentisse pequena e inadequada. Se minha mãe descobrisse, o que tinha acontecido com Sparkles não seria nada perto do que ela faria. Ela pegaria um voo para Miami na mesma hora e...

Foi exatamente essa a reação que Cameron teve quando contei a história. Naquela mesma noite. Isso ficou bem claro em suas palavras, sua expressão, o jeito como ele me abraçou, tudo. Ele... se importava comigo. Demais.

– Você sabe o quanto eu amo meu trabalho – continuei, meio sem fôlego. – O time. O quanto respeito meu pai pelo que ele faz.

– Você está entendendo tudo errado, *mi amor*. – Ela soltou um suspiro longo pelo nariz. – Eu amava seu pai. Ainda amo. Acredito que nunca deixamos de amar nosso primeiro grande amor, e ele foi o meu. Mas, desde pequena, você o colocou em um pedestal que ninguém mais alcança. Nem mesmo você.

– Isso é tão ruim assim? – perguntei, e foi uma pergunta sincera. – É tão ruim assim querer ser como ele? Querer impressionar meu pai?

– Não tenho certeza. – Ela balançou a cabeça, e acreditei que estava sendo sincera também. – Mas, nesse caminho, você está escalando, subindo cada vez mais alto, e tenho medo de que caia. Tenho medo de que ele faça algo que acabe estilhaçando toda essa confiança que você tem nele.

Senti o nó que tinha se formado em meu estômago se revirar. Ele já tinha testado essa confiança, não tinha? Mas também sucumbiu às exigências de David para proteger nosso relacionamento. Para me poupar do sofrimento de descobrir que meu próprio pai tinha pedido a David que se casasse comigo. Isso significava alguma coisa. Tinha que significar.

– Seu pai é um homem bom – continuou ela. – Ou talvez tenha sido, no passado. Agora está seduzido demais pela própria grandeza. Ele acredita que todos estão à sua disposição pra serem usados em suas tramas e esquemas.

Ela ergueu as mãos, espalmando e sacudindo os dedos como se houvesse fios presos neles.

– Ele acha que é o mestre das marionetes.

– Ninguém chega no ponto em ele está sem fazer seus esquemas.

– Não sei.

Ela desviou o olhar por um instante, e quando aqueles olhos tão castanhos quanto os meus voltaram a fitar meu rosto, eu soube que minha mãe estava prestes a me dizer algo que nunca tinha dito antes.

– Não gosto que você tenha escondido coisas de mim. Seu pai também tem disso. Segredos.

– Desculpe, *mami*. – Por melhor que tivesse sido minha intenção, eu tinha mesmo escondido coisas dela. – No fundo eu escondi tudo pra não chatear você. Acha que a intenção do meu pai também era essa? Com os segredos dele?

– Não. Se fosse, eu saberia de onde ele veio – disse ela. – Tem uma mancha escura cobrindo boa parte do passado dele. Seu pai deixa que as pessoas acreditem que ele é de Miami, mas não é.

Ela balançou a cabeça e disse:

– Eu descobri nas cartas.

– Cartas?

– Pouco antes de descobrir que estava grávida de você, encontrei uma pilha de cartas na mesa do escritório dele. E eu não estava bisbilhotando. – Ela revirou os olhos antes que eu pudesse acusá-la disso. – Eram todas de uma mulher, endereçadas a ele, e, quando perguntei o que significava aquilo tudo, ele ficou branco que nem uma vela e resmungou alguma coisa sobre a infância dele. Foi assim que eu soube. Você sabe que seu pai não se abala com essa facilidade.

– Ele estava…

– Me traindo? – ela concluiu por mim. – Não. Jurou que não era isso, e acreditei nele.

Ela levou o indicador à cabeça com um gesto.

– Você sabe que eu percebo quando a pessoa está mentindo. – E percebia mesmo. – Mas ele nunca me disse o que eram aquelas cartas.

Minha mãe estendeu a mão e, quando segurou a minha, eu apertei de leve.

– Por isso nunca me casei com ele. E lamento não ter te dado uma família normal, mas não podia me casar com ele. Não pelas cartas, mas por ele não confiar em mim o bastante pra me contar a verdade. Eu era um livro aberto, entreguei tudo a ele. E o fato de seu pai esconder de mim as coisas que faziam dele o homem que ele era… Isso me mostrou que ele nunca me veria como uma igual.

– Você nunca me contou nada disso – falei, quase sem conseguir conter a emoção na voz. – E você é minha família, tá?

Minha mãe achava mesmo que eu a culpava por não ter se casado com meu pai? Por nossa família não ser normal?

– Você era a única família de que eu precisava – falei, e precisei pigarrear. – E, convenhamos, você faz qualquer cômodo, qualquer casa, parecer cheia.

Era para ser uma piada, mas, meu Deus, como era verdade.

Minha mãe sorriu, e seus olhos se encheram de lágrimas.

– O amor é um jogo engraçado, *mi amor*. Não existem regras e, por mais que a gente se esforce para ganhar, de um jeito ou de outro nosso coração está sempre em risco. – Ela soltou um suspiro trêmulo. – Desculpe por nunca ter contado essas coisas. Eu não queria mudar o jeito como você enxergava seu pai.

Eu apertei as mãos dela. E considerei suas palavras, o quanto pareciam verdadeiras em minha cabeça. Como deveria ter sido triste para ela saber que estava grávida e precisar dividir a vida com um homem que ela amava, mas que não a amava o bastante para confiar nela.

Minha mãe balançou a cabeça.

– Então, falando em amor, vai finalmente me explicar como pode estar morando com um homem?

Ela deu uma piscadinha e, por sorte, não me deu chance para responder.

– Mas eu não vou reclamar. Esse Cameron é muito lindo. E alto. Ah, como ele é alto. – Ela arqueou as sobrancelhas. – Aposto que ele seria capaz de erguer nós duas sem suar uma gota. E aquelas tatuagens no braço?

Ela fez um biquinho, cheia de malícia.

– Ele tem ma...

– *Mami*, não. – Eu não ia falar sobre as possíveis tatuagens de Cameron com minha mãe.

– Você é muito sem graça – disse ela, dando de ombros. – Então me diga se ele foi o motivo que fez você não voltar pra Miami. Ele te trata como você merece?

Meu rosto ficou todo vermelho, em todos os tons possíveis.

– Ele... – Hesitei, de repente sem palavras.

Ele me trata como eu mereço? Meu coração martelou dentro do peito com a resposta.

– Sim. Ele me trata como nunca ninguém me tratou antes.

Minha mãe piscou uma vez, duas, três. E, para minha completa surpresa, caiu na gargalhada.

– *Dios mío, hija.*

Senti as pontas das orelhas queimarem.

– Nunca vi você assim. – Ela levou a mão ao peito, deixando uma última risada escapar, então me olhou com uma expressão séria. – Está tão caidinha quanto.

311

– Tão caidinha quanto?

– Quanto ele, *mi amor*. – Ela se levantou de um salto e parou à minha frente, colocando as mãos em meu rosto. – Faz duas horas que estou na cidade, e cada segundo que esteve diante de mim ele olhou pra você como se fosse *un pastelito* que ele quer comer.

Ela passou a sussurrar:

– Eu estava brincando quando falei da ficada antes. Queria ver se ele ia reagir de um jeito que eu não gostasse. – Meus olhos se arregalaram, horrorizados. – Não se preocupe, ele passou no teste. Agora, falando sério, vocês já se beijaram?

Fiquei boquiaberta.

– É. Foi o que pensei – concluiu ela.

As palavras de Cameron ecoaram em minha cabeça: *Eu seria capaz de devorar você aqui mesmo.* E, de repente, fui tomada pela lembrança de seus lábios nos meus. Suas mãos, por todo o meu corpo. O modo como... Não. Eu não podia pensar nisso na frente da minha mãe, que pelo jeito era uma bruxa que sabia de tudo.

– Gosto de ver você assim – disse ela, tão baixinho que eu mal ouvi. – Você está radiante.

Me mostre o quanto você é radiante.

Meu coração deu um salto no peito, e uma risadinha escapou dos lábios da minha mãe, que logo abriu os braços, me envolvendo no abraço mais forte de Maricela Reyes.

– Era tudo o que eu queria. Ter certeza de que você está bem. Agora que sei, vou ficar só uma noite por aqui. – Ela soltou um suspiro, mas não foi de tristeza. – Sei que aquele homem não vai encostar em você enquanto eu estiver aqui, e, *hija*, você está precisando...

– Mãe. Pelo amor de Deus, por favor, para com isso – implorei, mas dessa vez foi com uma risada.

Em sua defesa, ela parou. Mas não sem antes dizer:

– Não acho bom trazer Deus pra esta conversa, *mi reina*.

Não consegui dormir.

Havia muita coisa na minha cabeça. A conversa com minha mãe me deixou... agitada, uma agitação positiva e negativa ao mesmo tempo. Para começar, eu sentia que a entendia, agora mais do que nunca. E gostaria que tivéssemos tido aquela conversa antes. Que eu não tivesse me afastado tantas vezes no passado e que tivesse dado a ela a chance de me contar tudo. Também estava me sentindo mal por não ter ficado ao seu lado mais vezes. Péssima, na verdade. Culpada por permitir que meu pai afirmasse que se importava com ela quando ele nunca agiu de acordo.

Mas esse não era o único motivo que me deixava agitada. Agora havia um zumbido constante no fundo da minha mente. Desde o momento em que conheci Cameron. E o zumbido se tornava mais alto a cada dia. A cada segundo daquela montanha-russa que era nosso relacionamento. Um zumbido que mudou naquela noite. Um zumbido que batia as asas quando eu pensava em qualquer dia anterior àquela noite. Ou no que eu sentia por ele. Ou no fato de que nunca tinham olhado para mim como ele olhava. Mesmo no início, quando nos confrontávamos, discordávamos e discutíamos, nunca me senti invisível diante dele. Ele sempre, sempre me dedicava toda a sua atenção. Fosse isso bom ou ruim.

E agora... agora eu queria mais. Queria mais que apenas sua atenção. Queria me sentir como naquela noite. Vista. Conectada. Não com qualquer pessoa – com ele. Com Cameron.

Sem nem saber como, me levantei da cama enorme de Cameron, e meus pés descalços percorreram o chão de madeira. Cheguei à sala e imediatamente me concentrei nele.

Ele ocupava boa parte do sofá, e o cobertor que antes cobria seu corpo agora estava enrolado na cintura. A necessidade de ir até ele aumentou. O desejo de me aninhar ali e cobrir nós dois. Não era um ímpeto sexual, embora eu soubesse que, assim que o tocasse, meu sangue voltaria a se agitar de tanto desejo. Não, era outra coisa.

Fui até o sofá. Quase não havia espaço ao lado dele, mas não me importei. Eu me sentia vulnerável, como se tivessem me virado do avesso e minhas partes mais sensíveis estivessem expostas. Apoiei um joelho ao lado do seu quadril, e fui me deitando ao seu lado devagar.

Um grunhido escapou da garganta dele, e em um movimento rápido e suave seus braços me envolveram e ele se virou de lado. Olhou para baixo, os olhos entreabertos, e me puxou para seu peito.

– Oi – sussurrei.

Ele soltou um "hum", e senti a vibração em minha barriga e meu peito.

– Não está conseguindo dormir?

Balancei levemente a cabeça. Sem dizer uma palavra, mexi as mãos, alcançando a bainha de sua camiseta. Sem desviar o olhar, deslizei os dedos por baixo dela. Apoiei as mãos em sua pele macia e firme, deixando o calor subir por meus braços e descer por minhas costas.

Cameron soltou um suspiro trêmulo.

– Amor – disse, e eu sabia que era um alerta.

– Só preciso tocar você – confessei, subindo as mãos, pressionando a ponta dos dedos em sua pele. – Preciso sentir você perto de mim.

Seu olhar escureceu e seus lábios formaram uma linha reta. Ele me olhou com tanta seriedade. Tanta gravidade. Como se meu apelo fosse um acontecimento de vida ou morte.

– Mais perto do que qualquer um já esteve.

Ele me abraçou mais forte e me puxou mais para perto, muito mais, me acomodando em seu corpo e me prendendo ali. Eu sentia seu coração martelando dentro do peito.

– Melhor assim?

Assenti e fechei os olhos, curtindo aquela sensação.

– Pode me tocar também?

Um grunhido escapou de seus lábios, e eu soube que aquilo estava lhe custando parte de seu autocontrole, mas Cameron obedeceu. É claro que sim. Ele nos cobriu e só então colocou as mãos por baixo da única peça que eu estava usando além da calcinha – uma de suas camisetas –, fazendo-a subir com suas mãos pelas minhas costas.

Meu corpo se movimentou contra o dele, e senti Cameron ficar duro. Deixei escapar um suspiro curto. E, antes que eu pudesse voltar a me mexer, Cameron segurou meu corpo contra o seu.

– Cameron? – sussurrei. – Posso perguntar uma coisa?

– Não me peça para comer você, amor – disse ele, a voz baixa e rouca. – Porque eu vou obedecer.

Uma risada ofegante deixou meus lábios.

– Era o que eu mais queria – falei, e havia verdade em cada palavra.

Ele deve ter se surpreendido com minha confissão, porque seu corpo congelou contra o meu. Só por um instante. Então ele se sacudiu, e senti seu sangue pulsando sob meu toque, seu desejo crescendo com o meu.

– Mas sei que não é justo com minha mãe do outro lado daquela parede. Eu sei…

Engoli em seco com aquele pensamento inacabado.

Mas eu sabia – eu sentia, bem no fundo, com base naquela noite e em uma parte instintiva e intuitiva do meu corpo que só reagia a ele – que transar com Cameron não seria rápido e silencioso. Não seria algo que eu ia querer fazer com minha mãe no cômodo ao lado.

– Hum – murmurei. – Pensando bem, talvez fosse melhor a gente colocar minha mãe no Chalé Doce Céu.

– Aquilo não é um chalé – respondeu ele, em um grunhido rápido.

Franzi o cenho, mas ele me reposicionou, enfiando um dos joelhos entre os meus e me distraindo.

– E esse *a gente* que você disse como se não fosse nada? – Ele fez uma pausa. – Quase me matou. Então faça sua pergunta.

– Acha que eu sou um pouco parecida com ela? – Um suspiro rápido deixou meus lábios, e Cameron esperou, como se soubesse que essa não era exatamente a pergunta que eu queria fazer. – Ou eu desapareço ao lado dela? Não fico um pouco cinza, fria, sem graça?

Sempre fomos tão diferentes, eu e ela, e às vezes… Às vezes eu me perguntava se eu não poderia ser um pouco mais como ela. Agora, eu também me perguntava se meu pai me enxergava antes daquele vídeo. Se o mundo me enxergava. Se Cameron me enxergava de verdade.

Ele encostou a testa na minha até que eu olhasse para ele, seus olhos tão reluzentes, tão abertos e cheios de uma honestidade tão pura que meus batimentos ratearam.

– Eu só tenho olhos para você – disse ele, suas palavras atingindo meus lábios. – Mesmo quando estão fechados, você é tudo que eu vejo.

Foi minha vez de soltar um "hum", só para domar o alvoroço dentro do peito. Ele sempre fazia isso. Sempre me dava uma resposta perfeita, na qual eu mal conseguia acreditar.

– Cameron?

– O que foi, amor?

Meu pedido não foi mais que um sussurro.

– Me conte um segredo seu. Alguma coisa que ninguém sabe.

Se ficou surpreso com minhas palavras, ele não disse nem deu indício algum que demonstrasse isso. Tudo o que fez foi mover a mão até que ela descansasse em minha nuca.

– Eu senti tanto medo – disse, e eu sabia do que ele estava falando.

Ele levou minha cabeça até seu peito com delicadeza, se oferecendo como travesseiro. Pedindo por um consolo que eu jamais lhe negaria.

– Ainda tenho muito medo – completou ele.

Contei seus batimentos cardíacos, um, dois, três, cinco, dez, em meu rosto, desejando poder ficar ali para sempre. Todas as noites. Até o fim dos tempos.

– Nunca namorei Jasmine Hill. Foi tudo coisa do Liam, meu agente. Ele armou, e eu fiquei para o jantar, pra não fazer desfeita. A mídia exagerou no caso, mas não namorei ninguém desde que me mudei para os Estados Unidos.

Ficamos em silêncio por um instante, e eu estava tão ocupada me contendo depois daquela última confissão que quase não ouvi o que ele disse em seguida.

– O Alce Preguiçoso agora é meu – disse ele, e congelei. – Não foi fácil, mas fechei a compra hoje de manhã.

Meu coração parou. E aí começou a bater duas, três, quatro vezes mais rápido.

– O quê? – sussurrei.

Mas o que eu queria perguntar era *por quê*.

Cameron pareceu entender.

– Não hesito quando quero uma coisa. E isso se aplica ao meu dinheiro também. Trabalhei duro por ele. – Sua voz ficou mais leve. Confiante. Arrogante de um jeito que só Cameron era capaz de bancar. – Vou derrubar aquele chalé. E construir outra coisa pra você no lugar.

Eu... eu queria deixar. Também queria tudo o que aquilo implicava. Fiquei feliz. Como não ficava havia um bom tempo. E senti outras emoções com as quais não achava que seria capaz de lidar se não estivesse em seus braços.

– Você contou mais de um segredo – falei. – Eu só pedi um.

316

O tempo passou sem que disséssemos uma palavra sequer, e eu estava tão quentinha, tão confortável, tão segura ali, aninhada no corpo de Cameron, que comecei a pegar no sono. Parte de mim ali, parte não. Então, quando ele voltou a falar, levei suas palavras comigo. Em meus sonhos.

– Eu sempre vou te dar mais do que você pedir, amor. Mesmo quando você não souber o que quer.

TRINTA E UM

Cameron

Olhei para Tony da lateral do campo.

Ele estava na linha do meio-campo, cercado por um grupo fascinado de garotinhas de nove anos, olhando para ele como se ele mesmo tivesse colocado a lua e as estrelas no céu.

Sorri. Ele era um bom rapaz, e dava para notar que fazia muito tempo que amava o jogo. Tinha demorado um pouco para se acostumar com os olhares das garotas – deslumbradas, exceto por Juniper, que era séria e circunspecta –, mas deu um jeito de canalizar toda essa atenção no trabalho.

A primeira parte do treino do dia fora intensa. Tínhamos passado de exercícios simples como "proteger o cone" para outros mais elaborados, que exigiam coisas como passes de qualidade. Não foi fácil, mas as meninas estavam mais entusiasmadas do que nunca. Até Juniper, com quem trabalhei diretamente, treinando suas habilidades no gol, ficou feliz ao passar dos movimentos e saltos básicos para deslizamentos divertidos. Nós nos sujamos, mas valeu a pena. Ela foi fantástica.

Pensei que certa diretora ficaria muito feliz com a evolução das garotas. Olhei para o espaço que semanas antes era apenas um galpão, me perguntando o que ela estaria fazendo lá dentro. Será que estava bem aquecida? Outubro ia ficando mais gelado a cada dia, e, embora eu tivesse comprado um aquecedor elétrico do Moe, ainda fazia muito frio. Como Moe diria: *Um frio de rachar o coco.*

Tirei o celular do bolso do moletom que peguei naquela manhã e olhei para a tela. Ainda dava tempo de ligar para Liam. Depois disso, ia ver como estava Adalyn.

Selecionei o contato e levei o aparelho à orelha.

– Os portões do inferno devem ter se aberto se Cameron Caldani está me ligando.

Suspirei.

– E veja o que eu ganho com isso. – Não esperei pela resposta. – Tenho algumas perguntas. Sobre o e-mail que você mandou.

– Uau. Direto ao ponto, hein? – Ele soltou uma risada. – Tudo bem. Diga.

– Você disse que o Miami Flames está atrás de um novo diretor esportivo – falei, me esforçando para que meu tom fosse o mais neutro possível. – Talvez pra consertar uma questão de mídia?

– Isso – confirmou Liam. Ele riu, e eu soube exatamente o que ele diria em seguida. – Você viu o vídeo? Aquela mulher era...

– Vi. – A palavra saiu sibilando entre meus dentes.

Fechei os olhos, tentando manter sob controle o pavor que tomava forma em minhas entranhas.

– Eu vi. Claro que vi. Você falou que desconfia que o motivo seja outro. Que não tenha a ver com essa história.

Ouvi um suspiro do outro lado da linha.

– Falei. Meus contatos são quase todos da Costa Oeste, mas tenho alguns olhos em Miami. Mas eles... – Ele hesitou. – Não tem nada confirmado. É só um boato por enquanto. A situação não está muito clara. Talvez tenha sim a ver com o fiasco de mídia, infelizmente.

Um par de olhos castanhos e redondos surgiu em minha cabeça. Lábios lindos. O calor e a maciez de suas mãos na minha pele.

– Me diga o que você sabe.

Um momento de silêncio.

– Você está bem, cara? – Não respondi, e Liam estalou a língua. – Tá. Fiquei sabendo que o time talvez passe para as mãos de outra pessoa. Em breve. O que explicaria por que estão de olho. Isso é o meu palpite, claro.

Merda. Levei a mão ao rosto, tentando secar um pouco do suor que se acumulava. Uma compra? Uma transferência? O pior era que Adalyn não devia estar sabendo, ou já teria me contado. E estaria no próximo avião para Miami.

– Tem certeza?

– Por enquanto, não passa de um boato.

– Tem certeza?

– Tenho, cara. – Uma pausa. – Mas por que tudo isso?

– Pode descobrir? E me manter informado se souber de mais alguma coisa? Mesmo que ache que é uma informação sem importância. Quero saber. – Não esperei pela resposta, sabendo que ele atenderia a um pedido meu. – Obrigado por me ajudar com aquele outro negócio, aliás. A casa. Eu não cheguei a te agradecer direito.

Liam riu.

– Agora você até me agradece? Meu Deus, Cameron. – Ouvi Liam soltando uma lufada de ar. – Olha só, o que quer que esteja acontecendo, você precisa resolver. Resolva e decida se quer finalmente assassinar sua carreira. Só... tenta passar de uma vez por essa fase, viver, rir, amar, tá? Não vou mais brincar de casinha com você. Não sou seu assistente nem seu agente, não mais, e tenho outras coisas para fazer. Então decida quais são suas prioridades.

– Eu sei qual é minha prioridade – falei, sem hesitar. – Recusar todas as propostas.

E desliguei.

Alguém tossiu ao meu lado.

Virei e fui recebido por aquele meio sorriso lindo que estava me viciando. Senti um aperto entre o peito e o estômago, uma clareza que não sentia fazia muito tempo.

– Fazendo um intervalinho, Treinador?

Meus lábios se contraíram ao ouvir o tom em sua voz, e me esforcei para ignorar a informação que tinha acabado de receber de Liam. Mas eu não preocuparia Adalyn por algo que nem era certo. Algo que a deixaria distraída e acabaria com a esperança e o entusiasmo pelo Green Warriors que eu via com meus próprios olhos borbulhando dentro dela. Tudo o que eu queria era proteger aquela mulher de qualquer mágoa ou golpe. Então faria Liam descobrir tudo e, só quanto tivesse certeza, eu mesmo a levaria até Miami e exigiria uma explicação do pai dela. Enfrentaríamos a situação juntos. Até lá, ela merecia um pouco de alegria, um jantar pré-jogo e a partida no dia seguinte. Ganhando ou perdendo, eu faria tudo o que estivesse ao meu alcance para que ela sentisse um gostinho da felicidade que eu podia lhe dar.

– Tudo bem? – perguntou ela, franzindo o cenho.

Endireitei os ombros. Deixei tudo de lado e voltei a me concentrar no que estava à minha frente. Naquele dia.

– Não sei, chefe. – Olhei para ela de cima a baixo, abertamente. – Me diga você. Estou em apuros?

Ela franziu os lábios, e o rubor em seu rosto me disse tudo o que eu precisava saber.

– Talvez. – Sua voz entregou um desejo mal contido. – Agora que vi que delegou suas responsabilidades ao Tony, e faltam só alguns minutos para o fim do treino, tem um assunto que preciso discutir com você.

Ela engoliu em seco.

– Pode vir até a minha sala? – Ergueu o queixo. – Agora.

Não vou mentir, fiquei duro só de ouvir aquele tom mandão. Reduzi a distância que nos separava e me coloquei quase em cima dela, até Adalyn precisar inclinar a cabeça para trás. Meu olhar encontrou seus lábios.

– Você primeiro. – Lambi os lábios. – Srta. Reyes.

Esperei que ela saísse primeiro. Como o babaca egoísta que eu era, fiz isso para poder ver sua bunda naquela calça jeans. A forma como seu cabelo se movimentava sobre seus ombros e como seu quadril balançava a cada passo determinado. Caramba. Eu estava mesmo faminto por ela.

Quando entramos no espaço limpo, mas apertado, fechei a porta e vi Adalyn virar de frente para mim. Seu rosto estava vermelho, e ela se apoiou na mesa.

– Pode... é... fechar a porta? – Uma pausa. – Treinador?

Inclinei a cabeça, contendo um sorriso. A porta já estava fechada, mas eu não disse nada, só assenti. Amava vê-la tão desconcertada. Amava ser o responsável pela reação dela. Era o que eu sentia na maior parte do tempo. Meu olhar mergulhou até seu peito, sua cintura, suas pernas, e voltou a subir, até aquele rosto lindo que me dizia que ela estava tentando processar alguma coisa. Algo que fez com que ela colocasse a ponta da língua para fora para lamber os lábios.

O treino ia acabar a qualquer momento, e nunca fiquei tão feliz por ter deixado Tony no comando. Levei a mão às costas e tranquei a porta.

– Eu... – sussurrou Adalyn. – Você...

Ela levou a língua aos lábios mais uma vez, sem saber o que fazer com as mãos.

– Na verdade você não está em apuros. Ou talvez esteja. Depende – disse ela.

Franzi o cenho ao vê-la tão nervosa, e tive que me segurar para não soltar alguma besteira tipo *você fica linda com a testa franzida assim*. Fui até ela. Minhas mãos se contraíram de tanto desejo de tocá-la, mas eu as mantive ao lado do corpo e esperei. Incentivando-a a dizer o que ela queria dizer com um aceno de cabeça.

– Eu... – Ela começou de novo, baixinho. – Eu queria te agradecer.

Ela estendeu os braços por um instante antes de deixá-los cair novamente.

– Por isto. Por ontem à noite. Por tudo o que fez por mim. Eu... – Sua língua voltou a molhar os lábios. – Não sei o que fiz para merecer, mas sou muito grata pela sua atenção.

Ela ergueu a mão e a pousou delicadamente em meu peito. Meus olhos voltaram aos dela.

– E quero te mostrar o quanto – completou.

Ela me empurrou, me guiando ao redor da mesa.

Não resisti. Fui.

Quando a parte de trás das minhas pernas tocaram a cadeira, a outra mão de Adalyn também pousou em meu peito. Ela subiu as mãos até meus ombros. Me empurrou para baixo.

– Sente-se – disse, baixinho.

Tão baixinho que eu quis me inclinar em sua direção. Mas deixei que meu corpo caísse na cadeira, fascinado, maravilhado com a determinação em seu olhar. A ansiedade que fez seus lábios se entreabrirem. Que mulher linda e corajosa ela era. Senti uma pontada de dor no peito só de olhar para ela.

Adalyn parou bem à minha frente, a um passo de distância. Levou as mãos ao zíper do casaco, que tirou sacudindo os ombros. Seu peito subiu e desceu com a respiração agitada, fazendo com que o tecido da camisa se pressionasse contra sua pele. A fileira de botõezinhos que a mantinha fechada se estendeu. E eu só conseguia pensar: *Essa porra dessa camisa. Quero abrir essa camisa com os dentes.*

Minhas mãos voaram até os braços da cadeira, segurando firme para me impedir de tocar nela.

Adalyn se enfiou entre minhas pernas abertas, o olhar percorrendo todo o meu rosto. Até seus olhos descerem. Descerem. Todo o meu sangue correu na direção em que ela olhava. Se ela fizesse o que eu achava – esperava, desejava – que ia fazer, meu autocontrole se esvairia por completo. Em um instante. Eu tinha certeza.

–Adalyn. – Seu nome escapou dos meus lábios. – Querida, eu...

Ela colocou as mãos nas minhas coxas e se ajoelhou.

Meus olhos se fecharam e deixei os lábios entreabertos depois de soltar um palavrão.

Senti suas mãos subindo por minhas pernas, o toque delicado, mas determinado, fazendo meu pau pulsar de ansiedade.

– Adalyn – repeti, desta vez mais como um mantra do que como um alerta.

Abri os olhos e os fixei nela, que observava o volume cada vez maior dentro da minha calça. Caramba. Eu estava tão duro, e ela não tinha nem...

– Vai me tocar, amor? – perguntei, e ouvi minha voz falhar.

Adalyn mordeu o lábio inferior. Pensando. Cheia de desejo. Ela assentiu, mas suas mãos não se apressaram. Soltei um gemido, impaciente, e o som arrancou um sorriso dela. Suas mãos finalmente se mexeram, e ela deslizou os dedos sob a bainha do meu moletom. Então, segurou o cós da minha calça.

Puxou.

– Diz – falei, ouvindo minha voz falhar mais uma vez de tanto tesão.

Meu Deus, como eu queria aquela mulher. Fazia dias. Semanas.

– Me diz o que vai fazer comigo, e eu faço o que você quiser.

– Eu...

Ela olhou nos meus olhos. Minha nossa. Aquela mulher maravilhosa, incrível, ajoelhada entre as minhas pernas.

– Quero ser sexy. Quero que você me veja assim. Planejei esse momento o dia inteiro. Quero abaixar a sua calça e... – Ela fechou os olhos por um instante. – Colocar minha boca em você. Quero que você se sinta como eu me senti naquela noite. Mas eu...

Ela balançou a cabeça.

– Eu estou ficando maluca. Não sei como estar no comando aqui. Eu preferia que você...

Ela não precisou terminar.

Olhei em seus olhos por apenas mais um segundo, revelando todo o meu desejo, deixando-o transparecer no meu rosto.

– Coloca para fora – falei, e minhas palavras não passaram de um rosnado. – Pode me mostrar o que quer fazer, eu te ajudo.

Ela olhou para baixo, e ergui o quadril. O contorno grosso do meu pau pressionou o tecido.

– Puta merda – murmurei ao ver a cena. Adalyn segurou o cós com mais firmeza, mas não moveu as mãos. – Meu pau nunca ficou tão duro na vida, amor. Pode fazer alguma coisa? ·

A respiração ficou presa na garganta de Adalyn, e ela mexeu as mãos, pairando-as em um gesto no ar por um segundo. Hesitantes. Me dizendo que ela queria que eu a guiasse. A encorajasse. A... Seus dedos deslizaram sobre o tecido da calça. Soltei um gemido. Profundo, gutural e cheio de desejo.

Ela finalmente abaixou minha calça, me libertando da primeira das duas camadas de tecido que me separavam dela.

Eu sabia exatamente quanto tempo eu duraria naquela cadeira.

– Você tem dois minutos pra brincar comigo – falei, incapaz de impedir que meu quadril se movesse contra suas mãos.

Em resposta, ela segurou meu pau, e fez uma única carícia sobre o tecido. Não era o bastante.

– A cueca – rosnei. – Agora, por favor.

Em um movimento, minha cueca foi abaixada e meu pau se libertou, descansando em minha barriga.

– Faz um tempo que estou pensando nisso – disse Adalyn, e aquela confissão, baixinho, me trouxe de volta ao momento por um instante.

Alguma coisa dentro de mim se agitou ao ouvir aquelas palavras. Seu olhar encontrou o meu.

– Acho que já faz muito tempo que eu te desejo, Cameron.

Os braços da cadeira rangeram sob minhas mãos.

– Então me toca. – Soltei o ar dos pulmões pelo nariz. – Me chupa, me lambe, me tortura como você quiser. Agora, antes que eu exploda.

A curiosidade se misturou com a vontade no castanho de seus olhos, atiçando meu próprio desejo. E, antes mesmo que eu me desse conta, suas mãos estavam em meu pau, pele na pele, e ela acariciou com firmeza.

Meus olhos se fecharam, meu corpo inteiro saltou na cadeira.

– Mais forte – falei.

Exigi. Implorei. Adalyn obedeceu, as duas mãos me envolvendo mais uma vez. Da cabeça à base.

– Isso, assim – falei, incentivando-a. Ela me acariciou outra vez. – Me faça implorar, querida. Me faça sofrer por mais.

Senti Adalyn se mexer entre minhas pernas, se aproximando, inclinando-se em cima de mim e, quando ela parou, eu soube o que ia acontecer na sequência. Meus olhos se abriram, se concentrando nos lábios lindos que se fechavam em volta do meu pau.

Puta merda. Meu Deus do céu. Eu nunca rezei com tanta vontade na vida, mas, meu Deus. Eu veneraria aquela boca. Aquela mulher. Seu coração. Meu quadril se ergueu, entrando mais fundo na sua boca. Adalyn gemeu ao meu redor e eu… eu não conseguiria ser delicado, estava prestes a explodir.

– Três chupadas – falei com os dentes cerrados. – É só isso que você vai ter.

Adalyn subiu e desceu a cabeça uma segunda vez, e quando um gemido subiu pela sua garganta e alcançou o meu pau, algo dentro de mim estalou.

– Eu menti – falei, e minhas mãos seguraram sua cabeça.

Com delicadeza, mas com firmeza, eu a afastei. Seus lábios estavam vermelhos e seu rosto corado, o rosa mais lindo que já vi.

– Você é deslumbrante, linda, maravilhosa – murmurei, fazendo-a olhar para mim como nunca tinha olhado antes. Meu coração acelerou em meu peito, martelando, fazendo meu sangue pulsar. – Você venceu, amor. Você venceu.

Antes que ela pudesse dizer uma palavra sequer, segurei seus punhos e levantei nós dois. Então, virei-a.

– Mãos na mesa – falei, e minha voz era um rosnado.

Ela obedeceu, e quando suas palmas caíram sobre a superfície de madeira, eu me aproximei.

– Muito bem – falei em seu ouvido. – Isso vai ser rápido.

– Não quero rápido. – Ela quase choramingou.

Minhas mãos percorreram sua cintura, e meus dedos se agarraram ao tecido de sua camisa.

– Eu quero… Eu quero…

– Você tá me deixando louco – confessei, puxando o tecido sedoso. – Invadiu meus sonhos – sussurrei mais uma vez em sua nuca. – Estou louco pra arrancar esses botões. Não paro de pensar no que você esconde aí embaixo.

Aqueles seios lindos. Sua pele macia. Seu coração precioso.

Seu corpo estremeceu sob o meu, e ela remexeu o quadril, pressionando a bunda contra meu pau duro.

– Sim. Pra tudo isso.

Puxei sua camisa, fazendo os botõezinhos voarem.

– Porra. *Porra* – eu disse.

Sem perder um segundo que fosse, puxei o corpo dela contra o meu, fazendo suas costas arquearem, só para poder olhar bem para ela. Uma renda linda cobria seus seios. Lavanda.

– Minhas fantasias não são páreo para isso. Para a mulher deslumbrante que você é.

– Cameron? – Meu nome escapou de seus lábios em um gemido.

Mas minhas mãos estavam ocupadas subindo, minhas palmas traçando sua pele, os dedos chegando aos seios e se fechando sobre eles, possessivos. Ela fechou os olhos.

– Quero gozar junto com você – pediu ela.

Junto comigo.

Eu estava no limite.

Um som incompreensível deixou meus lábios, e coloquei as mãos dela sobre a mesa outra vez, curvando meu corpo sobre o dela. Abri sua calça, coloquei a mão por dentro do tecido, e encontrei mais renda. Fazendo questão de tocá-la só por cima da calcinha – ou eu perderia de vez a cabeça –, passei os dedos nela.

– Minha Adalyn, tão molhada e tão perfeita.

Adalyn estremeceu, e eu projetei o quadril contra sua bunda.

Mexi os dedos, fazendo pressão e traçando círculos ao chegar no clitóris.

– Lá fora – falei, levando a outra mão até meu pau e me acariciando enquanto a acariciava também. – Você pode mandar em mim. É só falar, e eu vou obedecer. Estou na sua mão.

Senti Adalyn estremecendo sob meu toque, o tecido da calcinha dela agora encharcado. Dei uma estocada contra minha mão, pressionando meu quadril contra o dela.

– Mas entre quatro paredes… – provoquei.

Soltei nós dois, virei Adalyn e a empurrei contra a mesa. Avancei nela, me posicionando entre suas pernas abertas.

– Aqui – falei, olhando em seus olhos.

Mais uma estocada na minha mão fechada, os nós dos dedos pressionando sua entrada. Nós dois contivemos um gemido quando meu pau tocou sua calcinha encharcada.

– Aqui dentro, eu é que mando.

Seus lábios se entreabriam, soltando um gemido que eu sabia que era uma afirmativa. Uma súplica. Uma confirmação. Uma luz verde. E, quando voltei a me mexer, me esfregando contra ela enquanto acariciava nós dois, seus braços envolveram meu pescoço.

– Cameron – disse ela, a voz falhando, linda.

Encostei a testa na dela, me apoiando nela.

– Goza, amor. – Eu me mexi, fazendo questão de tocar o lugar certo a cada impulso. – Goza e eu juro que vou te comer muito bem e durante um bom tempo hoje à noite.

O corpo inteiro de Adalyn estremeceu, e eu a segui, me derramando em sua barriga. Ela olhou para baixo, e seu olhar ficou mais profundo e satisfeito do que nunca, o que me fez querer arrancar sua calcinha e deslizar para dentro dela. Eu ficaria duro novamente em um minuto. Estava sempre duro nos últimos dias.

Mas não fiz isso. Descansei a testa na dela e a abracei, trazendo-a para perto. Não pude me segurar, me conter. Queria ela bem ali. Embaixo de mim, seu corpo contra o meu, em meus braços. Queria estar dentro daquela mulher, de qualquer forma possível.

Seus lábios tocaram o canto dos meus, como se ela soubesse exatamente o que eu estava pensando, e me virei, tomando-os em um beijo profundo e desesperado. Não foi o bastante. Eu queria mais. Só que recuei. Sem dizer uma palavra e com delicadeza, tirei seus braços da camisa estragada e limpei sua barriga com o tecido.

Beijando sua testa, a tirei de cima da mesa e fechei sua calça. Em um mundo ideal, não estaríamos em um escritório improvisado quase sem calefação. Naquele mundo, o treino não teria acabado e não teríamos que ajudar a organizar o jantar pré-jogo. Eu poderia tirar cada peça de roupa de seu corpo e passar a língua em cada centímetro de sua pele. Mas não estávamos no mundo ideal, então vesti a calça e me obriguei a ignorar o fato de que já estava ficando excitado de novo.

Tirei o moletom.

– Levante os braços – falei e, quando ela obedeceu, coloquei o moletom nela.

– E você? – Sua voz saiu abafada atrás do tecido enquanto eu a vestia.

Ajeitei as mangas em seus braços.

– Eu tenho lembranças suficientes de você gozando em mim pra me manter aquecido pela vida inteira.

Adalyn deixou escapar um som suave que me esforcei para ignorar. Ela parecia tão… minha naquele momento. Fiquei sem fôlego.

– Hoje à noite – prometi, sentindo as minhas narinas se dilatarem.

Adalyn sorriu, um sorriso lindo e tímido que me deu vontade de bater no peito.

– Hoje à noite.

TRINTA E DOIS

Adalyn

Hoje à noite.

Aquela seria a noite. E nunca me senti tão despreparada.

Era possível perder a virgindade pela segunda vez? Nem fazia tanto tempo assim que eu não transava. Ou talvez fizesse. Tudo se embaralhou na minha cabeça de alguma forma. Todas as experiências do passado pareciam sumir agora que eu sabia qual era a sensação do toque do Cameron.

Aquela noite seria diferente.

Parecia algo mais.

Mais do que só sexo. Mais do que apenas desejar alguém. Mais do que atração física.

Havia uma carência bruta dentro de mim que não parava de fazer exigências. Eu queria estar perto de Cameron. Mais perto. Queria ser beijada, dominada e virada do avesso. Queria que ele olhasse para mim como naquela tarde, com a expressão suave. Mas também como se mal pudesse esperar para me devorar inteira. Queria que ele abrisse seu sorriso para mim, devagarinho, e que franzisse o cenho e inclinasse a cabeça para o lado, como fazia quando estava tentando decifrar meus pensamentos. Queria fazê-lo rir, e que ele me chamasse de amor, não porque era um apelido carinhoso ou sexy em meio àquela rispidez inglesa, mas porque ninguém nunca tinha me chamado de amor, e fazia sentido que só ele chamasse. Mas, acima de tudo, eu queria que ele me quisesse também. Me desejasse. Como desejamos aquela sensação no peito que ilumina tudo. Como eu o desejava.

O toque de sua mão em minha coxa me tirou dos meus pensamentos, e, quando olhei para ele, o verde de seus olhos o entregou.

Ele não via a hora de ir embora. Só estava – estávamos – ali porque eu pedi que ficássemos um pouco mais. Josie oferecera um jantar de boa sorte para todos do time que quisessem participar, e a maioria dos pais tinham comparecido.

– Por que está tão sério, Treinador? – perguntei, os cantos dos lábios curvados. – Isso aqui é pra dar sorte. Eu não imaginava que você fosse desrespeitar um rito como esse.

O sorrisinho que ele abriu fez o meu sangue subir para a cabeça. Ele se aproximou e falou em meu ouvido:

– Consigo pensar em algumas coisas que podemos fazer para dar sorte.

Seus lábios roçaram minha pele, lançando uma onda de arrepios que desceu pelas minhas costas.

– Se formos embora agora mesmo – completou.

Meu coração acelerou.

– Eu acho... – Engoli em seco, me perguntando se seria estranho se eu pulasse em seu colo naquele instante com metade da cidade sentada à mesa. – Acho que é algo que podemos discutir. Mas não vamos embora ainda. Ordens da chefe.

Ele soltou um "hum" contra minha pele e, quando afastou os lábios, sua cabeça não foi muito longe.

Meu Deus. Talvez eu não estivesse me ajudando. Quanto tempo um jantar de boa sorte deveria durar?

Meu celular apitou, então o peguei e dei uma olhada nas notificações. Minha mãe.

– Ela chegou bem? – perguntou o homem ao meu lado, com uma preocupação que eu sabia que era genuína.

– "A estrada estava tranquila" – li em voz alta para ele.

Cameron deu um suspiro.

– Eu mesmo podia ter levado sua mãe. Asheville é pertinho.

Quase derreti ao seu lado ao lembrar que ele tinha se oferecido, não vou mentir.

– "Dei meu contato ao Vincent" – continuei lendo. – "Ele é jovem, mas eu poderia ensinar a ele algumas coisinhas."

Fiz uma pausa e exclamei:

– Ah, meu Deus.

– Quem é Vincent mesmo?

– Primo do amigo da Josie, eu acho? Ele veio pra cá pra falar sobre alguma coisa com a Josie e estava voltando hoje pra Asheville. – Cameron resmungou e coloquei a mão em seu rosto. – Pare de ser tão gentil. Eu... eu já não estou conseguindo manter as mãos longe de você, Cam.

Ele se entregou a meu toque com um suspiro.

– Me chame de Cam de novo.

Repeti baixinho:

– Cam.

Cameron rosnou.

– Tá, agora me diga, o que estou fazendo de tão gentil e por que devo parar?

– Se preocupando com minha mãe – respondi, me esforçando para ignorar o rugido em meu peito. – É muito difícil resistir a você assim.

Ele virou a cabeça, e seus lábios roçaram a pele da minha mão, descendo até meu punho.

– E por que você quer resistir? – Ele mordiscou minha pele, rápido demais. – Não é recomendado. Especialistas recomendam não resistir a coisas que fazem bem.

Eu dei uma risadinha. Uma *risadinha*.

Cameron olhou em meus olhos e disse, sem afastar os lábios:

– Eu poderia passar a vida inteira ouvindo você rir.

Eu nem questionei aquelas palavras. Sabia que eram verdadeiras.

Meu peito se expandiu.

– Eu...

Alguém deu uma tossidinha ao meu lado, e nós dois viramos.

– Oi – disse o Sr. Vasquez, Robbie, uma expressão cautelosa no rosto.

María estava ao seu lado, e cutucou a perna dele antes de sorrir para mim. Ele falou rapidamente:

– Desculpem interromper.

– Tudo bem – garanti a ele com sinceridade. – Não está interrompendo nada.

O homem ao meu lado grunhiu uma reclamação, baixinho.

Os olhos de Robbie dispararam na direção de Cameron e voltaram.

– Eu só queria agradecer. Pelo que fez por Tony e María, e por... tudo.

Desde que Tony começou a passar um tempo com o time, ele... parece que voltou a ser ele mesmo. Isso me fez perceber que ele estava passando tempo demais na fazenda. Trabalhando demais, ele ainda é apenas uma criança. Eu...

Ele engoliu em seco.

– Obrigado por dar a ele a oportunidade de trabalhar com uma coisa que ele ama. – Robbie olhou para a filha com um sorriso. – Satisfeita?

Ela sussurrou alto:

– Os ingressos.

O homem soltou um palavrão baixinho.

– María...

– Pede – repetiu ela. – Você me disse que foi um piiii com ela, então peça desculpa. Você sempre me obriga a pedir desculpa quando sou mal-educada, e depois tá tudo bem você pedir os ingressos. Tony vai amar. Você sabe que ele quer tentar jogar naquele time em Charlotte. Ele vai ficar doido.

O homem pressionou os lábios em uma linha reta e me lançou um olhar arrependido.

– Por favor, ignore...

– Pode deixar – falei. – Podemos combinar as datas amanhã depois do jogo das garotas. Tem mais uma coisa que eu quero te pedir. Mas pode esperar. Podemos conversar amanhã.

Robbie ainda parecia desconfiado, e senti que precisava trazer de volta a velha Adalyn por um instante.

– O Miami Flames vai ficar feliz em receber a visita de vocês, eu juro.

O corpo de Cameron ficou tenso ao meu lado. Foi só por um instante, mas todos os músculos firmes em que eu estava apoiada se contraíram em uma respiração.

María bateu palmas, chamando minha atenção.

– Oba! – exclamou ela, se jogando em cima de mim sem aviso. – Abraço de comemoração – disse, o rosto no meu, e não pude evitar.

Eu a envolvi em meus braços. Então, como se não estivesse pensando, ela soltou um:

– Ah, que beleza. A gente deveria se abraçar mais vezes.

E eu a abracei ainda mais forte.

Quando me soltou, María estava sorrindo, e não sei o que a minha expressão demonstrou, mas meu coração se derreteu.

– Até amanhã, Srta. Adalyn. – Ela olhou para o homem sentado ao meu lado. – Até amanhã pra você também, Treinador Campanário.

Robbie resmungou alguma coisa baixinho.

Cameron soltou uma risadinha, me abraçando pelos ombros e me puxando de volta para si.

– Ah! – disse María, já se afastando, puxando o pai pela mão. – Não esqueça de dar a camiseta ao Treinador!

E desapareceu do outro lado da mesa comprida, arrastando Robbie consigo.

– Que camiseta? – perguntou Cameron.

Soltei um suspiro.

– Era pra ser uma surpresa. – Balancei a cabeça. – Está lá em ca...

Eu me contive. Não sei por quê, mas me contive. Dei uma tossidinha.

– Lá no Alce Preguiçoso.

Cameron soltou um "hum".

– Quase – resmungou, o braço serpenteando em volta da minha cintura.

– Tudo bem, amor. Não sou de desistir no meio do jogo.

Cameron abriu a porta da frente e deu um passo para o lado.

Eu olhei para dentro, em direção ao corredor que levava para a direita, para o quarto de Cameron. Bem em frente ao meu. Fechei os olhos por um instante.

Virei. De frente para ele. Bloqueando a entrada. Seus olhos verdes-escuros encontraram os meus, e eu disse:

– Oi.

– Oi – respondeu ele.

Seus lábios se contraíram e achei que ele fosse abrir um sorriso devagar, um sorriso que me deixaria deslumbrada e me distrairia dos meus pensamentos. Mas, em vez disso, ele contraiu a mandíbula. Fiquei observando seus olhos percorrerem todo o meu rosto, fixando-se em meus lábios pelo que pareceu um longo tempo, mas na verdade foi apenas um ou dois segundos, e aquela vertigem, a ansiedade, de antes de Cameron ser tão estranhamente meu, borbulhou dentro de mim.

– No que está pensando? – perguntei.

Ele tocou meu rosto, acariciando minha bochecha com as costas da mão.

– Em várias coisas – confessou, com aquele tom calmo e sério, como se não se importasse por eu estar impedindo que entrássemos. – Agora estou pensando que graças a Deus aquele jantar finalmente terminou.

Sorri ao ouvir isso, e seu polegar roçou meu lábio inferior. Ele disse:

– Também estou pensando: meu Deus, ela fica tão linda nesta luz. Com a lua cheia brilhando lá em cima. Será que seria brega demais dizer isso? Será que ela vai rir? Eu amo sua risada.

Meu sorriso se desfez, meu coração fazendo umas manobras estranhas contra as paredes do meu peito.

– Seria uma das coisas mais lindas que já me disseram.

Segurei seu pulso, sentindo seus batimentos sob o polegar. Estavam disparados. Será que ele também estava nervoso?

– Eu não daria uma risada. Talvez até enrolasse um pouco mais.

– Enrolasse – repetiu ele, devagar. – Me diga por quê.

Abri a boca para dizer alguma coisa que imagino que sairia mais ou menos como *Porque é você, e sou eu. E nunca me senti assim.*

Mas a resposta que saiu foi:

– É difícil explicar.

Se aquele dia… aqueles últimos dias tinham provado alguma coisa, era que eu não conseguia ser uma mulher sedutora. E com Cameron eu não me importava. *Eu é que mando.* Foi o que ele disse. Eu queria que ele fizesse isso de novo. Que se oferecesse para assumir o comando. Nunca me senti mais segura, mais livre, do que quando ele tomava o controle por mim. E no entanto… o nervosismo fez com que eu duvidasse de mim mesma. O que eu teria feito para merecer tudo aquilo, para merecer que ele me desejasse tanto? Eu…

– Tente explicar – disse Cameron.

– Eu…

Eu comecei, sabendo que provavelmente verbalizaria aquilo de um jeito que não faria sentido. Tentei outra vez:

– Eu sempre senti que não me encaixava muito bem em lugar nenhum. Tipo, sempre precisei me esforçar muito pra mostrar aos outros que merecia estar onde estava. Então você surgiu. – Balancei a cabeça. – E eu senti que você daria um passo na minha direção. Tipo, que eu não precisava te convencer. Você...

– Foda-se o seu pai – disse Cameron, me fazendo olhar para ele. – E todos eles. Todos que te fizeram acreditar que você não é digna de tudo o que merece.

Algo se fechou dentro do meu peito. Com um estrondo. Tão perto do meu coração.

– Você não precisa...

Fui levantada e colocada sobre um ombro largo.

– Chega de pensar demais – disse ele, entrando. – Chega de questionar o que eu sinto por você. Não fiquei sentado ouvindo uma hora de musiquinhas de acampamento só pra você achar um motivo pra me dar um fora quando eu finalmente te trouxesse pra casa.

Ele colocou a mão atrás dos meus joelhos, me segurando, como se temesse que eu tentasse pular.

– Isso... – disse, entrando na sala com passos firmes. – Eu tive que me segurar pra não te pegar e te jogar no meu ombro assim. Josie canta mal demais.

Parei um instante, olhando para suas costas, sua bunda, suas pernas compridas e... caí na gargalhada.

Ele parou na mesma hora, soltando meus joelhos, me tirando de cima do ombro e me colocando à sua frente. Eu me apoiei em seu peito.

– Já quero de novo – disse ele, os olhos dançando entre meus lábios e meus olhos. As batidas de seu coração martelando em minhas mãos, mais rápido que antes. – Eu poderia fazer isso todos os dias. Em todas as portas.

– Podemos discutir isso aí. – Eu ainda estava meio rindo, mas, quando a mandíbula de Cameron voltou a se contrair, toda a leveza se dissipou. – Tá, acho que vou te entregar a surpresa que já foi estragada.

Ele abriu a boca, mas eu já estava me afastando e virando. Fui até o quarto de hóspedes e tirei o presente de dentro do armário onde ele estava escondido.

Quando me virei, Cameron estava escorado no batente da porta do seu quarto, bem em frente ao meu. Engoli em seco. Me aproximei com a sacola cor-de-rosa nas mãos.

Entreguei a sacola a ele.

Cameron abriu e tirou o que tinha dentro. A sacola caiu aos nossos pés. Suas mãos seguraram a camiseta no ar.

– "Este treinador é destruidor." – Ele leu em voz alta. Engoliu em seco. – "Treinador Camomila, Green Warriors de Green Oak. Liga Infantil Six Hills, NC."

Meu coração acelerou.

– É uma bobeira – falei, ouvindo minha voz sair baixa e cautelosa. – Eu fiz para as meninas assinarem amanhã.

Um suspiro trêmulo deixou meus lábios.

– María ajudou a pensar na primeira parte – confessei.

Os braços de Cameron caíram ao lado do corpo. Ele me encarou com uma emoção que não reconheci. Uma emoção que não era a que eu esperava que a camiseta causasse.

– É pra ser uma brincadeira – expliquei. – Achei… achei que você fosse achar engraçado.

Um músculo saltou na linha de seu queixo.

– Não vai ter imprensa no jogo de amanhã, vai?

Senti um frio na barriga.

– É claro que não.

– Não teve imprensa em nenhum dos jogos.

Minha garganta se fechou, e tive que me obrigar a engolir.

– Eu jamais colocaria seu anonimato ou sua privacidade em risco. Não depois do que você me contou.

– Mas faz pouco tempo que você ficou sabendo – rebateu ele, dando um passo na minha direção. – Você mudou de ideia antes disso. Por quê?

Senti meu corpo sacudir. Tremer.

– Eu decidi dar outro jeito.

Ele deu mais um passo.

– Mesmo que isso custasse sua passagem de volta pra Miami?

Minha boca se fechou. Meu coração acelerou. Meus olhos se fecharam.

Os dedos de Cameron tocaram meu rosto.

– Sim ou não, amor?

Olhei em seus olhos, e havia tanta coisa ali, tanta coisa espelhando exatamente o que eu sentia. Desespero. Desejo. Surgindo tão rápida e repentinamente que eu mal conseguia respirar.

– Sim – falei. – A qualquer custo. Eu ia, e vou, proteger você a qualquer custo.

Ele colocou a mão em meu rosto.

– Eu entendo você, Adalyn. – A outra mão se juntou à primeira, e a camisa que ele estava segurando caiu aos nossos pés. – Eu entendo você, amor, caramba. Mas você finalmente se abrindo assim pra mim? É impossível eu não me abrir pra você.

Segurei seus punhos.

– E como você vai fazer isso?

– Cuidando desse lado que você esconde – disse ele, os lábios nos meus. – Eu quero te mimar tanto, só porque posso. Quero te enterrar em almofadas quando estiver com frio e te carregar nos braços até a minha cama todas as noites. Te beijar com vontade quando brigarmos, pra você lembrar do quanto me deixa louco.

Uma pressão com a qual eu não estava familiarizada surgiu em meu peito. Chegou até meus olhos, e eles arderam. Eu queria explodir. Explodir de verdade. Estava tão feliz, tão eufórica, tão… preenchida de uma coisa que eu não achava que seria capaz de dizer em voz alta, ou mesmo pensar, que minha vontade era explodir para que ele visse o que eu sentia por dentro.

Uma risada entrecortada deixou meus lábios, e eu nem me reconheci ao dizer:

– Agora você acabou com a minha surpresa.

– Eu amei a surpresa – disse ele, baixinho, tão baixinho que pareceu um carinho.

Ele me puxou contra seu corpo e começou a andar para trás, nos guiando até seu quarto.

– Vou colocar a culpa na surpresa quando perder o controle esta noite – disse ele.

Balancei a cabeça, uma única lágrima escorrendo pelo meu rosto.

– Por quê?

– Porque agora eu sei que você está feliz, muito feliz. E essa lágrima?
– acrescentou ele, colocando os lábios em meu rosto e traçando o rastro molhado. – É a prova disso.

Ele inclinou minha cabeça para trás, e beijou o meu olho que derramou a lágrima. Seu olhar mergulhou até meus lábios.

– Agora, posso te beijar sabendo que você entende como me sinto. Que não precisa fazer nada para conquistar o que estou sentindo. Já é seu.

Dessa vez, Cameron não esperou que eu o beijasse. Ele me beijou.

Cameron tomou meus lábios, abrindo-os com tanta vontade que eu precisei me segurar em seu pescoço. Nossas línguas se tocaram, e eu o puxei mais para perto em um movimento brusco, o desejo pulsando em minha barriga, meus ouvidos, meus braços, minhas pernas, em toda parte. E, com um grunhido, ele avançou, passando as mãos em meu pescoço, meus ombros, minha cintura, contornando meu quadril até chegar à minha bunda. Ele me levantou.

Como se já tivesse feito isso centenas de vezes, enlacei sua cintura com as pernas. Apoiei os braços em seus ombros, empurrando meu corpo para cima, buscando o lugar exato, até que eu conseguisse roçar no volume rígido dentro de sua calça. Seu peito vibrou com um grunhido, e, quando Cameron parou para respirar, percebi que nunca tinha visto nada tão reluzente quanto o verde de seus olhos naquele instante. Ele mergulhou outra vez, sem desperdiçar mais que um segundo, seus dentes roçando a lateral do meu pescoço.

Joguei a cabeça para trás, soltei um gemido e de repente fui jogada em algo macio. Sua cama.

Uma nuvem de seu perfume me cercou. E a sensação preencheu meu peito, que estava tão cheio de felicidade que eu seria capaz de jurar que estava voando.

– Esse sorriso.

As palavras dele não eram mais que um rosnado ao pé da cama. Olhei para Cameron. Meus lábios não vacilaram.

– Venha aqui – disse ele, puxando meus pés. – Eu preciso desse sorriso nos meus lábios.

Suas mãos envolveram meus tornozelos e deixei que ele me arrastasse até onde estava. Fiquei de joelhos e fixei meu olhar no dele, ainda sorrindo, ainda sentindo que seria capaz de explodir. Me aproximei, colando os lábios aos de Cameron, fazendo o que ele tinha pedido.

Ele soltou um gemido e passou os lábios pelo meu rosto. Carícias doces, mas firmes, que subiam e desciam e iam de um lado para o outro, lançando arrepios que se espalharam por meus braços.

– Eu nunca quis ninguém assim antes – sussurrei em seus lábios, colocando as mãos em seus ombros.

Soltei um suspiro curto sem nem perceber. E deixei que meus dedos descessem por seu corpo, até chegar à bainha daquelas blusas de fleece que agora eu amava tanto. Segurei o tecido com força.

– Nunca me senti tão segura, tão querida, tão desejada, tão...

Amada.

– Eu te quero tanto – falei.

O corpo de Cameron tremeu. Autocontrole, desejo, a emoção que eu tinha tanto medo de verbalizar? Eu não saberia dizer. Acho que não me importei. Não naquele momento em que senti suas mãos envolverem as minhas, levando-as para cima.

– Tire minha roupa – pediu ele, com a voz rouca.

Ergui a blusa, e suas mãos largaram as minhas para ajudar quando não consegui alcançar seus braços. Uma bela colagem de tinta e pele se revelou diante de mim. E um desejo novo se revelou. A necessidade de tocá-lo, memorizá-lo, marcá-lo e fazer com que fosse meu.

– Me mostre – disse ele, empurrando o corpo contra minhas mãos. – Mostre o quanto você me quer.

Bem devagarinho, encostei os lábios em seu peito, logo acima do seu coração, marcado pelo desenho de uma rosa. Senti seus músculos se contraírem ao toque. Sua pele era tão macia, tão firme e rígida, e seu coração martelava forte, quase rápido demais. Rocei os dentes por toda aquela tinta, e sua mão pousou em minha nuca.

Fui subindo, deixando um rastro de beijos molhados até seu pescoço, sentindo seus dedos deslizarem em meu cabelo.

Mordisquei sua pele, um pouco mais forte dessa vez, e um gemido deixou seus lábios. A sensação de ver um homem tão imponente sucumbindo ao meu toque foi incrível.

Meus olhos se fecharam ao pensar nisso, e antes que eu pudesse antecipar seu próximo movimento, Cameron já estava deitando nós dois na cama.

Seu cheiro me envolveu, preenchendo meus pulmões mais uma vez, e agora parecia mais forte. Seu peso caiu tão delicadamente sobre mim que abracei seu pescoço e o puxei mais para baixo. Cameron resistiu, a mão direita apoiada ao lado da minha cabeça.

– Vou derrubar todos esses seus muros – disse em meu ouvido.

Ele subiu a outra mão pela lateral do meu corpo e levando consigo o tecido da minha blusa e da minha camisa.

– E quando eu estiver aí dentro... – murmurou, a ponta dos polegares alcançando meu seio.

Ele mexeu os dedos sobre o tecido do meu sutiã, de um jeito meio ríspido, desesperado.

– Vou me enterrar tão fundo – disse ele, puxando a renda, fazendo meu seio saltar para fora – que você não vai saber dizer onde você termina e eu começo.

– Sim – sussurrei. – Para tudo isso. Sim. Mil vezes sim.

Ele soltou uma risada grave em resposta. Então, ergueu meus braços acima da cabeça e os prendeu sobre o edredom. Seus lábios desceram pelo meu seio, e minha respiração ficou presa na garganta. Um "hum" vibrou pela minha pele, ele estava roçando meu mamilo com os dentes. Puxando. Fazendo minhas costas se arquearem.

Ele fez o mesmo com o outro seio, e reclamei, me sentindo presa, querendo tocá-lo. Querendo encostar os lábios nele também.

Com um movimento rápido, as roupas que tinham se acumulado em meu peito foram tiradas, e meu sutiã também. O ar fresco atingiu minha pele, e senti minhas pálpebras se fecharem, dominada pela sensação de estar nua para ele. Não fazia tanto tempo assim que alguém me via nua, mas naquele momento parecia muito mais que pele exposta.

Ouvi um rosnado. Seguido de um palavrão.

Abri os olhos, que não tinha fechado de propósito, e encontrei Cameron montado em meu quadril, o peito largo subindo e descendo, linhas e mais linhas de tinta oscilando em cada músculo que se contraía.

– Eu poderia passar a noite toda olhando pra você – disse ele, as mãos envolvendo minha cintura. – Você me deixa louco de tesão.

Ele foi descendo os dedos, até chegar ao cós da minha calça.

– A melhor loucura possível. – Seus dedos abriram o botão. – Levante.

Levantei o quadril, sem hesitar. E Cameron não desperdiçou um segundo sequer, puxando logo minha calça e jogando-a no chão.

Voltou a abaixar a cabeça, devagar dessa vez, e deu um beijo molhado em meu pulso.

– Cameron – falei, implorei.

Minhas mãos voaram até o cós de sua calça, se agarrando aos passantes enquanto ele distribuía mais beijos pelo meu peito, encontrando os seios. Descendo até o umbigo. O quadril. Larguei sua calça.

– Preciso de você em mim. Agora.

Uma risada grave escapou de seus lábios.

– Mas eu ainda nem senti você na minha língua.

E, de repente, ele abriu minhas pernas, primeiro com as mãos, em seguida com os ombros e, por fim, sua cabeça estava entre minhas coxas. Perdi totalmente o controle da respiração, a ansiedade e o desejo tão densos em meu sangue que eu poderia jurar que sentia tudo girar a cada batida do meu coração.

Ele colocou a boca naquele monte de nervos pulsante coberto pelo tecido da minha calcinha. Uma urgência, clara e expansiva, disparou pelo meu corpo, e um palavrão escapou dos meus lábios.

Ele passou os dentes ali, e senti seus lábios através do tecido, a barba aparada com que eu adorava brincar despertando dezenas de terminações nervosas. Eu achava que tudo aquilo era demais, rápido demais, bom demais, e de repente ele puxou minha calcinha para o lado com os dentes, e repetiu o movimento com os lábios. Ele me chupou, então enfiou a língua em mim, e foi nesse momento que vi estrelas brilhando dentro dos meus olhos. Senti na minha pele.

Ele gemeu contra o meu clitóris, e aquele polegar que tinha acariciado meus mamilos se juntou à sua boca, traçando círculos naquele ponto latejante que exigia algum alívio. Virei a cabeça. Meus batimentos aceleraram. Meu corpo inteiro tremeu.

Sem parar aqueles movimentos impiedosos com a mão, Cameron subiu pelo meu corpo, tomando meus lábios e todos os gemidos que me escapavam.

– Abra os olhos – exigiu.

E eu abri.

– Olhe pra mim – disse, como se eu pudesse olhar para outro lugar diante de toda a ferocidade e desejo que contorciam seu lindo rosto.

Olhando nos meus olhos, Cameron ficou de joelhos e abriu a calça, atraindo meus olhos a tempo de vê-lo se libertar. Ele fechou a mão ao redor do pau duro e o acariciou com firmeza.

– Puta merda – disse, antes de soltá-lo e agarrar o tecido da minha calcinha com os dedos fortes.

Ele arrancou a peça, jogou-a de lado e voltou a acariciar meu clitóris.

Gemi mais alto, se é que era possível, e quando ele voltou a se acariciar com a mesma mão, achei que fosse gozar. Eu não precisava de mais nada a não ser ele se derramando em mim. Estendi a mão, perdendo todo o autocontrole, e me toquei.

– Minha – alertou ele, segurando minha mão e se deitando em cima de mim.

Seu pau duro e molhado caiu bem em cima do meu clitóris.

– Camisinha. – A palavra saiu com o ar que ele exalou. – Preciso...

– Anticoncepcional – sussurrei. – Eu tomo anticoncepcional. Eu quero você. Só você. Meus exames estão em dia. E os se...

– Também.

Seus dedos envolveram meus pulsos, e ele os colocou acima da minha cabeça de novo. Então ele se acomodou, o quadril pesando sobre o meu, abrindo minhas pernas.

– Agora – disse, posicionando a cabeça do pau na minha entrada. – Agora, rebola junto comigo.

Ele entrou, e minhas costas se arquearam com um gemido. Alto. De novo. Com mais força dessa vez. E mais uma vez.

– Agora goza pra mim.

Ao seu comando, eu gozei. Cheguei a ver estrelas, o prazer se agitando em mim, me empurrando para a escuridão por um instante delicioso. Meu Deus. Eu nunca tinha gozado tão rápido na vida.

– Você goza de um jeito tão doce – disse Cameron em meu ouvido, me conduzindo naquela onda de prazer até meu corpo não ser nada além de um emaranhado de membros exaustos. – Tão radiante.

Movi os lábios, mas nenhuma palavra saiu, eu estava entregue demais às sensações, entregue demais à noção de seus movimentos dentro de mim, me preenchendo completamente.

Seus lábios tocaram os meus bem rápido, e ele me virou de barriga para baixo.

Suas mãos envolveram minha cintura, e, quando ele me ergueu, senti Cameron quente, duro e úmido nas minhas costas. Palmas ásperas percorreram minhas costelas, minha barriga, minhas coxas, e subiram até os meus seios. Ele puxou um dos meus mamilos, reacendendo o desejo. Suas coxas se movimentaram embaixo de mim, o comprimento do seu pau tocando minha entrada por trás, e uma nova onda de urgência fez minha cabeça girar. Pressionei meu corpo contra o dele.

– Me fale – disse Cameron, roçando os dentes na lateral do meu pescoço. – Me fale que você me quer assim – exigiu ele.

Então, remexeu o quadril e acariciou meu clitóris com o pau.

– Me diga que é minha, se é isso que você quer.

– Cameron – choraminguei, e ele me recompensou com um beijo no ombro. – Eu só quero você.

Eu quase expulsei as palavras de dentro de mim. O som rouco e imerso em desejo, tão perfeito.

– Eu te quero de todas as maneiras possíveis.

Ele movimentou o pau, deixando a cabeça entrar.

– Então me pede para comer você.

– Me come – sussurrei. – Por favor.

Ele entrou por inteiro, a posição, o tamanho, o modo como nos encaixamos naquele instante arrancando gemidos idênticos de nossos lábios.

– Nossa, amor – disse ele, em um quase rosnado, mergulhando dentro de mim. – Como você é macia e perfeita.

Seus braços envolveram minha cintura, e os movimentos ficaram mais rápidos, perdendo qualquer necessidade de ritmo.

– Estou tão fundo dentro de você. – Sua mão foi até o ponto onde estávamos unidos, e ele a deixou ali. – Podemos discordar às vezes. Levar o outro à loucura. Mas é assim que transamos.

Seus dedos circularam meu clitóris.

– É assim que vou transar com você. Não importa o que aconteça. Nós somos assim.

– Sim – respondi em um gemido, me perdendo na avalanche de sensações que me invadia mais uma vez. – Nós somos assim. É só com você. Só nós dois.

Ele gemeu atrás de mim, mudando o ângulo e atingindo outro ponto. Mais estrelas. Mais ondas de sensação pura e primitiva. Que eram ao mesmo tempo demais e insuficientes.

– Me faz gozar. Goza dentro de mim.

A mão de Cameron que estava livre subiu até meu queixo, com delicadeza, com firmeza, seu quadril me empurrando para cima.

– Eu prometi, não prometi? – Ele virou minha cabeça, para que eu olhasse em seus olhos. – Olha pra mim, olha o que você faz comigo.

O ritmo dos movimentos foi interrompido.

– Goza comigo, amor. – Sua voz falhou. – Me deixa ver você brilhar.

Fui tomada por alívio, me envolvendo e me fazendo rodopiar, meu corpo todo latejando enquanto eu gritava o nome de Cameron.

Em sincronia, seu corpo enorme e firme se contraiu sob mim, os membros e o pau vibraram com o orgasmo, e meu nome também deixou seus lábios em um grunhido enquanto ele me abraçava mais forte do que ninguém jamais tinha me abraçado.

Com o peito arfando, permanecemos naquele clímax, seu quadril ainda em movimento, sua mão ainda se movendo em meu clitóris, e seu pau ainda duro dentro de mim. Os lábios de Cameron tocaram meu queixo, e minha cabeça caiu em seu peito.

Não sei por quanto tempo ficamos nessa posição, só sei que em algum momento ele saiu de dentro de mim e me reposicionou em seus braços. Cameron me trouxe de volta ao mundo com um beijo e pediu que eu fosse fazer xixi porque ele tinha gozado dentro de mim e isso era importante. Então entramos embaixo do chuveiro e ele me abraçou em seu peito. Deixamos que a água quente caísse sobre nós, nossa pele reluzindo sob nossos dedos.

– Adalyn, amor – sussurrou ele em meu ouvido, suas mãos subindo e descendo por minhas costas. – Isso não é mais um jogo.

Meu peito se encheu ao ouvir aquelas palavras. A possibilidade que elas revelavam. A verdade que eu escondia.

– Me diga que você entende – pediu ele.

Afastei a cabeça de seu peito, fazendo questão de olhar em seus olhos. Eu entendia. Tanto que começava a perceber que estava fadada a perder desde o início. Desde o momento em que coloquei os pés em Green Oak. Mas agora meu coração também estava em jogo. Agora, o que eu estava arriscando era algo maior que a redenção. Maior do que resolver um problema de relações públicas ou reconquistar a confiança de alguém.

Mas estava arriscando com Cameron. E eu confiava nele como nunca tinha confiado em ninguém. Eu percebia isso. Então beijei seu peito e respondi com toda a sinceridade:

– Eu entendo.

TRINTA E TRÊS

Adalyn

Acordei com uma cutucada no rosto e o toque característico de um celular.

Meus olhos se abriram e viram outro par de olhos que eu não esperava.

– Willow? – murmurei.

Ela abaixou a pata outra vez, tocando meu rosto, sentada ao lado do meu travesseiro.

Olhei para trás dela e vi que o lugar de Cameron estava vazio.

Depois daquela que foi minha melhor noite de sono em semanas – meses, talvez até anos –, nem senti quando ele se levantou. Eu estava renovada e dolorida da melhor maneira possível. Sim. O que fizemos na noite anterior foi o melhor sexo da minha vida, com orgasmos múltiplos avassaladores.

E Cameron? Ele era de dormir de conchinha. Do aconchego. E, por mais que eu não fosse assim, esse carinho com Cameron, como descobri, levava ao melhor sexo no meio da noite. Preguiçoso, sexy e...

O celular que eu tinha ignorado tocou mais uma vez, me fazendo rolar em direção ao som.

Sentei na cama, apoiando as costas na cabeceira que Cameron tinha usado como apoio no meio daquela noite...

Willow miou mais alto que o celular.

– É, eu sei – falei, colocando-a no colo ao pegar o celular. – Estou obcecada pelo seu pai.

– Você está o quê? – perguntou uma voz masculina.

Olhei para o celular e vi o rosto de Matthew surgir na tela. Ooops. Pelo jeito eu tinha atendido a chamada sem querer.

– Eu… – comecei a responder, mas percebi as bolsas escuras sob seus olhos. Seu cabelo todo bagunçado. – O que aconteceu com você?

– Isso é um gato? – perguntou ele, ignorando minha pergunta.

Willow miou e ergueu a cabeça para olhar para a tela.

– Por que você está com um gato? – perguntou ele.

– Matthew – falei, agora em tom sério. – O que aconteceu? Por que você está ligando tão cedo?

Uma pontada de culpa me atravessou. Eu estava tão envolvida em minhas coisas que fazia tempo que não falava com ele.

– O que aconteceu? – perguntei novamente.

Ele contraiu a mandíbula e não precisou dizer uma palavra para que eu soubesse que tinha alguma coisa errada. Provavelmente mais de uma.

– Matthew…

– Ah, meu Deus – resmungou ele de repente, fechando os olhos de um jeito dramático. – Você está pelada embaixo desse gato? Espera. Não responde.

– Tem um edredom entre a gente.

Ouvi uma voz feminina no fundo.

Matthew soltou um suspiro, virou a cabeça e gritou:

– MÃE! EU DISSE QUE ESTAVA EM UMA LIGAÇÃO.

Esperei, surpresa.

– Você está em casa? Em Massachusetts?

– É a Adalyn? – Ouvi a pergunta ao longe. – Diga pra ela vir fazer uma visita. Só Deus sabe o quanto você precisa…

– ESSA HISTÓRIA DE NOVO NÃO, MÃE. – Ele virou para mim. – É uma longa história.

Ele balançou a cabeça.

– Enfim. Acho que isso explica por que você está… – Ele se perdeu no meio da frase e parecia péssimo. – Assim.

– Assim como? – perguntei, bufando.

– Linda – respondeu Cameron, entrando de repente. – Deslumbrante, na verdade.

Minha cabeça se voltou para a voz grave, sensual e com aquele sotaque que sussurrou várias coisas em meu ouvido na noite anterior. Ele estava sem camisa e tão lindo e convidativo ali à porta que fiquei boquiaberta.

– E muito bem comida – acrescentou ele, e meu queixo foi ao chão.

Matthew soltou um ruído estranho pelo celular.

Cameron ignorou tudo isso. Percorreu a distância entre nós em passos largos e determinados, os olhos verdes perfurando os meus. Chegou ao lado da cama e se inclinou na minha direção.

– Você está nua, na minha cama, com minha gata no colo, falando com outro homem. Devo me preocupar, amor?

– Cameron – murmurei como uma idiota, em vez de responder com um simples não.

Ou um, *Não seja ridículo. Não está claro que eu sou louca por você?* Ou um, *Sua maior preocupação deveria ser eu me apaixonar perdidamente por você se não parar de dizer essas coisas.* Mas meu cérebro não estava funcionando direito.

– *CAMERON?* – Meu melhor amigo praticamente cuspiu. – Cameron Caldani, *o* CAMERON CALDANI?

Ele fez uma pausa apavorada.

– Esse gato é do Cameron Caldani? Você está na CAMA do Cameron Caldani. – Sua voz foi ficando aguda. – Foi Cameron Caldani quem te co...

– Matthew! – Interrompi. – Pode parar de dizer o nome dele assim? Na verdade, seria bacana se você também parasse de enfatizar isso tudo.

Cameron me entregou uma caneca e me beijou. Com vontade. Um beijo breve, mas intenso o bastante para que sua boca se tornasse parte da minha.

Matthew ficou boquiaberto.

E eu... fiquei atordoada demais com o beijo. Distraída. Queria mais beijos como aquele. Mais rosnados vindos de seu peito, eu...

– Você está com Cameron Caldani – murmurou meu melhor amigo, como se só depois de um tempo tivesse absorvido essa informação. – Tenho algumas perguntas. Primeiro: cadê minha camisa? Segundo: é sério? Como isso aconteceu? Vamos ser cunhados?

Cameron se sentou na beirada da cama, colocando um braço sobre meus ombros e murmurando:

– Isso vai ser divertido.

Dei um suspiro.

– Cameron, este é meu melhor amigo, Matthew Flanagan. Matty, este é...

– Cameron Caldani. – Ele completou por mim, os olhos triplicando de tamanho. Mas pelo menos não estava mais de queixo caído. – Sou seu fã, Sr. Caldani. Acompanho sua carreira há anos. Eu...

Ele parou de falar.

– Espera, antes de continuar, me parece que, como melhor amigo da Adalyn, preciso fazer um alerta.

– Matthew, não – sussurrei, alto. – E pare de chamar ele pelo nome completo, por favor. Você está deixando isso muito estranho.

Cameron me puxou mais para perto com o braço que envolveu meus ombros, e só depois de me aconchegar ao seu lado ele enfiou a mão embaixo do edredom, colocando-a sobre minha coxa nua.

– Deixe o homem falar. – Ele apertou minha perna, e meu sangue correu até aquele ponto exato. – Não sou de me assustar fácil.

Meu melhor amigo estava tão impressionado que duvidei que ele fosse capaz de assustar uma mosca naquele momento, mas ele deu uma tossidinha.

– O último namorado da Adalyn era um completo babaca.

– Já estou gostando desta conversa – murmurou Cameron, e sua mão desceu até minha barriga, me puxando ainda mais para perto.

Matthew continuou:

– Quando nos conhecemos, eu soube na hora que um dia ia querer quebrar a cara dele.

Fiquei tensa. Matthew não sabia o que Cameron sabia. Ele continuou:

– Esperei que ele me desse um motivo, um bom motivo que eu pudesse usar caso precisasse me defender na justiça, mas isso nunca aconteceu. – Um instante de silêncio se seguiu. – Não conheço você, Cameron. Mas gosto de você. Muito. Você provavelmente acharia estranho se soubesse o quanto, mas...

– Meu Deus, Matthew. – Minhas palavras saíram sibiladas. – Chega logo na parte da ameaça, nós ainda temos um jogo hoje.

Matthew revirou os olhos, então ficou sério.

– Mas, por mais que eu ame o homem em campo, eu vou quebrar sua cara se você magoar a Adalyn. – Soltei um suspiro. Não que eu duvidasse dele, era o contrário. E temi que aquela situação toda acabasse assustando Cameron. – O que eu mais quero é que fique com ela e vocês tenham uma família de gatos fofos, bebês, ou qualquer coisa que faça a gente ser amigo para sempre, mas é melhor você não partir o coração dela. Porque, se fizer isso, eu juro que...

– Não vou – afirmou Cameron. Com firmeza. Sem hesitar. – E é ela quem tem o poder de escolha pra todas essas coisas. Não eu. Só estou esperando que ela me permita fazer tudo isso.

Meu coração parou. Minha alma deve ter deixado meu corpo.

Eu ia desmaiar. Ou vomitar. De verdade.

O que estava acontecendo? Por que estávamos falando de famílias de gatos e bebês e por que Cameron estava falando como se... Como se eu só precisasse assinar na linha pontilhada para ter tudo aquilo? Eu... a gente nem tinha conversado sobre o que ficar juntos significava. E sobre o futuro. Logo eu iria embora de Green Oak. Depois do último jogo, eu imaginava. E ele... Ele tinha acabado de comprar aquela propriedade.

Só estou esperando que ela me permita fazer tudo isso.

Agora meu coração estava rodopiando. Precisávamos conversar, não sobre gatos e bebês, porque isso seria ridículo, mas sobre o que aconteceria na sequência.

– Muito bem – disse Matthew, batendo uma palma e me trazendo de volta à realidade. – Agora que resolvemos isso, posso fazer algumas perguntas, Sr. Caldani?

O homem ao meu lado estremeceu. Mas, ainda assim, respondeu:

– Claro.

– Não. – Interrompi, o tom firme, finalmente se voltando para mim. – Nada de perguntas. Nada das suas gracinhas de jornalista. Pode parar com isso.

Meu melhor amigo ficou boquiaberto por um instante, o cenho franzido.

– Mas...

– Eu já disse que não – repeti, ouvindo várias emoções em minha própria voz. – Cameron só concordou porque você é meu amigo. Mas a verdade é que a vida pessoal dele não é da conta de ninguém. Ele vai falar quando decidir falar, e se isso não acontecer não tem problema nenhum.

Matthew se recuperou rápido, como sempre. Meu Deus, eu me senti uma idiota, mas já tinha magoado Cameron ao ameaçar expor quem ele era. E mesmo que uma eternidade parecesse ter passado desde o acontecimento, estremeci de culpa só de pensar em colocá-lo de novo naquela situação.

– Desculpa – disse Matthew, e eu sabia que o pedido era sincero. Ele olhou para Cameron. – Acho que talvez ela fique com você, cara. Adalyn nunca dá uma de Rottweiler pra cima de mim. Tirando a vez que a carreguei pra uma festa de São Patrício...

– Matthew, por favor. – Soltei um gemido. – Você prometeu que nunca mais ia tocar nesse assunto.

– Tá bom – respondeu meu melhor amigo. – Agora preciso mesmo ir. Ele ficou sério.

– Addy? – chamou ele, e me dei conta de que não estava mais incomodada com aquilo. – Tem uma coisa que você precisa ver. O motivo da minha ligação. Mandei no seu e-mail.

Ele voltou a olhar para o homem ao meu lado e disse:

– Cuida dela, tá? Eu... Ela aguenta qualquer coisa, mas às vezes é bom não ter que passar por isso sozinha.

Ouvi alguma coisa no fundo, atrás da cadeira de Matthew, mas, antes que eu pudesse entender o que era, ou mesmo processar o significado de tudo que ele tinha acabado de dizer, a ligação foi finalizada.

Cameron tirou a caneca da minha mão.

– Ei, eu ainda não terminei... – comecei a dizer.

Mas os lábios de Cameron tocaram os meus, suas mãos em minha cintura, e fui deitando na cama. Ele subiu em mim, e uma sensação imediata de segurança, entusiasmo e calor tomou conta de mim, me envolvendo e fazendo meus pensamentos pausarem.

Willow miou em algum lugar longe dali, como se tivesse saído correndo, e Cameron mordeu meu lábio mais uma vez, exigindo toda a minha atenção.

– Sua mulher linda e feroz – disse, os lábios nos meus. Seu quadril se acomodando sobre o meu. – Me protegendo desse jeito.

Seus lábios foram descendo pelo meu pescoço.

– Até fiquei excitado – confessou ele.

Minhas mãos subiram até sua cabeça, meus dedos deslizando em seu cabelo, quase sem conseguir resistir à sensação de seus lábios descendo.

– Eu achei que você... – Cameron mordiscou meu mamilo, e eu arqueei as costas. – Eu acho...

Sua língua desceu até meu umbigo.

– Eu acho... – Tentei mais uma vez, e ele beijou meu quadril. – Acho que a gente...

Ele ergueu a cabeça e olhou em meus olhos.

– O que você acha que devemos fazer, amor?

Meu peito subia e descia, o desejo percorrendo meu corpo, fazendo com que fosse difícil raciocinar.

– Conversar. Acho que precisamos conversar.

Esperei sua reação, quase com medo de que ele ignorasse o que eu tinha dito ou se afastasse de mim.

Mas seus lábios se franziram, então se curvaram e deram forma àquele sorriso ofuscante.

– Então vamos conversar.

Ele beijou minha barriga mais uma vez, subiu e beijou meu queixo. Minhas pálpebras se fecharam, e quando voltaram a se abrir ele estava em pé ao lado da cama, olhando para mim, esparramada no edredom. Ainda.

– Temos algumas horas até o jogo. Deixei o café da manhã pronto na cozinha pra você. Também já passei o café. Vou pro chuveiro dar um jeito nisto.

Ele segurou o pau por cima da calça que usava para dormir. Engoli em seco.

– Isto é um convite pra você se juntar a mim. De qualquer forma, vamos conversar antes de sair – disse ele.

Admirada, vi Cameron tirar alguma coisa do bolso da calça. Então ele se aproximou e passou o que tinha tirado do bolso por cima da minha cabeça. Olhei para baixo e encontrei seu anel pendurado em uma corrente.

– Para dar sorte – disse ele. – Para que você não esqueça o quanto eu sou supersticioso.

E com isso ele saiu e me deixou ali.

Meu Deus. Aquela era minha vida agora? Ser convidada por um homem lindo e meio rude a transar no chuveiro e usar sua herança de família pendurada no pescoço?

Isto é um convite pra você se juntar a mim.

Levantei. Meus calcanhares tocaram o chão com tanta força que devem ter deixado uma marca. A gente ia conversar de qualquer forma. Ele mesmo tinha dito. Então podíamos ter alguns orgasmos antes, não é? Cameron me deu essa escolha. Como sempre fazia. Ele sabia que eu estava nervosa com alguma coisa e me ofereceu uma entrada e uma saída. Fez questão de que, de qualquer jeito, eu soubesse que ele estaria lá.

Se acariciando.

Dei um passo em direção ao banheiro, mas meu celular tocou outra vez.

Quase que por instinto, dei uma olhada na notificação. Era o e-mail de Matthew.

Alguma coisa nele, alguma coisa no que ele dissera me deixou inquieta. Havia alguma coisa acontecendo com Matthew e a resposta poderia estar naquele e-mail.

Peguei o celular. Desbloqueei. Acessei minha caixa de entrada e abri o e-mail que Matthew tinha mandado.

TRINTA E QUATRO

Adalyn

Foi a voz de Cameron que me trouxe de volta.

– Adalyn?

Encarei a tela do celular agora bloqueada.

Fazia quanto tempo que eu estava olhando para o nada?

Era tudo um borrão. Eu não me lembrava nem de ter vestido uma das camisas de Cameron e ido até a cozinha. Só me lembrava de ter aberto o e-mail de Matthew e sentido a necessidade de fazer alguma coisa. Me lembrava de ter sentido frio. De ter precisado de um copo de água. De precisar respirar.

– Adalyn? – Ouvi a voz de Cameron de novo, dessa vez com um toque de pânico. Ouvi seus passos, e de repente suas mãos tocaram meu rosto. – Você precisa respirar, amor.

Eu não estava respirando?

O ar ficou preso na minha garganta, me fazendo arquejar e respondendo à minha pergunta.

Cameron franziu as sobrancelhas, a preocupação distorcendo seu semblante. Ele tinha razão. Cameron esteve certo todo aquele tempo. Devia ser um ataque de pânico. E isso era uma coisa que eu não podia ignorar. Era melhor procurar ajuda de um profissional. Eu provavelmente tinha gatilhos que precisava reconhecer. Eu...

– Eu preciso ir embora – falei, baixinho. – É o meu pai. O e-mail do Matthew. Preciso pegar um voo para Miami.

Suas mãos aninharam meu rosto. Ele inclinou minha cabeça para cima. Olhou em meus olhos.

– Respira.

Ele tinha razão, eu precisava respirar.

– Isso – disse, quando me limitei a inspirar e expirar lufadas longas de ar. – Bom trabalho, querida.

A confusão na minha cabeça começou a diminuir. As marteladas no meu peito também, aos poucos. Mas, de repente, novas emoções surgiram. Culpa. Arrependimento. Choque. Cameron deve ter ficado muito assustado quando me encontrou daquele jeito. Tão preocupado, pego de surpresa por... mim. Balancei a cabeça.

– Meu pai vai vender o clube.

As palavras saíram balbuciadas. A pressão no meu peito aumentou. Me concentrei no rosto de Cameron. Em permitir que o verde de seus olhos me ancorasse ali.

– Para o David, segundo o que um jornalista contou para o Matthew. E só pode ser por minha causa. Só pode ser porque meu pai não tem outra saída, depois que eu estraguei tudo. David deve estar chantageando meu pai de alguma forma, me usando outra vez. Ele deve estar explorando a situação em que coloquei o Flames com aquele vídeo. Ou meu pai nunca faria isso. Ele... – Alguma coisa mudou na expressão do Cameron. – Meu pai jamais venderia o clube.

– Nada disso é sua culpa – disse ele, com confiança. Determinação. Aquele impulso de melhorar tudo, de afastar minha preocupação. – Está me ouvindo? Nada. Você não é responsável por isso.

Aquelas palavras trouxeram alívio, mas Cameron... Por que ele não estava mais chocado com a notícia? O que era aquela emoção que vi surgir em seu rosto?

– Adalyn – disse ele. Devagar, com cuidado. – Ontem...

Foi quando me dei conta.

– Você já sabia.

Ele ficou em silêncio. Um silêncio que eu não queria entender.

Inclinei para trás. Olhei para ele. Para o rosto lindo que eu amava tanto. Sim, eu amava muitas coisas em Cameron. Mas eu... eu me obriguei a falar, apesar do nó preso na minha garganta. Mesmo que só para repetir as mesmas três palavras.

– Você já sabia.

A expressão no rosto do Cameron vacilou, mas eu sabia que ele não ia negar. Também não tentaria minimizar a situação. Ele não era esse tipo de homem.

– Eu não tinha certeza.

Senti que minhas pernas iam ceder.

Minha boca se abriu e fechou, sem palavras, até que eu conseguisse invocar minha voz novamente.

– Há quanto tempo você sabe?

– Um dia – respondeu ele. – Mas eu não sabia de verdade. Não tinha certeza.

Ele recolheu as mãos, hesitante, como se soubesse que eu precisava de espaço, mas não tivesse certeza se deveria mesmo me soltar, então explicou:

– Liam, meu antigo agente. Foi ele quem ouviu os boatos. Ele só mencionou porque o Flames entrou em contato comigo.

O Flames. Eles entraram em contato com Cameron? O que mais eu não sabia? Claramente, muita coisa.

– Eu não sabia – murmurei. – Mas eu deveria saber. De tudo isso.

– Acho que seu pai não queria que você soubesse – respondeu Cameron, com tanta simplicidade e facilidade que parte de mim quis ficar irritada.

Mas eu não estava. Eu estava confusa. E magoada. Ele estendeu o braço, mas hesitou. Fechou a mão ao lado do corpo.

– Não foi exatamente uma oferta, e, se tivesse chegado a isso, você seria a primeira a saber antes mesmo que eu considerasse a proposta. Mas não é isso que está te deixando chateada.

Ele fez uma pausa, e eu… meu Deus, por que eu estava me sentindo tão… tão perdida? Por que sentia que todos estavam me deixando no escuro a respeito da minha própria vida?

– Eu ia te contar sobre os boatos, amor. Mas não vou mentir pra você, ia esperar um pouco.

E era justamente isso que eu não conseguia entender.

Eu deveria estar fazendo as malas naquele momento. Eu deveria estar em um avião, voltando a Miami para consertar aquela situação. Para evitá-la. Para dizer ao meu pai que não deixasse David manipulá-lo, que eu sabia sobre a chantagem. Que ele não deveria vender. Só que em vez disso eu estava em Green Oak, tentando entender por que estava me sentindo tão… magoada. Traída.

Eu precisava pensar, colocar minhas emoções e meus pensamentos agitados em ordem, então me afastei. Impus uma distância entre nós e parei no balcão, do outro lado da cozinha.

Um ruído estrangulado deixou os lábios de Cameron.

Ignorei o quanto aquilo fez com que eu me sentisse péssima, o quanto eu odiava ser a pessoa responsável por um sinal tão claro de angústia, mas não consegui articular um pensamento quando ele me tocou. Tudo o que senti foi o toque.

– Você sabia o que David estava fazendo – falei, tentando entender. – Também sabe o que eu sinto pelo clube.

Balancei a cabeça.

– E ia me deixar ficar aqui neste… mundo de fantasia. Nesses joguinhos. – Ignorei a mágoa em meu peito ao ouvir minhas próprias palavras. – Nem imagino o que David deve ter feito para que meu pai considerasse a possibilidade de uma venda. E isso é tudo culpa minha.

Cameron deu um passo em minha direção e abriu a boca.

Ergui a mão.

– Não arrume desculpas para mim ou para o que eu fiz. Não agora, por favor.

Levei as mãos às têmporas. Fechei os olhos por um instante. Meu Deus. O que eu estava fazendo?

– Eu deveria estar fazendo as malas, não brincando de casinha com você – completei.

Ele contraiu o maxilar com tanta força que eu mal consegui ver seus lábios.

– Isto nunca foi uma brincadeira – disse ele.

Ele deu um passo à frente. Eu recuei um para trás, e minhas costas bateram no balcão.

– Não é um jogo, Adalyn. E você mesma me disse que entendia isso. Ontem à noite.

– Mas você escondeu isso de mim – falei, em um tom de voz baixo, do qual não gostei.

Cameron abriu a boca, mas nenhuma palavra saiu.

– Exatamente como eles fizeram. Mesmo que só por um dia – falei, e balancei a cabeça. – Sabe de uma coisa? Eu só queria ser... vista. Deixar minha marca. Conquistar a aprovação do meu pai e provar pra todo mundo que eu podia ser exatamente como ele.

Minhas próprias palavras ecoaram em meus ouvidos, como se eu as estivesse ouvindo em voz alta, saindo da minha própria boca, pela primeira vez na vida.

– E agora pode ser que seja tarde demais e eu não possa fazer mais nada para consertar tudo isso. – Minha voz falhou e tive que pigarrear antes de continuar. – Eu queria muito que você tivesse razão. Queria que isso tudo não fosse um jogo. Mas a vida é um jogo. E, por mais que eu me esforce para ganhar, parece que sempre, sempre acabo perdendo.

Fechei os olhos, a cabeça estava confusa demais. Meus pensamentos se misturavam.

– De qualquer forma, minha presença aqui era pra ser algo temporário desde o início – concluí.

– Não – disse Cameron.

Senti um aperto na garganta, e um ponto entre meu peito e meu estômago foi ficando sensível demais, fraco demais.

– Preciso ir. Já era pra eu estar em um avião. Preciso consertar tudo antes que seja tarde demais.

Cameron deu um passo na minha direção, com tanto cuidado, tão devagar, que eu nem saberia dizer se ele chegou mesmo a sair do lugar.

– Adalyn...

– Não.

Balancei a cabeça bruscamente, em um único movimento. Eu não queria ouvi-lo inventando desculpas por mim. Ou tomar o meu lado naquilo tudo. Não queria ouvi-lo dizer mais uma vez que aquilo não era um jogo.

– Você deveria ter me contado assim que ficou sabendo. Ainda que fossem apenas boatos.

– Talvez eu devesse, sim – disse Cameron.

Seu rosto inteiro se contraiu, como se ele quisesse se fechar, mas não conseguisse. Todas as emoções começaram a borbulhar até a superfície. Suas narinas se dilataram.

– Mas não foi o que eu fiz, então, não.

Eu o encarei, surpresa com a confissão tão direta.

– *Não* – repetiu ele, com firmeza. – Eu fiz o que fiz e, por mais que odeie que você tenha ficado sabendo assim, não me arrependo da decisão de não te contar nada até que eu tivesse certeza dos detalhes sobre o que estava acontecendo. Sabe por quê? Porque eu me recuso a deixar que eles tirem mais uma coisa de você, droga.

O ponto sensível em meu peito se espalhou, ficando maior, me deixando tão vulnerável que morri de medo das palavras que viriam na sequência.

O controle que ele estava se esforçando para manter cedeu.

– Eu estava falando sério quando disse que entendo você. – Ele abaixou os braços. – Caramba, eu entendo você, e enxergo o que seu pai fez com você. E o que David fez também.

O verde em seus olhos parecia brilhar de frustração, seus lábios estavam apertados, e ele quase rosnava.

– Considerando o que eu sei, essa história toda pode ser coisa daquele babaca, espalhando boatos pra te magoar de propósito. Eu precisava ter certeza de que não era isso.

Meus olhos se arregalaram ao pensar na possibilidade de que David estivesse por trás daquilo, por trás da informação no e-mail de Matthew.

Cameron continuou, o tom de voz ficando mais suave.

– Sou um homem egoísta, Adalyn. E queria que você tivesse isso. Não queria que ele, eles... estragassem este dia. Esse objetivo pelo qual você se esforçou tanto. Eu não estou nem aí pra liga infantil, mas ganharia por você. Queria que você fosse pro jogo e ficasse feliz. Sem preocupações. Que desse risada, como acontece tão raramente. Que se divertisse comigo e com as meninas e recebesse a alegria que merece. O maldito amor que você não precisa conquistar. É isso que meu egoísmo me obriga a fazer.

Comecei a sentir algo estranho na ponta dos dedos. Uma dormência. E um formigamento, tudo ao mesmo tempo.

– Não me diga pra sorrir mais. Ou me preocupar menos. – Juntei as mãos, com medo de que começassem a tremer. Uma sensação esquisita começou a subir pelos meus braços. – Eu sou quem sou.

– Eu sei, amor. – Sua voz saiu hesitante. – Eu não quero mudar você.

Não mudaria nada em você, por mais que às vezes você me deixe completamente louco.

Ele balançou a cabeça, como se tivesse se perdido por um instante.

– Você é quem é. E eu amo isso. Que os malditos sorrisos sejam raros, contanto que sejam meus.

Você é quem é.

E eu amo isso.

Que os malditos sorrisos sejam raros, contanto que sejam meus.

Meus.

Senti meu coração afundar no peito, e, meu Deus, aquele buraco idiota que estava aberto dentro de mim pulsou, latejou de desejo, exigindo ser preenchido.

Quando voltei a falar, as palavras mal conseguiram sair:

– Isso não vem ao caso.

Eu me arrependi de dizê-las. Praticamente na mesma hora. Vinha ao caso, sim. O que ele disse… era tudo. Tudo.

O olhar de Cameron não vacilou.

– Tudo bem. – Ele deu um passo à frente. – Eu posso ser seu saco de pancada.

Ele deu mais um passo.

– Posso ser o que você precisar que eu seja. Posso entrar em um avião e segurar a sua mão. Posso te ajudar a quebrar alguma coisa com as próprias mãos. Posso só ficar te olhando, caramba. – Ele chegou até mim, e meu corpo inteiro reagiu. Àquela proximidade. Àquelas palavras. – O que você precisar. Você quer ir agora. Então nós vamos.

Você é quem é.

E eu amo isso.

– Não preciso que você me proteja – falei, e quis muito acreditar em minhas próprias palavras.

Desejei não sentir que tudo que eu queria no momento era pular em seus braços. Mas isso só fazia de mim a mesma mulher que perdeu o controle naquele dia fatídico. A mesma mulher incapaz de controlar suas emoções.

– Foi por isso. Por isso que você não me contou. Você não confia na minha capacidade de enfrentar as coisas. Sozinha. Talvez eu mereça isso depois do que aconteceu com Sparkles e de todas as vezes que você me viu perder o controle, mas eu enfrentei tudo sozinha a vida inteira, Cameron. E me saí muito bem.

– Você acha que eu não sei disso? – perguntou ele, bufando, e foi quando eu soube que ele estava desabando. Desmoronando. – Sei que não precisa de mim, ou de qualquer outra pessoa. Sei que se vira muito bem sozinha. Caramba, Adalyn, é exatamente isso que me faz querer proteger você como a porra de um cão de guarda.

Nesse momento Cameron colocou as mãos em meu rosto, e, meu Deus, foi tão bom. Seu toque era tão reconfortante, tão quente, fazia com que eu me sentisse tão viva. Fechei os olhos.

Ele passou a falar mais baixo:

– Você é tão forte, tão independente, que quero garantir que esteja feliz e segura antes que precise fazer isso.

Ele acariciou a linha do meu queixo. E só então me dei conta de que meus dentes estavam batendo de tanto que eu estava tentando me controlar.

– Eu confio em você. Nunca duvidei da sua capacidade de enfrentar o que quer que a vida traga. Mas não significa que eu não queira impedir que algo volte a te magoar.

Meu coração martelava dentro do peito, reverberando em minhas têmporas e minha cabeça. Fechei os olhos, me esforçando para levar oxigênio aos pulmões. Puxando pela boca. Soltando pelo nariz.

É exatamente isso que me faz querer proteger você como a porra de um cão de guarda.

Puxando pela boca. Soltando pelo nariz.

Eu confio em você.

Mas será que eu confiava em mim mesma?

Abri os olhos.

– Você deveria aceitar o emprego na RBC. É a oportunidade de uma vida.

Mais um daqueles ruídos confusos deixou os lábios do Cameron. E meu coração seguia martelando nas têmporas. *Retire o que disse*, implorou uma voz em minha cabeça. *Retire. Peça a ele que vá para Miami com você hoje. Não faça isso sozinha, você não precisa fazer isso sozinha.*

– Não – disse Cameron.

Era uma afirmação. Com firmeza. Não havia nenhum sinal de dúvida marcando sua voz. Aquele homem teimoso e cabeça-dura. Sua perseverança só me fazia querer gritar. Chorar. Estar em seus braços.

– Nunca levei essa ideia a sério, e agora nem é uma possibilidade que passaria pela minha cabeça. Não vou embora – disse ele.

Meu coração batia tão forte e tão alto que quando falei não achei que ele fosse conseguir ouvir.

– Por quê? Por que não aceitar? A Inglaterra é a sua casa.

A mandíbula de Cameron se contraiu. Ele abaixou a mão.

– Não. – Ele balançou a cabeça. – Não me faça dizer as palavras em voz alta. Não agora. Não logo antes de você tentar se afastar de mim.

As palavras.

Que palavras?

As que estavam tentando irromper de mim?

Isso não era importante. Não importava o que ele achava que permanecia não dito. Porque, por mais que eu entendesse a razão que o levara a esconder aquela história toda de mim, nós já não pertencíamos mais ao mundo onde garotinhas de nove anos jogavam futebol, onde íamos a festivais de outono e dividíamos um chalé.

Era hora de voltar para o meu lugar.

Em reação ao meu silêncio, Cameron fechou os olhos. E só ficou ali, parado, por um instante. Então, se afastou.

Durante um bom tempo, os únicos sons que ouvi foram o da minha respiração superficial e dos passos de Cameron em direção à porta. E fiquei pensando na tempestade que tinha causado para alguém que manteve a compostura durante tanto tempo. Alguém que tantas vezes foi acusada de não demonstrar emoções.

Que os malditos sorrisos sejam raros, contanto que sejam meus.

Levei a mão ao peito, mas não consegui aliviar o aperto no coração.

– Você falou sério, amor? – perguntou Cameron, e só então me dei conta de que ele estava olhando para mim, lá da porta.

Ele não tinha ido embora.

– Quando disse que não ia detestar se fosse eu a matar seus dragões? – Quando ele perguntou isso, algo em mim se rompeu. – Você falou sério?

Eu tinha falado. De todo o meu ser.

Mas agora tudo tinha mudado. A questão não era mais aceitar ficar em seu quarto de hóspedes ou trabalhar com ele. Não era aceitar que eu precisava de seu toque. A bolha tinha estourado, o conto de fadas tinha se desfeito, e eu me espatifara. Exatamente como minha mãe previu que aconteceria. Aquilo era a vida real. E meu pai ia vender o clube que a vida inteira considerei minha casa para o homem que me usou para manipulá-lo.

TRINTA E CINCO

Cameron

Eu tinha estragado tudo.

Completamente.

Eu nunca agia sem um motivo, sem um plano bem pensado. Mas dessa vez tinha cometido um deslize. Adalyn tinha razão, eu não deveria ter decidido o que seria melhor para ela sem que ela pudesse participar dessa decisão. Mas tudo o que eu queria era que ela tivesse pelo menos uma coisa boa. Eu a conhecia e sabia que ela sacrificaria a própria felicidade. Que iria para Miami consertar uma situação que não era responsabilidade dela.

Aqueles filhos da mãe estavam usando Adalyn em seus joguinhos de poder. E isso fazia meu sangue fervilhar.

No entanto, por mais que quisesse protegê-la, eu tinha calculado mal. Tinha estragado tudo. E agora também sabia que não deveria ter deixado o chalé. Não deveria ter convencido a mim mesmo de que Adalyn precisava de um tempo. Não deveria ter ido embora e torcido pelo melhor. Eu deveria ter ficado.

Porque Adalyn não estava mais ali. Não ia para o jogo, e eu não sabia se um dia ela voltaria.

Encarei os meus pés, o som da multidão reunida e das garotas não passava de um zumbido.

Não preciso que você me proteja... Você não confia na minha capacidade de enfrentar as coisas sozinha.

Meu Deus. Eu tinha sido um idiota. Era isso que ela pensava. Eu a levei a pensar isso. Ainda que só conseguisse pensar no quanto ela era forte e corajosa.

E me preocupava com o fato de que ela mal precisava de mim. Ela estava indo para o aeroporto, e eu estava ali, de mãos atadas pelas minhas próprias ações. Meu estômago se revirou quando pensei em Adalyn sentada sozinha no avião. Sem ninguém para apertar sua mão caso ela precisasse de um pouco de segurança. Peguei o celular e abri o aplicativo de passagens, mas meus dedos congelaram quando suas palavras vieram à minha mente.

Você não confia na minha capacidade de enfrentar as coisas.

Eu confiava nela com todas as minhas forças. Mas ela acreditaria nisso se eu aparecesse em Miami? Não acharia que eu estava fazendo exatamente o que ela tinha me acusado de fazer? Não me diria que eu estava tentando enfrentar suas batalhas por ela?

Soltei o ar com força. Balancei a cabeça. Bloqueei o celular. Ia guardar o aparelho, mas voltei a desbloqueá-lo.

– Inferno – resmunguei. – Puta que pariu, que inferno – continuei, e o rosto de Adalyn surgiu em minha mente.

Olha a boca, Treinador, ela diria, com aquele biquinho. Foi como um soco na cara.

– Seu idiota. – Fechei os olhos. – Como você pôde mentir pra ela, seu...

– Treinador Cam?

– María – falei, balançando a cabeça, me preparando para virar para ela.

– Ei, você me chamou de Cam.

Ela deu de ombros.

– Você está usando a camiseta especial – disse ela, como se isso explicasse alguma coisa.

Puta merda, meu peito voltou a doer.

– Isso é legal. Mas quem é idiota? E para quem ele mentiu? – perguntou ela.

Soltei um suspiro, incapaz de reunir forças para inventar uma resposta.

María semicerrou os olhos, não de desconfiança, mas de compreensão.

– É por isso que a Srta. Adalyn está atrasada? Achei que ela fosse fazer uma trança no meu cabelo. Como da última vez. – Ela apontou para a lateral do campo, onde o time estava se reunindo. – A Chelsea trouxe tinta, pra ela não precisar usar o batom chique para pintar o nosso rosto de novo.

– Eu... – Merda. Eu não ia conseguir continuar. O ar estava preso em minha garganta. – Acho que a Srta. Adalyn não vem, María.

– Por quê?

– Ela teve uma emergência em Miami e precisou ir.

María inclinou a cabeça para o lado.

– Por que você não foi com ela? – perguntou.

E, meu Deus. Era uma pergunta tão simples, formulada com verdadeiro espanto, como se não houvesse outra possibilidade a não ser eu estar ao lado dela, que quase caí de joelhos.

Eu... deixei escapar a verdade.

– Eu fiz uma besteira. Deixei que ela acreditasse que não confio nela para enfrentar as coisas sozinha. Eu...

Tratei Adalyn exatamente como o homem de quem tentei protegê-la.

– Mas ela vai voltar. – Eu me ouvi dizer. – Ela vai voltar. Vocês continuam sendo muito importantes pra ela.

María ficou só me olhando, e eu me preparei. Se havia uma garota no time que não hesitaria em acabar comigo, era ela. E eu merecia. Eu já merecia todas as caretas e olhares desconfiados pelo modo como tratava Adalyn desde o início. E mereceria aquilo também.

Ela fez uma careta. Então voltou a inclinar a cabeça.

– Você vai se sentir melhor se fizer uma trança no meu cabelo?

Abri a boca para dizer que não, mas de repente eu estava assentindo.

– Tá bom – disse ela, com um suspiro.

Então, me pegou pela mão e me arrastou até o banco.

– Sente aqui – ordenou.

E eu me sentei. Ela parou à minha frente.

– Espero que seja melhor nisso que o Tony. As tranças dele ficam uma droga – disse ela.

Olhei para a parte de trás de seu cabelo bagunçado, feliz por ter um propósito, ainda que só por alguns minutos, e comecei.

– Você já teve muitas namoradas, Treinador Cam?

Franzi o cenho, pego de surpresa pela pergunta.

– Não. Faz um tempo que não tenho namorada.

Ela soltou um suspiro, e aquele suspiro deveria ter me dito tudo o que eu precisava saber.

– Você ama a Srta. Adalyn?

Minhas mãos congelaram, e eu seria capaz de jurar que meu coração parou por um instante.

– Amo – respondi, a voz rouca, e voltei a trançar seu cabelo aleatoriamente.

– Já disse isso pra ela?

Dei uma tossidinha antes de responder.

– Não.

María bufou.

– Então como é que ela vai voltar? – E meu coração se partiu mais uma vez. – Como ela vai saber pra onde seguir o coração dela?

Meus olhos se fecharam.

– Isso é parte do problema, infelizmente.

– O amor nunca é parte do problema – respondeu María.

Caramba, por que palavras ditas por uma garotinha de nove anos estavam me atingindo com tanta força?

– É um pouco mais complexo do que isso, querida.

– Mas eu já vi a cara da Srta. Adalyn quando você encosta nela.

Parei de mexer os dedos por um instante.

– Que cara?

– A mesma cara que a Brandy faz quando percebe que sou eu que está fazendo carinho nela – respondeu María, e contive uma risada. Mas ela continuou: – Cara de quem pode finalmente relaxar. De quem estava com medo, mas agora sabe que está tudo bem. Porque, comigo, ela está sempre, sempre segura.

Você me faz sentir algo que nunca senti com ninguém antes, Cameron. Você me faz querer coisas que eu nunca quis. A voz de Adalyn pareceu soar em minha cabeça, abafando as batidas em meu peito.

Sem perceber o que suas palavras estavam fazendo comigo, María continuou:

– Você disse pra gente que a vida é difícil. Disse que perder é só o resultado de um jogo. Que a gente deve se levantar e correr atrás do prêmio. Perder um jogo é só um tropeço, deixa a gente forte, desde que a gente levante depois.

– Eu... eu disse isso mesmo.

Eu dissera aquilo. E tinha certeza de que elas haviam ficado arrasadas com as minhas palavras. E agora essas mesmas palavras estavam sendo jogadas na minha cara, arrasando comigo.

María me passou um elástico por cima do ombro.

– A Srta. Adalyn é o seu prêmio?

– Não. – Engoli em seco. – Ela não é um prêmio que alguém pode ganhar.

Peguei o elástico e prossegui:

– Ela... não é um jogo. Ela é muito mais do que algo que a gente ganha. É mais que uma perda. Ela é o que faz com que jogar valha a pena. Ela é tudo.

– Viu? – disse ela, despreocupada como só crianças conseguem ser. – O amor nunca é o problema. O amor é fácil, como nos filmes. A gente é que complica. É por isso que vou perdoar a Srta. Adalyn por perder o nosso jogo.

Terminei de amarrar o elástico na trança, e María falou:

– Mas, se ela é mesmo tudo pra você e está enfrentando uma coisa importante, então você não deveria estar com ela? Mesmo que tenha feito besteira? E se ela precisar de alguém que entre no jogo no lugar dela? Talvez ela não goste muito de você agora, mas isso não quer dizer que ela não quer que você esteja lá.

Antes que eu pudesse responder uma palavra, ela virou.

Seus olhos castanhos me estudaram, e fiquei olhando para ela, sem acreditar. Pensando no que ela tinha acabado de dizer. Pensando no quanto aquilo fazia sentido. No quanto parecia fácil seguindo aquele raciocínio.

– Pode me emprestar seu celular rapidinho? – perguntou María.

Entreguei o aparelho, a cabeça ainda rodando.

María se olhou no que imaginei que fosse a câmera e soltou um suspiro.

– Treinador Cam? – disse, e meu olhar voltou a se concentrar nela. – Sua trança ficou uma droga.

Ela devolveu o celular, e eu fiquei olhando para ela.

– Pode pedir pra ela te ensinar a fazer uma melhor?

Como o bobo inútil que eu era, sussurrei:

– Quando?

E María fez um biquinho, como se a resposta fosse a coisa mais óbvia do mundo.

– Quando ela voltar pra você.

TRINTA E SEIS

Adalyn

Eu me odiei pelas palavras que estavam prestes a sair da minha boca. Odiei mesmo.

— Quer manter o seu emprego? — A frase saiu em um gritinho agudo, e eu me senti ainda pior do que esperava. — Você por acaso sabe com quem está falando?

— Sim. — O sujeito piscou com força. — E seu acesso foi revogado, Srta. Reyes. Não posso deixar você passar.

Então ele sabia. Babaca maldito.

Babaca maldito. Era exatamente o que Cameron teria dito. As palavras até soaram na voz dele na minha cabeça. Se ele estivesse ali, teria...

Não.

Soltei uma risadinha amarga que logo se transformou em algo que parecia muito mais o início de um soluço. Eu estava fazendo muito aquilo naquele dia. Quase soluçando. Quase desmoronando. Quase ligando para Cameron. Quase mandando mensagem para Josie e implorando a ela que pedisse desculpas para as garotas por mim. Quase me permitindo achar que aquilo era um erro.

O homem impassível à minha frente franziu o cenho.

— Olha só — falei devagar, endireitando os ombros, erguendo o queixo. — Sei que está tarde, e é óbvio que você só está fazendo o seu trabalho. Admiro você e agradeço por isso. Mas é uma emergência, e sei que meu pai está aqui. Ele está sempre aqui e o motorista dele está lá fora.

Olhei bem nos olhos dele, implorando, suplicando, e disse:

— Você precisa me deixar entrar.

Ele hesitou. Olhou ao redor. Mas balançou a cabeça.

– Não posso fazer isso, Srta. Reyes.

Fechei os olhos, me recusando a desmoronar na frente daquele homem.

Eu não conseguia acreditar que não estavam me deixando entrar no lugar onde trabalhei durante toda a minha vida profissional. Não conseguia acreditar que não podia entrar no lugar que durante tanto tempo tive esperança de que um dia seria meu. Não conseguia acreditar que meu pai não tinha atendido o celular nas tantas vezes que liguei. Nem uma vez. Eu...

– Chefa?

Ergui os olhos e vi um rosto que não esperava encontrar ali àquela hora.

– Não acredito que é você! – continuou Kelly, os saltos estalando na minha direção. – Uau, e esse brilho? Você está arrasando na passarela! E esse cabelo. Meu Deus, seu cabelo está todo rebelde e... lindo.

Por um instante, olhei para baixo, observando a calça jeans, as botas, as roupas práticas que eu estava vestindo. Então balancei a cabeça.

– Kelly – falei, os olhos encontrando os dela com tanta seriedade que ela piscou, surpresa. – Você poderia, por favor, dizer ao...

– Billie – disse o homem quando olhei para ele. – Ellis.

Kelly o encarou.

– Sério? Tipo a Billie Eilish?

Billie soltou um suspiro.

– Sou quinze anos mais velho que ela, senhora. E qualquer semelhança com o nome é mera coincidência.

– Muito engraçado – murmurou Kelly, analisando o homem sem abrir nem um sorrisinho. – Você é novo por aqui?

Billie abriu e fechou a boca, claramente surpreso.

– Você é bonitinho. Qual é o seu nome de verdade? – Ela pegou o celular. – Eu...

– Kelly – chamei, a voz desesperada, cansada e... desanimada se eu tivesse que descrever. – Pode explicar ao Sr. Ellis que preciso entrar pra lidar com aquela emergência sobre a qual falamos no telefone?

Ela ficou me olhando.

– Ele parece achar que meu acesso foi revogado, mas lembro claramente que meu pai pediu que eu viesse. Hoje. – Lancei um olhar profundo para ela. – Você lembra, né?

Minha antiga assistente começou a assentir devagar.

– Ahhhhhhh. É. Verdade.

Ela virou a cabeça, vasculhando o hall de entrada vazio, então voltou a olhar para nós.

– A emergência – disse Kelly, mais confiante. – Billie, você quer ser o cara que não deixou a filha do chefão entrar simplesmente durante a... – ela ergueu as mãos – maior crise do ano?

Billie franziu o cenho, mas foi ficando um pouco corado.

– Exatamente – continuou Kelly. – Não parece bom, não é mesmo?

Billie negou com a cabeça.

– Ótimo. Agora, libere a entrada pra que ela possa salvar o dia. – Ela colocou a mão na cintura. – A não ser que ache que uma mulher não pode ser uma heroína. É disso que se trata essa situação?

– Q... quê? – Ele arregalou os olhos. – Não. Eu sou feminista.

Kelly abriu um sorrisinho.

– A entrada, por favor?

Ele demorou alguns segundos e soltou um palavrão, mas a entrada de vidro que dava acesso aos escritórios se abriu.

Saí em disparada pelo corredor na direção da sala do meu pai, ouvindo os saltos da Kelly logo atrás.

– Chefa? – chamou, mas, como não virei nem parei, ela acelerou. – Uau. Você corre rápido com essas botas.

Eu corria mesmo. Talvez estivesse começando a amá-las.

– Desculpe por ter meio que ignorado você, mas não tive escolha... – explicou ela.

– Tudo bem, Kelly – garanti, virando uma esquina.

– Tá, ufa – respondeu ela, agora um pouco ofegante. – Agora que resolvemos isso, tem uma coisa que você precisa saber antes de...

– Eu sei – interrompi, acelerando. – E vou dar um jeito de impedir.

– Mas, chefa, eles estão...

Cheguei à porta, Kelly colocou a mão em meu ombro e disse alguma coisa, mas eu não ia desperdiçar nem mais um segundo. Eu já tinha permitido que aquilo se estendesse por tempo demais. Ia retomar o controle e acabar com a manipulação de David. Ia dizer ao meu pai que sabia de tudo e impedir a transação. Abri a porta.

Duas cabeças se viraram em minha direção.

– Adalyn – disse meu pai, com uma voz calma e fria que me fez parar, chocada.

Abri a boca pra dizer alguma coisa, qualquer uma das muitas que eu tinha ensaiado, mas só consegui pensar: *O que David está segurando?* Por que não podia ser...

– Oi, docinho de coco – disse David, com um sorriso que eu não conseguia acreditar que nunca percebi que era de desdém. – Ah, espera, vocês comem doce de coco por lá?

Ele me olhou de cima a baixo, e um arrepio se espalhou por meus braços.

– Bom, isso é uma surpresa e tanto. Por que está vestida de... maria-lenhador? – perguntou.

Ouvi Kelly bufar atrás de mim.

Meu pai revirou os olhos e o repreendeu:

– David.

Como se aquele homem não tivesse me desrespeitado e aquele alerta fosse suficiente.

Por que aquilo me irritava tanto de repente? Aquele descaso com o que foi dito na frente dele. O jeito preguiçoso de achar que eu era capaz de me defender. Eu era mesmo, mas ele não deveria estar se esforçando mais?

David deu de ombros.

– Peço desculpas. Ei, tenho uma surpresa pra você. – Ele ergueu o que tinha nas mãos. – Legal, né?

Minha garganta secou. Era uma das camisas do Miami Flames. Eu reconhecia a camisa. Exceto pelo patrocinador na frente. O patrocinador era novo. Era o logo do energético. Com a minha cara.

Meu queixo caiu. Eu... Foco, Adalyn. Virei para o meu pai e disse:

– Eu sei.

A expressão dele vacilou. Meu coração martelou em meus ouvidos.

– Eu sei de tudo, pai. Então pode parar com isso.

– David – disse ele, na mesma hora. – Nos dê um minuto.

David fez menção de reclamar, mas meu pai ergueu a mão e cortou:

– Sozinhos. Esta sala ainda não é sua.

Ainda.

Os olhos de David encontraram os meus quando ele veio na minha direção e, ao passar por mim, ele deu uma piscadinha. Senti um arrepio.

A porta se fechou atrás de mim, e só então me permiti dar um passo à frente, me aproximando da cadeira agora vazia diante da mesa do meu pai. Eu tinha sentado naquela mesma cadeira pouco tempo antes. Só que agora isso parecia fazer uma eternidade.

Os olhos verdes de Cameron surgiram em minha cabeça, e senti meus joelhos quase cederem, uma sensação avassaladora preenchendo meu peito. *Eu queria que ele estivesse aqui*, minha cabeça parecia cantarolar. Não para segurar a minha mão, mas preparado, perto o bastante para fazer isso caso eu precisasse. Como se estivesse tentando apaziguar aquele vazio, levei a mão ao peito e encontrei algo embaixo da camisa.

O anel dele. Ainda estava ali, pendurado na corrente que ele colocara em meu pescoço naquela manhã.

– Escondi tudo isso pra proteger você – disse meu pai, me trazendo de volta ao presente.

Engoli em seco, pensando no último homem que me disse algo parecido. Mas... era diferente, de alguma forma. Tinha outro efeito. Parte de mim estava hesitante em acreditar em meu pai.

– Não preciso que me proteja. Não sou uma criança. Eu teria suportado saber a verdade.

Meu pai deu um suspiro. Um som breve, curto e que carregava tanto consigo.

– Foi exatamente isso que sua mãe me disse. – Ele balançou a cabeça. – Você está muito parecida com ela hoje.

– Estou?

Ele assentiu.

– Eu nunca quis que fosse assim – continuou ele, baixando os olhos para a mesa. – Durante todo esse tempo, esse sempre foi meu único arrependimento. O que me manteve afastado de você e da sua mãe.

Ele balançou a cabeça.

– Pelo jeito eu vivo repetindo meus erros. Você está ressentida comigo, Adalyn? E ela?

Abri a boca, mas alguma coisa me impediu de falar. *Ela?*

– Minha mãe? Por que ela estaria ressentida com você?

As sobrancelhas do meu pai se encontraram; ele estava confuso. Não era da minha mãe que estava falando.

– De quem você está falando? – perguntei.

E, ao perceber algo surgindo no fundo da minha mente, algo que começou a zumbir, acrescentei:

– Quem deveria estar ressentida com você, pai?

Andrew Underwood ficou tão obviamente confuso por um instante que, quando respondeu, sua voz saiu rouca.

– Josephine.

Meu coração parou por um instante. Josephine? Mas o que...

– O que a Josie tem a ver com a venda do clube?

Ele empalideceu.

Foi nessa hora que meus joelhos cederam. Apoiei a mão na cadeira, olhando para ele boquiaberta. Absorvendo sua expressão. Ele parecia um fantasma. Isso me lembrou do que minha mãe tinha dito. Das cartas.

Seu pai tem segredos.

Então mais coisas começaram a vir à tona, me enchendo de lembranças. Coisas que não se encaixavam.

Você parte amanhã. Para uma missão... É uma coisa que venho pensando há um tempo.

Tem alguma entidade protegendo Green Oak.

Robbie não gosta de falar sobre isso, mas ficou, e talvez ainda esteja, bastante endividado.

– Você é o investidor-anjo de Green Oak.

Engoli em seco, mas o nó que estava preso em minha garganta não foi embora, dificultando minha fala. Me agarrei ao anel de Cameron. Então outra coisa que Josie me disse me atingiu em cheio. Algo que não podia significar o que eu achava que significava. Mas só podia ser aquilo.

– O que está tentando me dizer? Por que falou da Josie? Eu preciso ouvir. Em voz alta.

Ele ficou olhando para mim e então disse:

– Josephine é sua meia-irmã.

A confirmação foi um balde de água fria.

– Ela é minha filha – acrescentou ele, e não havia nenhum vestígio de culpa em sua voz ou seu rosto.

Não havia vergonha. Ou remorso. Anseio. Não havia nada.

Nada.

– Achei que você tivesse descoberto – disse ele. – Achei que era por isso que tinha vindo até aqui, que esse era o motivo dessa entrada dramática. Você disse que sabia de tudo.

Eu... achava que não conseguiria respirar. Eu tinha uma irmã. Uma meia-irmã. Meu pai tinha outra filha.

– Você achava que eu sabia sobre a Josie? Mas... Você... – Meu olhar percorreu seu rosto. Impassível. – Você não está surpreso nem com raiva. Está bem. Eu...

Minha cabeça girava, atirando vários pensamentos para todo lado. Juntando algumas peças e separando outras. Tentei respirar.

– Você queria que eu descobrisse sobre a Josie? – perguntei. Mas não podia ser isso, podia? – Por isso me mandou pra lá?

– Sim e não – admitiu ele.

Rápido demais para que eu processasse.

– Eu te mandei pra lá porque Green Oak me pareceu uma experiência da qual você poderia se beneficiar. Mas estaria mentindo se dissesse que não imaginei que você fosse juntar as peças. – Ele deu de ombros. – Pelo visto me enganei.

Suas palavras reverberaram em minha cabeça enquanto eu olhava nos olhos dele. Eram os olhos azul-claros de Josie. Mas lhe faltava tudo o que os dela tinham. Uma emoção poderosa percorreu meu corpo quando me dei conta de tudo aquilo, do quanto era óbvio, do quanto ele estava me menosprezando por não ter descoberto sozinha.

Ele sempre fazia isso. Me colocava para baixo. Escondia as coisas de mim.

– Você acha que se enganou? – repeti, e algo se agitou em meu peito. Algo que não tinha nada a ver com o fato de eu estar lutando para respirar. – Você me mandou pra lá sabendo que talvez eu descobrisse a respeito de uma meia-irmã que você escondeu de mim, sabendo que eu ia interagir com ela, talvez até fazer amizade, e nem se importou com nada disso?

– Mais uma vez, eu achei que você tivesse vindo até aqui por isso – disse ele.

E, meu Deus, havia tanto ruído em meus ouvidos. Minha cabeça. Eu não conseguia pensar. Sentia falta das mãos de Cameron me ancorando no mundo.

– Faz um tempo que espero que isso aconteça – completou.

Fechei os olhos por um instante, me permitindo alguns segundos para analisar a onda de emoções feias e avassaladoras que emergiam e voltavam a submergir.

– Eu vim porque ouvi boatos de que você vai vender o Flames. Para o David. Porque sei que ele está usando você. Me usando. Porque pensei que eu fosse responsável, de alguma forma, por ele estar te forçando a isso.

Ele soltou um suspiro.

– Já está tarde. Vamos pra casa, podemos continuar esta conversa outra hora. De qualquer forma, não há mais como impedir a venda do clube, mas tenho certeza de que você tem perguntas. Vou pedir ao motorista que te deixe em casa.

O sangue corria pelas minhas costelas e minha cabeça com um estrondo tão alto que por um instante achei que não tivesse o ouvido direito. Afinal, era impossível que alguém desse uma notícia como aquela para a própria filha e depois dissesse aquilo, certo? Ergui a cabeça, e minha mente, que antes estava confusa, se concentrou.

– Não. – Eu praticamente cuspi a palavra, observando a expressão vazia em seu rosto. – Você não vai me dispensar assim. Eu desisti de muita coisa para estar aqui agora.

Eu tinha decepcionado as garotas. Deixado um Cameron de coração partido para trás.

Ele relanceou para o relógio mais uma vez.

– Está tarde, Adalyn – disse devagar. – E você claramente está agitada e sem condições de ter essa conversa. Estou fazendo isso pelo seu bem. Como tudo o que faço.

– Você está se referindo ao fato de ter escondido que eu tinha uma irmã ou de ter pedido ao David que se casasse comigo em troca de um cargo, como se eu fosse um gado que você pudesse simplesmente negociar?

Ele trincou os dentes.

– Você está exagerando.

Uma clareza que eu nunca tive durante todos os anos anteriores se cristalizou.

– Então o que mais? Talvez ter ignorado meus esforços pra impressionar você. Pra conquistar sua aprovação e seu respeito. Isso foi para o meu próprio bem?

– Eu nunca ignorei você, Adalyn.

– Então por quê? – perguntei, a voz assustadoramente calma. – Por que oferecer sua filha a um homem terrível? Por que deixar que ele nos manipulasse em vez de me contar? Eu tive que descobrir saindo da boca dele durante a festa de aniversário do clube. Como isso poderia me proteger? E me mandar pra longe, me banir, como poderia me proteger? Você nem tentou saber como eu estava. Nem uma vez.

Levei a mão ao peito.

– Você é meu pai – falei.

Meu pai assentiu devagar, então soltou uma risada que eu não entendi.

– Então foi isso que te deixou naquele estado, que te fez atacar o Sparkles? Meu Deus, Adalyn. Aquilo quase me custou o clube.

Qualquer resquício de esperança que ainda havia em mim se esvaiu.

– Isso é tudo o que você tem a dizer – afirmei, não foi uma pergunta.

Porque eu não precisava de resposta. Ele já tinha me dado uma. Balancei a cabeça.

– Nunca foi por mim, não é? Nada disso nunca foi por mim.

– Tudo o que eu faço é por nós – disse ele, e algo pareceu atingi-lo. – David ameaçou entregar nosso acordo a um site de fofocas se eu tirasse a vice-presidência dele. Aos patrocinadores também. Mas são águas passadas. Sinceramente, eu achava que você teria um pouco mais de respeito por si mesma e não deixaria que te atingisse.

Então meu pai nunca teve a intenção de proteger nosso relacionamento. Ou sequer me proteger.

Ele só protegia a si. Seu nome. E isso partiu meu coração. Que vinha se rasgando aos poucos durante toda a conversa, de repente me dei conta. E agora estava totalmente dilacerado.

Um silêncio recaiu sobre a sala durante um bom tempo. Eu não conseguia acreditar que tinha ido até lá, traído a confiança das garotas. Perdido o jogo. Eu tinha dado uns cem passos para trás, e meu coração doía como nunca. Voltei a agarrar o anel de Cameron.

– Como está a dívida da fazenda Vasquez?

Eu não precisava dizer mais nada. Sabia que meu pai entenderia.

– Alta.

Assenti.

– E a Josie. Como foi que isso aconteceu?

Meu pai semicerrou os olhos, e em outro momento aquele olhar teria sido suficiente para me calar. Mas eu não me importava mais. Não queria seu respeito. Só queria respostas.

– Sempre fiz questão que Josephine fosse bem cuidada. Eu a sustentei. Investi na cidade pra que ela não fosse obrigada a viver no lugar triste onde nasci.

Ele deixa que as pessoas acreditem que ele é de Miami, mas não é. Tinham sido essas as palavras da minha mãe.

E foi assim que a última peça do quebra-cabeça se encaixou. Meu pai tinha nascido em Green Oak.

– Aquele nunca foi meu lugar – afirmou ele, como se essa fosse uma carta que ele pudesse jogar. Como se justificasse tudo o que ele tinha dito ou feito. – Eu estava destinado a coisas maiores. Por isso fiz as malas assim que pude, sem deixar nada nem ninguém para trás. Só voltei uma vez. Logo antes de conhecer sua mãe.

Ele soltou um suspiro.

– Mas nunca significou nada, foi só uma noite de descuido pela qual venho pagando a vida inteira. – Olhos que não pareciam em nada com os de Josie olharam para mim. – Não me orgulho disso, mas não me arrependo de minhas decisões.

– Não se orgulha disso – repeti suas palavras. Um suspiro triste e sem esperança deixou meus lábios. – Você fala de uma mulher inteligente, linda e dedicada como se ela fosse um mau investimento que você gostaria de esquecer.

Balancei a cabeça.

De repente, precisava me movimentar. Apoiei as mãos nas costas da cadeira à minha frente. Olhei para baixo antes de encarar os olhos dele.

– Algum dia você chegou a desejar que eu assumisse o clube?

Seus ombros caíram, e eu sabia que aquilo era um não.

– Você pode ficar com qualquer ramo do nosso portfólio. Imóveis, empresas de infraestrutura, até algum dos resorts. Pode escolher. Mas não o clube. Vou vender o Miami Flames para David e o pai dele. – Ele deu a volta na mesa. – Já foi decidido.

Fiquei em silêncio. Ele não estava entendendo. Meu pai não estava entendendo nada.

– Você vai superar sua paixão pelo clube. – Suas mãos alisaram as lapelas do paletó. – De qualquer forma, o time estava morrendo aos poucos, já há uma década, então fique feliz, pois vamos lucrar graças ao seu pequeno colapso e ao acordo que David está fechando com o patrocinador.

Graças a mim, ou às minhas custas?, eu quis perguntar.

Mas isso não importava mais. Não importava que meu pai permitisse que aquele energético patrocinasse o clube ou que aceitasse o dinheiro deles. Nada importava na verdade.

A questão nunca foi de legado ou paixão, nem mesmo dinheiro.

– Venda a porcaria do clube. – Eu me ouvi dizer, e meu pai recuou. – Isso tudo nunca foi por mim. Ou pelo Flames. Foi por você.

Minha mão voou até o peito, segurando com força o anel de Cameron. Eu sabia o que era ser protegida, cuidada. Cameron dizia ser egoísta, mas agora eu via o quanto ele estava enganado. Ele fez tudo sem nenhum interesse. Por mim. Pensando no que era melhor para mim. Ainda que tivesse cometido um erro.

– A responsabilidade é sua se você não entende – falei.

Virei de costas e fui em direção à saída.

– Adalyn – alertou meu pai.

Não parei.

– Você tem 24 horas pra contar pra minha mãe e pra Josie – avisei, sem olhar para trás. – Estou te dando uma chance de não repetir o erro que cometeu comigo. Mas, se não contar a elas, conto eu.

Parei em frente à porta.

– Você também vai dar um jeito na dívida da fazenda Vasquez. Acho que não vai ser um problema com todo esse lucro que meu colapso garantiu.

Abri a porta, sem hesitar, com um único objetivo em mente.

E, quando voltei a falar, foi com um pensamento, um homem, um plano em mente, e um pé do outro lado. O início do resto da minha vida.

– Ah, e caso não tenha ficado claro, eu me demito.

TRINTA E SETE

Cameron

Coloquei o celular na orelha, sentindo os nós dos dedos estalarem.

– Atenda, atenda – implorei, roguei. – Vamos, amor. Atenda o telefone.

Quando a voz que eu queria tanto ouvir não veio, soltei um palavrão baixinho. Desliguei e me segurei para não jogar o maldito aparelho pela janela do táxi.

Meu Deus, onde ela estava? Será que tinha acontecido alguma coisa? Por que não atendia o celular? Estava tão tarde e eu...

Meu celular tocou.

Atendi na mesma hora.

– Cameron – disse Adalyn.

Meu nome voou dos lábios dela direto até boca do meu estômago. Meu peito. Meu coração.

– Cam? – chamou ela.

– Onde você está? – Eu me ouvi rosnar de volta.

Fechei os olhos. Não era assim que eu ia reconquistá-la. Rastejar, como estava determinado a fazer. Mostrar que confiava nela.

– Eu... Onde você está, amor? Preciso de um endereço.

Ouvi vozes no fundo. Uma feminina e outra masculina. Será que ela estava me ouvindo?

– Adalyn?

– Meu Deus, você não vai acreditar – disse ela.

Por que sua voz estava falhando?

– Meu pai... Eu... Ah, meu Deus. Eu fui tão burra. Queria que você estivesse aqui. Eu...

– Eu estou em Miami, indo até você agora mesmo, mas preciso que me diga certinho onde está.

Ela fez um barulho que pareceu muito um soluço, e, meu Deus, meus dedos seguraram o celular com mais força. Adalyn falou:

– Estou saindo da sede do Miami Flames. Estava indo pra casa quando vi todas as suas ligações.

– Pode me esperar? – Pela primeira vez em horas eu estava respirando com um pouco mais de tranquilidade. – Não vá pra casa ainda. Estou indo até você. Só… me espere. Por favor.

– Mas… – ela começou a falar.

Mas eu já estava gritando ordens ao motorista.

– Pode ir um pouco mais rápido? – O cara me lançou um olhar irritado. – Eu pago o dobro. – Ele acelerou.

– Estou quase chegando, amor. – Minha mão segurou o celular com mais força. – Sei que não precisava de mim hoje, mas, caramba, Adalyn. Eu odiei o jeito como você foi embora, detestei não saber se você voltaria. Acho que preciso segurar sua mão. Ter certeza de que você está bem. Só… Pode fazer isso por mim? Por favor? Não vá para o seu apartamento ainda. Eu tenho centenas de desculpas pra te pedir.

– Cameron – repetiu ela, e meu coração pareceu parar de bater. – Eu não estava falando do meu apartamento. Estava falando de Green Oak.

Um som estrangulado saiu da boca da mulher linda e inteligente do outro lado da linha. E eu achei que tinha parado de respirar.

– Estava falando de você – completou ela.

Avistei o que sem dúvida era o prédio do Miami Flames. E, quando entramos no estacionamento, falei para o motorista:

– Pare o carro.

Tirei da carteira mais dinheiro do que tinha prometido a ele e enfiei em seu ombro.

– Senhor, não pode…

Ah, eu podia, sim. Abri a porta com tudo e corri alguns metros até onde só podia ser a entrada dos escritórios. Passei pelas portas de vidro e ali estava ela. Adalyn, a minha Adalyn. Bem ali, como eu tinha pedido, com o celular na orelha e uma expressão preocupada. Percebi que eu não tinha desligado ainda.

Nossos olhares se encontraram.

Os lábios dela tremeram por um instante. E de repente ela veio.

Puta merda. Nunca na vida senti uma urgência tão poderosa, tão forte, de alguém que vinha correndo na minha direção naquela velocidade.

Adalyn aterrissou em meu peito, eu a abracei, e tudo finalmente se acalmou. O tumulto em minha cabeça, a tempestade de emoções que se acumulavam em meu peito. O mundo. Nada ao meu redor importava, apenas ela.

– Era disso que eu estava falando – disse ela, o rosto em meu pescoço. – De você, Cameron. Eu estava voltando pra você.

Coloquei a mão em sua nuca, os dedos deslizando em meio aos fios de seu cabelo. Dei uma puxadinha para que ela olhasse para mim.

– Estou tão arrependido. Diga que me perdoa, por favor. – Eu precisava ouvir. Precisava ter certeza. – Diga que vai me dar uma chance de mostrar que confio em você e só quero o seu melhor. Não desista de tudo isso antes que eu tenha uma chance de te mostrar o quanto podemos ser bons juntos.

Ela sorriu, e foi a coisa mais linda que eu já vi.

– Só se você disser as palavras que não quis dizer antes.

Engoli em seco. Então, devagar, como se estivesse com medo de que ela desaparecesse, acabei com a distância entre nossos lábios, beijando-a com todo o meu ser.

E, só quando tive certeza de que ela sentiu, falei:

– Porque eu te amo, porra. – Encostei a testa na dela. – Porque sou louco por você e... porra, Adalyn. Eu compro o Flames inteiro pra você se é o que você quer. Posso ficar sentado vendo você conquistar o mundo. Não sei como verbalizar o quanto eu gosto de você, o quanto quero você. Eu já me entreguei pra você, mas, se não for o bastante, eu faço qualquer outra coisa...

– Cameron Caldani, eu também te amo – sussurrou ela, os lábios nos meus. – E você é tudo que eu preciso.

Antes que eu estivesse pronto, ela se afastou e tirou alguma coisa de dentro da camisa: meu anel pendurado na corrente em seu pescoço. E foi nesse momento que eu soube que um dia ia me casar com aquela mulher. Eu daria a ela os gatos, os bebês, até uma fazenda de cabritos assustadores se ela quisesse. Faria tudo o que estivesse ao meu alcance para ter essa oportunidade. Sabia disso com todo meu ser.

– Tem tanta coisa que eu preciso te contar – disse ela, uma sombra surgindo em seu rosto. – Começando com o quanto eu estava enganada ao afastar você e acreditar que não estava pensando no que seria melhor pra mim...

Ela engoliu em seco.

– Espera. Ah, meu Deus. Nós ganhamos? As garotas vão me perdoar? – perguntou ela.

Nós. Aquele *nós* era tudo para mim.

Eu a beijei outra vez, sentindo seu sabor em minha língua. Sabia que ela queria a resposta logo, mas eu a queria. E era egoísta a ponto de tomá-la sempre que possível. Paramos para respirar, os lábios dela inchados, os olhos vidrados.

– As garotas vão acabar te perdoando, e o Green Warriors é o campeão da Liga Infantil Six Hills. Vai sair em todos os jornais locais amanhã. Estaduais também. – Ela arregalou os olhos. – Eu mesmo chamei a imprensa. Quando eles souberam quem eu era...

Adalyn ficou boquiaberta.

– Você fez o quê?

Alguém tossiu, e nós dois viramos.

Uma mulher estava nos olhando com um sorriso enorme. Caramba. Fazia tempo que ela estava ali?

– Desculpem interromper, isso foi bem quente, e eu com certeza vou fantasiar a respeito disso mais do que deveria admitir, mas...

A mulher olhou para a direita.

Um homem loiro passou caminhando por uma catraca – passeando, na verdade – e deu um sorrisinho para um segurança de olhos arregalados que evitava olhar diretamente para mim. Caramba, quantas pessoas tinham visto eu praticamente engolir aquela mulher? Acho que isso não me importava.

O homem olhou para nós, e senti Adalyn tensa.

Era só o que eu precisava para saber quem era aquele homem.

Soltei a mulher que estava aninhada em meu peito e fui na direção dele, ignorando os suspiros de surpresa atrás de mim.

– David? – perguntei ao me aproximar.

O babaca sorriu. Ele sorriu.

– Oi...

Eu o agarrei pelo colarinho. Dei um tranco de leve. O cara ficou branco como papel. Eu estava dando uma de machão. Sabia disso. Aquilo não estava certo. Mas não consegui me conter.

– Obrigado – falei, com os dentes cerrados. – De alguma forma, preciso agradecer à sua burrice por ter mudado minha vida.

O homem franziu o cenho, os lábios abrindo e fechando como um peixe que de repente eu queria jogar longe. Senti uma mão no meu ombro. Aquele simples toque me acalmou na hora.

– Desculpa, amor – falei para Adalyn, que agora estava ao meu lado.

Virei para David e acrescentei:

– Você sabe que eu tenho um lado cruel.

David ficou me olhando.

– Você é... Você é Cameron Caldani. – Ele pareceu pensar um pouco, então olhou para o lado de repente. – Kelly? Se não largar esse celular, vai perder o emprego.

– Ah – respondeu Kelly, cujo nome eu acabara de descobrir. – Eu me demito. Ouvi tudo o que aconteceu naquele escritório hoje, e você é um merda.

– Mas que p... – David começou a dizer.

Segurei ele com mais força.

– Olha a boca – avisei.

Os lábios de David formaram uma linha fina, e eu sorri. Não ia bater nele. Queria, mas achava que Adalyn não veria isso como um gesto grandioso. Além do mais, eu...

Os dedos que estavam em meu ombro deram uma apertadinha.

– Amor? – disse Adalyn.

Olhei para ela na mesma hora.

– Você está me chamando de amor? – sussurrei. – Isso é jogo baixo.

Quase tão baixo quanto tudo o que eu estava imaginando fazer com ela enquanto ela repetia aquela palavra sem parar.

– Ah, eu sei – admitiu ela, o rosto corado. – Mas não quero que você se complique por minha causa.

Hesitei e os dedos dela foram subindo, até meu pescoço. Ela os roçou em minha pele e, caramba, eu estava comendo na palma da mão daquela mulher.

– Por favor? – pediu ela.

Soltei David com um solavanco.

Ele cambaleou para trás, gaguejando:

– Qual é o seu problema? – Ele arrumou a camisa e olhou para nós irritado. – E desde quando vocês estão juntos?

– Não é da sua conta – respondeu Adalyn. – E quer saber o que mais? Você é um dragão que eu mesma posso matar.

Antes que eu pudesse piscar, Adalyn lançou o braço que estava livre e acertou um soco no queixo de David.

Ele se abaixou com um gemido.

– Tá – falei, então agarrei Adalyn pela cintura, puxando-a para trás, para o caso de ela estar planejando mais golpes. – Inesperado, mas merecido.

David se recuperou e olhou para nós.

– Isso não vai ficar assim. Você...

– Ah, vai, sim – disse Kelly. – Você acha que esse é o único vídeo que eu tenho? Me respeita. Eu filmei a conversa toda da Adalyn com o pai, entre outras.

Ela se virou para nós.

– Vamos?

Adalyn assentiu e virou. Eu a puxei para perto e saí com ela.

– Minha guerreira. – Beijei sua cabeça. – Isso foi muito sexy, mas vai doer amanhã.

Ela contraiu os lábios.

– Já está doendo – murmurou.

Peguei suas mãos e analisei a que desferiu o soco.

– Da próxima vez vou deixar você dar o soco – disse ela.

Tenho quase certeza de que meu corpo inteiro sorriu.

– Da próxima?

Adalyn deu de ombros.

– Sabe, se minha experiência com o Green Warriors vale de alguma coisa... o clube juvenil que estou começando pode me causar problemas. Talvez eu precise de ajuda pra me livrar deles.

Eu parei de repente, e ela continuou:

– Eu estava pensando no interior da Carolina do Norte. O cargo de técnico está disponível se você tiver interesse. Acho que a diretora vai dar seu melhor para que valha a pena. – Ela soltou o ar pelo nariz. – O que acha? Interessado?

Antes mesmo que eu me desse conta do que estava fazendo, levei sua mão aos meus lábios.

– Interessado? – Beijei a parte de trás de seus dedos. – Não vejo a hora, amor.

Aqueles olhos castanhos lindos brilharam de felicidade, com um mundo de possibilidades, e meu coração praticamente saltou do peito para as mãos dela. Naquele momento, eu era desesperada e completamente seu.

– Diga as palavras – implorei, precisando ouvir mais uma vez.

Por todos os dias que viriam. Eu queria Adalyn agarrada em mim todas as noites.

– Cameron Caldani, eu te amo – disse Adalyn.

E, porra, eu a amava também.

Com todo o meu ser.

E, quando ela abriu aquele sorriso de tirar o fôlego, eu soube, com uma certeza que nunca tinha sentido antes, que ter aquela mulher ao meu lado seria o jogo mais intenso e lindo da minha vida. Um jogo em que perder não era uma possibilidade, um jogo que começava ali. Com o sorriso daquela mulher, e ela em meus braços.

EPÍLOGO
Pouco mais de um ano depois...

Adalyn

Vai lá, amor.

Ele não precisava dizer em voz alta. Eu via em seu rosto. Era uma das coisas que eu amava nele, em nós, o fato de não precisarmos enunciar uma palavra para saber o que o outro pensava. Um toque era o bastante. Um roçar leve na mão. Um olhar. Uma inclinação de cabeça. Uma contração no canto dos lábios. Uma alteração sutil no tom de verde de seus olhos.

Ou, naquele caso, com Cameron parado em frente ao gol na comemoração de um ano do Clube de Futebol Juvenil Warriors, o início de um sorrisinho torto.

Estávamos no campo, dando início às comemorações. Cameron tinha pendurado as luvas – literalmente, uma vez que estavam na parede do nosso escritório –, mas naquele ano encontrou seu lugar na lateral do campo, treinando a equipe feminina mais jovem e coordenando os treinadores que contratamos para as equipes mais velhas. Ele continuava fazendo terapia regularmente para lidar com as repercussões da invasão, mas já não era mais tão reticente quanto a se impor em meio a uma multidão ou chamar a atenção. Eu também estava trabalhando em mim mesma na terapia e logo descobri que era algo que eu deveria ter feito muito, muito antes. Não só para que alguém me mostrasse o quanto eu vinha reprimindo as preocupações em minha cabeça na tentativa de controlar minha vida, ou que o relacionamento com meu pai não era saudável, mas para aprender as ferramentas para processar o caos em minha cabeça e não deixar que ele virasse pânico.

De qualquer forma, eu estava feliz. Nós estávamos felizes. Eu não me arrependi de ter cortado relações com o Miami Flames – nem mesmo quando David pareceu estar conquistando uma reputação terrível com suas más escolhas, e o clube talvez pagasse pelas consequências. Um pedacinho do meu coração sempre pertenceria ao Flames, mas eu não olhava para trás. A MLS tinha ficado em outro momento da minha vida, e Cameron e eu estávamos desenvolvendo novos talentos.

Era a coisa mais gratificante que qualquer um de nós já tinha feito. Nossa sede ficava entre Green Oak e Charlotte, e crianças de toda a região nos procuravam, de áreas rurais e urbanas. Não tinha sido fácil construir do zero, mas nós dois éramos tão motivados quanto teimosos. Com isso, e os contatos que Cameron e eu tínhamos acumulado, o clube decolou relativamente rápido. Agora o objetivo era crescer o bastante para atender à liga profissional.

Tínhamos um longo caminho pela frente, e recomeçar era assustador, mas minha vida nunca pareceu tão plena, rica, ou simplesmente melhor, do que naquele momento. Isso se devia ao clube e à comunidade que me acolheu, mas também ao homem ao meu lado, proporcionando um tipo de segurança que nunca senti antes dele e fazendo cada passo do caminho parecer menos assustador e bem menos solitário.

Porque, com Cameron, eu não conhecia a solidão. Com ele, meus defeitos não importavam, eu era amada, apreciada e valorizada não apesar deles, mas por causa deles. E não poderia estar mais feliz. Ser mais sortuda. Não poderia amá-lo mais. Eu o lembrava disso todos os dias. Todas as noites. Sempre que possível.

Cameron ergueu as mãos à frente, me lançou um olhar desafiador e fez um gesto de "vem!", me provocando.

Aquele homem convencido e competitivo. Eu amava que ele fosse meu.

Abri meu sorriso mais largo, o que reservava só para Cameron, e continuei minha trajetória, conduzindo a bola e driblando enquanto corria. De tênis, aliás. Cameron afastou as pernas, os olhos focados em mim quando entrei na área do pênalti.

Alguém gritou da arquibancada:

– VAI, MANINHA! ACABA COM ELE!

Josie. Meu coração esquentou. Ela tinha se tornado uma parte importante demais da minha vida. Minha confidente. A pessoa de quem eu não sabia que precisava até surgir do nada. Meu pai tentara se redimir conosco naqueles últimos meses. E, embora ainda estivéssemos relutantes, processando tudo, especialmente Josie, encontramos algum consolo em saber que pelo menos ele estava tentando.

Cameron deu um passo à frente, o corpo travando em uma posição que eu sabia que era cheia de técnica e destreza. Aquela posição dizia: é hora do show. Semicerrei os olhos para ele, me concentrando no objetivo e girando para a esquerda – seu lado mais fraco. Ele abriu um sorrisinho torto. Joguei a perna para trás, também abrindo outro sorrisinho. E chutei, mirando o canto superior da rede.

Ele saltou, lançando o corpo no ar com os braços para cima, como tinha ensinado a tantas crianças naqueles últimos meses. A demonstração foi desnecessária, considerando a velocidade da bola, mas foi lindo de se ver. Poderoso. Sensual. Muito sensual. Porque era ele, claro. Mas porque ele não me deixaria ganhar. Cameron nunca me deixava ganhar. E eu amava isso nele.

Ele defendeu. E, quando caiu no chão com a bola no peito, estava sorrindo. Um sorriso bem largo. Ele levantou a cabeça, me lançando um olhar impressionado, e deu uma piscadinha.

Caramba.

A torcida, formada pelas crianças e seus familiares, comemorou nas arquibancadas.

Tony, que conciliava a faculdade com o trabalho de técnico assistente no clube, bateu palmas na lateral do campo e correu em nossa direção para pegar a bola, que seria assinada por toda a equipe.

– Boa defesa, Treinador Camomila! – gritou María, que tinha vindo de Green Oak com Robbie.

Virei e a encontrei na arquibancada. Ela tinha crescido desde a última vez que eu a vira no mês anterior, quando veio para uma festa do pijama das garotas, comigo, Josie, Willow e Pierogi. Ela acenou para mim.

– Eu só estava sendo simpática! – gritou, antes de virar e apontar para as costas da própria camiseta.

Dizia TIME ADA e tinha uma selfie minha com Brandy.

– Sempre vou torcer pelas garotas – disse ela.

Soltei uma risada ao me lembrar do dia da foto. Estávamos cuidando da Brandy naquele fim de semana. Se tinha uma cabra que Cameron tolerava, embora com relutância, era Brandy.

Como se tivesse sido invocado por minha mente, os braços de Cameron enlaçaram minha cintura. Eu me entreguei na mesma hora, e ele roçou o nariz na lateral do meu pescoço.

– Foi um excelente chute, amor – disse, os lábios em minha pele.

– Ah, eu sei – admiti. – Eu treinei com Tony. Assisti a vídeos dos seus jogos antigos para aprender como você reagiria. Só pra este embate.

Cameron ergueu a cabeça. Ele olhou em meus olhos, o verde se intensificando.

– Isso é muito sexy.

Senti um frio na barriga. Mas balancei a cabeça.

– Como isso é possível?

– Tudo que envolve você me deixa excitado – respondeu ele.

Não era mentira. Eu sabia. E Cameron não era o único que se sentia assim. Seu toque naquele momento, seus braços me envolvendo, seu cheiro flutuando até meus pulmões, delicioso, e a sensação de seu corpo, tão perto do meu, tudo isso fazia meu sangue ferver. Sua língua surgiu e ele umedeceu os lábios.

– Acha que conseguimos fugir sem que percebam? – perguntou ele. – Quem sabe... agora?

Era o que eu mais queria.

– Estamos no meio de uma festa – falei, meio sem fôlego. – Acabamos de, literalmente, dar o primeiro chute, e ainda temos nossos discursos para fazer.

Cameron soltou um "hum" profundo.

– Que tal daqui a dez minutos?

Soltei uma risada.

– Quinze? No seu escritório ou no meu?

– Você é impossível.

Os cantos de seus lábios se curvaram.

– Impossivelmente apaixonado por você.

Droga. Dei um beijo nele. Era impossível não o beijar quando ele dizia essas coisas. Na mesma hora, Cameron me reposicionou em seus braços e assumiu o controle, deixando escapar um gemido rouco. Ele abriu meus lábios com os seus, e eu arqueei as costas e fiquei na ponta dos pés. Meu Deus, eu amava quando ele fazia isso. Silenciava tudo ao redor, fazia o mundo inteiro desaparecer.

– E aí? – sussurrou ele, sem tirar os lábios dos meus, quando paramos para respirar. – Cinco minutos? Um? Agora mesmo? Vai ser rápido.

Ele aproximou os lábios da minha orelha.

– Rápido e com força.

Meus olhos se fecharam, mas balancei a cabeça. Coloquei as mãos em seu rosto e fiz Cameron olhar em meus olhos só para que ele parasse de sussurrar obscenidades em meu ouvido com uma multidão ao nosso redor.

– Cameron Caldani, eu te amo – falei, e a expressão dele suavizou na mesma hora. – E não tem nada que eu queira mais do que transar no escritório neste momento.

Ele se animou.

– Mas não vamos a lugar nenhum até que eu veja ou ouça o discurso que você escreveu. Até que todos vejam e ouçam. E não quero figuras de linguagem ou metáforas de esportes que façam as crianças chorarem. Isso já aconteceu demais.

Ele franziu levemente o cenho.

– Da última vez não foi minha culpa. Tony me incentivou a escrever assim.

– Bom, Treinador, talvez você não devesse confiar em um garoto de dezenove anos. Confie na sua chefe. Eu nunca vou te guiar pelo mau caminho, sempre vou te dizer quando seu texto estiver uma droga.

Ele contraiu a mandíbula.

– Isso não está ajudando com a ereção, amor.

Senti meu rosto quente, mas revirei os olhos.

– Está cheio de gente aqui, pare de falar da sua ere…

Alguém tossiu atrás de mim.

Josie estava ali com uma careta.

– Por que eu sempre pego vocês prestes a transar ou falando sobre isso?

Cameron riu, abertamente, como se não e se importasse nem um pouco por ter escandalizado Josie. E a verdade era que eu sabia que ele realmente não se importava.

Abri a boca, mas ouvi um gemido vindo do celular que eu não tinha visto na mão dela. Meu celular. Eu tinha dado minhas coisas a ela antes de entrar em campo para o chute inicial. Uma voz disse:

– Não estou exatamente feliz em ouvir um dos meus ídolos irritando minha melhor amiga.

– Matthew? – perguntei.

Josie fez uma careta e virou o celular. O rosto de Matthew preencheu a tela.

– Ele não parava de ligar, então atendi – explicou ela. – Ele sempre fala tanto assim? Não me admira que você nunca tenha convidado seu amigo para fazer uma visita.

Ouvi uma bufada vinda do celular.

– Eu falo demais? Você acabou de fazer uma lista de dez motivos pelos quais você é a nova melhor amiga da Adalyn.

– Porque eu sou mesmo – destacou Josie com um sorriso. – E sou mais do que isso. Sou irmã, então já era pra você, eu acho.

Ela olhou para mim e só mexeu os lábios: *Ele é bonito. Mas irritante.*

Matthew soltou o ar bem alto.

– Eu sei ler lábios e vi isso. Você tinha virado o celular pra me mostrar o lugar que eu ainda não conheci ao vivo, e agora a câmera traseira está focando em você.

Josie deu de ombros.

– Achei que você quisesse ver. Já que nunca foi convidado e tal.

– Claro, querida – respondeu Matthew, com a voz arrastada. – Mas você me acha bonito.

– E irritante.

Matthew abriu um sorriso largo.

– Vou aceitar o bonito. Minha audição seletiva é excelente.

Josie bufou e começou um discurso que incluiu uma lista de celebridades que ela achava mais bonitas do que ele. Matthew ouviu com atenção, como se estivesse fazendo anotações mentais para refutar cada uma.

Cameron colocou a mão em minha cintura.

– Isso é… uma reviravolta assustadora. Acho que precisamos intervir. – Ele fez uma pausa. – Quer que eu faça isso ou você vai fazer?

– Pode deixar comigo – falei, estendendo o braço e tirando o celular da mão de Josie, que me surpreendeu ao relutar tanto.

Ela ficou vermelha, deu meia-volta e saiu correndo, com um:

– Até mais tarde!

Sério? Eu lidaria com aquilo depois. Me concentrei em Matthew.

– Tá, e aí? Por que você ligou? Aconteceu alguma coisa?

– Eu... – Matthew hesitou. Ficou sério. – O chalé de vocês em Green Oak está livre?

Franzi o cenho.

– Sim – disse Cameron, e ouvi em sua voz a mesma preocupação que eu estava sentindo. – Estamos morando mais perto do clube agora.

Matthew assentiu.

– Então eu tenho um favor para pedir.

AGRADECIMENTOS

E aí? Não consigo acreditar que você ainda está por aqui. E, por isso, você merece não só um bolo (servido por um homem mal-humorado, mas no fundo gentil – e sem camisa, por que não?), mas também estar no topo da minha lista de agradecimentos. Sempre. Porque sem você, leitor, blogger, fã de romance, eu não estaria aqui. Então obrigada por estar aqui, por aguentar minhas baboseiras sem fim e fazer com que este sonho continue possível. Fico muito feliz e honrada por poder fazer você rir e se apaixonar um pouquinho mais pelas minhas palavras. Eu devo tudo a você.

Jess, Andrea, Jenn e todos da Sandra Dijkstra, obrigada por serem a equipe dos sonhos de qualquer autor. E Jess? Obrigada por (até hoje) me manter focada quando eu só quero explodir de tantos medos que na minha cabeça parecem tão reais. Você é minha agente, terapeuta e madrinha. Por favor, nunca me deixe.

Kaitlin, Megan, Morgan e a equipe linda da Atria: obrigada pelo trabalho incrível que dedicam aos meus livros neste mundão afora. Não vejo a hora de nos encontrarmos de novo, nos abraçar e conversar sobre a nossa paixão pelo Cameron *e* fazer ioga com cabras. Sim. Desculpem, mas vocês me prometeram. Pode ser em Nova York. Façam acontecer. Façam isso por nós.

Molly, Sarah, Harriett e toda a minha equipe fantástica do Reino Unido: Quando este livro for lançado, estarei prestes a finalmente conhecer vocês pessoalmente. Espero que estejam preparados para serem esmagados, porque logo vão descobrir que eu sou do tipo que abraça. Muito obrigada pela dedicação contínua e por sempre serem tão gentis comigo. Nem sei dizer o quanto valorizo vocês.

Hannah, oi :) Você tem sido uma parte muito importante destes últimos meses, e sou muito feliz por poder chamá-la de amiga. Também fico muito feliz por poder gritar com você por mensagem e ser aquela chata que sempre vê o copo meio cheio. Estou ansiosa para ver as fotos do maridão posando com *Amor em jogo*.

Sr. B., cadê minhas flores? Eu te amo, mas, caramba, cara!

Mamá y papá, gracias por ser mis mayores cheerleaders – e *mamá*? Pare de tirar selfies com meus leitores nos eventos, você está roubando meu momento.

María, gracias por estar ahí (y sobre todo por aguantarme). Prometo, vou te apresentar um dos bombeiros que trabalham aqui do lado. Só preciso arranjar um jeito criativo de você ficar presa em algum lugar.

Erin, obrigada por ser a melhor leitora beta. Não acredito que já faz quase três anos que pedi a você que lesse *Uma farsa de amor na Espanha*. Sou muito grata por você (e por seus conhecimentos sobre aves).

Antes de ir, quero usar um pouquinho deste espaço para dizer que espero que você ame a jornada do Cameron e da Adalyn tanto quanto eu. Este não foi um livro fácil de escrever, por uma lista longa (e, para ser sincera, enfadonha) de motivos. Todos temos nossas dificuldades. Foi por isso que Adalyn e Cameron (mas especialmente Adalyn) herdaram um tanto da minha baguncinha. Só espero que você veja a magia em suas imperfeições e vulnerabilidades e consiga se identificar com elas. Espero que também encontre alguma felicidade neles – e venha gritar nas minhas DMs. Porque escrever um romance sobre dois idiotas imperfeitos e teimosos sem que ninguém grite comigo seria, nas palavras de Joey, como "sexta-feira sem duas pizzas".

VIRE A PÁGINA PARA TER ACESSO
AO CONTEÚDO EXCLUSIVO

FAZENDA VASQUEZ

Noite da cerâmica

Cameron

Desliguei a caminhonete e desci.

Meu olhar recaiu sobre Adalyn imediatamente, como se tornara comum nos últimos dias. Ela estava parada no meio do acesso que imaginei que levasse até o celeiro, onde seria a atividade do dia. Seus olhos semicerrados encontraram os meus à distância, o cenho franzido intenso refletindo... hostilidade, com a qual eu já estava acostumado, mas tinha outra coisa ali. Algo que parecia alívio.

Será que Adalyn estava ali esperando por mim?

Sim, disse uma voz em minha cabeça, confiante. *E ela provavelmente detestou isso.*

Reprimi um sorriso e deixei que meus olhos descessem até mais um dos terninhos desnecessariamente elegantes que ela fazia questão de usar para qualquer ocasião. Meu olhar parou no sapato em sua mão. Minhas sobrancelhas se arquearam e apontei para o sapato.

– O salto quebrou – explicou ela, sem graça. – Enquanto eu te esperava.

Os cantos dos meus lábios ameaçaram se curvar para cima com a confirmação, mas me contive outra vez. Suavizei a expressão, franzindo o cenho de um jeito mais neutro, e fui até ela. Sorrisinhos não ajudariam muito, considerando que ela segurava um sapato sem salto que custava uma grana.

– Não me olhe assim – disse ela, seca.

– Assim como? – perguntei, parando bem à sua frente.

Um pouco perto demais. Olhei para seus pés descalços. Ela estava na ponta do pé. Naquele chão áspero, sem pavimento. Deixei escapar um resmungo irritado ao ver aquilo.

– Se não ficasse desfilando por aí com esse maldito salto... Mas eu já te avisei sobre isso.

– Esse maldito salto? – disse Adalyn, em tom zombeteiro, atraindo meus olhos de volta para seu rosto.

Um tom rosado suave e indignado se espalhou por seu rosto. Eu quis abrir um sorriso. De novo. Uma reação irracional e boba que talvez me rendesse um golpe com aquele salto quebrado. Ela soltou um suspiro.

– São Manolo Blahniks.

Eu sabia disso. Mas também sabia que ela ainda ia se machucar com aquela teimosia toda. Era uma surpresa o quanto essa possibilidade me incomodava. *Sempre* me incomodava.

Sem palavras, curvei os lábios para baixo.

– Não finja que não sabe quanto eles valem. Você morou em L.A. por anos – disse ela, antes de virar de costas para mim.

Franzi o cenho, encarando sua nuca. Aquela informação era de conhecimento geral, mas...

– E namorou Jasmine Hill – continuou ela.

Adalyn marchou em frente e me deixou plantado ali. *Jasmine Hill?*

– Ninguém namora uma embaixadora da moda e sai de um relacionamento como esse incólume. Nem mesmo alguém que praticamente só usa calças verde-musgo ou cinza-rochoso.

Eu teria rido desse último comentário se não estivesse tão surpreso com o fato de Adalyn saber sobre Jasmine. Só que ela estava enganada. Jasmine e eu nunca namoramos. Foi tudo um esquema inventado por Liam e a equipe de Jasmine. Mas ninguém sabia disso. Adalyn não teria como saber. E o mais perturbador: o tom estridente em sua voz era de ciúme? Fui atrás dela, querendo procurar a resposta em seu rosto. De algum jeito, descobrir isso parecia mais importante do que corrigi-la.

O passo irregular de Adalyn acelerou.

Me deixe ver seu rosto, meu bem.

– Eu te ajudo a ir até o celeiro – deixei escapar, alcançando-a em algumas passadas.

Seu cheiro doce de lavanda me atingiu em cheio. Balancei a cabeça. Como fazer com que ela olhasse para mim? Aquele indício de ciúme ainda estaria marcando seu rosto?

– Você não consegue nem andar com esse *Banana Nanica* quebrado.

– *Não preciso de ajuda* – respondeu ela, impassível, e seguiu em frente, teimosa. – Vou continuar desfilando por aí, como você disse, e enfrentar as consequências.

Enfim deixei escapar uma risada.

Se Adalyn achava que eu era de desistir fácil, ficaria decepcionada ao descobrir a verdade. O fato de ela retrucar só me fazia desejá-la...

Eu me dei conta de tudo quando esse pensamento se formou.

Ah, meu Deus, Cameron.

Isso nunca tinha me acontecido. Eu geralmente não me sentia atraído por... pelo quê? De repente eu não conseguia pensar em uma única característica que aquela mulher pudesse brandir como uma arma que não fosse me atrair. Pelo contrário. Sua determinação me cativava, e eu achava graça de suas tendências levemente neuróticas. Eu tinha visto aquela mulher resgatar uma cabra de um lago vestindo um terninho muito parecido com aquele e tinha ficado assustadoramente excitado. De repente, senti o ímpeto de falar a verdade sobre Jasmine, talvez até contar que fazia um bom tempo que eu não namorava. Também quis perguntar sobre sua história e descobrir se ali estaria o motivo pelo qual ela era tão arisca e desconfiada comigo. Senti um gosto estranho na boca. E meu estômago revirou quando fui tomado por uma nova urgência. Não, talvez eu não quisesse saber sobre o babaca que a magoara. Ou talvez quisesse. Talvez eu pudesse ir atrás dele e...

A porta do celeiro se materializou à nossa frente, me trazendo de volta ao momento. Ela parou e seu cheiro me envolveu mais uma vez. Todas aquelas emoções desagradáveis suavizaram. Senti-la tão perto, o calor que seu corpo exalava, ver o topo de sua cabeça logo abaixo do meu nariz, até o fato de ela ainda estar furiosa... tudo isso me atraía. Para ela. Antes que pudesse me conter, sussurrei em seu ouvido:

– Primeiro as mais geniosas.

Adalyn estremeceu, e tive que reprimir um palavrão de tão bem que aquela reação me fez.

Sem saber como ou por quê, meus pensamentos voltaram ao campo do Green Warriors, quando ela protegeu minha identidade no momento em que o irmão de María estava prestes a deixar meu sobrenome escapar. O garoto estava fascinado, e Adalyn chegou até a se posicionar à minha frente, como se estivesse pronta para me proteger do olhar fascinado de um adolescente. Eu sabia reconhecer uma reação instintiva. E a dela foi exatamente isso. Mas eu jamais teria imaginado. Na verdade, me surpreendeu tanto que fiquei ali parado como um idiota. Perdido.

Apoiei a mão às costas de Adalyn, hesitante, quando abri a boca para dizer alguma coisa. *O que* exatamente, eu nunca soube, porque Josie surgiu do nada como um furacão, tagarelando e afastando Adalyn de mim. Esse movimento interrompeu meu raciocínio e, antes mesmo que me desse conta do que estava acontecendo, eu estava parado na frente da turma de cerâmica, vestindo um avental com margaridas, Adalyn vindo em minha direção.

O terno tinha desaparecido. O salto também.

E algo pareceu se mover sob minhas botas. Eu não tinha certeza. Não podia ser. Não me dei ao trabalho de descobrir. Tudo o que eu sabia era que parecia que a inclinação do maldito planeta tinha se alterado por um segundo e eu...

Adalyn... Ela... Ah, merda.

Engoli em seco. E deu para ouvir, eu tinha certeza.

Depois de ter passado o que pareceu uma eternidade olhando fixamente para as roupas dela, pensei que ficaria satisfeito quando Adalyn enfim decidisse deixá-las de lado. Vê-la de legging no dia da ioga com cabras deveria ter sido um sinal de que eu estava enganado. Mas eu também era teimoso pra cacete, então dei um jeito de enterrar aquele dia como obra do acaso.

Como fui bobo.

Não foi obra do acaso.

Agora Adalyn estava de macacão. Cor-de-rosa. Justo. E seu peito, sua cintura e sua bunda colocavam à prova a costura daquela maldita peça de roupa, e de repente eu não conseguia mais lembrar o que era uma legging ou por que eu estava em um celeiro. Eu... não conseguia mais pensar direito.

Meu olhar mergulhou até seus pés, acho que por puro instinto de sobrevivência. Que erro. Ela estava de tênis. Rosa também. E aquilo não deveria ter piorado as coisas, mas piorou, porque Adalyn... Estava pronta para ser devorada.

E eu fiquei duro.

Obriguei meu olhar a subir outra vez e foquei na ponta de seu nariz. Mentalizei para que meu pau se acalmasse, e acho que ouvi Josie perguntando a Adalyn alguma coisa sobre a minha expressão. Pelo jeito, eu estava carrancudo. Fazia sentido. Aquela não era uma cena agradável. Eu não podia fazer cerâmica de pau duro.

– Na verdade, acho que não – disse Adalyn, olhando em meus olhos. – Acho que essa é a cara dele mesmo.

Senti o canto dos meus lábios se contraírem.

As merdas que aquela mulher me dizia…

Não ajudavam em nada com aquilo que estava acontecendo dentro da minha calça.

– Cam? – chamou Josie, com um tom exageradamente doce. – Será que você pode mostrar a Adalyn como operar a roda? Você disse que já fez isso antes. E hoje estamos com a turma cheia.

Acho que concordei, mas não tenho certeza. Aquilo tudo tinha incitado um monte de imagens na minha cabeça. Todas eram inúteis, inadequadas e consistiam em colocar a mão em Adalyn, e não na tigela que deveríamos fazer, com aquele macacão e o tênis cor-de-rosa em cima da mesa e testar a resistência daquele zíper com a minha…

Adalyn cambaleou na minha direção. Voltei a baixar o olhar para seus seios. Meu Deus, o que estava acontecendo comigo?

– Belo macacão – falei, com a voz rouca e toda esquisita de repente.

– Belo avental – respondeu Adalyn. – As margaridas realçam os seus olhos.

Segurei uma risada. Ah, puta merda, eu estava mesmo perdido.

Adalyn fez uma careta, mas não conseguiu esconder o quanto gostava de me fazer rir. Minha determinação fraquejou e meus olhos voltaram a descer, indo até a curva de seu quadril direito, então voltando para seu rosto. A curva em seus lábios me disse que ela me pegou no flagra. Eu me perguntei se ela sabia o quanto aquele macacão estava me enlouquecendo.

– Quer dizer que você sabe como isso funciona? – perguntou ela.

Acionei o interruptor da roda.

Ela inclinou a cabeça para o lado.

– Tem alguma coisa que você não saiba fazer?

Além de ficar babando por você?, pensei.

– Não.

– Perfeito! – exclamou Josie, de repente de volta à nossa estação. Ela bateu palmas. Eu me encolhi. – Você ligou a roda! Uhul!

E voltou a se afastar, tagarelando alguma coisa com o restante do grupo.

– Meu Deus – sussurrou Adalyn, levando a mão ao peito.

Acompanhei o movimento com os olhos. Até seu peito. Eu me perguntei que roupas íntimas ela estaria usando e... bum! A memória da renda lavanda me atingiu em cheio. Qualquer tentativa de pensar pareceu um erro.

– Como é que ela faz isso? – perguntou Adalyn.

Mudei de posição, agitado, e cada vez mais desconfortável naquela calça. Meu deus, eu precisava me concentrar em outra coisa. A situação estava saindo de controle.

– Pelo visto vamos fazer uma tigela.

– Viva – resmungou Adalyn, enquanto eu pegava o bloco de argila.

Ela disse mais alguma coisa, baixinho. Algo sobre conseguir fazer aquilo sozinha.

Eu não tinha nenhuma dúvida de que ela conseguiria, mas não me restava muita determinação. Minha mente precisava se distrair com outra coisa que não fosse Adalyn naquele maldito macacão.

– Coloque a bola na roda – falei, oferecendo metade da argila que estava em minha mão.

Adalyn hesitou. Ela se moveu desconfortavelmente, olhando em volta, e eu soube que, se ela saísse correndo, era bem provável que eu fosse atrás. Eu nem sabia por que ou com qual finalidade, mas era o que eu faria. Eu seria capaz de implorar a ela que me distraísse daquele pensamento também.

– Será que pode parar de pensar demais e colocar a bola na roda, por favor?

Ela arrancou a argila da minha mão e a deixou cair sobre o prato com um baque forte. Fui tomado por uma onda de alívio.

– Espera – disse ela, franzindo o cenho. – Por que não estamos sentados? Em tudo o que vi e li, as pessoas ficavam sentadas.

Sua voz subiu um pouco o tom. Pânico. Minha maníaca por controle estava perdendo a cabeça. *Espera. Minha o quê?*

– Vou chamar Josie...

– Fazer cerâmica em pé é melhor para a coluna – falei, me obrigando a ignorar o que quer que estivesse acontecendo em minha cabeça. – Coloque as mãos em volta da argila e tente selar as bordas na superfície.

Seus lábios se comprimiram em uma linha tensa, mas ela cedeu, focando na tarefa. Soltei o ar devagar, observando-a, prestando bastante atenção em seu rosto quando ela o franziu de um jeito que nunca a tinha visto fazer. Não era raiva ou frustração, nem irritação, como eu estava acostumado. Adalyn me lançou um olhar rápido, me pegando de surpresa, e voltou a encarar a argila. O tom suave de rosa, que eu começava a torcer para aparecer, se espalhou em seu rosto. Eu me perguntei no que ela estaria pensando. Eu andava fazendo muito isso, desejando poder me infiltrar na cabeça daquela mulher.

– Tudo bem por aí? – perguntei.

– Eu… – Ela hesitou, sua voz ficando trêmula. – Eu não consigo fazer isso. Não sozinha. Será que você poderia… é… me ajudar?

Na mesma hora, minhas mãos caíram sobre as dela, como se eu estivesse esperando todo aquele tempo para fazer exatamente isso. Sua pele era suave ao toque. Pensei em como seria bom colocar as mãos em outra parte de seu corpo. Qualquer uma. Seu rosto. Sem ombro. Seu pescoço. Eu pressionei…

Ela deixou escapar um gemido questionador.

– Assim – expliquei, em um tom baixo inesperado, apertando a palma das mãos contra seus dedos. – Você está sentindo a pressão das minhas mãos? Faça como eu. Sinta a argila ceder.

Eu esperava que uma reclamação deixasse seus lábios, agora abertos, mas ela não disse uma palavra. Ela deixou que eu guiasse suas mãos com as minhas e a instruí nos passos básicos, como umedecer e centralizar a argila. Adalyn permaneceu em silêncio, entregue a nossos movimentos, e eu também. Mas eu estava enfeitiçado por ela, não pela maldita argila. Estava hipnotizado por ela. Por aquele lado de Adalyn. Pelo quanto eu estava satisfeito por ela ter aberto mão daquele pouquinho de controle. Pela ideia de que ela nunca fazia isso. Pela possibilidade de que talvez eu fosse o primeiro a receber a confiança dela.

– Adalyn? – falei, a voz saindo áspera como lixa.

Ela olhou para mim. O castanho de seus olhos estava suave, relaxado, lindo. Algo em meu estômago se contraiu.

– Aperte o pedal, meu bem – instruí.

– O… o quê?

Seu rosto corou, seus lábios se entreabriram, ela estava confusa e, caramba, ficava tão linda assim, com a guarda baixa.

– Faça a roda girar. Com o pedal.

– Como assim?

De repente, eu estava dando a volta na mesa e me posicionando ao lado dela. Boa parte de mim esperava que ela recuasse. Que ficasse tensa. Que rejeitasse a proximidade. Que me rejeitasse. Ela não fez nada disso. E fiquei em êxtase.

Fazia muito tempo que não me sentia assim.

Deve ter sido por isso que inclinei o tronco para a frente, bem pertinho de sua orelha, e deixei que a verdade me escapasse:

– Você está dificultando bastante as coisas, meu bem.

As pálpebras de Adalyn se fecharam e sua língua surgiu entre seus lábios. Minha mão pressionou sua coxa levemente, os dedos deslizando preguiçosos até seu joelho. Apertei. Ela cedeu.

– Pare de olhar para mim com essa doçura toda e se concentre em apertar o pedal com o pé, pode ser?

Adalyn pareceu tão entregue ao meu toque que precisei me convencer a não deixar aquela bobagem de cerâmica para lá, virá-la de frente para mim e sentá-la em cima daquela mesa. Era isso que eu estava morrendo de vontade de fazer. O ímpeto físico que ia aumentando cada vez que eu a via ou tocava nela chegou ao pico. Agora, com ela tão perto e seu cheiro em meus pulmões, era impossível ignorar esse impulso ou enterrá-lo mais fundo. Agora eu...

Ela deu um tranco para a frente, apertando o pedal com muita força.

A argila saiu respingando, e eu a envolvi, protegendo-a com os braços enquanto substituía seu pé pelo meu no pedal.

– Meu Deus! – falei, quase um rosnado, mas não por causa da bagunça que ela tinha acabado de fazer.

A exclamação escapou em razão da onda de desejo que estava me tirando o fôlego. Se não estivéssemos em pé, Adalyn estaria no meu colo. E eu estava duro como uma rocha.

– Precisa começar com uma velocidade suave – falei, tentando distrair Adalyn e a mim mesmo, antes que ela começasse a sentir minha ereção em suas costas.

Não por timidez, mas eu estava prestes a fazer algo de que me arrependeria.

– Está vendo? – perguntei, sem enxergar mais nada que não fossem suas costas contra o meu corpo. – Nós é que controlamos a roda. Nós.

Adalyn assentiu.

– Desculpa – murmurou. – Eu... estava distraída.

Não. Ela estava tão impactada por mim quanto eu por ela.

Mas não foi o que eu disse. Estava começando a entender Adalyn. Então voltei à tarefa. Dei um passinho para o lado, estendi a mão para pegar a esponja e... rocei seu rosto com meu queixo.

A respiração de Adalyn ficou presa com o contato. Com a nossa proximidade.

Em resposta, meu corpo se aproximou ainda mais do seu. *Ainda não é o bastante.*

Virei o queixo, roçando seu rosto outra vez, e a confissão escapou de meus lábios.

– Você também não deveria interromper minha linha de raciocínio tão fácil assim.

Ela demorou um pouco para responder e, quando respondeu, suas palavras quase me fizeram cair de joelhos, incrédulo.

– Estou fazendo isso?

Um grunhido subiu pela minha garganta. Ela não conseguia perceber o quanto? Ela não... Fui tomado por determinação. Meus dedos envolveram seus punhos.

– Se não estiver bem centralizado... – falei.

Continuei pressionando as mãos dela na argila, sem soltar.

– Tudo vai desequilibrar – concluí.

Adalyn assentiu.

Dei mais algumas instruções, guiando nossas mãos pelo material úmido, o tempo todo pensando em todas as maneiras que poderia mostrar a Adalyn o quanto ela me desequilibrava. O quanto minha vida estava ficando conturbada de formas que eu não entendia, mas que pareciam... boas. Exatas. Coisas que me faziam desejar mais daquela conturbação. Desejar mais Adalyn.

Eu me aproximei ainda mais, até meu corpo pressionar o seu contra a borda da mesa e ela não conseguir ir a lugar nenhum.

– Assim mesmo – murmurei, quase sem conseguir me concentrar na argila ao sentir a maciez e o calor de seu corpo contra o meu.

Me obriguei a sossegar meus pensamentos. As batidas do meu coração.

– Bom trabalho, meu bem. Muito bem.

Alguma coisa em Adalyn pareceu mudar com o elogio. Algo que mexeu com uma parte de mim enterrada havia muito tempo.

Ela se recostou em mim, como se abrisse mão de mais um pouco daquele controle, e todo o ar dos meus pulmões escapou por entre meus dentes cerrados.

– Vamos descer de novo agora – ordenei, incapaz de me impedir de entrelaçar nossos dedos molhados.

Caramba, como podia ser tão bom? Eu não conseguia entender. Não queria entender.

– Está incrível.

Você é incrível.

Os polegares de Adalyn se engancharam nos meus.

Um som que não reconheci foi arrancado de mim. Decidi que conquistaria sua confiança. Eu ia...

– Faz muito tempo – disse ela, baixinho, tão baixinho que quase não ouvi – que não seguro as mãos de outra pessoa. Não me lembro de algo tão simples me trazer essa sensação.

Naquele momento, várias coisas aconteceram. Senti algo se abrir bem no meio do peito. Eu não sabia se era bom ou ruim. Sabia apenas que alguma coisa tinha mudado. Talvez tudo o que fosse relacionado a ela. Também senti o mundo parar por um segundo. Como se meu único propósito fosse fazer Adalyn se sentir *bem*. Melhor do que nunca. Meu Deus, ela estava achando aquilo bom? Ela não fazia ideia de tudo o que eu podia fazê-la sentir.

Mas esse pensamento carregava ainda outra coisa. Uma suspeita, ou talvez um palpite, que me dizia que havia algo de errado por trás daquela declaração. Como era possível? Eu queria bater no peito de orgulho com aquele triunfo, mas também queria exigir respostas. Ela tinha sido... tão negligenciada assim? Tão ignorada? Aquela sombra de solidão que às vezes encobria seu rosto era uma escolha? Ou ela fora magoada? Será que era a fonte da tristeza que eu via se infiltrando em seu olhar mais vezes do que deveria? Eu...

O som da respiração de Adalyn atraiu minha atenção.

Olhei para baixo e notei que ela mal conseguia respirar. Sem desperdiçar um segundo, coloquei a mão em seu peito e me dediquei a trazê-la de volta para a terra, de volta para mim. Sem parar de pensar em como eu tinha chegado naquele ponto, com um enigma de mulher em meus braços, e no quanto eu não queria estar em nenhum outro lugar.

HOSPEDARIA ALCE PREGUIÇOSO, GREEN OAK

Chalé do Cameron

Cameron

Parei prestes a passar pela porta do meu quarto com aquela mulher em meus braços.

Meu quarto.

Fechei os olhos por um instante ao me dar conta disso. Eu estava carregando Adalyn para a minha cama. Não houve qualquer raciocínio ou intenção por trás disso. Só ação. *Instinto.* Eu a peguei no colo, atravessei o quintal que separava os chalés e marchei até a porta do quarto. Agora que eu tinha me dado conta disso, que a ideia havia tomado forma em minha cabeça, eu não podia mais negar. Eu queria Adalyn ali. Comigo. Queria mantê-la segura, quentinha e... caramba, feliz. Eu queria que ela me olhasse como tinha feito mais cedo. Queria mais dos seus sorrisos raros. Eu...

Eu não conseguia me lembrar de um dia ter sentido isso em relação a qualquer outra pessoa.

Meu histórico de relacionamentos era escasso, claro, mas não inexistente. Já tive encontros o suficiente. No passado. Quando era mais jovem, bobo e pensava mais com o pau do que com a cabeça. E, mesmo depois de ter superado essa fase, continuei tendo alguns encontros. Ou dizendo a mim mesmo que estava tentando. A verdade é que, em algum momento, parei de tentar. Parte de mim queria encontrar alguém, mas eu nunca tinha tempo ou energia suficiente para superar os obstáculos necessários e fazer isso acontecer. Agora parecia que eu tinha tempo e energia de sobra.

Para Adalyn, disse uma voz em minha cabeça.

Senti uma agitação no peito ao notar o quanto isso era verdade. Como se alguma peça solta tivesse se encaixado e de repente... fizesse sentido que aquela peça não tivesse encontrado seu lugar até então. Como se toda vez que essa mulher perturbou o meu conceito de paz tivesse acontecido para chegar a esse exato momento.

Olhei para Adalyn. Observei seu rosto relaxado e a cor de suas bochechas.

Eu a desejava. Muito. E não era só atração física. Era diferente. Parecia algo *mais*. Mais que o desejo de arrancar aqueles terninhos – ou o maldito macacão da aula de cerâmica que eu nunca mais veria. Eu queria mais do que vê-la nua. Eu precisava ser o único que a enxergava – a verdadeira Adalyn – exposta, sem suas defesas ou armaduras. O fato de ela encher meu saco sempre que podia nem me incomodava mais. Eu acolhia isso de braços abertos.

Acabe com a minha paz, meu bem, tive vontade de dizer. *Faça isso todos os dias, mais de uma vez por dia se precisar.*

Adalyn se moveu em meus braços, sua testa se enterrando ainda mais em minha clavícula.

Ouvi um disco arranhar em minha cabeça.

Meu Deus. Eu estava mesmo parado ali, no meio do corredor, como um completo idiota?

– Cam? – sussurrou ela, no tecido do meu moletom.

Algo se remexeu dentro de mim. Ela nunca me chamava de Cam. E eu amei.

– Cadê a Willow?

Mais um abalo dentro de mim. Dessa vez em lugar um pouco mais alto. Perigosamente perto do coração. Fiquei feliz por ela se importar com a Willow. Feliz demais.

– Ela está bem aqui. Aos nossos pés.

– Nossos pés – murmurou Adalyn, repetindo minhas palavras. Ela fechou os olhos. – Que bom. Ainda bem. Eu não gostaria de deixar a Willow para trás. Ser abandonada não é nada bom.

Fiquei um momento olhando para ela, com a sensação de que eu tinha sido golpeado no peito.

– Caramba, meu bem – falei, reprimindo o gemido que subiu por minha garganta.

Eu a segurei com firmeza, trazendo-a ainda mais para perto.

– Me desculpe por ter feito isso com você – falei, com toda a sinceridade.

Eu não deveria ter deixado Adalyn dormir na cabana caindo aos pedaços. Ela jamais deveria sentir que estava sendo abandonada. Nem por mim nem por ninguém.

– Mas Willow está aqui com a gente, então volte a dormir, tá bem? Não vamos sair do seu lado – garanti a ela.

Os cantos de seus lábios se curvavam. Bem de leve. O bastante para fazer meu coração disparar mais uma vez.

Com um suspiro impotente, finalmente tomei uma decisão e fui em direção ao quarto de hóspedes. Isso ia contra todo o desejo e instinto que se rebelavam na minha cabeça, mas eu sabia como a mente de Adalyn funcionava. Ela analisaria a situação mais do que o necessário e duvidaria de tudo se acordasse na minha cama.

Willow pulou no edredom e me lançou um olhar impaciente que dizia: *Sai dessa, seu tonto. Solta logo essa mulher.*

Dei uma risada amarga. Ela tinha razão, eu acho. Eu não podia ficar com Adalyn nos braços a noite toda, por mais que quisesse.

Com delicadeza, coloquei-a na cama. Sua cabeça encostou no travesseiro, e o lindo cabelo castanho se espalhou, criando um leque sobre a roupa de cama branca. Eu quis deslizar os dedos entre os fios e ver se isso lhe causaria algum conforto, algum prazer. Ver o quanto ela se derreteria ao meu toque. Quem sabe estremecesse um pouco. Ou abrisse um dos sorrisinhos que me enlouqueciam.

Mas, para meu desânimo, eu sabia que a paciência exigia prática, então não fiz nada disso. Eu me concentrei em seu tornozelo. Fui até seus pés e cutuquei de leve a área inchada. A pele estava quente, e lesão não parecia melhor do que da última vez que eu a vira. A preocupação agitou meu estômago. Devia ser uma lesão leve. Após uma longa carreira testando as articulações e vendo meus companheiros quase estilhaçarem as deles, eu estava bem familiarizado com qualquer tipo de lesão. Mas a inflamação de Adalyn já deveria estar melhorando depois desse tempo.

Caramba. Eu não tinha feito nada. Deveria ter chamado um médico, não só o Vovô Moe, para avaliar seu tornozelo. Deveria tê-la trazido até o meu chalé para garantir que tudo permanecesse sob controle. Deveria ter dito a ela que parasse de besteira e me deixasse cuidar dela. Deveria saber que ela tinha medo de tempestades, para poder abraçá-la assim que a chuva começasse. Não deveria ter descoberto por mensagem de voz que ela mandou quase inconsciente no meio da noite. Eu tinha desperdiçado tanto tempo lutando contra aquele desejo, contra sua presença na cidade que eu...

Adalyn se encolheu, erguendo os joelhos para si e quebrando minha linha de raciocínio. Meu olhar foi subindo e... vi sua camiseta subindo pelas coxas.

Sua camiseta não. *Minha* camiseta de jogo.

Engoli em seco. Não era a primeira vez que eu a via com aquela camisa, mas caramba. O efeito não foi menos poderoso. Nunca fantasiei com mulheres vestindo só o meu número nas costas, mas Adalyn vestida assim? Me tirava o fôlego.

Era novidade para mim.

Meu sangue começou a pulsar, a espiralar, revirando novas emoções que não eram só uma preocupação clínica por seu tornozelo, e eu...

Balancei a cabeça para afastar esses pensamentos. Então a envolvi em meus braços para erguê-la e posicioná-la embaixo das cobertas. Eu a cobri até a cintura. Em seguida, até o queixo. Lancei um olhar para Willow, que imediatamente se aproximou, encolhendo-se contra as costas de Adalyn. Quando fiquei satisfeito, comecei a me afastar.

E parei na mesma hora.

Meu olhar desceu, encontrando as mãos de Adalyn – que tinham escapado das cobertas – segurando meu moletom.

Meu estômago revirou. Uma sensação que decidi ignorar, e envolvi seus punhos com meus dedos. Puxei com delicadeza.

Adalyn agarrou o tecido em resposta, fazendo com que eu me abaixasse alguns centímetros.

– Você está acabando comigo, amor.

Eu mal conseguia falar e odiei a paciência que estava determinado a exercitar. Comecei a falar ainda mais baixo, apenas um murmúrio:

– Hora de dormir. Você precisa me soltar.

Ela não soltou.

– Odeio tempestades. São assustadoras – disse ela.

Minha determinação cedeu.

– A tempestade já acabou e eu... não vou embora – falei.

Prometi. Então acrescentei, bem baixinho:

– Acho que nem conseguiria.

Depois de um instante, que interpretei como Adalyn se certificando de que eu não ia a lugar nenhum, ela suspirou. E me segurou com menos força.

– Eu menti – disse ela, os olhos semicerrados.

O pouco do castanho que eu conseguia ver parecia enevoado, e me perguntei se ela se lembraria daquilo na manhã seguinte. Ela continuou:

– Eu te contei uma mentira das grandes. Talvez mais de uma.

Segurei seu punho com um pouco mais de força.

– Quer me contar sobre o que mentiu?

– Eu gosto de você, Cameron Caldani.

Meu coração martelava no peito. Meu pomo de adão subiu e desceu com as palavras que eu ainda não queria – não podia – dizer a ela.

– Eu sei, meu bem – finalmente respondi. Porque eu sabia mesmo. Eu só precisava descobrir o quanto. – Sou um homem encantador.

– Não é, não – disse ela.

Segurei um sorriso. Eu não era mesmo.

– Mas, mesmo assim, não odeio sua personalidade. Como eu disse. – Suas pálpebras se fecharam, trêmulas. – Eu ajo como se odiasse, mas é só porque eu... eu estou completamente perdida. Não sou uma rainha gelada, sabe? Estou com raiva de mim mesma. Não quero gostar tanto assim de você. Não sou muito agradável e tenho medo de que você nunca goste de mim.

Ah, meu Deus.

Pelo amor de Deus. Eu...

Em um momento eu estava ali, olhando para ela, a encarando como um idiota apaixonado e fascinado, e, no seguinte, estava me abaixando.

De repente, me dei conta de que aquelas palavras me deixaram de joelhos. Eu estava com o mesmo medo sob muitos aspectos.

Adalyn soltou um pouco meu moletom com a mudança de posição, e, antes que pudesse segurar de novo, trouxe seus punhos até minha boca. Rocei os lábios neles. Um toque delicado e suave. Não consegui me conter. Não tinha como ouvir o que ela disse e não reagir. Não tocá-la. Não encostar meus lábios nela de alguma forma. Não quando parecia que uma fogueira tinha se acendido sob minha pele. Em meu corpo inteiro. Crepitando. Se espalhando até minha cabeça e meu... coração.

Os lábios de Adalyn se abriram, e me obriguei a baixar suas mãos e deixar que descansassem sobre o colchão.

Suas sobrancelhas se franziram em resposta, e me perguntei se ela sentia a ausência do meu toque tanto quanto eu sentia a do seu.

– Cam? – sussurrou ela, como se meu nome não passasse de um segredo. Poderia ser, se ela deixasse. – Pode mexer no meu cabelo? Como fez naquele dia na varanda?

Ergui as sobrancelhas, surpreso.

– Você gostou, meu bem?

Ela assentiu.

E aquilo bastou para que eu levasse a mão a sua testa. Corri os dedos por seu cabelo e o penteei para trás.

Um murmúrio deixou os lábios de Adalyn. Um murmúrio que viajou até minhas entranhas. E mais abaixo também. Mas continuei a passar a mão em seu cabelo, encontrando prazer no simples ato de tocá-la, no fato de ela ter pedido para que eu fizesse isso e de ser a razão para sua expressão tranquila. Uma expressão que significava conforto, segurança, e que me deixou desesperado para lhe proporcionar mais.

– Isso é tão bom – disse ela, enfiando as mãos embaixo do rosto. – Suas mãos são ótimas. Grandes. Quentinhas. E um pouquinho avariadas, que nem eu.

Eu me aproximei mais um pouco, até meu peito encostar na beirada da cama.

– Não tem nada avariado em você, amor.

Meu polegar acariciou sua têmpora, e, quando Adalyn murmurou mais uma vez, deixei meu dedo ali, desenhando círculos em sua pele.

– Ninguém aqui é perfeito. São nossas imperfeições que nos fazem ser quem somos. O modo como as enfrentamos. Como as superamos. E como lidamos e vivemos com as que são incontornáveis.

Os lábios de Adalyn relaxaram, como se ela tivesse caído no sono, mas continuei falando, acariciando, afagando, incapaz de parar.

– Sei que você deve odiar isso, mas eu não. Nunca gostei do que é perfeito e puro, e gosto dos seus defeitos. Não sei o que isso diz a meu respeito, mas acho seus defeitos muito atraentes. Quero que eles me desafiem e me obriguem a lutar. E quero apreciar seus defeitos, implorar que você nunca mude por ninguém, nem mesmo por mim, mesmo que acabe me enlouquecendo qualquer dia desses. – Engoli em seco. – Pra que paz e tranquilidade se eu posso ter você?

Como Adalyn não reagiu a nada disso, fiquei em silêncio por um instante, considerando minhas próprias palavras. Era tudo verdade, não era? Naqueles últimos dias, alguma coisa devia ter mudado, silenciosamente se solidificado, porque de repente aquelas palavras eram mais verdadeiras que qualquer coisa que eu tivesse dito ou pensado. Eu...

Agora eu via tudo com muita clareza.

– Por que parou?

Franzi o cenho olhando para ela. Meus dedos continuavam acariciando seu cabelo.

– Parei o quê, amor?

– De falar – sussurrou ela. – Você fala pouco para quem tem uma voz grave e tão linda.

Os cantos dos meus lábios se curvaram para cima.

– Tirando quando você é teimoso e irritante. Aí quero que cale a boca – disse ela.

Eu ri.

– Você tá só bajulação hoje, hein? – Levei o outro braço ao colchão, me apoiando na cama para ficar mais confortável. Eu não iria a lugar nenhum. – Sobre o que quer que eu fale, Ada, meu bem?

Ela ergueu uma das mãos e segurou meu braço. O que estava ao lado do seu peito.

– Qualquer coisa – disse, baixinho. – Tudo. Como era sua vida na Inglaterra? O que você mais odiava em L.A.? Como conheceu a Josie? Qual foi a tatuagem que mais doeu para fazer? Por que o número treze? Posso continuar vindo visitar a Willow se você voltar a me odiar?

Willow miou uma reclamação do outro lado da cama.

– Eu nunca vou te odiar – falei, ouvindo minha voz ficar mais grave com a seriedade daquela fala. – Acho que nunca odiei.

A resposta de Adalyn foi um aperto suave em meu braço. Então ela disse baixinho:

– Tá bom.

Tá bom.

Porra. Ela não acreditava em mim, não é?

A determinação se materializou dentro de mim, a sensação pesada, intensa e... tão certa. Como uma revelação. Aquilo só me incentivou a fazer ainda mais. A ser ainda mais paciente. A não me contentar enquanto ela não me permitisse conhecê-la. E comecei a falar. Contei tudo o que ela queria saber e também coisas que ela não tinha perguntado. Que escolhi o número treze porque acreditava que era dono da minha própria sorte, e que tinha adotado Willow e Pierogi porque me sentia solitário e achava que uma família não estava em meu destino. Enquanto isso, eu ia traçando um plano em minha cabeça. Uma promessa a mim mesmo. Eu mostraria a ela. Mostraria a Adalyn Reyes que estava falando sério quando disse que nunca a odiaria. Que nunca lhe faltaria nada se ela me deixasse entrar em sua vida. Mostraria que, comigo, ela nunca teria que pedir nada.

Eu sempre daria mais. Qualquer coisa. Tudo de mim.

E começaria naquela noite.

CONHEÇA OS LIVROS DE ELENA ARMAS

Uma farsa de amor na Espanha

Um experimento de amor em Nova York

Amor em jogo

Para saber mais sobre os títulos e autores da Editora Arqueiro,
visite o nosso site e siga as nossas redes sociais.
Além de informações sobre os próximos lançamentos,
você terá acesso a conteúdos exclusivos
e poderá participar de promoções e sorteios.

editoraarqueiro.com.br